露华传

露华散无忧

公子扶苏　著

上海社会科学院出版社
SHANGHAI ACADEMY OF SOCIAL SCIENCES PRESS

图书在版编目(CIP)数据

露华传.露华散无忧 / 公子扶苏著.—上海:上海社会科学院出版社,2017
ISBN 978-7-5520-1910-0

Ⅰ.①露… Ⅱ.①公… Ⅲ.①长篇小说—中国—当代
Ⅳ.①I247.5

中国版本图书馆 CIP 数据核字(2017)第 041274 号

露华传:露华散无忧

著　　者:公子扶苏
责任编辑:霍　覃
出版发行:上海社会科学院出版社
上海顺昌路 622 号　邮编 200025
电话总机 021-63315900　销售热线 021-53063735
http://www.sassp.org.cn　E-mail:sassp@sass.org.cn
照　　排:南京前锦排版服务有限公司
印　　刷:上海信老印刷厂
开　　本:710×1010 毫米　1/16 开
印　　张:25
字　　数:555 千字
版　　次:2017 年 5 月第 1 版　　2017 年 5 月第 1 次印刷

ISBN 978-7-5520-1910-0/I·243　　定价:39.80 元

目录

露华散无忧

第1章　新皇云知寒

就在京都的流言愈演愈烈之际，宁国公忽然出现在金殿之上，力证当年之事，凤绝毫不知情并没有参与其中。

一时之间，所有的文武百官为之静默。

若是换了一个人说这样的话，大家就算不好当面反驳但也不会相信。可是偏偏这话是由宁国公说出来的。

当年宁国公便是露华公主的老师，后来因为露华公主去世，宁国公更是在伤心之下逐渐退出朝堂。

而后露华公主回归也是以宁国公府嫡出大小姐的身份回归的，那么宁国公势必早就知道了露华公主的身份以及当年的真相。

所以宁国公是现如今最能证明凤绝"清白"的人，宁国公这番姿态自然打消了不少人的怀疑。

剩下的一些还保持怀疑的人也慑于凤家和宁国公府的威势，保持了缄默。

一时之间，京都勉强维持了平静。

紧接着五天之后，凤绝忽然宣布退位由太子云知寒继承，由太傅宁为玉暂代丞相一职。之所以暂代，也是因为宁为玉表示他本身无意于权势，待找到合适的人才他便功成身退。

凤绝的这番姿态，彻底消弭了京都内百姓和大臣的怀疑。

就在一番动荡之后，大盛历史上最年轻的皇帝云知寒七岁登基，由天下第一公子辅佐，百里夜任皇宫护卫之责，陌阳接管京都兵马，整个朝堂换了一番面貌。

就在不少变动下，楚王府依旧保持沉默，一点变化都没有。

"以后，你不要再去招惹宁国公府的那个宁千华了。"楚王最近也忙得人仰马翻，等回过头来想起好久没见到过楚风了，找到管家一问才知道，楚风这个逆子又在给他惹事。

居然和那个宁千华纠缠不清，已经有几个月了。

这次楚王已经没有精力生气了，自从得知自己的儿子在很早的时候就被人算计下了咒蛊就舍不得责骂楚风了。

毕竟，有些时候有些行为，也不算是他的儿子做下的。

该死的……他一定要抓到害他儿子的真凶，千刀万剐以泄心头之恨。

楚风坐在堂下，十分不在乎地说道："不过是宁国公府不受重视的一个族亲而已，你儿子我还是配得起的。"

虽然不知道为什么自他杀了月如后，父王母妃都对他更加容忍了，但是他不需要弄明白这些，只需要顺杆爬直到他的父王母妃不会再对他诸多挑剔指责了便是。

说起来，楚风的变化也不小。

自从月如被他杀死之后，他的心理便逐渐扭曲了，不但认为月如不是他杀的，反而认定了宁千雪才是害死他心爱的月如的凶手，一心想要报复宁千雪。

当日广甫寺的炸药的确是他埋的，当然了无论是计谋还是炸药或者时间都是冷清秋帮他安排好了的。

没有炸死宁千雪后，他不仅没把楚王的斥责当回事，反而整日里琢磨着怎么整死宁千雪。

后来颓然发现他根本就动不了宁千雪，一次和几个纨绔子弟当街纵马偶遇了宁千华，宁千华在得知他是楚王唯一的儿子之后，诸多奉承以及……勾引。

这让楚风看到以其他方式报复宁千雪的希望，再加上他本就是个好色之徒，虽然说宁千华为人太过虚荣，但那身段和嗓子着实是勾人得很呢。

一个故意勾引，一个花丛常客。

自然是一拍即合，没几日就开始公开地出双入对了，甚至是……

“风儿，那尘王妃是露华公主你知不知道啊？”楚王脸色着急地拍了拍桌子，忍不住将声音拔高了不少。

要知道在不知道宁千雪就是露华公主的时候，他这个儿子可是三番四次刁难露华公主呢，甚至听了月如的建议想要找人侮辱露华公主。

现在露华公主的身份曝光了，一些有心之人翻出旧账，难保尘王和宁为玉不会和他们算账啊，这也是最近楚王异常低调的原因。

这个时候楚风怎么还能招惹宁国公府的人呢？

楚风也不和以前一样和楚王梗着脖子抬杠，只是凉凉地瞥了一眼楚王，然后抛出一枚炸弹。

“父王，晚了，宁千华已经有了身孕了，儿子必须娶她了。”

娶了她，就算他折磨死宁千华也没人会说什么了，哪怕是露华公主！

很奇怪，楚风知道宁千雪就是露华公主的时候，内心竟是百感交集，也有惋惜，但更多的是愤怒。

他认为之前所有的事情都是宁千雪在故意玩弄他，所以他就更加坚定地想要娶到宁千华然后不断折磨，也算是间接给了宁千雪一记耳光。

想到这里，楚风心中就有一阵扭曲的快感。

“你说什么？”楚王震惊地站起身来。

他千方百计地低调，就是不想让宁国公注意到他楚王府，不想让京都的众人想起他的宝贝儿子曾经给露华公主的屈辱。

要知道露华公主和夕颜郡主那绝对不是一个分量的。

对于夕颜郡主还活着的事，百姓们顶多庆幸一下云王还有后人存留于世，而对于露华可不只是这样想。

露华公主虽然没有被立为大盛的继承人，但是无论是当年文武百官默许露华公主干涉政事，还是露华公主的许多举措利国利民。

总之一句话，无论是民间还是在官场，都有着不少人对露华公主崇拜至极了。

当年露华公主一死，多少仁人志士便离开了大盛的京都从此隐居山林啊。

若是等那些盲目崇拜露华公主的人想起楚风曾经做过的事情来，定会有人要求惩处楚风，到时候定会一呼百应。

侮辱嫡出公主，就算是斩首也不为过，更何况是露华那般得民心的公主。

可是，就算楚王费尽心思想要保住楚风一命，楚风自己还是一个劲地往阎王殿使劲。

这让楚王心忧的同时，更多的是心累。

若那宁千华有了身孕，无论楚风娶不娶宁千华，楚风都势必在京都再出风头，到时候……他还保得住这唯一的儿子吗？

“父王，就算宁千雪就是当年的露华公主，可是她现在也失踪了，谁知道还能不能活着回来呢？”

和楚王的忧心忡忡不同，楚风反而是轻松得很，一点都不为自己的小命担心。

楚王想了半天也不知道该怎么办才好，长叹一声便转身离开了。无论怎么做，还是等宁国公府的人找上门吧。

第2章　本郡主没想过嫁人

宁为玉听着底下闹成一片，一点不耐烦都没有，反而是云悉忍不住发飙了。

“你不知道那个楚风曾经都对我姐做过什么吗？你居然敢和楚风暗通款曲?”云悉葱白的手指指着梗着脖子一定要嫁给楚风的宁千华，十分生气。

这个劳什子的宁千华居然要死要活地非要嫁给一个纨绔？这简直是脑子有病，更何况，宁国公府几乎和楚王府不再来往了，这货居然想要嫁给楚风，这不是打她姐的脸，打宁国公的脸吗?

云悉的话说得宁二叔老脸通红，动了动嘴唇刚想赔几句不是，就被宁千华尖锐的声音打断了。

“夕颜郡主，这是我们宁国公府的家事，你未免也管得太多了吧?”宁千华一手撑着腰，神情十分不屑。

当她不知道呢，这个云悉虽然说是夕颜郡主，但是已经被人……这么一个肮脏的人居然还想攀着她们宁国公的大少爷，显然不知羞耻。

云悉眉间一紧，刚想说什么却见宁为玉站了起来。

宁为玉站到云悉身后，神情冷漠地说道：“二叔，既然千华想要嫁给楚风，那就准备准备吧，她这肚子可等不起。”

云悉单纯，心思没有那么复杂，所以没有看出来宁千华刚刚眼中闪过的那抹鄙夷轻视，可是他看得分明!

他也猜得出，宁千华为什么对云悉鄙夷，所以心中才会更加厌恶。

本来看在同族的面子上他还可以拉她一把，可是宁千华居然敢对云悉这般蔑视，那他就亲手推她一把，让她早点下地狱好了。

真难得这京都还会有人觉得楚风是个良人，既然宁千华如此坚持，他又何必做那恶人?

“宁为玉，你这是干什么?”云悉闻言便恼了，一把推开宁为玉想要离开，却被宁为玉大手死死攥住。

宁二叔一看这情形就带着自己的婆娘和两个女儿下去了，宁二叔本来以为最不省心的会是儿子宁为朝，哪知道宁为朝前两年看上了公孙诗翠，一门心思追在人家姑娘后面百般讨好。

后来也许是宁为朝两年的坚持打动了人家姑娘，也许是公孙府看在宁国公府的面子上，也就答应了这门亲事。

几个月前，宁为朝便和公孙诗翠大婚了，然后一家人也就搬出了宁国公府。

这次若不是宁千华闹得太大，宁二叔也不会带着这么丢人的闺女来让宁为玉烦心。

宁千叶看了看撑着腰在前面趾高气扬离开的姐姐，还有在姐姐身边点头哈腰十分谄媚的母亲，小小的姑娘感到一阵烦躁。

在离去之前终于鼓足勇气，蹬蹬蹬地跑到宁为玉面前，扬起脖子问道："大少爷，二姐姐会回来吧?"

那眨动的大眼睛中，有着明显的关心和担忧。

宁为玉揉了揉小丫头的包子头，带着笑意说道："会的，你的二姐姐会平安回来的。"

怪不得千雪独独会对这个小丫头不同，果然值得人疼惜。

宁千叶闻言十分高兴，然后又有些小心翼翼地问道："那，大少爷，我姐姐嫁入楚王府真的没事吗?"

爹爹那般反对，想来是真的有所不妥吧?

宁为玉一手紧紧攥着云悉不断挣扎的手，一边笑眯眯地说道："对宁国公府没有影响的，小小年纪就不要想那么多了。"

宁千叶点点头，很有礼貌地告辞了。

等宁千叶走后，云悉立刻跳脚了，见宁为玉怎么也不撒手便一口咬在了宁为玉的手背上。

那凶狠的劲头，像是饿了很久的狼见到了小绵羊一样，"嗷呜"就是一口。

宁为玉本来淡笑的脸也慢慢挂不住了，最后率先败下阵来，讨好似的说道："好了好了，我解释给你听不就好了吗，快松口。"

云悉又发狠似地重重咬了一口，才松了嘴，紧接着宁为玉也松了手，然后咱们的夕颜郡主便从怀中掏出一条帕子，擦了擦嘴，然后表情十分嫌弃地将那帕子扔到了一旁，嘴里还喃喃地说道："一会得叫丫鬟把这帕子扔了，太脏了。"

只是那喃喃的声音，宁为玉听得是十分清楚。

宁为玉嘴角隐隐抽动，这个云悉可真敢下嘴啊，"你这般凶残就不怕以后嫁不出去?"

没想到一个小姑娘咬起人来，居然这般凶残，太狠了，整个手背除了红肿的印记已经看不到别的了。

云悉闻言神情一暗，然后满不在乎地说道："嫁不出去就嫁不出去，本来本郡主也没想过嫁人。"

宁为玉这才反应过来，自己这是说错话了，心中一时懊悔不已，平时灵光不已的脑子这个时候也不知道该怎么劝云悉。

只能有些生硬地转移话题，"楚风想要娶宁千华怕也是别有用心，宁千华坚持嫁给楚风也不是什么好事。而且，楚风……自会有人收拾他。"

现在风绝退位给云知寒，大盛的天下再一次回到云氏手中，凭着当年露华公主的声望，整个京都有的是人会帮露华出手教训楚风的。

只要等着有人提出这件事来，宁为玉再顺势敲定楚风的罪名，到时候一心爱慕荣华的宁千华，自然也就没有什么好下场。

一直和宁国公府有二心的人，宁为玉自然不会手软。

云悉这个时候心情也低落了下来，心不在焉地嗯了两声，算是回应。

皇宫内凤绝望着一身暗红色云锦宫装、姿态万千的德妃，眼中没有一丝温情。

“等过几天，就会有人押送你回兰国。”

宁为玉用了没几日就查出来了，和冷清秋一起联手陷害露华的人正是德妃玉紫嫣！

事情发展到这个地步，已经查到了六年前那场叛变和大火都出自沧澜国国师的手笔，而且凤尘的人也已经查到了当年千里追杀露华的人也是沧澜国太子派去的人，凤尘又怎么会放过沧澜国？

与沧澜国开战，势在必行。

这个时候必须确保兰国不会趁机攻打大盛，否则大盛就危险了，而借着押送玉紫嫣回兰国治罪的名义，派人出使兰国，和兰国太子谈妥了，才能对沧澜国开战。

至于玉紫嫣回了兰国会有什么下场就不是他们所担心的。

既然敢插手露华公主的事情，就有付出代价的思想准备。对于这种人，凤绝一向没有什么所谓的同情心。

第3章　憋屈的随景岩

德妃十分平静地反问道："我做这一切不过是为了保住你的皇位，你就如此对我吗？"

她自认自己没有做错，若是宁千雪露华公主的身份传遍天下，那么凤绝这个皇位就坐得名不正言不顺。

她答应冷清秋的请求，顺水推舟想要杀了宁千雪，又有什么错？

就算要付出代价，也不是应该由凤绝来发落她！

凤绝看着德妃充满欲望的双眼，嗤笑一声，"你不过是为了确保你的荣华富贵，想要一直居于人上，又何必拿我做借口？"

从始至终，他对玉紫嫣就只有利用而没有一点感情。

虽说他一生的情感都投放在惠妃身上，但是也不是对别的女人就一点感情都没有了，就如贤妃，好歹给他生了两个女儿。

凤绝决定退位后就派人将贤妃和她那两个女儿送到了连城，那里离京都很远，就算露华恨他，也不至于费尽周折地派人去连城杀两个小女孩。

对于德妃，凤绝从始至终都看得明白，因为在看到德妃的第一眼的时候，他就在德妃的眼中看到了欲望，对权利的欲望。

所以他对德妃只有利用，并没有一点感情。

想来德妃对他也是如此，既然一点感情都没有，德妃这番为了他好的说辞就有些可笑了。

"无论是为了你还是为了我自己，你我一荣俱荣，为了我不也是帮了你吗？"德妃一点也不觉得难堪，认真地问道。

她真的不明白，既然当年凤绝能够做出谋反这样大逆不道的事情，那一定对权利有着超乎常人的执着。

既然这般热衷于权势，又为何会甘愿盛年退位呢？

她也不是愚笨之人，前些日子宫内外发生的事情，她也猜得出来宁千雪的身份，如果宁千雪的身份曝光，她的荣华富贵就不一定能保得住了。

她绝对不允许一丝不确定的出现。

凤绝冷然，一点感觉都没有，"这个天下我也曾握在手中，对于权势，我已经看淡了。你所谓的好意对我来说，并没有什么意义。

等宁为玉选好了出使兰国的人选，和兰国太子谈好了，也就是大盛和沧澜国开战的时候了。

“既然如此，我无话可说。”德妃唇瓣抿得紧紧的，她这一生为了保住自己的荣华富贵一直战战兢兢。

在兰国是，在大盛亦是。

如此姿态被遣送回兰国，等待她的是什么，她自然知晓。可是想要让她向人服软求饶，她做不到。

兰国的那几个对头一直在等着捉住她的错处，想要一下子让她万劫不复，如今想来就能如愿了。

凤尘紧紧握着手中的信纸，满脸都是疲惫。

“怎么样了，找到千雪了吗？”

就算宁千雪就是露华公主的身份已经天下皆知，但是宁为玉还是习惯称呼她为千雪，而非露华公主。

查了这么多天，他和随景岩一点千雪的消息都没有查到，现在也只有靠着凤尘派去保护千雪的冰月传回来消息了。

“阿蓉被兰国的人带走了。”凤尘有些疑惑的声音响起，兰国……带走阿蓉，兰国到底想要做什么？

随景岩眉梢一挑，“兰国的逍遥王曾经和蛋蛋的娘亲相爱，想来有逍遥王在，蛋蛋在兰国不会有事的。”

宁为玉也点了点头，道：“是啊，千雪在兰国总比在沧澜国要好得多吧？”

最起码，兰国没有要害千雪的理由。顶多是想在攻打沧澜国的时候，兰国想要趁机踩上几脚，占点便宜吧？

“好，这个时候最应该做的是灭了沧澜国，这样找回阿蓉后才会不用再担心她的安全。”

不灭了沧澜国，杀了那个随君昊，凤尘的心就永远无法完全放下来。

再者，大盛内部被随君昊埋下的棋子太多了，这个时候阿蓉待在兰国的确是比待在大盛安全得多。

“随谷主，虽然说逍遥王曾经和千雪的母后有一段往事，但是就千雪一个人待在兰国我着实不放心。”宁为玉含笑地望向一旁脸臭臭的随景岩。

果不其然，随景岩登时脸更黑了，“你又想指使我？”

随景岩的语气十分愤慨，最近这个宁为玉老是拿蛋蛋做由头，然后让他做这做那的，简直太气人了。

“随谷主想多了，玉要留在大盛，而攻打沧澜国肯定离不开尘王，那么能去兰国的就只有你了，更何况随谷主也算是逍遥王的晚辈，再加上和兰国信陵王的关系也不错，应该比我们任何人去都合适。”

“放屁，谁和他关系不错啊？”随景岩一听信陵王这几个字眼立刻就炸毛了。

他和那个该死的玉桦简直是前世的冤孽，经常能碰到玉桦，随景岩也是无语了，更何况每次碰到这个玉桦，玉桦都要和他作对，随景岩这种性子的人能看玉桦顺眼就怪了。

凤尘被随景岩这般激烈的反应吓了一跳，挑了挑眉，再看了看嘴角挂着一抹神秘笑容的宁为玉，凤尘决定还是好好看戏就好了。免得战火烧到他身上，要知道随景岩骂起他来，那简直不需要理由。因为阿蓉的原因，凤尘也不好和随景岩计较什么。

所以说，这个时候能看随景岩的好戏，这简直太棒了。

宁为玉轻声叹了一口气，十分愁苦地说道："可是随谷主不去谁还能去呢？像随谷主这样和兰国皇室有些关系又会医术能保护好千雪和千雪肚子里孩子的人，实在是太少了，千雪，唉……"

随景岩站在那里，脸憋得通红。

提起蛋蛋来他就没招，更何况还有一个小蛋蛋在……就算可以派别人去兰国保护蛋蛋，他也不放心啊。

"哼。"随景岩暴躁地一脚踢翻了桌椅，然后拽拽地带着一身不爽就拂袖离去了。

"不愧是第一公子。"

凤尘对于可以让随景岩吃瘪的宁为玉，感到十分佩服。

宁为玉谦虚一笑，"过奖过奖。"

三天后楚王府很平淡地办了一场亲事，宁千华想象中的和宁千雪出嫁时的排场一点都没有，不仅宁国公府在这一天没人过来恭贺，就连楚王府都没有大宴宾客，只是一顶小轿就将她从楚王府侧门抬了进来。

饶是楚王如此低调地处理这件事，还是引起了京都内有心人的注意。

第二天早朝的时候，就有不少人参奏楚王纵子无礼，三番四次侮辱露华公主。楚王虽然恼怒这些人的落井下石，但是对此却是无可辩驳。

第 4 章　攻打沧澜国

云知寒下令，褫夺楚王府世袭罔替的爵位，降楚王为楚郡王，且到楚郡王为止。

意思就是，楚王府到了这一代，荣华富贵已经消散了。

这和宁千华想象中的大不一样，当即就要闹着去宁国公府讨个公道，被楚郡王厉声制止了，没过多久楚郡王就以告老还乡为由带着全家离开了京都返回了故里。

在大盛曾经显赫了几代的楚王府，自此画上了句号。

随着古茂盛和冷清秋的死，沧澜国在大盛的关系网逐个被宁为玉拔掉，自此随君昊再也不能在大盛掀起风浪。

随景岩启程去兰国之前，先去了尘王府给古嫆婳准备了一桶热水让她沐浴，等随景岩离开半个时辰后，尘王府的下人惊恐地发现，屋内除了那不断冒着白气的热水外什么都没有了。

当下人急吼吼地将古嫆婳消失的消息报告给凤尘的时候，凤尘只是挥了挥让人不要碰那桶热水外，什么都没有说。

三天后，云知寒正式登基为帝，号顺庆帝，改年号为庆历，这一年是庆历元年。

庆历元年十月，也就是露华公主失踪后的半个月大盛派长陵侯世子檀睿为使者，忠义侯胞弟岳笑随行，押送德妃玉紫嫣前往兰国谈判。

一个半月后，檀睿传回消息，兰国太子表示愿意和大盛一起征讨沧澜国。

凤尘为统帅，点兵三十万正式拉开了攻打沧澜国的号角，而百里夜和陌阳则作为先锋，一路冲锋陷阵抢在最前方。

因为凤尘是从大盛和沧澜国在大漠的边界处攻打，所以大漠祁家家主祁傲天全力配合。一时之间，大盛军队势如破竹，仅仅半个月就拿下了沧澜国的十座城池。

这一次攻打沧澜国，凤尘拒绝了宁为玉将龙轻泽调回来的提议以及随景岩要拿出神医谷所有的化骨水来对付沧澜国的建议。

对于凤尘来说，这次攻打沧澜国，是他一雪前耻的唯一机会。

这一次，他要证明给全天下、证明给阿蓉看，他凤尘一定能护住露华，一定！

他答应帮她报的仇，他答应替她守护的大盛，所有的承诺他都会一一实现。

唯独那个放开离开的承诺，他不愿遵守。

露华，你若想要的是天下一统，我便替你踏平天下；你若想要的是大盛安乐，我便让整个天下再无烽烟；你若想要的是天下无垢，我便给你一个朗朗乾坤天下盛世；你若想要的是平安喜乐，我便陪你一起看尽天荒地老！

而兰国的军队则是由名震天下的大将军景崇骏带领三十万兵马从兰国和大盛的交界处襄州横穿而过，然后从惠城开始进攻沧澜国。

沧澜国本就没有什么有名的将领，那些耿直的将领都因为不服国师而被随君昊一个个整死了，以至于沧澜国虽然有百万大军可以抵抗兰国和大盛的七十万联军，却因没有好的将领带领而屡吃败仗。

不到两个月的时间，大盛得了沧澜国二十座城池，而兰国则攻占了十八座城池，沧澜国仅仅剩了不足四十万的兵马困守在沧澜国国都周围的四座城池中。

沧澜国在建国的时候就在国都四周建了四座城池围绕保护着国都，且当年建造这四座城池时曾经得到过高人指点，城内布下了罕见的阵法。

若是这四座城池同时启动阵法，那么攻克沧澜国简直不可能。

就算是围而不攻也不可能，毕竟这四座城池和国都内都屯着不少的良田和存粮，几年之内是饿不死的。

而至于往水源里投毒这种事无论是凤尘还是景崇骏，都做不到。

一时之间，战局陷入了僵持阶段。

大盛的营帐之内，凤尘手底下的一干将领讨论得热火朝天。

毕竟，只要攻破了这四座城池中的一座，那么这个阵法就会不攻自破，也就意味着，拿下沧澜国国都就在眼前。

三国鼎立之势已经维持了百年的时间了，若是能灭了沧澜国，那建立的便是盖世功勋，只要是男儿哪个没有建功立业的热血之心呢？

而若谁能率先打破这个僵局，势必会载入史册，有着无上的荣耀，这样的功勋谁都想要啊。

因此，这几日虽然战局陷入了胶着状态，可是所有人的热情都没有减退反而更加热烈了。

几个将领吐沫横飞地讨论了半天，才发现凤尘今日一整天都没有发话，有眼色地发现了尘王的脸色有些不好看。

大家纷纷猜测是不是因为尘王妃还没有找到的缘故，听说露华公主已经有了身孕了，这是尘王的第一个孩子，又是尘王挚爱的露华公主，尘王表面上虽然只字不提露华公主失踪的事，心里肯定是烦着呢。

这么一想，越琢磨越觉得对，因此捅了捅身边的人示意安静下来，等到营帐内逐渐安静后，这些将领也有些坐立不安了。

虽然尘王这脸色并不是因为他们而变得难看的，可是看着尘王这个表情，他们心里也很有压力啊。

“王爷……”百里夜掀开帐帘匆匆地进来，看到这营帐这么多人似乎有些呆愣。

众人一看这情况哪里还不知道这是有事要对尘王说了。

百里家族世代保护云氏这是大家都知道的事情，所以这个时候大家都在猜测是不是有了露华公主的消息，再看看尘王殿下的表情，不大一会营帐内便散了个干净。

除了百里夜外，也就只有长歌和陌阳没有离开了。

凤尘看了百里夜一眼，问道："什么事？"

"王爷，沧澜国国都周围的四座城池的阵法和建造图沧澜国皇室手里肯定有，现在也没有别的办法，不如我去联系璃珞……"

虽然说璃珞是为了保护杨又薇才回到沧澜国的，但是璃珞毕竟是沧澜国的嫡出公主，有着在沧澜国眼中视为神圣的琉璃色眼眸，要是璃珞想要拿到图纸，也并非不可能的事情。

现在这个情况，除非从内部攻克，不然短时间内是没有其他办法了。

"不行。"凤尘摇了摇头，毫不犹豫地拒绝。

百里夜不解地问道："为什么？王爷，若拿不到图纸，咱们在这里守上个三四年，里面的人也饿不死的，公主那里……"

难道王爷就不着急去兰国见见公主吗？

这么好的提议，为什么王爷要拒绝？百里夜心中十分想不明白。

第5章 剥夺孔姓

凤尘没有说话，只是攥着手中随景岩传来的信，上面只有一句“蛋蛋一切安好”除此之外，什么话都没有了。

关于阿蓉到底在兰国哪里，孩子怎么样，阿蓉怎么样，随景岩一句都没有提到。

凤尘一声苦笑，他敢肯定，这个随景岩一定是故意的。

见百里夜一脸的不解，陌阳似乎是想起了什么，低叹一声解释道：“不是王爷不想这样做，只是你有没有想过公主会同意吗？”

星河的死不仅是陌阳心中的一道坎，璎珞心中永远的一道疤，更是横在露华心中的一个伤口。

璃珞是沧澜国受人尊敬的大公主不假，可是现在沧澜国已经不是皇室说了算了，搞不好那个图纸已经被国师握在手中了，那么璃珞就算能将图纸拿到手，肯定也会付出不小的代价。

这是露华绝对不愿再见到的。

自从星河去世后，露华已经召回了在兰国的无谓去楚香阁接替璎珞，让璎珞全心全意迎接这个孩子的到来。

这也能看出在露华心中，这些一直陪伴着她的人有多重要。

百里夜神情一怔，是啊，在公主心里他们的安全比那些信息情报重要多了。

他和璎珞、璃珞、陌阳还不同，露华最黑暗的四年，是他陪在神医谷内和她一起度过的，所以他了解露华公主心中的痛苦有多么沉重。

每个人都有不能承受的事，他怕若他们之中再有些人因她而死，那公主将会承受不住崩溃。

“那怎么办……”百里夜有些沮丧地坐了下来。

灭了沧澜国不光是为了大盛为了云氏，同时也是为了他自己，为了他和她，祭奠他们两个那份无疾而终的爱情，以及他从来没有看见过的女儿。

若非沧澜国野心勃勃，他和凤青岚又怎么会走到这一步，他又怎么会连他的女儿一面都不敢见？

手，狠狠地砸在桌子上。

陌阳了然地叹息。

每个人心中都有一道疤，一个随君昊造就了多少人的遗憾啊。

“参见王爷，外面有一个自称孔家大公子的人求见。”一个士兵隔着帐帘高声禀告道。

凤尘一愣，孔凌青这个时候来做什么？

这个时候他都进不去沧澜国都，孔凌青又怎么可能进得去？

“带他进来吧。”

陌阳看了一眼凤尘，说道：“孔大公子该是为了杨大小姐而来。”

当初孔凌青和杨又薇的事在京都内闹得是沸沸扬扬，他因为是宁千雪的人，所以更加清楚这两人的过往，以及杨又薇答应和亲的原因。

这个时候孔凌青前来，不外乎是担心杨又薇，想要见她一面罢了。

可是这个时候，他想要见杨又薇一面，才是最难的啊。

“王爷。”孔凌青身披一件藏青色披风，风尘仆仆而来。

一脸的风霜，掩饰不住的落寞。

本是意气风发的年纪，可是却只能在他身上看到沧桑的疲惫感。

凤尘开门见山道：“这个时候你想见她，很难。”

不仅孔凌青进入沧澜国都几乎是不可能的事情，而更重要的是当年孔凌青和杨又薇的事情，想来沧澜国人也是知道的。

若是让人发现了孔凌青，那么势必会给杨又薇带来危险。就算有璃珞在沧澜国照看着杨又薇，可是毕竟此刻在沧澜国内一手遮天的是随君昊。

自从和杨又薇成亲后，沈沧溟几乎放开手中所有的权力，不再和随君昊争权夺利，甚至是连大盛和兰国一起进攻沧澜国，沈沧溟都没有离开过沧澜国都一步。

这点让人十分不解。

孔凌青直起身子执拗地看着凤尘，动了动有些干裂的唇，沙哑着嗓音说道：“我知道，所以我不是想要去见她。”

见她，不仅会给他自己带来危险，更会让她陷入危险的境地，他就算再想见一见小薇薇，也不会拿她的生命安危做赌注的。

赌注太大，他输不起。

凤尘有些明白孔凌青的来意了，点了点头示意他坐下，“放心吧，杨小姐既然是阿蓉的好友，本王自然会尽力保她平安。”

千里迢迢而来，不过是想第一时间知道她安康的消息罢了。

孔凌青比大家想象中更爱杨又薇。

“孔大公子你家里会同意你来这里？”陌阳挑眉问道。

虽然孔家也不见得有多待见杨又宁吧，但是又怎么会允许孔凌青千里迢迢来见杨又薇，传出对孔家名声有碍的传闻呢？

这可不是凡事以名声为重的孔家的作风啊。

孔凌青抿紧唇角，坐在了一旁，给自己倒了一杯茶，平静地说道：“若是孔家未来的继承人孔凌青，自然不可能来到这里。”

孔家啊，那是一个最重脸面的家族了。

就算他再爱杨又薇，就只因为他的妻子是杨又宁这一点，孔家就不能允许他来找小薇薇。

可是这个时候他又怎么放心得下呢？不亲眼来看一看，亲眼听到她平安的消息，他又如何能够安睡？

“什么意思？”

“剥夺了孔姓，废除了一身武功，终此一生不能再踏入山东一步，不能以孔家人自居。”

孔凌青十分平静的一句话，却让人万分震惊。

“什么？”陌阳一声惊呼。

凤尘则是了然，怪不得刚刚孔凌青进来的时候他察觉到孔凌青的气息十分不稳，原来是一身武功已经被废了。

没想到，只是为了第一时间听到杨又薇安康的消息，孔凌青就可以做到这个地步。

要知道武功被废不仅仅代表着他这一身苦练一二十年的功力没有了，更是代表着从此他的身子连平常人都不如了。

孔凌青无所谓地耸了耸肩，道：“所以啊，以后就不要再称呼我为孔公子了，叫我清辉吧。”

清辉是他的字，是他娘亲去世前给他取的。

帐内的人皆是一叹，情之一字，着实是害人不浅啊。

“尘王，能不能麻烦你派人去保护小薇薇，我怕她会做出什么事情来。”清辉有些不好意思地对凤尘说道。

没了孔家嫡子的身份，他手中什么势力都没有了，没了武功就算他想亲自去保护小薇薇也做不到了。

凤尘看了一眼长歌，对清辉说道：“放心，我会派长歌去，有长歌和璃珞保护杨小姐，杨小姐一定会没事的。”

本来他就想着要不要派人秘密潜入沧澜国国都去保护杨又薇，若是杨又薇出了什么事情，他不想阿蓉难过。

第6章　沈沧溟与杨又薇

长歌当天下午便独自一人秘密潜入了沧澜国国都，毕竟凤尘身边武功能达到出神入化境地出入沧澜国国都而不被人发现的也就只有长歌一人能做到了。

然而就在三天之后的傍晚时分，长歌忽然出现在营帐内，一身伤痕惊呆了众人。

“你怎么回来了？小薇薇呢，是不是小薇薇出事了啊？”清辉率先出声，双眼中除了着急之外还有显而易见的惊慌。

凤尘也皱眉问道：“长歌，这到底是怎么回事？”

长歌也不说话，沉默地从怀中掏出几张老旧的牛皮纸交给了凤尘。

“难不成……”陌阳大胆地猜测，却在话说到一半的时候注意到清辉苍白至极的脸色，不再言语。

长歌奉凤尘之命去保护杨又薇，这个时候长歌一身伤痕地出现在这里。

没有疑问，这几张牛皮纸就是四座城市的阵法和建造图纸了。

“传令下去，半个时辰后准备攻城！”凤尘接过牛皮纸，看了片刻后沉声下令。

几个将领兴奋地下去准备了，而剩下的几个则是围在凤尘身边开始讨论怎么攻城才能将伤亡减到最少而又能最快速地拿下这座城池。

只有清辉一人，依旧呆愣地站在原地。

长袖中的手臂，在不可抑制地颤抖，整个人看起来好像被人瞬间吸走了精血。

长歌拍了拍清辉的肩膀，说道：“别担心，那个沧澜太子对杨小姐很好，杨小姐一定不会有事的。”

若不是沈沧溟真的对杨又薇很好，这份图纸也不可能被杨又薇轻易拿到手，又会让人放长歌离去。

长歌的这一身伤痕，是随君昊的人察觉到了，派人追杀的。

这个时候随君昊应该还不知道图纸已经被凤尘得到了，所以这个时候若是凤尘忽然发起攻击必定能打沧澜国一个措手不及。

“好就这么做，百里夜将这图纸去交给兰国的景将军，让他配合我们一起攻打沧澜国，这次一定要一鼓作气拿下沧澜国。”

“拿下沧澜国！”

“拿下沧澜国！”

“拿下沧澜国！”

半个时辰后，凤尘和陌阳分别带领着十万兵马，进攻沧澜国国都外面的四座城池之二。

一个时辰后，兰国也开始攻打剩下的两座城池。

两个时辰后，凤尘率先攻破了城池，到达了沧澜国国都前。

半个时辰后，陌阳和兰国景将军也到达了沧澜国国都前，加入进攻阵营。

而此刻的沧澜国太子府内，火光冲天。

杨又薇看着院子内冲天的火光，背对着身后之人问道："为什么？"

这一句为什么，问得太突然，有些让人摸不着头脑，可是身后之人却知道杨又薇在问些什么。

他知道杨又薇是在问他为什么让她那么轻易地拿走图纸，为什么不反抗，为什么不离开……

沈沧溟高大的身躯从后面将杨又薇轻轻圈在怀中，下巴支在杨又薇的头顶，语气宠溺地说道："因为我爱你啊。"

因为我爱你，所以你想要什么我都可以双手奉上。

就像他知道太子府内的这场大火是杨又薇和璃珞一起让人放的一样，可是知道又如何？他就是不想离开。

这本就是他应该承受的。

无论是对皇姐还是对她……

"从来没有人告诉过我，到底怎么做才算是喜欢一个人，又该怎么去喜欢一个人。所以我只能按照我自己的方式去喜欢你，我以为得到了你宠着你就是爱你了……可是我却发现无论我做什么，你好像都不快乐。"

杨又薇浑身一震，身子渐渐发冷，"你……"

"我知道你有喜欢的人，可是我以为我只要对你好，早晚有一天你也会喜欢上我的，孔凌青能给你的好，我可以十倍百倍地对你好，可是……薇薇，你就是不爱我，还想杀了我，我都知道……"

"即便如此，我也没有想过要放手，可是到了现在，你想要的我能给的我已经全部奉上，而我再也不能护着你宠着你爱着你了……薇薇，跟着皇姐的人走吧。"

沈沧溟的嘴角渐渐有黑色的血迹流出，一滴一滴滴在了杨又薇浓密的发间，流到了女子洁白光洁的额头上。

那温热的触感好像灼伤了杨又薇的灵魂，让她疼得战栗。

"沈沧溟，我恨你啊，你知不知道我是恨你的……为什么还要对我这么好啊。"杨又薇的声音中似乎带上了一抹哽咽。

沈沧溟大手轻轻擦过女子的眼角，看着指尖的一抹晶莹，笑了，"这一年多来，看着你无数次深夜为了他而哭泣，你不知道我有多羡慕，想着若是有一天你肯为我掉一滴眼泪就好了，可是现在你哭了，为我哭了，我反而更难过了。"

"沈沧溟……"杨又薇再也忍不住，伸手捂住嘴巴无声地哭泣。

这样深情的男人为什么偏偏是害她一生不能幸福的沈沧溟呢？

为什么！

沈沧溟松开对杨又薇的怀抱，缓缓退后了几步，看着身子不断颤抖的杨又薇，沉声说道："出来吧，赶快带她走。"

皇姐的人一直隐藏在太子府内，这他一直都知道。

这个时候大盛和兰国的人也快攻进来了吧，他这罪孽的一生也终于快要结束了。

"沈沧溟……不，我不走，沈沧溟你和我一起走吧。"杨又薇挣脱着，不愿意离去。

"薇薇，当年浑水摸鱼放火烧了大盛皇宫的人是我派去的，一箭射穿露华公主膝盖的人也是我，给孔凌青下药害的你不能和他在一起的人也是我。薇薇，这样的我有什么值得你留恋的？现在孔凌青应该就在大盛的军队中吧，能给你幸福的人来了，你还不走干什么？"

"沈沧溟……"杨又薇这个时候已经不想管那么多了。

"对不起薇薇，原谅我一直不明白什么才是真正爱一个人，若有来生，我一定不会如此了。"

沈沧溟看了一眼黑衣人，黑衣人明白了，顿时一个手刀劈晕了杨又薇，一个闪身抱着杨又薇就离去了。

沈沧溟看着窗外的大火，笑了。

薇薇，不是我不想和你在一起，而是身为沧澜国的太子，我的结局只有一个，那就是和沧澜国一起死。

哪怕，我并不爱这个国家。

在我知道你嫁给我不过是为了报复我的时候，我就知道我的结局了。

我的姑娘，不要再有顾虑了，大胆地去追求你的幸福吧。

第7章　她所愿，便是我所求

天，渐渐亮了。

战火也逐渐地熄灭了。

凤尘站在城楼上，看着满城皆变成了战火下的废墟，心中感慨万千。

“尘王殿下不愧是大盛的战神，年纪轻轻已经建立了如此不朽功勋，真是英雄出少年啊。”

景将军大步踏上城楼，一身玄色的铠甲上的血迹在阳光的照射下，显得格外暗淡阴沉。

“老将军过奖了，说起战神，尘着实有愧，景老将军当知尘为何连年征战，和一心为了兰国百姓的景老将军比起来，尘还是稚嫩得很。”

对着兰国肱股大臣军功无数的景老将军，凤尘还是很尊敬的。

虽然不是一个国的，但是景老将军为人刚正不阿，景家世代只效忠于兰国皇帝从来不参与党争，只一心守护着兰国百姓，这才是一代名将应该做的。

在大盛，真正能够和景将军相提并论的也就只有阳城将军了，无论是柴元帅还是凤尘，他们带兵打仗守护一方百姓的目的都只是为了心中的一个女人罢了。

真正有大将风范的，是一心为了百姓的。如阳城将军，如景将军。

“无论是为了露华公主尘王才想要守护大盛的百姓，还是因为自己少年起便是一位将军，总之尘王殿下守护了一方百姓是真，这就不愧大盛百姓对你的尊敬和爱戴。”

景老将军长得儒雅和蔼，说起话来也让人十分舒服。

远处刚刚升起的太阳渐渐显露出和煦的日光，凤尘眯着眼看着远方，仿佛感受到了希望一样。

“她所愿，便是我所求。”

景老将军并没有笑话凤尘儿女情长，而是笑眯眯地说道：“露华公主到底是一个什么样的女子啊，早年便以惊才绝艳之名闻名天下，现在更是让尘王殿下不惜为了她灭了沧澜国，老夫倒是对这个露华公主十分好奇了。”

不仅如此，景老将军对露华公主的好奇更早就有了，那时候露华公主刚刚力排众议建了青龙钟和凤尘还没有婚约。

他记得那个时候，兰国有史以来最聪慧睿智的太子曾经说过，若能娶到露华公主，他定以王后之尊虚位以待，愿与其共享兰国天下。

后来传来了露华公主和凤尘的婚约，太子玉棠还十分遗憾。

过了几年直到凤尘娶亲了，太子玉棠确定了露华公主是真的去世了，才娶了他的小女儿。

没有为自家女儿鸣不平的意思，只是单纯对露华感到好奇而已。毕竟这个世间如露华公主这般的女子实在是凤毛麟角。

凤尘想起阿蓉，面容都变得柔和起来，“阿蓉啊，她是这天底下最让人心疼的女子。老将军对阿蓉好奇的话，等回到兰国就可以见到阿蓉了。”

两国当初就有协定，谁攻下的城池，就归谁所有。

现在比较麻烦的就是沧澜国都了，虽然是凤尘先发起攻击的，但是毕竟是和兰国一起攻克的。

所以，沧澜的国都到底归谁所有，还得两国商量着来。

“露华公主不是失踪了吗？看尘王这非得灭了沧澜国的架势，老夫还以为露华公主是在沧澜国呢，怎么会在兰国？”

景老将军有些疑惑了，他们景家在兰国也算得上是顶尖的世族了，可是他也没听说有过一丁点有关露华公主的消息啊。

倒是信陵王府内忽然传出，信陵王已有未婚妻，且就在信陵王府内，至于是谁谁也没见过，就不得而知了。

“难不成是信陵王带回的那个女子？”

听到景老将军的喃喃自语，凤尘眸光一闪，随景岩并没有告诉他阿蓉现在在兰国哪里，想来有可能如景老将军所说就在信陵王府了，一会派长歌去查一查。

“当年兰国的逍遥王曾经和神医谷上一代谷主结为异性兄弟，而阿蓉的母后则是神医谷上一代谷主的小师妹，所以说逍遥王和阿蓉的母后是旧识，而信陵王又是逍遥王一手带大，若是逍遥王让信陵王救走阿蓉也在情理之中。”

只是有一点凤尘一直没有弄明白，若是救走阿蓉是逍遥王的意思，那怎么可能一点消息都不给他们几个透露呢？反而是悄无声息地将阿蓉带回了兰国，若非冰月传回消息，那他们几个还不知道阿蓉现在就在兰国呢。

不过，这点并没有必要对景老将军说了。

尊敬归尊敬，但两人毕竟分明是两国的大将军。

“哦？原来还有这番缘由。”景老将军苍老的面容上，忽然绽放出一朵花来，他就说嘛，那老小子怎么就会看破红尘终身不娶呢，原来是曾经沧海难为水啊。

不行，回去得拿着几坛子好酒去灌灌那个老家伙，看看他心里头藏着的事到底是如何风月动人。

“禀告王爷，在国师府内发现了一座冰宫。”

“冰宫？”凤尘诧异地问道，然后转头看向景老将军，“老将军可有兴趣？”

攻破城门后，凤尘就立刻带人去了国师府，却发现早已人去楼空，然后凤尘就回了城楼上主持大局，让侍卫继续搜国师府，看看能不能搜出些什么来，没想到居然还真的有收获。

“老夫活了半辈子了还没见过冰宫呢，自然要长长见识。”

这沧澜国都虽然靠近北方部落，天气也十分寒冷，但按理来说还没到可以建造冰宫的地步啊。

更何况，这沧澜国都又不是只有冬天，也是有夏天的，就算夏天温度不算太高也不可能存在一座冰宫啊。

两人带着各自的疑问骑马去了国师府，入目的皆是雕梁画栋的精致亭台楼阁，哪里有什么冰宫。

“冰宫在哪里？”

“王爷，冰宫是一座地下宫殿，入口在书房的暗格内。”

凤尘挑眉，走的步子越来越大了，现在他对这个冰宫是越来越有兴趣了。

“尘王。”

一道清冷的女声响起，凤尘停下了脚步，回头一看，说道：“璃珞姑娘？”

来人正是璃珞，只见璃珞一身团蝶百花烟雾凤尾裙，外罩云丝披风，梳的是尊贵大气的朝月髻，发髻上的红翡滴珠凤头金步摇随着女子的走动发出清脆的撞击声。

比起当年在楚香阁内衣衫简单、神情冰冷的掌柜璃珞，现在的璃珞有着一国公主该有的尊贵和气派。

凤尘心中划过一抹诧异。

之前他也去过楚香阁几次，见过这个璃珞几次，当时只觉得是一个特别冷清的女子也没多注意，现在看来阿蓉身边的每个人都不容小觑。

第8章　冰宫内的发现

“景老将军。”璃珞微微弯腰，对着景老将军行礼道。

景老将军嘴角微微有些抽搐，不知道该说些什么。

端看这女子的装扮和气势，再加上刚刚凤尘唤她“璃珞姑娘”，景老将军也猜得出来，这位正是一年多前忽然回国的沧澜国嫡出大公主，有着在沧澜国尊贵无双的琉璃色瞳孔的璃珞公主。

只是……

他和尘王好像是灭了沧澜国最得力的两个将军吧，而这位应该是亡国公主了啊。怎么说他们之间也有着灭国之恨啊，怎么还能这么平静地对他行礼问好呢？

这，这，这……这到底是怎么回事啊。

璃珞也只是礼貌地和景老将军打了一个招呼，并没有打算认识认识这位兰国大名鼎鼎的将军。

“杨小姐我已经派人送到了城外的营帐内了，百里夜会安顿好她的。”璃珞语气平静，不知道的人还会以为璃珞是大盛人呢。

凤尘点了点头，“嗯，杨小姐没事就好。你来这里，是有什么事情吗？”

“嗯，等进了这地宫我才能验证我的猜测是不是对的。”

“好，那就一起吧。”

看着两人远去的背影，景老将军这才反应了过来，龙行虎步地跟了上去。

怪不得凤尘能拿到那四座城池的图纸，他居然忘了沧澜国的太子妃是大盛人，而这位大公主显然也和凤尘认识，怪不得啊。

只不过既然是沧澜国的大公主，为何要帮着别人灭了自己的国家啊？

景老将军虽然好奇但是并没有打算八卦一下，每个人都有每个人的秘密，他也不是八卦的人。

等到三个人进了地宫，三个人皆是被震撼得说不出话来。

说是地宫，实际上这座冰宫并没有多大，整个冰宫并不是由冰造成的，而是由昂贵的水晶建造的，并没有分割出屋子来，只有几个同样是水晶做的屏风随意放着，正中间则是一具冰棺，冰棺旁边是一张竹子做的床榻。

冰棺周围都绕满了不知名的鲜花，白色的很漂亮，星星点点地绕在冰棺的四周。

几人上前一看，果不其然，那冰棺已经空了。

凤尘看着那冰棺若有所思。

“怪不得沧澜国这几年百姓愈发得穷苦了，就连皇室也没有多富有，原来整个沧澜国的奇珍异宝都被搜刮到这里来了。”璃珞淡淡地说道。

回来后，她查了不少东西，发现沧澜国的国库几乎见底了，虽然沧澜国并不如大盛、兰国富有，但也没有穷到这个地步。

而且璃珞注意到这个变化是从沧澜国出了国师后开始出现的。

看到这个由水晶建造而成的冰宫，以及冰宫各个角落随意堆放的奇珍异宝她就明白了。

凤尘听完璃珞的话，更是皱眉。

看这冰宫的情形，这个冰棺内定是曾经放着一个人，而且这个人肯定对随君昊十分重要，到底是谁会让随君昊如此珍惜呢？

“璃珞，你刚刚进来前说有什么猜测，现在可以说了吗？”凤尘忽然想起进来之前璃珞说过的话，问了出来。

璃珞弯腰碰了碰冰棺四周的花朵，发现那花瓣之上还有露珠滚落，耸肩一笑，“你不是已经猜到了吗？”

这么明显的指向性，她就不信凤尘猜不到。

更何况，看着凤尘猛地攥紧地双手，璃珞肯定凤尘已经猜到了。

“真的吗……”凤尘没有想到，这个猜测太过大胆了。

璃珞低叹一声，“我回来后就一直查这个国师的来历和一些古怪的事情，我的人说这个国师府内原本是没有满天星的，嗯，就是这个花。”

璃珞指了指冰棺周围的花，继续说道：“是六年前，国师曾经外出过一趟，两个月后才回来了，回来了之后国师府就开始种植满天星了，而且从此以后这个国师就每晚都在书房歇息了。”

“其实，结果并不难猜测，这也是好事，不是吗？”

整个天下，值得随君昊这般费尽心思的人，也就只有一个了。

大盛已故顺灵帝的元后——随心影！

既然六年前凤绝谋反之事就是随君昊一手鼓动的，还插了一手火烧皇宫栽赃云王，而随君昊做这一切的目的不就是为了随心影吗？

所以说，随心影还活着，这并不是不可能。

凤尘唇角抿紧，不发一言。

随心影还活着，这对阿蓉来说肯定是一个惊喜。可是现在随君昊不见踪影，抓起来本就很难，若再顾虑着随心影，那么更如同大海捞针了。

若是随君昊拿随心影做些文章，为了阿蓉，他只能束手待毙了。

“快看，这里有个密道。”

从进来后就一直没有出声的景老将军忽然出声喊道。

原来在冰棺正对着的后方的水晶墙上雕刻着一朵满天星的形状的花纹，而景老将军正是敲打那花纹，几番推敲后，发现了密道。

“那随君昊定是从这里逃脱的，要不要派人去追?”璃珞问道。

凤尘看着景老将军说道：“老将军好本事，现在去追也是追不上了，不如咱们上去派点人来看看这个密道通向哪里吧，总要有个方向才是。”

景老将军笑眯眯地点了点头，“好。”

虽然说这个沧澜国的国师对兰国并没有什么恩怨和威胁，但是能卖凤尘一个好，景老将军还是很乐意的。

出了国师府，璃珞忽然对凤尘说道：“尘王，我想求你一件事。”

“什么事?”

“不要坑杀沧澜国的士兵和百姓。”

沧澜国现在剩下的兵马，基本是都是当年她外祖父明老元帅曾经带过的兵，这也是她能对外祖父一家唯一能做的补偿了。

毕竟，现在的明帅府早已经荒芜了。

这也是当她听到太子府被大火烧成一片废墟，她明明知道这是沈沧溟对她的赎罪，她也不愿意再去看一眼，就连难过也没有一点。

她和沧澜国早已经恩断义绝了。

覆灭不覆灭，与她何干?

凤尘点了点头，“只要他们不暴乱，大盛绝对不对坑杀百姓。”

景老将军也点了点头，“几百年前，咱们都是楚国的百姓。哪里有那么深的仇恨？老夫可没有那么狠毒。”

沧澜国剩下的残兵败将已经不足为患了，而坑杀百姓这般灭绝人性的事也就只有那些不通教化的野蛮人才能做得出来。

璃珞弯腰谢过之后，便转身离去了。

第9章　自我放逐浪迹天涯

这场牵涉三国的战事已经缓缓落下了帷幕，兰国和大盛的士兵都放松了不少，凤尘回了营帐后收到了百里夜派人送来的消息，说是杨又薇要离开。

“你真的想好了吗？”凤尘看着眼前眼中满是执拗倔强的女子，有些无可奈何的感觉。

孔凌青为了她，放弃了孔家放弃了一切，可是如今杨又薇却选择离开，这样让孔凌青情何以堪？

更何况，这两人明明就是爱着对方，怎么就一定要分开呢？

杨又薇看起来好像和以往一样，只是孔凌青却发现了一点不同，杨又薇笑的时候，那嘴角弯起的角度，再也不是当年那样醉人的弧度了。

爱笑的杨又薇，终是再也没有笑容。

“想好了，我这一生不爱沈沧溟，但是我放不开他。”杨又薇眼睛亮亮的，看着孔凌青的眼神没有一点退缩。

她并不觉得自己对不起孔凌青，若是她心中有些沈沧溟却还和孔凌青在一起，那才是对孔凌青的侮辱。

关于沈沧溟，她真的不爱。可是也并非无动于衷，沈沧溟几乎是用生命和所有的一切来爱她。

能得到一个良人的倾国之恋，这是每个女子内心深处都会做的最美好的梦。

杨又薇也不例外，她很平凡，和普通的女孩一样，有点小小的虚荣，心中希望被人疼着宠着，被自己的夫君如珠如宝地对待，容易被感动。

不说其他，单单说沈沧溟对她，可以说得上是倾国之恋了。

即便不爱，也不得不被感动。

沈沧溟的死在她心中筑起了一座坟冢，碰不得也忘不掉，不是很重要却也忽视不了。

对待感情，杨又薇很是执着，爱就是纯粹至极的爱，夹杂上任何一点其他的感情都不是完美的爱情。

凤尘看了看孔凌青，见孔凌青脸色虽然苍白但并没有多么不满不愿，也就知道这两人在他回来之前已经谈过了。

“好吧，你去哪里？要不要本王给龙少将军送个消息。”凤尘问道。

攻打沧澜国之前，他就收到了龙轻泽的消息，说是有了杨又薇的消息一定要告诉他一声。

现在看起来杨又薇是想要一个人独身离开,也不知道会不会去见一见龙轻泽。

“尘王只需要告诉小哥哥我还活着就好了,其他的……我会去看他们的。”杨又薇想了想,还是拒绝了。

她现在没了精神去应付对她的一切感情,只想自己好好一个人看看这天下。

“好。”

杨又薇最后看了一眼孔凌青就要离开。

“你要去哪里?”这是孔凌青在问。

可以放任她自己去流浪,可以等她收拾好心情重新上路,可是还是忍不住会担心她。

小薇薇一直大大咧咧,一个人出门能照顾好自己吗?

杨又薇停下了脚步,抬手遮住正午的阳光,眯着眼说道:“不知道,走到哪里算哪里,若是有一天我们在某一个地方相遇了,那个时候我也放下了他,我们就在一起吧。”

看着杨又薇毫不犹豫离开的背影,孔凌青忽然大声喊道:“小薇薇,你要相信,无论经年几何,都会有一个人等你,等你一起看四月的梨花踏进五月的烟雨,然后守着夕阳一起慢慢变老。”

这次一定要相信我,小薇薇。

因为除了你,我再也没有什么可以失去的了。

女子在阳光下策马离去的背影,成了孔凌青几年后一直挥之不去的梦。

“放心吧,杨小姐早晚会想明白的,给她时间。”凤尘拍了拍孔凌青的肩膀,安慰道。

好歹按照之前,因为杨又宁的事情,杨又薇表现得很是决绝,如今愿意再给他们彼此一个机会,何尝不是一件好事?

孔凌青看了看并不刺眼的阳光,忽然喃喃说道:“你知道吗?我曾经想过会陪她去很多很多的地方看尽天下美景,可是现在却成了遥不可及的梦。”

哪怕现在他舍弃一切,也不可以挽回曾经一次的过错。

本来,他们可以很幸福的。

可是现在又能说得上是谁对谁错呢?

错在他吗?逃脱不开家族责任?还是错在她,对爱情太过执着?

好像谁都没有过错,可是又好像他们都错过了。

这样的……是结局吗?

“今后有想过去哪里吗?”凤尘问道。

如今孔凌青被逐出了孔家,杨又薇又不在他身边……

孔凌青勾起唇角,一笑道:“策马天涯,也许我能走过她走过的地方,若有一天老天垂怜,我们还能再相遇,希望那个时候我们都能原谅彼此。”

没什么看不开的,这样又不是结局了。

凤尘眼中划过一抹赞赏,同时心中对宁千雪的想念更深了一些……

他的阿蓉有了他的孩子,可是他却一直没有陪在她身边,真是遗憾啊。

现在他们的孩子大概也有五个半月了吧,沧澜国的事情已经没什么大事了,就剩下随君昊和随心影的事情了，这件事还是联系随景岩和他一起查比较好。

心中打定了主意，凤尘就马不停蹄地安排接下来的事情，在忙了整整三天后就将手头的事情统统交给百里夜和陌阳一起负责，自己则带着五百名近卫快马加鞭地赶回了大盛。

等到一个半月后，凤尘赶到大盛京都将在沧澜国国师府发现的事情告诉宁为玉后，就听到了宁为玉送上来的另一则消息。

“你是说兰国最小的嫡公主玉紫晴看上了岳笑，想要将岳笑招为驸马？”凤尘皱了皱眉，有些纳闷。

虽然他和岳繁是好友，可是他是真的没看出来这个岳笑除了长得比岳繁好之外，哪里比得上岳繁，哪里值得被兰国最受宠的公主看上了。

“这就叫作萝卜青菜各有所爱吧。”宁为玉也有些不清楚个中缘由，也许是人家公主看各种强悍的男子看多了，忽然冒出来一个小白兔，还是个俊俏的小白兔，就看上眼了呢。

毕竟玉紫晴的两个哥哥都十分优秀，忽然冒出来一个从未遇到过的天真的大男孩，玉紫晴心喜也是有可能的。

“这是一个好机会。”

凤尘不在乎岳笑和谁在一起，若玉紫晴真的想要嫁给岳笑，那么也算是大盛和兰国再次联姻，上次联姻的玉紫嫣算是失败了，所以这一次兰国肯定十分重视。

凤尘借机去兰国就有理由了。

第10章　到达兰国针锋相对

在凤尘回京还不满三天，凤尘又代表大盛去参加兰国紫晴公主和岳笑的婚礼，这般行色匆匆不禁让大盛的百姓感到好奇。

不是说尘王很在意露华公主的吗，怎么现在算起来露华公主失踪都有四个月了，怎么尘王殿下不仅不着急去找露华公主，反而一直专注于其他的事情啊。

本来人们才猜测露华公主的失踪是不是沧澜国的人干的，不然尘王殿下为何不去找露华公主的下落，而是急吼吼地跑去攻打沧澜国。

可是等尘王从沧澜国回来后，不仅没有带回露华公主的人，就连露华公主的一点点的消息都没有带回来，如今反而又要去兰国，这让人十分摸不着头脑，不知道尘王到底要做什么啊。

因着露华公主的失踪，尘王的行色匆匆，整个京都的真正权贵都和商量好了似的，一同沉默低调了起来，所以也就导致了到了现在明明灭了沧澜国，又扩充了大盛的领土，可是整个京都都没有什么喜悦的气氛。

上至官员，下至百姓，整个大盛的气氛都很是沉闷，让人觉得倍感压抑。

同时这个时候，就连京兆府尹的工作也忽然减轻了不少，就连平时爱犯事的人都没了那个胆子在这个节骨眼上惹事。

一个月后，凤尘带领着一队人马到了兰国，兰国太子玉棠亲自在城门口迎接凤尘，而后又让太子妃亲自设宴在东宫为凤尘接风洗尘。

“尘王远道而来，孤先干为敬。”兰国太子玉棠手执起酒杯，对着凤尘爽朗一笑。

凤尘同样回了一杯酒，称赞道：“未来兰国之前，总是听闻兰国太子天纵英姿，是兰国百年难得一见的贤能太子，如今一见果然名不虚传。”

只见玉棠一身暗紫色长袍，一种低调的高贵显示在其中，腰间的玉腰带，头顶玉色头冠，更添一抹尊贵在其中。

玉棠的容貌不如信陵王玉桦那般出众，但却更有着一种肃穆和沉稳，让人观之便下意识地觉得此人十分强悍，隐隐有种上位者的压力。

此人，不容小觑。这是凤尘最直观的感受。

“哈哈，尘王过奖了。尘王殿下不也一样？这般年轻就亲自带领大盛攻占了沧澜国国都，建立了不朽功勋。”

玉棠说完还佯装不满嫌弃地指了指在一旁下首喝酒的信陵王玉桦，说道：“同样是弟弟，尘王殿下帮了其兄长多少啊，再看看我这个弟弟……不给孤惹麻烦就不错了。”

此话，似乎意有所指。

要知道玉桦虽然不如凤尘那般年少有为，但在兰国也从未惹是生非过，在皇室里也算得上比较出众的皇室子弟了。

玉棠这话，好像并不单纯。

“嗐，你也就会嫌弃嫌弃我了，你看父皇什么时候会嫌弃王叔了，明明是你没有一点做哥哥的样子，居然还说我惹是生非，笑话。”

玉桦一听这话，顿时就不乐意了，将酒壶往桌子上一砸，眼一翻身子往后一靠，那姿态像极了都城内流连酒坊花楼的纨绔子弟。

尤其是那神态，简直像极了。

“太子这话就过谦了，信陵王哪里会给太子惹麻烦呢，是吧，信陵王？”凤尘面上一派平静，却在视线转到玉桦身上时，变得十分幽深又带着一点点锐利。

似乎，是在警告着什么。

凤尘敢肯定，玉棠肯定知道阿蓉就在玉桦府上，而且玉棠刚刚那句话的意思好像是在说无论他和玉桦之间发生什么，这都是他们两个的私人恩怨，和大盛兰国无关？

想一想玉棠在兰国内一心为了国政的传闻，玉棠话里有这个意思也不奇怪。

“那谁知道呢，毕竟以后的事情谁也说不准不是？”玉桦眉梢一挑，眼中一抹邪狞猛地闪过。

凤尘嘴角一冷，也配合地说道：“是啊，以后的事情谁现在又能说得准呢。”

这个玉桦，和玉棠的差距也太大了，据说两人是一母同胞的亲兄弟，这性子也差得太多了吧？

也许和玉桦从小由逍遥王养大的有关系？那这样的话，逍遥王得是个什么性子的人啊？

因着阿蓉的关系，凤尘也算是了解随心影，看起来随心影也不会像是会喜欢如玉桦这般阴晴不定、外表风流内里凉薄的人啊。

是哪里出了什么问题吗？看来有必要去拜访一下逍遥王了。

“哈哈，孤这个弟弟从小就养在王叔处，性子就这样，尘王莫要见怪。”玉棠笑着打断了两人有些深沉的对视。

凤尘点了点头，“真让人羡慕太子，弟弟妹妹皆是人中龙凤。”

笑话，听玉棠的话还笑呢，哪里像是让他莫怪的意思，明明是告诉他：我弟弟就这样拽，在我们地盘上难不成你还会有意见？

“这必须值得羡慕啊，比起你们兄弟姐妹四个，我们这兄弟姐妹实在是太值得尘王殿下羡慕了。”玉桦斜着眼，嘴角挂着讽刺的微笑，十分不怕事大地说道。

他这话一出，整个气氛一瞬间凝结了。

本来玉桦以为凤尘会生气发火呢，谁知道凤尘居然没有动怒，不由觉得无趣极了，将椅子一扯，就大步流星地离开了。

凤尘先是看了一眼微笑不变的玉棠，然后也似笑非笑地回了一笑，“唔，是这样吗，本王觉得好歹是一母同胞，就算有误会也总会有一天解除的。对了，不知道紫嫣公主的事情，太子准备怎么解决啊？”

他可是听说了，虽然兰国太子同意了檀睿的劝说，但是关于紫嫣公主该如何处置的问题，玉棠是一字未提，就算檀睿提起，也是想办法挡了回去。

这就很好玩了，玉棠在兰国已经和皇帝无异了，只差正式登基了，整个兰国都没有他做不了主的事，更何况就连攻打沧澜国这般大的事情，玉棠都不需要和皇帝商量，就知道玉棠已经是兰国实际上的掌权者了。

再说玉棠和玉紫嫣的关系，玉棠怕是巴不得整死玉紫嫣，如今有了玉紫嫣的把柄送上门了，玉棠又怎么会放过呢，只有一个可能，那就是兰国的皇帝，玉棠的老子出面干涉了。

现在是两父子在斗法，所以如何处置玉紫嫣一事就耽搁了下来。

玉桦既然提起他们兄弟之间的不和，那么凤尘不回敬一二，又怎么对得起玉桦的伶牙俐齿的讽刺呢？

第11章　信陵王的未婚妻

“呵呵，世人皆说大盛的尘王是多么的爱露华公主，尘王殿下不照样娶了一个平妃吗?”玉棠一脸正直地吐字成冰，淡笑着看着凤尘有些发黑的脸继续说道：“所以说啊，这世上哪里有那么忠贞的感情呢?”

凤尘的手缓缓地握紧，唇瓣紧紧抿成一条线，声音是罕见的危险而讽刺，“本王可以理解为这是太子对本王的羡慕嫉妒恨吗?”

别以为他不知道，这家伙曾经也对阿蓉心怀不轨，若不是他反应够快，在接到消息后立刻从战场赶了回来，并立刻向顺灵帝求亲，这个家伙恐怕就会捷足先登了。

虽然那个时候他和阿蓉感情很好，但是阿蓉身为皇室公主，和亲是她不能拒绝的责任，就算顺灵帝不愿意长女和亲，想要拒绝兰国太子的求亲，也要费一番周折。

当年求而不得，如今就来讽刺他不懂得珍惜吗?

谁知道，凤尘的话并没有让玉棠觉得难堪或是变了脸色，玉棠反应是仰天大笑几声，而后十分坦率地承认道：“没错，当年孤确实想要求娶露华公主，只可惜晚了一步，孤不愿意强人所难也就没再提这件事，没想到尘王竟然知道。”

这话，听着怎么都不像是夸人的话。这是在讽刺他八卦吗?

“太子果真坦率，不过太子就不怕这句话让太子妃听到了吗?”

凤尘虽然有些讶异玉棠这般爽快地承认当年他曾经对露华有过感情，但更吃惊的是，要知道来太子东宫赴宴的不仅仅是他，还有景老将军!

现在的太子妃，正是景老将军的小女儿!

玉棠这般说辞，也不怕让景老将军心中不痛快。

要知道景老将军手中的兵权占了整个兰国的一半。

但整个兰国几乎找不到可以和景老将军相提并论的将帅之才来，这也是兰国虽然富饶，太子也有着经天纬地之才却不发动战争的原因。

一个将帅之才并不多的国家，是不敢轻易发动战争的。

若是景老将军出了什么意外，那兰国也算是完了，所以玉棠就算心中有丘壑也不敢轻易挑起战争，反而会配合大盛一起灭了沧澜国，这也算是兰国近百年来最大规模的一场战争了。

这点就和大盛不同，大盛虽然凤尘的名声如日中天，可是提起龙轻泽来，大盛的百姓还是会把龙轻泽放在和凤尘相等的地位上。

而且还有一个柴元帅名声更是在凤尘之上，如今虽然柴元帅牺牲了，可是柴元帅的声望无论是谁都是无法超越的，就算阳城将军也是威名显赫。

所以，这个时候玉棠就算不讨好景老将军，也不应该在这个时候当着景将军的面，说这个啊。

“哈哈哈，这个就不劳尘王担心了，太子妃还是识大体的。”景老将军对自己的小女儿还是了解的。

虽然也一直被他和他那儿子宠着，但是他景家的儿女该有的气量和大体还是有的。

玉棠也是点头笑道：“这有什么好怕的，曾经欣赏甚至是爱慕露华公主，这又不是什么不可告人的秘密，孤的太子妃还是明白现在孤的心在谁那里的。”

凤尘脸色已经恢复正常，也顺势称赞了太子妃两句。

真是个狐狸，这个玉棠虽然很是坦率但还是潜意识里对景老将军有所顾忌的，要不然也不会在这种场合，说出这种话来的。

更何况，玉棠的东宫内，可不是只有太子妃一人。虽然玉棠从未踏足过别的姬妾的院子里，只是做做样子平衡朝堂，但这样对太子妃就真的一点伤害都没有了吗？

若是玉棠真的很爱太子妃的话，就会连这种只是明面上的摆设也不会迎入东宫的，更何况，现在的玉棠仅仅是太子，若是有一天登上了皇位，那还会有更多的人劝说玉棠充盈后宫。

到时候，后宫佳丽三千人，玉棠还会如现在一般一心一意地对待太子妃吗？

“太子殿下，本王到了兰国听说信陵王府内迎来了一个姑娘，据说是信陵王的未婚妻？”凤尘不动声色地问了一句。

说完就端起酒杯，像是一点都不在意似的，只是随意的一句问话一样。

玉棠眉梢一挑，笑道：“是啊，孤这个弟弟已经二十有四了，却还是一点成亲的念头都没有，孤又不愿意强塞给他一个女人，只好由着他性子去了。幸好啊，这次回来居然带回来一个姑娘，真是一件好事啊。尘王殿下可要在兰国多留一留，整不好等到晴儿大婚后，孤这个弟弟也可以举行大婚了。”

下首的景将军不动声色地擦去嘴角的酒渍，嘴角隐隐有些抽动。

就几个月没见而已，这个太子殿下怎么变得这么……会说话了？

太子殿下这是告诉尘王，露华公主就是在信陵王府上呢，你又能咋样了吧？

是这个意思吧？

凤尘显然也听出玉棠这话里的意思来了，不仅没有动怒，反而是饶有兴致地转动着手中的酒杯，然后轻笑着说道：“大婚？太子确定信陵王喜欢的就是被他带回来的姑娘了吗？”

玉桦会喜欢阿蓉？他怎么一点都没看出来，反而觉得玉桦喜欢的实际上是另有其人？

也不知道玉棠知道了玉桦真正喜欢的人是谁后，会不会哭了？

恐怕这辈子信陵王都不会有大婚了，啧啧，真是可怜啊。

“尘王多虑了，若非喜欢，孤那个弟弟又怎么会千里迢迢地把人掳来这里？大婚自然是不远了。”

玉棠只当是凤尘心里被他刺得不舒服才顶了这么两句罢了，所以是一点都没有放在心上。

本来知道玉桦将露华带回来，并对外宣称这是他未婚妻的时候，玉棠是赞赏同意的，能看上露华，这说明他这个弟弟眼光着实不错。

至于对露华还有没有感情，这完全不用考虑了。

当年他对露华只是欣赏甚至是惊艳于她的才华，连见都没有见过一面，哪里来那么深厚的感情？更何况，这几年他和太子妃也算是琴瑟和谐，自然更是对露华公主一点想法都没有了。

得知这个消息后，玉棠反而替玉桦高兴。

当然了，所谓的玉桦喜欢露华，这只是玉棠自己高兴地想的，并没有想过他这个奇葩弟弟在把人家姑娘掳回来并对外宣称这是他未婚妻后，其实压根就不喜欢这姑娘。

第 12 章 针尖对麦芒

而实际上，玉桦这么干，完全是为了另外一个……人。

当然了，这都是后话，当玉棠知道玉桦喜欢的是谁后，玉棠将会多么的跳脚这就……可以想象得出来了。

“是吗，那么本王一定会参加信陵王的大婚的。”凤尘无所谓地点了点头，反正有那家伙在，玉桦大婚的可能性为零。

玉棠看到凤尘一点怒火都不动，不由觉得无趣极了。

“对了，敢问太子殿下，逍遥王可在京都内？”凤尘忽然想起来，认真地问道。

这几天他根本就联系不到随景岩，不用想也知道，定然是随景岩那个家伙故意的，而现在凤尘又需要找到熟悉随君昊的人猜一猜随君昊会去哪里。

随心影是一定要救出来的，不然阿蓉不会安心的。

这个时候联系不到随景岩，就只能去问问逍遥王，赌一赌逍遥王对随心影的心思了。

不过既然逍遥王会终身不娶，想来对随心影的感情是极其深厚的。不然凭着他逍遥王的身份，哪里会缺少一个优秀的妻子呢？

不过是因为心中有人了，如孔凌青一样，就算为了责任曾经妥协过，却还是骗不了自己的内心，最终还是选择追随自己的内心，就算现在并没有和杨又薇在一起，孔凌青也并不后悔。

玉棠有些讶异地挑眉道：“想不到尘王竟然会问起王叔的行踪，这些年来王叔可以算得上销声匿迹了，除了我们这些至亲之人，整个兰国也就岳父大人会知道王叔的行踪了。”

听了玉棠说了这么一堆废话，却连一个信息都没有得到，凤尘有些不满，口气也有些冲了，“太子殿下可否告知呢？”

还一国太子呢，说话连个重点都没有。

这个时候景老将军适时地插了一句，对着玉棠说道：“太子殿下，是这样的，在搜查沧澜国国师府的时候，我们发现了一座冰宫，而那冰宫里曾经藏匿着一个人，尘王殿下和沧澜国大公主猜测那个被沧澜国国师藏在冰宫里的人很可能就是露华公主的母后，已故顺灵帝的皇后！”

景老将军比凤尘晚七天离开沧澜国，因为凤尘的一路都是急行军状态，所以景老将军今日才回到了兰国，因此好些事情还没有对玉棠说，比如说随心影的事情。

“哦？原来露华公主的母后还活着，不过这和孤的王叔有何关系？”

凤尘忍不住翻了个白眼，这一个两个说起话来怎么都这么费劲？

“太子殿下可曾知道逍遥王曾经和人拜过异姓兄弟？”凤尘耐着性子问道。

玉棠看了一眼景老将军，然后点了点头，道：“这个知道，但是王叔和人结拜为兄弟，这个孤就不得而知了，岳父大人可知道？”

他怎么觉得这个凤尘的口气里，好像有点鄙视呢？

景老将军摇了摇头，又点了点头，然后说道：“起初不知道，后来知道了。”

凤尘：……

玉棠：……

“逍遥王曾经的结拜兄弟正是神医谷上一任的谷主随君知，而沧澜国国师正是神医谷上一任谷主的亲弟弟，随君昊！本王想要知道这个随君昊的下落，所以想去和逍遥王打听一下，毕竟这个世界上了解随君昊的人屈指可数。”

面对这么两个人，凤尘又着急知道情况，已经被磨得没了脾气，好脾气地解释了一长串。

“那……”

“阿蓉的母后名唤随心影，是上上任神医谷谷主破例收的关门弟子，这四个人曾经一起携手走遍天下。而随君昊爱上了随心影，随心影却心有所属，随君昊求而不得所以处心积虑地想要报复并得到随心影。嗯，事情大概就是这个样子，太子殿下还有什么听不懂的地方吗？”

玉棠嘴角隐隐抽搐，凤尘这厮是在看低他的智商？

兰国伟大的太子殿下，有些小心眼了，亲手倒了一杯茶递给凤尘，特别和蔼体贴地说道：“尘王说了这么多，渴了吧？来，多喝点茶，润润嗓子。尘王实在是太客气了，据孤所知，那些说书的都是说到一半都会停下来喝点茶或者休息一会，这尘王一口气说完真是太……”

太什么呢，我们伟大的太子殿下没说完的当然是，太敬业啦！

这般咳咳的话，当然不能直接说出来，直接说出来让人多难堪啊，是不？尘王远道而来是贵客，咱们身为东道主怎么好说话这般不给人面子呢？

凤尘额头上的青筋开始欢快地蹦跶了起来，握着茶杯的手猛地握紧，然后不一会就听到“咔嚓”一声，茶杯碎了。

凤尘满不在意地将手中的碎片甩到一旁，然后用功力将掌心的茶水蒸干，然后也是一脸为你好的表情说道：“太子殿下，这茶闻起来的确是好茶，只是这茶杯的质量……有待提高啊。”

嗯，嗯，不要这么小气嘛，用来待客还是贵客的茶杯怎么能用假冒伪劣产品呢？尘王殿下笑眯眯的眼神中表达了他隐含的一句意思。

一旁看热闹的景老将军则是一脸笑容，完全不受两人明争暗讽的影响。

“哪里比得上大盛富有啊，听说云氏有一个宝藏，孤哪里比得上尘王殿下富有啊。”玉棠不动声色地讽刺道。

这天下百姓不知道凤绝的皇位怎么来的，可是并不代表着玉棠猜不到。若真的是顺灵帝临死前将皇位传给了凤绝，那么露华怎么会死里逃生后不去找凤尘，反而千里逃亡，后来更是改头换面以宁千雪的身份回到大盛京都呢？

更何况，他们兰国可是还有一个……

也许让凤尘去见见王叔也不错，毕竟王叔那里还是有一个大惊喜等着凤尘的，就是不知道这个惊喜会不会让凤尘大吃一惊。

凤尘紧紧地咬住后牙，磨牙道："太子殿下太会转移话题了，大盛富有无论是云氏还是凤家，都是大盛的，好像和兰国的情况没有一点的关系吧？"

该死的，真想一巴掌打上去啊。

明明知道阿蓉的事，是他心头的一根刺，这货还一个劲地拿这个说事，真是该死！

"好了好了，殿下不困吗？老夫可是累了，想要回府休息了。"景老将军看掐得差不多了，为了避免两人中有一人先破功发飙整得不好收拾，景老将军就适时地打断了两人的对峙。

第13章　逍遥王兰修焕

玉棠也不恋战，顺着他老丈人的话站了起来说道：“王叔这个时候应该在王府里，孤派人带尘王殿下去好了。”

因着玉紫晴的婚事，一直神龙见首不见尾的逍遥王也在前几日赶回来了。

虽然玉棠一直看不上岳笑，觉得岳笑这个人配不上自己的宝贝妹妹吧，但是玉紫晴坚持，他还能说什么？

退一万步说，岳笑和玉紫晴身份有些悬殊，只要有他们兄弟在，那岳笑是万不可能欺负了他妹妹的。

从这个角度来看，最起码他的妹妹不会走上他母后的老路，也就不会像他母后那样郁悒而终了。

凤尘也站了起来，感谢地说道：“这个就不必了，这样本王就先走一步了。”

来了兰国后，凤尘做的第一件事就是打听到了逍遥王府在哪里，这个时候虽然有些晚了，但是凤尘心急如焚也就顾不得了。

和玉棠告辞后，就立刻骑马飞奔而去。

一路风驰电掣赶到逍遥王府后，果不其然看到的是逍遥王府紧闭的大门，凤尘毫不犹豫地气沉丹田然后纵身一跃就消失在了逍遥王的门口。

“不请自来，岂是君子之道？”

当凤尘一路无阻地踏进主院后，就听到一道轻缓令人听之便觉得放松的声音从四面八方响来。

凤尘当下一拱手，一弯腰，态度诚恳地说道：“在下凤尘，今日是为了故人才来，冒犯之处还请逍遥王海涵。”

这个逍遥王不愧是和随君知、随君昊一个时代的人，光听着声音便知道对方内功之深，恐怕就是冰月在这里也比不上逍遥王兰修焕吧。

话音刚落，凤尘就觉得四周的空气猛地凝滞了一般，压得他喘不过气来，弯着的腰也被迫越来越低，豆大的汗珠坠落在地面上碎成无数瓣。

良久，久到凤尘快要坚持不住了，才听到了一声长长的叹息。

“唉，你进来吧。”

凤尘陡然觉得浑身轻松了不少，直起身子抬眼一看，左前方的一处桃花林，只不过现在还在寒冬季节，离桃花盛开还有三个月呢。

不过兰国的气温比大盛要高一些，估计不用四月份，到三月的时候这些桃花就能盛开了吧？

凤尘漫步走进枯木桃花林中，恍惚想起现在阿蓉已经8个月了，等到孩子出生时正好是兰国桃花盛开的季节。

孩子……想起孩子，凤尘的心里和脸上就变得一片柔软。

“既然进来了，怎么一直站在那里傻笑？”兰修焕好笑地看着站在凉亭前面傻乐的凤尘，感到有些有趣。

他自然猜得出来这个时候会来这里的，又是他不认识的能有这身气度的只有大盛的尘王凤尘了，只不过初次见面就是看到凤尘呆愣地站在那里傻呵呵地笑，这怎么看也不觉得像是传闻中冷酷无情战功彪炳的战神啊。

只是传言有误传言有误啊。

听到兰修焕的感慨声，凤尘才猛地回过神来，头一次觉得有些不好意思地将手握成拳头放在嘴边轻轻咳嗽了几声，来掩饰自己的尴尬。

“说说吧，刚刚想到了什么，居然能让你对着破树枝傻乐。”兰修焕有些调侃地问道。

这个时候凤尘才正经八百地抬头打量起传闻中得到了随心影的心的逍遥王来，只见对面的男子着一身深蓝色衣袍，墨色的长发以一根同色系的锦带松垮的半束着。因为男子斜靠在柱子上的原因，一半的长发滑落在胸前，手中把玩着一个玉色的酒壶，眉眼间满是风流倜傥。

凤尘看到如此的兰修焕，忽然明白了玉桦为什么和玉棠如此不同了。

而兰修焕虽然是兰国皇帝的胞弟，但是却并没有用兰国的国姓玉，而是随了他母亲的姓氏，兰。

兰国是开国皇帝以他心爱的皇后的姓氏命名的，自此之后兰国皇帝的皇后大多数都出自兰家。兰家也可以算得上是兰国的第一士族了。

直到上上代兰国的皇帝，为了一个女人不惜灭了兰家全族七百多口，只有一个偷偷溜出去玩的小女孩兰倚彤活了下来。

那个时候，也是兰国国力最低的时候，国政最混乱的时候。

后来是先帝逼宫推翻了其父的统治，并娶了兰倚彤才让兰国逐渐稳定了下来。兰倚彤并不爱先帝，但是为了报仇她委屈自己留在先帝身边。

直到生下兰修焕后，兰倚彤才找到了机会杀了先帝，先帝在临死前让所有人保密，并将兰修焕改姓了兰。

然后，兰倚彤也疯了，自杀死了。

这就是，兰修焕虽然和兰国现在的皇帝是亲兄弟，但是并不是一个姓氏的原因。

因为不姓玉，再加上兰修焕天生洒脱热爱自由不喜权势，也就常年不在兰国待着，免得亲生兄长猜测于他，等到后来玉桦出生后因为身体的原因，兰修焕抱走玉桦让随君知给他治疗。

再后来，玉棠太子身份已定，兰修焕索性就带着玉桦，让玉桦跟着自己受自己影响别对权势热衷，这样的话也能维护兄弟两个的情分。

所以，玉桦虽然和兰修焕性子并不十分相像，但在某些方面还是十分相像的。

“对于你看到的，可还满意？”兰修焕很是满意凤尘这副看呆了的表情，啧啧，说明他还风韵犹存啊，啊呸，不对，是还玉树临风风姿不减当年啊。

凤尘嘴角有些抽搐，刚刚看到兰修焕的时候那种惊为天人的感觉瞬间碎了一地。

“你这人怎么回事，不让你进来吧，你在外面说话，让你进来了吧，你反而不说话了，什么毛病啊？”

兰修焕啧啧了两声，有些不满意地坐了起来，然后将酒壶中的酒倒进了嘴里，吧唧吧唧嘴，不断地点着头，“好酒，好酒。”

对于兰修焕这接二连三地破坏形象，甚至有些“粗俗”的举动，凤尘有些疑惑了，阿蓉的母后当年爱上的就是性子这般……嗯，怎么形容呢？

性子如此活泼的人吗？

凤尘抖了抖，然后说道：“刚刚晚辈是在想，我的妻子阿蓉，也就是大盛的露华公主现在已经有了八个月的身孕了，等到孩子出生正是兰国桃花盛开的季节，所以才笑了。”

他的阿蓉最爱的就是桃花，他们两个初次见面也是在桃花盛开的季节里，他们两个的回忆里满是粉色的桃花瓣，孩子出生在桃花盛开的季节里，阿蓉应该很高兴吧。

第 14 章　还在等一个人

若是换了别人问，凤尘一定不会实话实说，可是对方是兰修焕。

兰修焕若真的还爱着随心影，当他提起阿蓉的时候，兰修焕就一定不会无动于衷。

这点，他很肯定。

果不其然，兰修焕倒酒的手一顿，然后将酒壶随手扔到了身后的桃花林中，酒水顺着洁白的酒壶口流了出来，在月光的照耀下，十分耀眼。

而在这个时候凤尘才看到桃花林不仅仅是桃花林，在桃花林下还有大片大片的……满天星，紫色的、白色的在月光下漂亮极了。

兰修焕顺着凤尘的目光看了过去，然后目光里满是追忆地说道："她喜欢满天星，我喜欢桃花，我们两个曾经说过，以后要找个山谷隐居下来，要把满天星和桃花一起种，桃花树守护着满天星为满天星遮风挡雨，而满天星点缀着桃花的生命，多么漂亮而美好啊。"

那是他们两个的约定，只可惜，到了现在他依照约定把满天星和桃花一起种下了，二十多年了却还是没等到那个和他一起许下承诺的人。

他不恨她不守承诺嫁给了别人，他只是可惜只是遗憾……

仅此而已。

其实，守着这片满天星和桃花林到老也不错。

"可是……"

"你是不是奇怪她既然喜欢的是满天星，而在大盛的皇宫里却满是桃花?"兰修焕抬起头来，看着凤尘嘴角轻轻扯动，笑着说道，"我想原因你应该猜得到，他们母女两个是那么的像。"

凤尘沉默了。

当年他经常出入皇宫，从来没在皇宫内看到过一棵满天星，反而是整个皇宫都飘散着桃花的香气。

就连阿蓉，后来阿蓉说起过她之所以喜欢桃花，就是因为她潜意识里认为自己应该喜欢桃花。

那是随心影从露华刚懂事起，就告诉她，她应该喜欢桃花，久而久之露华就认为自己就是应该喜欢桃花的。

到了后来，露华也分不清自己喜欢桃花到底是因为真的喜欢还是因为随心影的灌输了。

为什么会整个皇宫里都看不到一棵满天星，答案是那么的明显了。

原来随心影从来爱的都是兰修焕，也不知道阿蓉知道这个消息会不会伤心，毕竟比起来阿蓉和顺灵帝的关系更好一些。

“她还活着，逍遥王就不想去找一找她吗？”凤尘忽然抛出了一枚炸弹，将本来正微笑的兰修焕炸得蒙圈了。

兰修焕忽然觉得全身的血液都凝固了，心跳也猛地停滞了一般，这种感觉就如他当年接到密报火速赶到大盛皇宫，看到的是一地的尸体和冲天的大火一样。

不同的是，当年是绝望，现在是隐约赶到了一丝希望。

“她……她，她还活着吗？”兰修焕嘴角一直不停地抖动，几次张了张嘴，最终只是吐出这么一句话来。

坐在凉亭栏杆上的身子也有些坐不稳了，一直颤抖个不停，只有伸出手一把抓住一旁的柱子避免自己跌倒。

凤尘清晰地看到，兰修焕修长的五指渐渐地抓入柱子里，漆红的柱子上立刻浮现五个深深的印记，并且不断加深。

“我在沧澜国国师的府邸的地下冰宫里发现了一个冰棺，而且根据沧澜国的大公主所说，沧澜国的国师六年前，不对是七年前离开过沧澜国两个多月，回来后就夜夜睡在书房，而地下冰宫的入口就在书房内，我们猜测冰宫里的人就是阿蓉的母后随心影。”

兰修焕动了动嘴唇，双手交叉着握紧，问道：“你们怎么能确定就是她？”

这个时候兰修焕已经考虑不到其他事情了，他关心的只有她一个人。

“因为沧澜国的国师就是随君昊！”凤尘目不转睛地盯着兰修焕，不错过他任何一个表情，然后继续说道：“神医谷追查了他二十多年，再加上我和宁为玉的势力一起查，已经确定沧澜国的那个神乎其神的国师就是随君昊！”

除了随君昊，真的没有人能符合这个国师的身份能力和动机。

掌握着神医谷那么多的不传之秘，又针对云氏，除了随君昊还能有谁？

兰修焕瞳孔一缩，猛地一掌打向了刚刚被他印出几个印子的柱子上，兰修焕几十年的功力自然是深不可测，这一掌又是怒火心生而打出的，自然是力道不小。

“轰”的一声，凉亭的一角毫不意外地塌了。

凤尘站在凉亭外，忽然觉得自己的武功是不是太弱了？怎么一个两个都怎么厉害呢？

一番发泄的兰修焕心中的抑郁虽然不能消散干净，但好歹抒发出来了一些，脸色稍稍好看了一点。

“随君昊现在在哪里？”

当年随君昊给他的耻辱，他一直铭记于心。

因为他一个人，不仅害得他和她不能在一起，就算随大哥也因此心生愧意而在盛年之时便退隐山林。这又何尝不是因为对他有所愧疚？

后来更是因为医治玉桦，而耗费了半生功力，一头黑发变成了花白之色，明明只是比他大上三四岁，却活得如同迟暮的老人一样。

他们三个人，甚至是现在露华、凤尘等人的悲剧，都是拜随君昊一手所赐。

兰修焕这些年走遍天下，何尝不是有着寻找随君昊的意思？只可惜，他当年答应过随大哥，无论如何留随君昊一命。

只是恐怕随大哥也没有想到随君昊如今居然会丧心病狂到这个地步吧？

也不知道随大哥知道随君昊干出了这么多“惊天动地”的事情后，会不会后悔当年为何没有杀了随君昊？

当年随君昊给他下了半月碎，借此逼迫随心影后，虽然后来随大哥找到了解药，但是也因此害得随心影不敢和他在一起，生怕被随君昊给他带来危险，而后更自己独身一人便走了，消失在茫茫江湖中。

直到顺灵帝大婚后，随心影才给神医谷传来了一封信，告诉了他们她已经嫁给了顺灵帝，希望以后不要再见到曾经的那些人。

这件事让随大哥的师傅暴怒，差点杀了随君昊，是随大哥跪下来苦苦哀求才留了随君昊一命。

后来，随君昊也消失了。

只怕是随大哥都没有想到，随君昊不仅没有悔过，反而变本加厉了吧？

“等我们找到冰宫的时候，他已经在冰宫内的密道逃脱了，那个密道的出口正对着去大盛的管道。”

第15章 玉紫衣

凤尘将他所知道的事情一一告知兰修焕，兰修焕也蹲在凉亭外面，托着下巴开始沉思。

“让我想想他会去哪里。”

“逍遥王觉得随君昊会去大盛吗？”凤尘总觉得那个密道的出口正对着去大盛的管道，是故布迷阵。

神医谷的势力主要在大盛境内，随君昊又怎么会跑去大盛自投罗网呢？

就算随君昊对神医谷的势力十分了解，但是大盛同时也是他和宁为玉的地盘，若是随君昊去了大盛，那肯定讨不到好处的啊。

兰修焕一手不断地摩挲着自己的下巴，说道：“很有可能就是去了大盛，随君昊是个相当骄傲，骄傲到自大的人，所以说很有可能他就是大摇大摆地进入了大盛的地盘，来炫耀。”

“那我派人加紧对大盛边境的勘察。”

不抓住随君昊，凤尘的心里就总是不安。若是这个消息被阿蓉知道了，那还得了？

本来阿蓉的身体就不好，这个时候更是受不了刺激。

这也是他来了兰国，却没有去信陵王府去看阿蓉的原因。

毕竟他和那个玉桦一直不对付，要是他们两个吵起来，那个玉桦说出一些会刺激到阿蓉的事情就不好了。

所以他宁肯不去看阿蓉，错过陪伴这个孩子成长的时光，错过阿蓉最需要他陪伴的时光，他也要忍着，就是为了确保阿蓉的安全。

而且……百里琦的死随着阿蓉失踪的消息，也就一直没被人提起。

其实凤尘知道，这也是横在她和阿蓉中间的一根刺，想来随景岩没有告诉他阿蓉就在信陵王府也是想间接地告诉他，阿蓉很在意百里琦的死，叫他不要出现，免得刺激到阿蓉吧。

其实，这都无所谓，只要阿蓉平安就好。

本来他就答应阿蓉，只要她留下这个孩子，他可以永远不见她、不见这个孩子。凤尘，要守承诺，别忘了你答应过阿蓉的事情。

别到了最后，你一个承诺都守不住。

就在凤尘和兰修焕一个站着一个蹲着，各自沉浸在自己的世界中的时候，猛地传来了一声清脆的声音打破了这份平静。

“父王，你又这样，这个亭子这第几次被你弄坏了？你简直是个专职搞破坏的。”

这道声音传来后，兰修焕的脸色猛地变得高兴了起来，只不过其又有一点小小的尴尬。

兰修焕站起来，拍了拍身上的灰尘，笑着摸了摸鼻子，说道：“闺女，给你老爹留点面子啊。”

凤尘闻言大惊，不是说逍遥王终身未娶吗？怎么冒出来一个闺女来了？

“哼，就你？还给你留面子？你有面子可以让我留吗？”

从桃花林中蹦蹦跳跳出来的少女的身影越来越清晰，女子身着一袭绢纱金丝绣花长裙，披着一件织锦皮毛斗篷笑嘻嘻蹦蹦跳跳地到了兰修焕身前，看都没看凤尘一眼，只是一本正经地指着兰修焕抱怨道。

“这里你又不让别人动，每次重新修亭子，都是你自己动手，你也一大把年纪了，就不怕累吗？这么大人了，能不能让本姑娘省点心？”

那姑娘大约十八九岁的年纪，头梳流苏髻简单地插着两根碧玉玲珑簪，光看背影就觉得明媚动人。

兰修焕低着头，像是被夫子责骂的学生一样，显得可怜巴巴的。

“这位姑娘，人的情绪难免有波动不稳的时候，你又何必苛责王爷呢？”凤尘见到这样的兰修焕，忍不住替他说了几句好话。

而兰修焕闻言则是猛地抬起头，然后瞪大双眼看着凤尘，像是想起了或是看见了什么惊恐的事情一样，有些骇人。

女子转头叉腰哼哼道：“本宫和父王说话，你插话干什么？”

玉紫衣和逍遥王一向这么相处惯了，就连兰国皇上和玉棠都习惯了，也不觉得这是玉紫衣不尊敬逍遥王，最重要的是逍遥王不觉得这有什么不好，所以大家也就习以为常了。

这还是这么多年头一次有人头一次这么说玉紫衣。

玉紫衣在兰国很是受宠，性子自然有点小骄纵，听到凤尘的话自然不舒服了，立刻便转向凤尘，将炮火对准凤尘准备开火了。

而凤尘则是在看到玉紫衣的一瞬间就呆滞了。

一旁的兰修焕轻轻一叹，他没有想到衣衣会忽然跑出来。看凤尘这个样子，应该是已经认出了衣衣吧。

不过也好，从带来她来的第一天起，他就知道早晚有一天衣衣会回到真正属于她的家。

听衣衣喊了他这么多年父王，是他赚了。

若是没有衣衣陪伴，这几年他会和之前的那么多年一样过得一如既往的枯燥无味，有了衣衣他的生命才不一样了。更何况，衣衣是……

罢了罢了。

就在两人各有所思的时候,玉紫衣猛地大叫出声。

“呀,你是不是被本宫的美貌所折服了?”玉紫衣十分高兴地摸了摸自己的脸蛋,然后跑到兰修焕身边摇着兰修焕的手臂柔声软语地说道,“父王,阿爹,我要他做我的驸马好不好?”

她都快二十岁了,父王居然还不给她找驸马,这简直匪夷所思嘛。

要不是父王一如既往地对她好,她都要怀疑父王是不是不爱她了。

要知道整个兰国的权贵家的女儿小姐,除了有毛病和披麻戴孝长得实在不堪入目的,都在十九岁之前就嫁掉了,她可好都快二十了,父王居然连提都不提。

就算她提起来了,父王也是避而不谈或是溜之大吉,真是搞不明白。

现在冒出了一个看起来长得还不错的男人,对她的容貌还这般惊艳,要果断地抓住时机嫁掉才是嘛。

兰修焕被玉紫衣一晃一晃的,刚想和以前一样答应却猛地反应过来,刚刚玉紫衣说的是什么,还没等兰修焕说什么,凤尘就说话了。

“不可能。”凤尘刚刚大脑呈放空状态,刚刚反应过来就听到玉紫衣的“豪言壮语”,简直被吓到了。

“为什么啊?”玉紫衣十分不服气。

凤尘不断地摇头,态度很是坚定,“我不可能娶你的,我已经有妻子了,你死心吧。”

她怎么可以想要嫁给他呢,这怎么可能?

这个念头,一定要给她掐死,趁早掐死,死得不能再死了才好。

不然以后……

第 16 章　阿蓉知道吗

“你有妻子了?”玉紫衣嘟起嘴巴,有些不满意地问道,“你不是在骗我吧?”

凤尘看着玉紫衣,想要板起脸来却严肃不起来,对着玉紫衣,他心中只有愧疚和怜惜。

“没有骗你,不信你问你父王。”

看到了玉紫衣的面容,凤尘才猛地想起来世人传闻中逍遥王兰修焕的确是有一个女儿,兰国紫衣公主的受宠程度不亚于嫡公主玉子晴,这是整个兰国都知道的事情。

而且传闻中兰国逍遥王虽有一女宠若至宝,但是孩子的亲娘是谁,谁都不知道,只知道七年前逍遥王带回来一个小姑娘,交给皇室让玉紫衣和玉子晴住在一起。

关于紫衣公主和她的娘亲是谁,在兰国一直是一个谜团。

虽然也有人怀疑玉紫衣到底是不是逍遥王的亲生女儿,但是整个兰国都不敢有人轻视于玉紫衣。

再加上逍遥王格外地宠溺,玉子晴和玉棠兄弟的宠溺相让,也就造就了玉紫衣有些刁蛮的性子,不过总的来说玉紫衣不是一个坏人。

玉紫衣噘着小嘴,扭过身子拽着兰修焕的胳膊,撒娇道:“父王,我不管嘛,我就是看上他了,你帮我想办法嘛。”

又没见过他的妻子,谁知道是不是骗他的呢?

哼,本公主长这么大还没有得不到的东西呢。

兰修焕有些头疼地看着玉紫衣,无奈地安抚道:“衣衣,这是大盛的尘王殿下,他的妻子正是大盛的露华公主啊,你想要嫁人的话,父王帮你挑一个更好的吧。”

兰修焕看起来十分平静,但实际上心中一惊急得冒火了。

我的个天啊,这衣衣眼中几乎看不到除了他和玉棠、玉桦之外的男人,怎么好不容易春心萌动了,看上的居然是凤尘?

这要是闹出姐妹两个共争一个男人的事情来,他该怎么收场,又该怎么面对她啊?

老天爷啊,这一定是一个玩笑话。

玉紫衣听完兰修焕的话,本来兴奋的心情顿时低落了下来,“他就是凤尘啊,原来他真的有妻子啊。”

大盛的尘王和露华公主她当然知道,最近他们两个的故事在整个天下都传得沸沸扬扬的。

而且她之前也是很羡慕两个人之间的感情来着,现在……

“哼，你既然有妻子了，本公主也不屑于和人争，更何况你的妻子是露华公主，这件事就这么算了吧。”

玉紫衣大手一挥，然后就有些郁闷地趴到兰修焕的后背上，小手指一戳一戳的，不断地戳着兰修焕的后背，来表达自己的郁闷。

“衣衣啊，你怎么了，不高兴吗？”

感受到玉紫衣的怨念和不开心的情绪，兰修焕的脸立刻换成一副苦大仇深的表情。

玉紫衣抬眼瞥了一眼凤尘，然后低下头不说话，继续戳兰修焕，然后再抬头看一眼凤尘，再低下头不说话……

这个男人好酷好帅啊，只可惜是个有主的，本公主怎么能够和人争夺一个有夫之妇呢，这太掉价了。

只是，放弃的话好可惜哦。

玉紫衣长这么大，接触的男人除了兰修焕也就只有玉棠、玉桦兄弟了，但实际上和这两兄弟也不是特别熟悉，玉紫衣几乎没怎么和异性相处过，现在遇到这么一个吸引人目光的男子，自然有些好感了，这很正常。

兰修焕一向宠爱玉紫衣，现在看到玉紫衣情绪这般低落，有些受不住了，心疼得不行，也眼巴巴地瞅着凤尘。

凤尘无奈一笑，说道：“本王刚到兰国，什么都还不熟悉，若是紫衣公主不介意，可否带本王熟悉熟悉兰国？”

对于玉紫衣，凤尘是抱着补偿的心情的。

只要不涉及感情问题，他什么都可以答应玉紫衣。

“好的呀，明天后天大后天大大后天大大大后天，本公主都有时间，既然尘王殿下还不熟悉兰国的风土人情，那本公主就勉为其难陪尘王殿下转一转了，也算是替我皇兄招待贵客了。”

说完之后，玉紫衣在兰修焕的侧脸上吧唧亲了一口，然后就兴冲冲地高昂着小下巴离开了。

那蹦蹦跳跳的背影，充满着活力和朝气。

“阿蓉知道吗？”凤尘看着玉紫衣离去的背影，对着兰修焕问道。

若是阿蓉知道了，该有多么高兴啊。

兰修焕摇了摇头，“我在你来之前都不知道露华现在在玉桦府上，两人还没见过，至于玉桦，想来是不会和露华说起这件事的。”

对于玉桦，兰修焕可是了解得很，那小子是个别扭的性子，哪里会做出这般为人解惑替人着想的事情来。

所以他敢肯定，露华定然还不知道。

“她这是……怎么会不认得我呢？”凤尘有些疑惑地看向兰修焕，刚刚和玉紫衣相处他可是看得分明，玉紫衣完全是一副不认识他的样子。

虽然没有想过月浓还活着吧，但是就算月浓活着，对他也不可能有什么好态度啊，刚刚居然还对他表达了一些好感，这怎么可能。

当年他和阿蓉在一起的时候，最反对的就是月浓了，那个小丫头总是觉得他配不上她的宝贝姐姐，对他是横挑鼻子竖挑眼，哪里会有什么好感。

兰修焕轻叹一声，说道："当年她嫁给顺灵帝后我哪里会放心，就在大盛的皇宫安插了人，留意她的举动，本来是怕她受了委屈。可是没想到七年前我收到探子的来信，说是察觉到大盛皇宫十分不对劲。"

想起当年那面对着一地残骸时那绝望的心情，兰修焕的语气就不由得放缓了。

"当年我接到消息后快马加鞭的赶到了大盛，只不过还是迟了一步，紫英殿被大火烧成废墟，满地的尸体。我找不到她，也没见到露华，正好看到了月浓一身嫁衣从绣楼上跳了下来，我便救下了她。因着不知道大盛这到底是个什么情况，所以我就带她回了兰国。"

当年他看到那紫英殿几乎化为废墟的时候，心情十分绝望，他根本就找不到她。然后他忽然想起今日是露华的大婚，本来想着能够救下她的女儿也是好的，就赶去了绣楼，刚刚到了绣楼下就发现了月浓一身嫁衣从绣楼上一跃而下。

他接住月浓后，从绣楼附近他找到的一处暗道离开，然后将月浓带回了兰国。

第 17 章　月浓的诡异之处

他跟着随大哥一起游历天下，虽然医术和随大哥他们三个比差上很多，但是多少还是会一点的。

一路上他就靠着他自己那点微薄的医术，让月浓坚持到了兰国，然后让兰国皇宫的御医给她看病，直到回到兰国的第四天，月浓才睁开了双眼。

只是……

“月浓是失忆了？”凤尘问道。

若非失忆，月浓怎么可能对他这个态度？那个小丫头是看似好说话柔柔软软的，其实性子硬气得很，和阿蓉的性子正好相反。

既然当年月浓是穿着嫁衣跳下绣楼的，那么就肯定是想要报复他，这般性烈的一个小丫头，怎么可能才过了几年对他的态度就转变得这么大呢。

兰修焕无奈地点了点头，“衣衣醒来后就是这个样子，什么都不记得了，我就给她一个身份，让她管我叫父王，让她成为兰国的公主，也算是对得起她了。”

其实他也是有私心的，若是想要给云想衣更尊贵的身份，以兰国皇帝公主的身份比他这个王爷的女儿要来得更重。

只是，他一生都求而不得的东西。

听到她的女儿唤他一声父王，这让他有一种他和她曾经幸福过的错觉。

凤尘点点头，表示理解，兰修焕的这种心思是可以理解的。

只不过……

“月浓的容貌是怎么回事？”凤尘皱眉问道。

刚刚他之所以能够认出玉紫衣就是月浓来，就是因为月浓的那张脸几乎和以前一模一样。

七年前月浓才十三岁，还是一个小孩子，而现在月浓已经快二十岁了，容貌居然一点变化都没有，这怎么可能。

虽然月浓的个子比七年前高了不少，和十九、二十岁的姑娘身高差不多，但是那容貌可真是一点变化都没有。

十九岁的身体，十三岁的容貌，让人觉得有些诡异。

毕竟，十三岁小姑娘的脸，还是很稚嫩的。

“唉，这个我早就发现了，一直找不到原因，幸好对她的身体没有什么影响。”兰修焕又岂能不知道凤尘说的情况。

早在五年前，他发现月浓的容貌一点变化都没有的时候，他就悄悄请来了随君知给月浓看了看，随大哥说月浓的身体并没有什么大问题，既没有中毒也没有中蛊。

这些年，他走遍天下一直辗转各地就是拜访各地的隐居的能人，看一看月浓这个情况有没有人见到过，或者听说过。

只可惜，五年了，他一无所获。

“衣衣因为这个很少出门，她很孤单的，如果可以，你这几天好好陪陪她吧。”兰修焕拍了拍凤尘的肩膀。

其实兰修焕也知道，有着露华的原因在，凤尘对月浓会竭尽所能地弥补。

凤尘点了点头，然后又和兰修焕商量了一会关于随君昊的事情后，才起身离开。

信陵王府。

“喂，凤尘来兰国了，不过好像一点都不担心你哎，问都没问。”玉桦斜靠在窗框旁，笑得有些吊儿郎当。

随景岩闻言一个苹果砸了过去，骂骂咧咧地说道：“玉桦你能不能闭上你那张臭嘴。”

其实，他不是不想给凤尘传消息，就算他不想给凤尘传消息，也会告诉宁为玉，蛋蛋在信陵王府的。

可是，这厮拿蛋蛋的消息诱他来了信陵王府后就用计困住了他，因着蛋蛋在玉桦身边，随景岩投鼠忌器不敢用毒药，因此就被玉桦趁机夺走了身上所有的毒药暗器，然后整天寸步不离地守着他。

之所以说他身上所有的毒药都被玉桦搜走了，是因为玉桦这厮十分不要脸地帮他宽衣解带，十分确定他身上什么毒药暗器都没有了，然后才说什么不放心，万一有他看不见的被他毒死了怎么办？

然后这个不要脸的就从头摸了个遍，一百二十遍地确定了他身上没有一点的毒药暗器之后，才算完事。

若不是为了蛋蛋，随景岩恨不得将玉桦扒了皮。

这辈子，他还是头一次这么窝囊，居然被一个男的，一个他从来没有看顺眼过的男人扒了，还被摸了个遍。

想起这个随景岩就是一阵咬牙切齿，恨不得生吃了玉桦。

玉桦一看随景岩这表情就猜得到随景岩在想什么，嘴角一挑，直起身子走到随景岩身边，一手撑在桌子上，笑得十分灿烂，“怎么，又在回味那一天？”

啧啧，看到随景岩这个表情，玉桦就觉得浑身舒爽，舒畅得不行。

和随景岩斗法了这么多次，这还是玉桦头一次胜得这么容易、这么彻底。

其实也不是太容易。

为了今天将随景岩制住，留在他眼皮子底下日夜不离，他可是废了不少的劲啊。

早早地就在大盛布局留下了探子，他早就知道在露华的身份曝光后玉紫嫣不会老老实实的，就在她身边安插了探子。

果不其然，等到玉紫嫣和冷清秋动手后，玉桦的人果断出手，从两人手中抢走了露华，然后瞒过凤尘、宁为玉的人神不知鬼不觉地将露华带来了兰国。

然后他故意露出破绽，让随景岩查到露华在他这里，为的就是诱随景岩来他这信陵王府。

为了随景岩，他这盘棋也算下得够久的了。

“你找死！”随景岩的眼中迸发出强烈的杀意。

那一天对于他来说是耻辱，这个玉桦不仅给了他耻辱，居然还敢一而再再而三地提起，真是该死！

“死在你手上吗？”玉桦瞅了瞅随景岩，有些挑衅地说道，“现在好像是随大谷主落在了本王的手里，而且现在的随大谷主是……手无缚鸡之力啊。”

虽然随景岩最可怕的是毒药而不是武功，但是玉桦好不容易将随景岩整到了自己的跟前，自然不会冒险大意，早早地就封了随景岩的几大穴道让他运不了功。

所以这个时候的随景岩，就是个没了牙的老虎。

“手无缚鸡之力？信陵王还真是有自知之明啊，居然知道自己撑死也就是个鸡啊。”随景岩身子一软，放松自己靠在椅子里笑得畅快。

以为限制了他的武功，收了他的毒药，他的攻击力就为零了吗？

真是好笑，就凭这张嘴，他也能骂死他。

玉桦闻言脸色一黑，看了看一旁美人榻上躺着等着看好戏的露华，笑了，“和你的宝贝蛋说会儿话吧，本王先去沐浴更衣，等会会派人来接你的。”

第 18 章　你是不是看上他了

那口气，像极了皇上说今晚要临幸哪个妃子似的，看着玉桦的身影消失在门口处，随景岩恶狠狠地咒骂道："等本谷主自由了，一定好好调教调教他。"

丫的，居然敢这么对他，找死都是轻的。

他改主意了，到时候一定不杀了玉桦，他一定要慢慢折磨调教玉桦，让他知道得罪他的代价。

"哟，明明刚开始是说想杀了他来着，怎么这么快就改变主意了？阿岩，你不会对他日久生情了吧？"

露华懒洋洋地躺在美人榻上，嘴里嚼着几颗提子，神情十分悠闲。若是不清楚状况的人进来，一定猜不出来这位表情十分享受的就是传闻中失踪了快五个月的露华公主。

若是宁为玉在这里，恐怕也会忍不住阴阳怪气地讽刺一句：这心还真是大啊。

外面的人为了露华忙得人仰马翻，结果正主就在这里过得悠闲得不得了，这简直太可恨了。

现在随景岩就是这个心情，即便露华是他的宝贝蛋蛋，但是……

"蛋蛋，你这么对我真的好吗，我的真爱是你啊，这个全天下都知道啊。"随景岩可怜巴巴地望着露华，好似露华是个喜新厌旧要抛弃他的负心汉一样。

露华点点头，道："全天下都知道你爱我，但是玉桦显然不是这个范围的啊。"

这话真的不假，就凭她大婚的时候，随景岩为她大手笔造势，这天下就有不少的人猜测定是阿岩很爱很爱她，若非如此是做不到这个地步的。

但是她和阿岩真的是纯洁得不能再纯洁了啊，若是阿岩真的喜欢她，那露华敢肯定现在的她在信陵王府绝对不会是这个待遇。

这因为玉桦知道她对阿岩很重要，但是阿岩对她并没有什么爱情。

阿岩对她很好，但是这无关爱情。

随景岩一把抢过露华手里剥好的提子，丢到自己的嘴巴里，皱着眉头问道："蛋蛋你这意思是玉桦那个混蛋看上我了？"

"哟，还不算太迟钝。"

露华有些意外地瞅了随景岩一眼，实在是没想到一向对感情迟钝的随景岩居然也能将玉桦的心思猜出来。

要知道之前不是没人胆大包天，对随大谷主表露出爱慕之情，只可惜这厮的脑袋就跟榆木疙瘩似的，根本就不知道。

就连后来的祁兰馨，连她都看得出来祁兰馨对随景岩有些不一样的感情，可是这货却愣是感觉不到，也不知道和祁兰馨保持距离。

现在整得祁傲天都来信和她告状了，让她管一管随景岩，别出来祸害别人家的姑娘了。

露华还以为随景岩是天生榆木疙瘩对感情不开窍呢，感情这还是分人的啊？

“啧啧，还算他有眼光。”随景岩有些小骄傲地抬了抬下巴，那表情还是有些……高兴？

“咳咳……”露华听了这话顿时咳嗽了起来，显然受的惊吓不小。

她本来以为随景岩猜到了玉桦的心思，会十分反感或是恨不得杀了玉桦呢，结果……

“瞧你笨的，吃个提子都能呛到，这么笨也是没谁了。”

随景岩一边嫌弃着，一边给露华顺气。

指了指露华气鼓鼓的肚子，说道：“哎，给我儿子想好名字了没？”

露华已经有快八个月的身孕了，随景岩前几天已经查出来这是个男孩了，然后就一边嫌弃为何不是女儿，一边催促着露华给他儿子起名字。

争取让凤尘不参与这个孩子的一切事宜，让他这个“爹”做得正当一些。

露华一巴掌拍掉随景岩的手，撇了撇嘴说道：“别转移话题啊，赶紧的，我看你这难不成也看上了玉桦？”

“怎么可能？”

随景岩像是被踩到尾巴的猴似的猛地跳了起来，然后扯着脖子吼道：“蛋蛋你胡说什么呢，本谷主恨不得将玉桦扒皮，怎么可能看上他，他有本谷主长得好看吗？他有本谷主厉害吗？他处处都比不上本谷主，本谷主为什么要看上他？”

露华嘴角有些抽搐。

这货的思路就这么与众不同，一个大男人还要长得多好看啊？我说随大谷主，你这么傲慢真的好吗？

“没看上他你会任由他捉弄你？”露华可不是玉桦，对于随景岩的了解，玉桦也比不上她。

四年的朝夕相处可不是说着玩的。

随景岩似乎是十分不服气，嘟嘟囔囔地说道：“什么叫我任由他捉弄啊，蛋蛋你这么说话我可不爱听啊，我这也是没有办法啊，而且我这都是为了你好嘛，如今你倒是嘲笑起我来了啊。”

随景岩像一个小孩似的，对着露华翻了一个白眼来表示自己的不满意。

哼，明明他是为了蛋蛋才会被玉桦那个该死的混蛋捉弄的，现在蛋蛋居然这样说他，真是……太让人生气了。

若是别人敢这么说，随大谷主会毫不犹豫地一巴掌抽过去，但是说这话的是露华，随景岩也就只能这么委屈地抱怨两句了。

“阿岩，你该知道我说的是什么。”露华一手抚摸着腹部，一边看着随景岩说道。

看着随景岩的眼神中，满是戏谑。

玉桦不知道随景岩的本事，可是露华知道。

就算是顾虑着她，随景岩也不会一点办法都没有。

神医谷的谷主，岂会只有这一点本事。不说别的，就说神医谷的不传之秘——摄魂术！

摄魂术是需要药引，但是那药引本身并没有毒素，只是摄魂术太过霸道了，被施以摄魂术的人多半会变得痴傻或者狂躁暴虐。

看楚风就知道了，那个摄魂术有多么霸道。

而且摄魂术产生的后遗症无药可医。

面对着露华明晃晃的戏谑表情，随景岩有些受不住了，丢下一句，“蛋蛋学坏了，我不和你玩了。”就跑出去了。

其实，若非露华提起，随景岩几乎忘了摄魂术这回事了。

难不成他真的看上玉桦了？不然怎么会潜意识里不想对他用摄魂术？

我的个妈呀，随景岩甩了甩头，路过一个池塘就一头扎了进去。

等到玉桦沐浴出来的时候，就听到下人来禀告这件事。

玉桦勾了勾唇角，停下了本来打算去随景岩房间的步伐。

算了，这个时候还是不能逼他逼得太紧了，既然露华已经替他挑明了，他也应该回馈一二人情才是。

“来人，去告诉凤尘，露华公主怀的是一个儿子。”

第19章 诡异的感觉

驿馆中凤尘长身而立，站在窗户下看着窗外婆娑的竹影，嘴角缓缓弯起，显然心情十分不错。

“王爷，王妃她快生了，王爷怎么不去看看王妃？”

一旁的长歌十分不解地问道。

刚刚信陵王的人传来消息的时候，他也是听到了的，王爷在听到这个消息的时候明明欣喜若狂，他以为王爷会去信陵王府看看王妃的呢。

可是王爷自己在窗户面前已经傻站了一个多时辰了，居然一动不动也不说话。

窗外的风有些冷，吹得凤尘觉得身子凉得发硬，可是心情却很是畅快，“这就是我要的，只要阿蓉和孩子安康就好了，其他的……我已经不再奢求了。”

这些年来，他已经从信心百倍相信人定胜天，到了现在已经无力抗争了，现在他唯一的追求不过是阿蓉和孩子平安罢了。

他不敢再去奢望别的，他怕老天会怪罪他不知足，然后连这微薄的愿望也不会再满足。

“王爷……”长歌还是不能理解，在他看来既然王妃已经知道七年前的一切都是一场误会，那么自然就会重新和王爷在一起啊，也不知道王爷到底在顾虑什么。

凤尘摆了摆手说道：“夜深了，你也去休息吧。”

“是。”

接下来的几天，凤尘一直由玉紫衣带着转遍了兰国京都的大城小巷，直到玉子晴和岳笑的婚礼结束，玉紫衣还整天去驿站找凤尘，两人或是骑马或是坐在茶楼听戏文。

等到凤尘察觉到的时候，整个兰国京都都已经传遍了两人的事情，都在议论大盛的尘王很可能会迎娶他们的紫衣公主呢。

虽然尘王已经有尘王妃了，但是已经失踪了这么多月了，指不定是回不来了。

“凤尘，城东有一家茶楼新来了一个说书人，走，咱们去听听吧。”玉紫衣推门而入，兴冲冲地拽起凤尘的胳膊就想往外冲。

可是拽了几下发现没拽动后，玉紫衣就有些纳闷了，回头噘着嘴对凤尘说道：“凤尘你怎么了啊？”

这几天也没发生什么事情啊，她怎么感觉到凤尘忽然有些不开心了呢？

凤尘看着玉紫衣和当年一模一样的脸，那种诡异的感觉又上来了，同时而来的还有愧疚感，但是再这样下去，传闻会多么不堪他都可以想象了。

而且最重要的不是传闻，而是他感觉到月浓对他的好感越来越强烈了，有时候甚至会直言不讳说她喜欢他，这怎么可以呢？

若是月浓真的喜欢上他，这让阿蓉如何能够接受呢？

所以，即便他再想补偿月浓，也要和月浓保持距离了，也许，他也是时候离开兰国了。

在兰国，随君昊是掀不起什么风浪来的，阿蓉身边也有随景岩照顾，他完全不用担心。

虽然他很想陪在阿蓉身边，亲眼看着孩子出生，可是……他怕再这样下去，月浓真的爱上他了，那事情就没有转圜的余地了。

“我准备回大盛了，这几天要收拾东西还要和太子商量一些事情，所以不能陪你出去玩了。”凤尘尽量让自己的表情和语气放得柔和一些。

对于月浓，不仅仅是对月浓的愧疚，还有补偿阿蓉的心思在里面，要不然凤尘也不会对月浓这般好了。

玉紫衣一听这话就不高兴了，拉着凤尘胳膊的手一撒，瞪着凤尘不悦地说道：“你是为了躲我才要回大盛的吗？”

这几天京都内的传言她自然也是知道的，虽然心里有一点点的愧疚，但更多的还是窃喜。

她喜欢别人将她和凤尘提在一起，虽然凤尘已经有了妻子。

但是他的妻子都已经失踪五个多月了，也许已经遇害了也说不定呢，若真的是这样，是不是代表着她有机会了？

凤尘眉心一皱，沉声道：“你怎么会这么想，我是大盛的尘王，来兰国一个月了就是为了参加紫晴公主的婚礼，现在紫晴公主的婚礼已经完成了，我自然应该回去了。”

“那你就不能为了我留下来吗？”

玉紫衣略有些期待地看着凤尘，希望凤尘能够点点头，能够为她留下来。反正她不管，这么多天凤尘一直陪着她对她好，这样的感觉她从来没有过，所以……凤尘，她一定不会放手！

“衣衣，我和你说过很多次了，我有妻子了。”凤尘厉喝道。

他所有事情都可以容忍玉紫衣，但唯独这件事，一点商量的余地都没有。

说到底，他对玉紫衣无论有多么好，那都是因为阿蓉的缘故，若是会影响到阿蓉，他自然以阿蓉为先。

更何况对于月浓，凤尘从来都是把她当成一个小姑娘看，又怎么会有别的心思呢？

而且，这次发现月浓还活着后，他虽然感到惊喜，但也不知道是多年不见月浓改了性子的缘故，还是因为月浓失忆了，他总得面对着月浓他十分陌生。

感觉……有种说不出来的怪异。

“妻子，妻子，又是她！她都失踪那么久了，说不定早就死了，你又何必……”

啪！

“啊！”

玉紫衣话还没说完就被凤尘一巴掌打得摔倒在了地上。

“你居然敢打我，为了一个失踪的人你打我？”玉紫衣双眼含泪满是嫉恨地看着凤尘，身子因气愤而微微颤动。

她长这么大，还从来没有人打过她。

如今她亲爱的男人居然为了别的女人打她，这让她感到难堪的同时也觉得接受不了。

“我不允许任何人说阿蓉一句坏话，尤其是你！”凤尘沉怒，双眼中一点火苗在燃烧，火苗虽小，却有燎原之势！

他完全没有想到，月浓居然变了这么多，居然会诅咒阿蓉，那可是她的亲姐姐啊，这若是让阿蓉知道了，阿蓉该有多么伤心啊。

面对着凤尘的暴怒，玉紫衣更觉得委屈，猛地从地上爬了起来，然后对着凤尘嚷嚷道：“我就说了怎样？有本事你打死我，你打死我啊，反正我在别人眼里就是个怪物，我长这么大连我娘是谁都不知道，谁都可以欺负我！”

凤尘本来燃烧的怒火，被玉紫衣的一番话浇灭了。

怪物……

他只是觉得看着这样的月浓有些诡异罢了，那想必其他人也有这样的感觉，别人就是用这样的词汇来形容她吗？

怪不得她这么多年在兰国一个朋友都没有。

第20章　我要嫁给凤尘

心，微微有些隐痛。

本来凭着月浓的身份，可以在大盛荣华富贵一生，成为大盛所有女子眼中羡慕的对象。

可是就是因为他的兄长被随君昊利用了，眼前的女子在十三岁的时候就可以为了自己的姐姐去死，可见月浓本是一个性子善良、姐妹情深的人。

可是现在呢，因为七年前的那场意外，变成了这副在别人眼中的怪异模样，失去了记忆，没有了亲人，甚至是连性子都有些变化了。

想想月浓的这些遭遇，凤尘的气就全消了。

"长歌，送紫衣公主回逍遥王府。"

凤尘无力地挥了挥手，再对月浓愧疚也不能陪着她宠着她了，现在的月浓对他有了不一样的心思了，他要保持距离。

"紫衣公主，请。"长歌进来后，十分有礼地俯身说道。

玉紫衣恨恨地挥了挥手，"既然有人不待见我，本公主也不在这里自讨没趣，哼！"

反正就算他想离开，也得等些日子。她现在去求太子哥哥，想办法多留凤尘一些日子就是了。

她就不信了，她会得不到凤尘！

看着拂袖离去的玉紫衣，凤尘长叹一声，若不是怕玉紫衣接受不了刺激，真想直接告诉玉紫衣一切。

告诉她，他是她的姐夫，这一切问题就迎刃而解了。

哪里还用得着这样的烦躁。

怒气冲冲离开的玉紫衣回到了逍遥王府后，发现逍遥王又不在府里，问了下人才知道逍遥王去了信陵王府。

满腹委屈的玉紫衣立刻坐着马车赶去了信陵王府，两个王府虽然隔得有些远，但玉紫衣也不着急，等到了信陵王府的时候正好是正午时分。

玉紫衣虽然没来过几次信陵王府，但是信陵王府的人还是认得紫衣公主的，哪里敢拦着，只是有下人飞快地跑到花厅向信陵王禀告此事。

"好了，你下去吧。"玉桦听完下人的禀告后，看了一眼逍遥王然后就挥了挥手让下人退下了。

“我说王叔，今天你可还能收场？”玉桦话里有话地盯着棋盘问道。

兰修焕慢条斯理地落下一子，满不在乎地反问道：“就快收场了，没看道棋盘上你的白子都快被我吃光了吗？”

要他说啊，这玉桦的棋艺和几年前一模一样，还是那么臭。

他就纳了闷了，玉桦的棋艺、武艺都是他教的，结果他国手无双，玉桦却是个臭棋篓子，他武功盖世，玉桦也就轻功得到了他的真传。

明明玉桦的资质不差啊，怎么就学成这模样了啊。

玉桦瞥了一眼兰修焕，将手中的白子往旁边一扔，满不在乎地说道：“不下了。”

这个时候王叔还有心思和他下棋？难道不应该发愁怎么应付接下来的场面吗？

“嗐，就这棋艺还好意思下棋呢。”一旁观战的随景岩十分不客气地嘲笑道。

这几天随景岩是逮到了机会就嘲讽玉桦几句，不光是露华习惯了，就连玉桦和信陵王府的下人们也都习惯了。

“据我所知，露华公主的棋艺好像也不怎么好吧？”玉桦往后一靠，双手枕在脑后，吊儿郎当地反问道。

当初他可是把宁千雪当成情敌来着，自然是将宁千雪调查了个清楚，宁千雪不善棋艺的事情也不是什么秘密，玉桦很轻松就查到了。

现在随景岩居然拿棋艺这事来嘲笑他，是忘了旁边还有一个臭棋篓子吗？

“是啊，不过信陵王，我和你还是不同的，尤其是在阿岩的心里。”露华躺在美人榻上，轻轻松松地回击道。

两人斗法就斗法呗，还时不时地就掺和上她，她可真是躺着中枪啊。

既然信陵王老拿她说事，那么她也就不介意刺刺信陵王的心，恶心恶心他了。

来而不往非礼也嘛。

“就是就是，你和蛋蛋能一样吗？”随景岩翻了个白眼，十分傲慢地说道，一副以露华为荣的样子，气坏了玉桦。

玉桦瞥了一眼对面看着棋盘出神的兰修焕，再看了看神态轻松的露华，皮笑肉不笑地说道：“希望露华公主能笑到最后。”

其实，玉紫衣和凤尘的流言，玉桦特意吩咐过一定要传到信陵王府内，最好来点艺术加工，务必让露华将所有的版本都听个遍。

哪知道，露华平静得很，好像八卦的对象不是她的夫君一样。

不过，若是露华知道玉紫衣就是月浓的时候，也不知道露华还能不能保持平静。

话说，他想要撕碎露华平静的面具很久了，无论是他将露华掳了过来，还是他告诉她凤尘来了的时候，露华都是一副风轻云淡的样子。

这让他想要看戏的心情荡然无存，十分不爽。

现在能看到露华的好戏，玉桦自然是迫不及待了，至于事先提醒一两句？怎么可能。

就算随景岩对露华并没有男女之情，但是露华在随景岩的心中的分量实在是太重了，他就算十分不爽也有些无可奈何。

哼，等到以后了，他一定要随景岩离露华远远地，想必凤尘也有这个意思。

露华有些纳闷地歪头看了一眼玉桦，在看到玉桦眼中等着看好戏的眼神的时候，心中有些不安，心跳得有些快了。

奇怪，怎么会忽然有这种感觉呢？

就在露华想要坐起来然后回房间的时候，忽然看到一个紫衣女子猛地扑向了逍遥王怀里。

兰修焕一把抱住玉紫衣，摸了摸玉紫衣的头，问道："衣衣，你这是怎么了？谁欺负你了，告诉父王。"

本来因为兰修焕那一声"衣衣"而心脏漏跳一拍的露华，在听完逍遥王的话后恢复正常。

露华，你瞎想什么，玉紫衣玉紫衣，不是云想衣，知道不？

你的月浓早就死了，在七年前代替你死了，你难道忘了吗？

扶着美人榻刚刚站起来的露华，就听到了玉紫衣的抱怨声。

"父王，你帮我去和太子哥哥说一说，让他留下凤尘，我不要凤尘离开兰国。"

兰修焕心中低叹一声，都不敢去看露华那僵硬的背影。

"衣衣，凤尘是大盛的尘王，早晚都要回去的。"

"不，我要嫁给凤尘，我一定要得到他，父王帮帮我嘛。"

玉紫衣不依不饶地拽着兰修焕的衣袖，不断地撒娇道，根本就没注意到兰修焕变得有些僵硬的身体以及凝固的气氛。

第21章 我是露华

“蛋蛋……”随景岩一把扶住身子有些摇摇欲坠的露华，有些不明所以地看着露华，有些不明白为什么露华忽然变了脸色。

露华也不说话，只是苍白着脸摆了摆手示意随景岩不要说话。

随景岩看着满脸震惊的露华，虽然一肚子的疑问，但是面对露华，他向来是听话极了。

“唉。”兰修焕摇了摇头，继续对玉紫衣说道，“衣衣，凤尘已经有王妃了，就是大盛的露华公主啊，你就不要想着嫁给凤尘了。”

真是作孽啊，他一直不告诉衣衣她真正的身份，就是怕她承受不住，毕竟像她这种自己主动选择忘却记忆的，都是身体在觉得承受不住的时候自主选择的。

若是将以前的一切告诉玉紫衣，他怕她承受不住崩溃，所以兰修焕才什么都没有和玉紫衣说，而玉紫衣也一直以为她真的就是兰国的公主，从来没有过怀疑。

本来兰修焕觉得这是一件好事，可是事情发展到这个地步，是他始料未及的，而且好像已经脱离了他的控制，逐渐朝着不好的一面发展了。

“可是那个露华都失踪好几个月了，谁知道她还是不是活着啊，若是她死了我不就有机会了吗？”

玉紫衣抿着嘴，倔强地看着兰修焕，执拗地想要兰修焕答应帮她留住凤尘。

“衣衣，你……”兰修焕满目震惊地站了起来，看着一脸不觉得自己有错的玉紫衣，感到一阵心惊肉跳。

什么时候起衣衣变成这个模样了？

虽然他一年到头陪在衣衣身边的时间并不多吧，但是也从来没有见过衣衣这一面啊。

兰修焕都感到这么震惊了，更何况露华？

“呵呵……”露华简直不知道该怎么形容自己的心情，有忽然得知的震惊，也有失而复得的欣喜，更有一些说不出来的酸涩和复杂。

玉紫衣听到笑声才注意到这亭子里的其他人，指着露华的背影对玉桦说道：“二哥，这就是你的未婚妻吗？”

她早就听说玉桦带了个女子回王府，毕竟对外宣称这名女子是他未婚妻了，她一直都很好奇，只是可惜玉桦一直闭门谢客，谁也不见，也就导致了露华来了兰国五个多月也没见过玉紫衣了。

“她是……”玉桦伸出舌头舔了舔唇瓣，忽然觉得现在这个氛围却是有些诡异，他好像玩得有点大了。

若是露华受不住刺激，孩子有个万一，那他和随景岩可就真的是玩完了。

因此，这个时候玉桦也不知道是该说她就是我的未婚妻，还是直接说这是尘王妃。

“我是露华。”

就在玉桦纠结的时候，露华忽然扶着随景岩慢慢地转过身子，看着玉紫衣，认真地一字一顿地说道。

当看到玉紫衣的那张脸时，露华忍不住抿紧唇瓣，攥着随景岩胳膊的手也不断地攥紧，身子更是因为心情激动而有些颤抖。

这张脸，和记忆中的月浓一模一样……

月浓，你还活着，真好。

不管其他，月浓还活着就是对露华最大的安慰。

“你就是露华？”玉紫衣皱着眉头打量了一番露华，在触及露华高耸的腹部的时候难以置信地张大了嘴，惊呼道，“你怀孕了？”

还未等别人说话，玉紫衣又紧张兮兮地补了一句，“这是谁的孩子？”

千万别是凤尘的，若是凤尘的孩子，那她岂不是完全没戏了？

她是公主，露华也是公主，而且露华比她长得漂亮多了。

虽然她比露华年轻吧，但露华是凤尘名正言顺的嫡妃啊，更何况现在露华还有了孩子。

完了完了。

玉紫衣心中哀号一片，脸上的神情也变得有些难看了。

“喂，你怎么说话呢？”随景岩虽然隐隐猜到了玉紫衣的身份，但是就算是蛋蛋的亲妹妹，他也不允许有人这么和蛋蛋说话。

虽然他是一百二十个看不上凤尘吧，但是怎么说蛋蛋也是尘王嫡妃，孩子不是凤尘的还能是谁的？

她这是几个意思啊？

“阿岩。”露华淡淡地警告了一声。

“玉桦，送衣衣回逍遥王府。”兰修焕看了一眼脸色苍白的露华，决定将一切和盘托出。

这个时候了，也是时候将一切都说出来了。

玉桦对兰修焕的话还是听的，再加上他担心随景岩记恨他，更是听话地推搡着还想说什么的玉紫衣离开了。

等到玉紫衣离开后，露华就身子一软，瘫软在随景岩的怀里。

随景岩一把抱起露华，对兰修焕说道：“冬日里总是有些凉的，蛋蛋身子不好还是回屋里说吧。”

他也不傻，自然看得出来月浓还活着的事情定然和兰修焕有关。

等到三人回到屋子里后，兰修焕就缓缓地将一切告诉了露华，最后补充了一句，“都是我的错，多年来到处奔波，都忽略了衣衣。若是我能早点发现衣衣性格上的变化，事情也不会发展到这个局面了。”

玉紫衣刚来到兰国的时候性格并不是这样的，长得漂亮又会说话，再加上身份尊贵是他逍遥王唯一的子嗣，京都里上赶着巴结玉紫衣的并不在少数。

可是随着玉紫衣逐渐长大，人们逐渐发现玉紫衣的面容一点变化都没有，这让人心里莫名地感到恐惧和害怕，虽然慑于皇室人们不敢直说，但玉紫衣还是感觉到了。

渐渐地，玉紫衣就不出去玩了，整年整月自己待在王府里，内心的压抑和自卑让她的性格也逐渐地发生了改变。

除了兰修焕外，凤尘是第一个对她这么好的人，再加上凤尘长得也是玉树临风，玉紫衣爱上凤尘，也在情理之中。

只是玉紫衣她不单单是玉紫衣，她还是大盛的月浓公主，是露华公主的亲妹妹，她爱上凤尘，不仅让事情变得尴尬了，更是不为世俗所容忍。

露华听完后闭了闭眼，手紧紧攥着身下的床单，哑着嗓音说道："王爷当年救了月浓是一恩，后来也是为了治疗月浓才会多年奔波，露华感激还来不及又怎么会怪罪?"

对于兰修焕，露华是十二万分的感谢。

她此生最愧疚的就是月浓了，如今月浓能够健健康康完完整整地站在她面前，活在这世间，就是对她最大的安慰了。

兰修焕看了看明显脸色有些发白的露华，默默地将关于凤尘查到的随君昊的一些事情咽了下去。

第22章　你还恨他吗

等到兰修焕走后，随景岩看着异常沉默的露华也不知道说些什么，低叹一声后就去了厨房给露华熬安神汤和安胎药。

过了半个时辰，随景岩进来的时候，露华还是他走的时候那个姿势，一动不动地躺在床榻上，双眼无神地盯着帐顶，看起来像个被剥夺了灵魂的木偶娃娃一样，十分让人心疼。

随景岩将两碗药放在一旁的茶几上，一手扶起露华让她斜靠在床榻上，然后端起药碗小心翼翼地一点点给露华喂药。

露华也乖乖地，像一个孩子一样听话，随景岩让她起来她就起来，让她张嘴她就张嘴，等到两碗药都喂完了，随景岩罕见地细心给露华擦拭了嘴角之后，才坐在一旁看着这样的露华，满眼都是心疼。

"你还恨他吗？"

这个他是谁，不言而喻了。

其实随景岩能感觉得到，从很久之前，蛋蛋对于凤尘已经没有那种强烈的恨意了，只是前阵子凤尘和玉紫衣的事情传得沸沸扬扬。

虽然露华看起来十分平静，仿佛不受一点影响，可是……这又怎么可能呢。

凤尘是露华一生的爱恨所在，听到凤尘和别的女子出双入对，露华的心里怎么会一点涟漪都没有呢。

只不过露华掩饰得很好罢了，再加上现在有了孩子，所以露华一直劝自己放松心情不要想太多。

其实，她还是在意的。

哪个女子遇到这个问题都不可能不在意，除非她不爱这个男人。

已经知道了答案，但是随景岩还是问了出口，他想知道现在在露华心里，凤尘到底占据着一个怎样的位置。

露华有些空洞的双眼转了转，沙哑的声音缓缓响起，"凤尘……恨吗？其实早就不恨了。爱吗？我也不知道了。对于他……我有过爱有过恨，有过迷惘有过痛苦，到了现在反而十分平静了，这种感觉让我说不上来我现在到底是恨他，还是爱他。"

即便当年的事情是一场阴谋是一场误会，可是他们两个之间毕竟隔着好几条人命，现在更是又隔着一个月浓，她真的很累很累了。

这场感情，已经耗费了她所有的情感和力气。

“那月浓你打算怎么办?”随景岩问道。

他自然知道当年露华为什么能够活下来,就是因为月浓代替她死在了绣楼中,如今月浓还活着,蛋蛋心中肯定是存着补偿愧疚的心思的。

本来蛋蛋对她和凤尘的这段感情已经感觉到很累了,不想再坚持了,如今又扯出一个月浓,若是月浓来恳求蛋蛋放手成全她和凤尘,蛋蛋很有可能会同意的。

“你不是已经猜到了嘛,又何必再问。”露华淡淡地瞥了一眼随景岩,似乎有些嗔怪。

随景岩低声一叹,很罕见地为凤尘说话道:“凤尘为了你也做了不少,而且这个孩子……蛋蛋,你真的想好了吗?”

“你什么时候转性了,居然会为凤尘说话,真是稀奇啊。”

面对露华的调侃,随景岩有些气结,“我这哪里是为他说话了,这不是为了你为了孩子想嘛。”

他的蛋蛋啊,一直在为了别人着想,他若是再不为蛋蛋打算打算,那么蛋蛋可怎么办呢?

虽然比起凤尘,他更喜欢月萧,但是无论怎样还是蛋蛋的幸福最重要。

更何况,对于孩子来说,就算他以后对这个孩子再好,也代替不了凤尘的存在,血脉亲情可不是随随便便可以代替的。

“阿岩,有你在,你还会给不了我们母子幸福?”

“我肯定能给你们幸福啊,但是……”

“好了,不要提这个事情了。而且月浓是我的亲妹妹,我了解她,她虽然性子有些刁蛮,但是这种夺人所好强迫人的事情还是不会做的。”

露华神情有些烦躁,对于和月浓争一个男人的事情露华是打心底里觉得烦躁,不愿意再谈起这个问题了。

虽然看得出来露华神情有些烦躁和不悦,但有些事情随景岩还是要说的。

“蛋蛋,不管你之前的妹妹是个什么性子的人,现在的月浓我今天看到的月浓和你所说的,那不是一个人,你明白吗?”

随景岩什么眼神,自然看得出来玉紫衣看露华,尤其是看到露华高耸的腹部的时候,眼中一闪而过的嫉恨。

他可不管什么月浓不月浓的,对于随景岩来说,露华才是最重要的,对他的宝贝蛋蛋好的人他自然也会给点好脸色,但是对于对蛋蛋有敌意的人,他恨不得直接杀了以绝后患。

若不是玉紫衣还有着月浓这层身份,随景岩几乎就要直接下杀手了。

随景岩说的露华又何尝不知道,尤其是之前听到月浓说出那句“孩子是谁的”的时候,露华心中就是一阵绞痛。

那是她从小疼到大的妹妹啊,听到自己的亲妹妹说出那样的话,尤其是听到月浓说出那句“我想嫁给凤尘”的时候,露华脑海中被震得一片空白。

她从来没有想过这般狗血的事情居然会发生在她的身上。

当初孔凌青和杨又宁发生那种事情后，就算孔凌青是被人设计的，杨又薇也不愿意原谅孔凌青，其中有一个原因就是杨又宁是杨又薇的庶出妹妹。

虽然杨又薇和杨又宁两姐妹的关系和她和月浓的关系不一样，但本质是还是相同的。

只要是正常人，都不愿意和自己的姐妹爱上同一个男人。

而且，她本来就对月浓有着愧疚的心思，若是真的有一天月浓求到她面前，她……

恐怕是会答应的吧。

"你说的我又何尝不知道，可是阿岩，她是月浓啊，她是我从小疼到大的妹妹啊，她是代替我死过一次的亲妹妹啊，我怎么舍得看她难过？"

露华的声音中满是痛苦，甚至带上了一丝丝的哽咽。

知道月浓还活着的欣喜早就被月浓喜欢凤尘的痛苦所代替，这种纠结痛苦的心情折磨得痛苦不堪。

若不是随景岩及时给她服用了安胎药，恐怕这个时候她都已经动了胎气。即便喝了药，此刻露华的额头上还是冒出细密的冷汗，唇瓣也开始染上了苍白的色泽。

"我知道你和月浓姐妹情深，可是我总得觉得这个玉紫衣十分不对劲，哪里不对劲我又说不上来。"随景岩体贴地拿出手帕给露华擦拭额头上的冷汗，嘴中却还是嘟囔着。

第23章　发现诡异

他自认自己的感觉还是很准的，应该是不会出错的，那个月浓外貌与身体极不符合而产生的诡异感让他十分不舒服。

随君昊还没捉住，随景岩怎么都放松不下来。

若不是顾虑到露华的心情，随景岩都想调查调查这个玉紫衣了。

可他毕竟没有确切的证据证明玉紫衣不对劲，紧紧凭着一种感觉就去调查玉紫衣，很容易激起露华的反感。

在失而复得后，露华是容不得别人说一句月浓的不是的。

看她甚至愿意放弃凤尘，成全月浓就可以看得出来露华对月浓的愧疚之情有多么重了。

“阿岩，她毕竟……月浓这么可怜完全是在替我受罪，你明天去逍遥王府帮我去看看月浓吧，看看你能不能治好她这个怪病。”

露华说到一半忽然想起来，阿岩的医术无双，也许能治好月浓的怪病呢，看到月浓这个样子，尤其是听完逍遥王说的这些年月浓的经历后，露华的心就更疼了。

本来她的妹妹可以活得很好，都是因为她。

随景岩握住露华的手，浑厚的内力缓缓渗透进露华有些冰凉的体内，不一会露华头顶的冷汗渐渐消退，苍白的唇瓣也渐渐恢复血色。

“好了，我答应你明天就去看看玉紫衣，你现在可以好好休息了吗？”

“嗯。”

露华也累极了，本来有了身孕后她就更容易疲惫了，再加上今天情绪波动过大，现在已经是强撑着精神了。

随景岩替她温暖身子后，更觉得困倦了，点点头不一会就睡着了。

随景岩动作轻缓地给露华盖好被子后，就轻手轻脚地出去了。

第二天，随景岩果然去了逍遥王府。

虽然随景岩觉得玉紫衣十分诡异，但毕竟是露华的亲妹妹，就算是看在露华的面子上，随景岩也会来的。

更何况，随景岩昨天晚上回去后，想了想觉得他的那种诡异感很可能是因为玉紫衣身形和容貌严重不搭而产生的，和她本人并没有什么关系，所以这就不能代表这个玉紫衣有问题了。

“敢问王爷，紫衣公主这种情况是从什么时候开始的？”

对于兰修焕，随景岩还是十分尊敬的，毕竟兰修焕是他师父的结拜兄弟，他恭敬点也是正常。

毕竟能让随景岩言听计从的除了露华就只有他的那位隐居多年的师父了。

兰修焕看着玉紫衣离去的背影，确定她听不到了才略微回忆了一下说道：“好像从我救她回来后衣衣的样子就没变过，我找你师父也看过，你师父也说衣衣身体并没有问题，这也许和她自行选择失忆一样。”

对于玉紫衣的怪病，兰修焕也十分头疼。

他虽然当初救了月浓是为了随心影，但是后来是真的把月浓当成亲生女儿来疼爱，要不是这样，他也不可能为了寻找能够治好玉紫衣的怪病的人辗转各地多年不回家了。

而且兰修焕也听随君知说过，随景岩的天分比他高上不少，和随君昊不相上下，而且很可能青出于蓝而胜于蓝。

所以，当今天随景岩上门来说想帮玉紫衣看一看的时候，兰修焕是抱着不小的希望的。

谁知道随景岩什么都没有说，而是站了起来说了一句，“王爷，晚辈有些事需要去确定一下，等有结果了会来告知王爷的。”就大步离开了。

看着随景岩急匆匆的背影，兰修焕恨不得直接将他拦下来问清楚，但也知道这肯定是随景岩有所发现了才会这般着急地离开。

也罢也罢，他就再等一等，反正这么多年也等过来了。

急匆匆离开的随景岩不仅没有回信陵王府反而去了驿站，一脚踢开驿站的大门后，随便抓了一个人问了凤尘在哪后就直奔凤尘的房间去了。

前几日凤尘和兰国太子提出了辞呈，但是不知道为什么玉棠忽然提出了一些关于沧澜国城池的问题，不得已凤尘就又留下来了。

在打听到这是逍遥王进宫和玉棠说了一番话后，玉棠才有的决定，凤尘更觉得自己应该离开了。

这样下去，他和月浓早晚会发展到尴尬的地步。

他欠阿蓉的已经够多了，不想再多一个让阿蓉伤心的理由。

凤尘正和长歌商量事情呢，房门就被随景岩一脚踹开了。

虽然有些意外随景岩居然会来找他，但是凤尘更担心的是……

“怎么了，是阿蓉出事了？”

若不是阿蓉出事了，随景岩怎么会这般着急地来找他，看着脸色还不大好？

“闭上你那张乌鸦嘴，蛋蛋好得很。”随景岩一巴掌拍在桌子上，然后就指着长歌说道，“你去关上门然后在外面守着。”

长歌什么都没有说，只是看了一眼凤尘后，见凤尘点了点头才出去了。

随景岩轻哼一声，显然对于长歌的这种行为有些不爽。

“到底发生什么事了，我看你脸色很不好看啊。”

虽然知道了阿蓉没有事情，但是看着随景岩难看的脸色，凤尘还是忍不住担心。

要知道随景岩是谁啊，他能轻易出现这种脸色？而且就算天塌了，也不会影响随景岩的心情吧，唯一能影响随景岩心情的人，也就只有阿蓉了。

想到这里，凤尘哪里还坐得住，眼神十分急切地看着随景岩。

随景岩也不卖关子，张口便问道：“我问你，这个玉紫衣和以前的月浓是不是一模一样？”

提起玉紫衣，凤尘就下意识地皱起了眉头，然后点了点头说道：“是啊，若非和以前一模一样，我也不会一眼就认出来啊。”

“那是和十三岁的月浓一模一样，还是月浓十三岁以前的模样一模一样？”

凤尘虽然不知道随景岩为什么这么问，但还是感受得到随景岩语气中的认真的。认真地想了想，忽然脸色变得有些惊疑不定了。

“快说啊。”

凤尘抬眼看着脸色急切的随景岩，双眼微微有些瞪大，然后说道：“衣衣的容貌和小时候几乎一模一样，你是发现了什么吗？”

“啪！”随景岩双手一拍，大声说道，“难道在面对玉紫衣的时候，你不觉得有些诡异的感觉吗？”

“诡异？那不是因为她生了怪病容貌一直没有发生变化吗？”

“若是只是这七年来容貌没有发生改变，可以说是因为七年前的那场意外生了怪病，你刚刚也说了她这容貌可是好多年没有改变过了。”

第 24 章　我要个平妃之位

随景岩的话里，有一种阴森森的感觉，让凤尘听了感觉脊背有些发凉。

好像有些不受控制的事情，又渐渐地浮出了水面。

“什么意思？”

随景岩白了一眼凤尘，撇了撇嘴出奇地有了耐心解释道：“我问你啊，你和你小时候长得一模一样吗？或者你看到过谁和小时候长得一模一样，十年甚至是十几年都不变模样的吗？”

凤尘像是明白了什么，“你的意思是月浓……”

“月浓？”随景岩唇畔勾起有些阴冷的笑意，说道，“她的确是玉紫衣，但是不是真正的月浓还不一定呢。”

若真的是月浓，这种“怪病”，他那个小师叔不可能没有一点察觉啊，他的小师叔，好歹也是师祖的关门弟子。

“那到底是哪里出错了呢？玉紫衣是逍遥王从大盛亲自救回来的，难不成是逍遥王？”

自从这两年随君昊布下的阴谋和暗中的棋子一步步暴露出来，凤尘已经习惯性地对他人不是完全的信任了。

当年的凌空和他十年的兄弟情，都能是假的，对于别人凤尘更是难以轻易相信了。

“不，不可能是逍遥王。”随景岩闻言摇了摇头，解释道，“我听师父说起过他这个结拜兄弟，逍遥王不会是这样的人，更何况逍遥王居然知道我师父的隐居之处，这个师父连我都没有告诉，可见逍遥王的确值得他信任。”

对于他师父的眼光，随景岩是一点怀疑都没有。

“对了，你能找到你师父吗？随君昊带着阿蓉的母后藏起来，我和宁为玉一直找不到，逍遥王说那个随君昊肯定就藏在了大盛，可是我一直找不到。如果可以，请你师父出山，找到随君昊的概率是不是就大了一些？”

不说这事，随景岩几乎都忘了随君昊这个人以及被随君昊带走的小师叔了。

“师父隐居的地方我并不知道，当年师父曾经说过他不想让别人知道他在哪里，打扰他的隐居生活。”

唉，小师叔在随君昊手里，这真是一个麻烦的事情。

若是蛋蛋知道了，肯定会焦心的，这件事一定不能告诉蛋蛋，最好在蛋蛋生产之前就找到随君昊夺回小师叔。

凤尘闻言后皱了皱眉,“你不是说逍遥王知道你师父隐居的地方吗,既然他不想让别人知道,怎么会告诉逍遥王?”

“我也不知道,也许是兄弟两人感情好吧。”

随景岩不在意地耸耸肩,继续冥思苦想玉紫衣到底是谁,背后之人又是谁,以及随君昊可能的藏身之地。

凤尘总觉得哪里不对劲,却又一时想不起来,甩了甩头也就不想了,这个时候还是抓住随君昊和查清楚玉紫衣最重要了。

就在凤尘和随景岩为了玉紫衣苦思冥想的时候,玉紫衣已经来到了信陵王府。

“露华公主。”玉紫衣娉娉婷婷地走进屋子内,看着躺在美人榻上的露华展颜一笑。

露华虽然意外玉紫衣的到来,但心情还是十分高兴的,“紫衣公主来了啊,快坐。”

无论怎样,对于月浓能够活着,露华还是万分高兴的。

玉紫衣抿了抿唇,开门见山地说道:“露华公主,我今日来是有事相求的,也不拐弯抹角了。”

玉紫衣的一番话,让露华的眸光暗淡了几分,却还是强打着精神问道:“紫衣公主是有什么事情吗?”

虽然她已经猜到了玉紫衣的来意,但是露华还是觉得难以接受。

这是她的亲妹妹啊,怎么可以……

“我爱凤尘,我想要嫁给凤尘。”玉紫衣高昂着头,仿佛看不到露华一瞬间变得苍白的脸色一样,目光晶亮地盯着露华,执拗地等着露华的回答。

露华嘴角扯了几次,才勉强扯出了一个微笑,“紫衣公主的意思是让我自请下堂?”

抚摸着腹部的手,微微有些颤抖。

玉紫衣咬了咬嘴唇,迟疑了一会才说道:“也不用这样,我不贪心,和之前的那位一样,我只要一个平妃之位。”

以她兰国公主的身份,要一个平妃之位,并不过分。

若是露华公主也同意了,那么想必凤尘也不会再反对了吧?

“只要一个平妃之位……”露华瞳孔一缩。

虽然昨晚随景岩问她的时候,她很平静地说若是月浓想要她会放手,但是真到了这一刻,她的心就仿佛有一把匕首插了进去,然后狠狠搅动一样,痛得她感觉仿佛五脏俱裂一般。

“露华公主是不同意吗?”玉紫衣显然是没有想到露华会不同意,本来她以为露华对凤尘是没有感情的,说服露华应该很容易的。

“大盛之前和北方部落那一场战争损失了一个元帅和一个将才以及不少的士兵,而后又和沧澜国开战,虽然是大获全胜可是对于大盛的军力也有不小的损伤。我想这个时候的大盛已经经不起和兰国再次开战了吧?”

玉紫衣嘴角挂着一抹高傲的笑容,眼神睥睨般地看着露华,像是居高临下一般看人的眼神让露华大脑一阵眩晕。

这就是她从小疼到大的妹妹会说的话？虽然已经没了记忆，可是就算对着一个陌生人，这般盛气凌人也不应该啊？

“你这是拿大盛来威胁我吗？”露华抿紧了唇瓣，心中掀起惊涛骇浪之后露华便感觉到腹部隐隐作痛，心口也闷闷的。

玉紫衣既不承认也不否认，只是有些不理解地看着露华说道：“你既然不喜欢凤尘，为什么还要霸着他不放？更何况，整个天下都在说你和那个神医谷谷主才是真爱，现在也和他住在一起，那你为什么就不肯对凤尘放手而让他幸福呢？露华公主，做人还是不要太自私的好。”

“你以为你是谁？凭什么对蛋蛋说教，赶紧滚蛋，别等本谷主揍人。”刚刚回来的随景岩还没进门就听到了玉紫衣的这番话，顿时气得七窍生烟。

再加上今天的猜测，对玉紫衣更是没有好脸色了。

骂了一句之后，随景岩就赶紧进去查看露华的情况了。

“还好，只是动了点胎气，蛋蛋我说过了不要动气动怒对孩子不好，要是伤了我儿子，我可和你没完。”

随景岩看露华嘴唇抿得紧紧的，胸口起伏不定，就知道露华这是真的动气了，还是被她眼中的亲妹妹气的，哪里会不动肝火？

第 25 章　爱上我有那么难吗

和随景岩一起回来的还有玉桦，玉桦站在门口，看着玉紫衣的眼神满眼复杂，若是随景岩或者是露华这个时候能注意到玉桦的眼神，也许就能察觉到一丝丝的不对劲。

只可惜……

命运的力量，就是不可违抗。

“紫衣，你怎么来这里了？”玉桦抿唇问道。

玉紫衣横了一眼玉桦，眼中似乎满是嘲讽，“怎么，二哥哥不愿意看到我？”

“你应该知道我的意思。”

“你是什么意思我怎么知道？”

听着两人的吵嘴，随景岩觉得头都大了，毫不客气地扭头冲两人吼道：“你们两个都给老子滚到外面去吵。”

没看到蛋蛋这个时候不舒服了吗，还站在那瞎吵吵，真想一巴掌拍死他们两个。

玉紫衣看了一眼露华后，率先高昂着头离开了。

只是，那趾高气扬的劲头，让随景岩恨不得咬死他，什么东西，别让他查到马脚，不然绝对分分钟弄死她！

对于玉紫衣，随景岩已经是厌恶到了极点，若非知道还没有查到证据不能拿玉紫衣怎样，凭随景岩的暴脾气若不是顾虑到露华，早就爆发了。

露华像是累极了睡过去了似的，一言不发闭着双眼躺在床榻上一动也不动。

随景岩给露华掖了掖被子后，就一把拽着玉桦出来了，直到把玉桦拽到了庭院里，确定影响不到露华了，才开始怒斥道。

“我说你怎么回事，怎么就让那个玉紫衣随随便便地进来了，还到蛋蛋面前胡说八道？这不是你的地盘吗，你不是很牛吗？”

对于今天这件事，随景岩不能和玉紫衣发火，索性就将所有的过错都算在了玉桦身上。他是有事去了逍遥王府然后又去找了凤尘，才耽误了。

那玉桦呢，平日里整日地待在王府里也没见他出去过，今天了怎么就这么巧，玉紫衣来找蛋蛋了，玉桦就正好出去了不在王府？

玉桦也不挣脱就任由随景岩一路将他拽到了庭院里，听了随景岩的问话后才有些无奈地说道：“这是我的王府，但是紫衣也是我的妹妹，妹妹来哥哥的王府这不是很正常的一件事吗？”

“那你今天怎么想起出去了？”

玉桦一笑，笑得十分高兴灿烂，贴近了随景岩问道：“你这是在查岗吗？”

不错不错，随景岩这块顽石终于开始被他感化了，居然开始查岗了这是好事啊，好兆头啊。

此刻玉桦的心里，不仅没有一点被随景岩迁怒质问的恼怒之感，反而觉得美滋滋的。

随景岩大怒，一拳头挥了过去，“现在天还没黑，你就开始做梦了啊？”

鬼扯的什么东西啊，什么乱七八糟的啊，谁查岗了。

对于玉桦，随景岩不否认是有一点点不一样的感觉，但那丝不一样的感情实在是太淡了，在涉及露华的时候，这一丝丝感情几乎可以忽略不计。

玉桦大笑着躲了过去，“别不承认啊。”

经过玉桦一番插科打诨，随景岩之前的怀疑和想要质问的心思全都被打乱了，哼了一声转身就朝厨房走去了。

刚刚蛋蛋被气得动了胎气，他还是去准备一碗安胎药的好。

虽然蛋蛋的胎位很正，但是蛋蛋的身体本来就差，再加上思虑过度，等到生产的时候还是很危险。

唉，还有一个多月，希望能在蛋蛋生产之前将这一切都结束吧。

玉桦罕见地没有抓住机会继续逗弄随景岩，而是放任随景岩离去，只是在随景岩的身影即将消失在回廊尽头的时候，忽然大声问道：“随景岩，爱上我有那么难吗？”

他忘记了第一次见到随景岩是什么时候在哪里了，只记得当时看到随景岩他只有一个感受，那就是：这个小男孩好漂亮，这么漂亮的东西我一定要弄到手。

那时候还没有男女不同以及性别不同怎么谈恋爱的观念，可以说，随景岩是玉桦的执念，从小到大埋藏很深的执念。

虽然平时不说，可是这份执念随着时间的推移不仅没有变淡，反而更加深刻了，深刻到他再也无法放手，

哪怕冒天下之大不韪，被天下人所唾骂，他也要得到随景岩。

其实，玉桦早就分不清自己对随景岩是掠夺的占有欲多一些，还是所谓的爱多一些，但无论是什么感觉，有一点都不会变的，那就是他要得到他。

只是在玉桦殷切的目光下，随景岩那一角的红衣渐渐消失在回廊的尽头。

他，没有给他答案。

随景岩，我到底该怎么办，我希望你日后不要恨我。

三天后，凤尘就接到了玉桦派人传来的消息，说是露华想要见他一面。

不知道为何，即便见到露华了，凤尘不仅没有喜悦的心情，反而隐隐觉得恐惧，因为他似乎猜到了阿蓉想要见他的原因。

那是他的阿蓉，他是那么了解他。

凤尘这个时候无比痛恨自己对露华的了解，若是不了解，也许自己还能高兴一会，怀

着兴奋激动的心情去见露华，而不是像现在一样，坐立难安。

“王爷。”

凤尘看着肃穆进来的长歌，皱眉问道：“查到什么了吗？”

不应该啊，怎么会这么快，要知道他在兰国的势力并不多，毕竟兰国太子也不容小觑，他让长歌动用暗桩去调查玉紫衣。

玉紫衣怎么说也是逍遥王的独女，怎么可能只用了三天时间就调查到了？

就算凤尘再自信，也不会盲目地以为自己天下无敌了吧？

兰国太子又不是摆着好看的。

长歌进来后也是眉头深皱，“王爷，我们的人在监视玉紫衣的时候，发现了随君昊的人……”

“什么？”

对于这个消息，凤尘是大吃一惊，紧接着又问道：“你是觉得哪里不对劲吗？”

若是只发现了这个的话，长歌怎么会这么一副表情？

而且随君昊在大盛布下了那么大那么久的阴谋，都没有让人察觉到，怎么会这么轻易地就让他查到了呢？

“王爷，属下并没有发现什么不对劲的地方，只是觉得这一切太容易了一些。逍遥王是兰国皇帝唯一的亲弟弟，其才能心智完全在其兄长之上，若不是因为逍遥王随了兰姓，现在的兰国皇帝到底是谁坐还不一定呢。这么一个厉害的人，我们的人怎么会那么容易地潜入逍遥王府里并且查到这么重要的消息？”

第 26 章　一声阿尘

凤尘点了点头，眼中精光闪烁不定，“不光如此，逍遥王本人的内功高到了一定境界，别说是你，恐怕就算是冰月也不能和逍遥王相提并论。”

按理说，逍遥王府就算没有什么暗卫啊守卫的，就凭逍遥王一个人也应该能察觉到他的人和随君昊的人啊。

“难道是逍遥王知道你们是我的人，所以没有阻拦……也不对啊。”

若这个玉紫衣是随君昊的人，那么这肯定不是第一次双方联系了，他的人都能发现，那么没道理逍遥王没发现啊。

而且就算逍遥王知道了是他的人，也没道理不加以阻拦啊，任是谁都不会愿意别人去自己家里查探吧？

这个逍遥王府里到底有什么秘密？

“长歌，调集所有兰国能调集的势力密切监视逍遥王府，还有这个令牌给你，你去昌北街的一家惠民书斋里去找那里的掌柜，让他帮忙查一查逍遥王府的事情。”

这个逍遥王府处处透露着不对劲，而他自己在兰国的根基太浅，能调用的势力又有限。

令牌是宁为玉给他的，这是宁国公府多年前留在兰国的势力，不说别的，查探消息肯定是比他要强得多。

“属下这就去。”

长歌离开后，凤尘看了看天色，按捺住内心的不安也起身往信陵王府的方向去了。

因着兰国国都比大盛京都靠南，因而天气比大盛暖和得早，虽然刚刚进入了二月，可是午后的阳光还是挺温暖的。

这几日露华一直没有什么精神，一直在床榻上躺着，今日好不容易有些精神了，就让人在院子里的花墙下摆上了桌椅和一个美人榻。

自己懒洋洋地躺在美人榻上，盖着虎皮毯子，闭着眼睛分外悠闲。

等着一阵熟悉的脚步声响起的时候，露华也没有睁开眼，只是很平淡地说了一句，“你来了啊。”

平淡的语气，透露着一股熟稔的味道。

好像来的人是她相识了多年的老友一样，而不是爱恨纠葛了半生的……爱人。

凤尘也很自然地坐在了一旁的凳子上，倒了一杯茶，并没有喝而是握在手心了。

七年前那场婚礼等来了“谋反”的时候，露华没有哭，两年前凤尘在娶她之前娶了古嫆心的时候，露华没有哭。

在得知百里琦死的时候，她没有哭，在知道月浓还活着的时候，她没有哭。

经历了这么多，她以为她已经失去了哭泣的能力和权利，可是没有想到她会在听到凤尘一句“我爱你”之后，泪流满面。

“阿尘……”露华再也忍不住，像一个委屈的孩子一样扑到凤尘的怀里，双手勾着凤尘的脖子，号啕大哭。

那哭声，像是要把她多年的酸楚和委屈宣泄出来一样。

那哭声，像一把锐利至极的匕首刺进了他的胸口，让他疼到麻木。

凤尘并没有安慰露华，只是维持着半跪的姿势，双手环抱着她，大手轻轻拍着露华的背部，给予她无声的安慰。

也不知道哭了多久，直到露华哭得困了，双手紧紧抓着凤尘的胸前的衣襟，慢慢地睡了过去。

凤尘笑了，然后小心翼翼地抱起露华回了屋内，帮她盖好了被子。

看了看天色，他知道自己该走了，即便他再不想走。

将露华的双手从他胸口拿了下来，看着胸口皱巴巴的衣襟，凤尘忍不住笑了，将露华的双手放进被子里的时候，凤尘忽然想起什么，紧紧盯着露华高耸的腹部。

过了一会，凤尘才颤颤巍巍地伸出手，小心翼翼地放在了露华的腹部上，若是有人看见就会发现此刻的凤尘身体僵硬得不

等了好一会，凤尘也没感受到传说中的胎动，脸上挂着很明显的失望。

就在凤尘将要收回手的时候，凤尘突然感受到有一股野蛮的小力量踹了过来。

虽然只有几下，但凤尘也很满足了

最后在露华额头上印下一吻后，凤尘满是留恋地离开了。

也许，这是他和孩子唯一一次接触

第28章 姐，我是月浓

日子就这么悠悠晃晃地过去了，转眼露华都有了快九个月的身孕了，整个信陵王府严阵以待起来了。

凤尘一面担心注意信陵王府的情况，一边又要应付玉紫衣，着实心累。

这一天，逍遥王府里兰修焕看着打着花骨朵的桃花，自言自语道："桃花快开了……"

又是一年桃花盛开的季节快要到来了，他想等兰国的桃花盛开，整个逍遥王府都开满桃花，她也应该回来了吧。

桃花和满天星一起盛开的承诺，他一直在等她。

"父王，我出去了啊。"玉紫衣和逍遥王打了一声招呼，就要出去。

这半个多月来凤尘对她又和之前一样，很好很好，好到让她以为在客栈的那一天其实什么都没有发生，一切就只是她的梦罢了。

兰修焕看着玉紫衣的身影，忽然说道："衣衣啊，你最近是不是惹恼了尘王？"

这话，让玉紫衣有些摸不着头脑，回头皱眉看着兰修焕问道："没有啊，父王为什么这么问？"

这些日子，她和凤尘相处得很好啊，整个兰国京都都知道她和凤尘整日里出双入对，都说用不了多久她也要嫁给凤尘做王妃了。

至于失踪了半年的尘王妃露华公主，则被人们忽略了。

露华在兰国京都的名声自然没有紫衣公主的名声响亮，更何况百姓都是善于遗忘的，露华已经失踪半年了，人们自然早就遗忘了。

若是大盛，也许还有人记得，但是这里是兰国。

一切，都是不一样的。

至于随心影的事情，凤尘和随景岩一致认为等到露华生产之后，再全力以赴。这个时候他们两个的心思都扑在露华身上，哪里还有心思管其他的事情。

更何况，随心影在随君昊手上绝对不会有危险。

兰修焕笑了笑，温和地看着玉紫衣说道："没什么事情，只不过是我最近总感觉有人在王府周围监视，也许不是尘王的人吧。"

兰修焕的一句话让玉紫衣的整个身体瞬间变得僵硬了，有些木然地看了一眼兰修焕后，玉紫衣有些不自然地说道："定是父王感觉错了，若是父王没事，我就先走了啊。"

"嗯，去吧，好好玩。"

看着玉紫衣离去的背影，兰修焕站起身走到一株桃花树前，将一朵还未盛开的桃花折断，随手扔到了一旁，还喃喃自语道：“这么着急干什么。”

兰修焕也走了，桃花林还是和之前一样，若不是那朵被踩进泥土里的桃花，一切好像都一样，又好像有什么……变了。

信陵王府内，玉桦刚刚接到下人通报，说是紫衣公主来了，前去探望露华公主。

“王爷，随谷主那里的人传来了消息，说是随谷主已经出去了，好像是出去采什么药去了。”

玉桦闻言低叹一声，“天意啊。”

“王爷？”下人不明所以地抬头看了一眼玉桦后，问道，“王爷，要不要派人跟着随谷主？”

这些日子里，虽然自家王爷没有限制那个随谷主的出入自由，却时时刻刻让人监视着随谷主，一般这个时候都会派人跟着出去的。

虽然一般都是这样，但是这小厮还是恭敬地问道。

玉桦闭了闭眼，舔了舔唇角，有些苦涩地说道：“不用了，随他去吧。”

这个时候，他到底该怎么办呢？

随景岩，我到底该怎么办才能让你日后不会恨我呢？

“去套马车，本王好久没去东宫了，听说我那个小侄子一天一变样，本王要去看看。”

考虑了一下，玉桦觉得这个时候自己不在王府里，才是最好的，两边都不得罪。

再者，他确实好久没去过东宫了。

兰国太子玉棠已经有了嫡子，还没有满一百天呢，长得粉雕玉琢很是可爱。

用玉桦的话来说，就是长得和玉棠一点都不像，不然就不可能这么好看了。

现在看来，这个借口不错。

就在玉桦离开信陵王府的时候，玉紫衣也到了露华所在的院子，院子里现在空无一人，只有隔着窗户相望的姐妹两个。

在信陵王府里，下人们很显然还是比较听玉紫衣的话，至于露华……

“怎么不进来？”

不知为何，露华看着这样沉默不语的玉紫衣，心中竟然隐隐觉得不安。

玉紫衣沉默着进了屋子，然后就站在离露华三步远的地方，一动不动。

“怎么了？”露华有些意外地问道。

对于月浓，无论怎样露华都是忍不住地关心。

就在露华担心不已，想要站起来询问的时候，忽然听到了玉紫衣一声清脆中带着一抹哽咽的“姐”。

这一声姐，让月浓泪流满面。

这一声姐，更让露华浑身一震。

“你……你刚刚叫我什么？”露华有些不敢置信地看着玉紫衣，连声音中都带上了一抹颤音。

玉紫衣猛地扑到露华的怀里，撕心裂肺地一声声喊着，“姐，我是月浓啊，我都想起来了我都想起来了，姐……”

泪水，浸湿了露华胸前的衣襟。

这如梦幻一般的场景，让露华有些发蒙不敢置信，动作有些呆愣地伸出手，缓缓抚摸玉紫衣不断颤抖的背部。

不过，这只是下意识的动作而已。

露华发现，这个时候她竟然一句安慰都说不出来，一个字音也发不出来。

她发现，时隔多年月浓再唤她姐的时候，那感觉和云悉当年在大漠唤她的那一声姐的感觉完全不一样。

至于哪里不一样，她暂时说不上来。

“姐，你不认得我了吗？”

许久之后，玉紫衣见露华一句话也不说，便稍稍从露华的怀中退了出来，泪眼蒙眬地看着露华，那神情十分可怜。

露华一愣，“怎么会呢？你是我的月浓，姐怎么会忘记你呢，只是太突然了，我一时反应不过来罢了。”

之前兰修焕的话让露华以为她这一辈子都不会听到月浓唤她一声姐了，这忽然之间月浓就恢复了记忆，实在让她惊异多过惊喜。

玉紫衣将脸贴在露华的胳膊上，撒娇似地说道：“我就知道，姐姐怎么会忘记我呢，从小到大姐姐对我最好了。”

“你什么时候恢复记忆的？有没有感觉不舒服？等阿岩回来我让阿岩再帮你看看。”露华揉了揉月浓的发顶，表情十分柔和地说道。

只是露华没有注意到，刚月浓听到这句话时，眼中一闪而过的阴狠。

第 29 章　别忘了你还欠我一条命

玉紫衣歪着头，想了想说道："今天凤尘提起你的时候，我就忽然想起来了。"

露华不疑有他，只是担心玉紫衣的身体，一直强调等随景岩中午回来了，要让随景岩给她看看，好好养一养身子。

"姐，不说这个了，我想求你一件事……"玉紫衣蹲在露华身边，双眼亮晶晶的瞅着露华，一脸的依赖与希冀。

露华觉得心头一紧，眼中明亮的光芒忽明忽暗，"咱们姐妹还说什么求不求的啊，你替我死过一次，无论你要什么，姐姐都会给你的。"

哪怕是我自己的幸福，月浓，只要你想要的东西我绝对不会和你争的。

玉紫衣似乎有些窘迫，又似乎有些害羞地揪了揪露华的衣角，良久才声如蚊蝇般地说道："我想要的，姐姐应该知道。"

"你……"露华语塞，实在不知道该说什么。

说凤尘我已经让给你了，你还提这个干什么？

还是说凤尘是你的姐夫，你怎么可以横刀夺爱呢？

好像，她找不到话来回复自己的亲妹妹。

露华的沉默好像让玉紫衣误解了，玉紫衣有些慌乱地抬起头，眼巴巴地看着露华，快要哭出来了，"姐，从小到大我都没有和你争过什么，抢过什么，只这一次，你就成全我这一次好不好？"

听起来好像是玉紫衣委屈极了，可是玉紫衣也不想一想，从小到大她的确没有和露华争过什么，但那是因为从小到大她想要的东西，不需要她说，露华就会双手奉上。

何来争抢一说呢？

露华虽然知道月浓已经爱上了凤尘，可是真的当自己的亲妹妹在这里在她面前哀求，让她放弃凤尘成全她的时候，露华还是感到心中一阵钝痛。

同时，也是第一次这么强烈地感受到月浓，真的变了。

"姐……"

"我已经和凤尘说过了，要他好好照顾你，他已经答应我了。你放心，从此以后我和凤尘不会再见一面。"

本来抚摸玉紫衣头顶的手，已经在露华自己都没有察觉的时候收了回去。

玉紫衣闻言双眼一亮，然后急切地问道："那这个孩子呢？"

"你！"露华似是不敢相信眼前的女子竟是自己亲妹妹，当触及玉紫衣晶亮的双眼的时候，露华心中满是悲凉，却还是说道："你放心，这个孩子也一样，终其一生都不会再见凤尘一面。"

其实，露华知道她自己其实很残忍很自私，而这残忍和自私都是针对凤尘一人，对于别人她宽容大度，事事想着别人，却一直忘了考虑自己以及凤尘。

她这个决定，最委屈的人不是她也不是这个孩子，而是凤尘。

她明明知道凤尘爱的是自己，却还是逼着凤尘去接受玉紫衣，甚至是剥夺了他身为一个父亲本该享有的幸福。

可是，她又能怎么办呢？

谁她都可以辜负，唯独月浓不行。

亏欠这个妹妹的，哪怕用她的幸福来偿还也必须偿还。

这就是她露华！

"可是……"玉紫衣缓缓站了起来，然后居高临下地看着躺在暖榻上的露华，说道，"可是姐，即便如此你还是凤尘的嫡妃，你肚子里的这个孩子还是凤尘永远的牵挂啊。这样的话，凤尘的心里怎么会有我的立足之地呢？"

风，透过窗户吹了进来。

明明是暖春的清风，却让露华觉得遍体生寒，这种冷意似乎比得知月浓替她而死的时候，比她的膝盖被一箭射穿的时候更冷。

冷到骨子里，冷得露华连灵魂都在发颤。

"月浓……"

"嗯，我在。"玉紫衣笑得有些诡异，又有些不正常。

露华的手狠狠地攥着怀中的暖炉，有些悲哀地闭上了双眼，凉声问道："那你到底想要怎样？"

她无论如何也没有想到，月浓居然变了这么多。之前她那个虽然有些刁蛮但更多是天真可爱的妹妹哪里去了？

七年啊，这七年就足以让一个人变得面目全非吗？

玉紫衣抬眼看了看窗外，然后又转过头双眼紧紧盯着露华的腹部，有些恶狠狠地说道："姐，你让凤尘写一纸休书昭告天下，然后再娶我为嫡妃。至于这个孩子……他不存在了，凤尘自然也就不会时时刻刻地惦念着这个孩子了。"

玉紫衣的一番话，仿佛一道惊雷透过肉体狠狠地劈在了露华的灵魂上，那力道仿佛一把大锤整个敲在了她的头上，让她瞬间失神完全没有一点反应。

"姐，你说这样好不好？"

玉紫衣重新蹲了下去，然后很纯真依赖地朝露华一笑，这笑在露华看来如同魔鬼一样。

"不可能！"露华想都不想地拒绝道。

为了月浓，她可以牺牲她和凤尘的幸福，但绝对不可能牺牲这个孩子。

云望，云望，这是她的希望，也是他的希望。他们两个半生过得波澜壮阔，几乎没有享受到幸福，这个孩子是他们一生对幸福的追求和希望。

怎么可能为了月浓而扼杀了这个孩子呢？

“月浓，这是我的孩子，你的亲姨侄啊！”露华实在不敢相信，她曾经无比善良的妹妹居然会说出这么一番话来。

曾经月浓连犯错的宫女都不曾打杀过，如今竟然想要她杀了自己的孩子，这怎么可能？

她的月浓到底去了哪里？怎么会变成这样？

玉紫衣神色一变，眼神中似乎带着一把刀，狠狠地刮向露华，有些歇斯底里地喊道：“他是你的孩子，可我也是你的亲妹妹啊！更何况，这个孩子还没有出生，还算不上一个生命啊！”

“他怎么不算生命啊？月浓，这个孩子还有一个多月就要降生了啊。”

“生命？”玉紫衣双手紧握，恶狠狠地盯着露华吼道：“我曾经为你死过一次，你就当还我一命了，别忘了你还欠我一条命呢，露华！”

这个时候玉紫衣完全已经陷入了疯狂的状态，连姐也不叫了，也不再装作姐妹情深了，反而是十分不客气地直接称呼她为露华。

“月浓，你说什么？”

露华下意识地护住了腹部，满眼都是悲凉。

“我说你欠我一条命啊，用这个孩子来还我一条命！”

“你不是月浓，你到底是谁？”

第30章　要么杀了我要么成全我

露华眉头紧锁，十分笃定地说道："你绝对不是月浓，我的妹妹怎么会是你这个样子的呢？"

她的月浓善良、天真、可爱，怎么会是眼前这个恶毒、凶狠而又自私的女人呢。

不可能的。

玉紫衣嘴角勾起嘲讽的笑容，低下头距离露华的脸很近很近，然后一手指着自己的脸，声音有些诡异的轻飘。

"不是月浓？你看看这张脸，你不会连自己的妹妹长什么模样都忘记了吧？啊？"玉紫衣脸上的表情渐渐变得凶狠起来，声音也加重了，"为了你，因为你，我死过一次，这张脸也不会生长了，你知道她们背地里管我叫什么吗？怪物啊，她们管我叫怪物！这一切都是拜你所赐啊！"

露华的表情有些呆滞了，是啊，她只是想着月浓怎么变成了这个样子却一直忽略了月浓为什么会变成这个样子。

面貌一直不变可是身材却一直发生变化，成年人的身体孩子的样貌，怎么看怎么感觉诡异。

她记起来了，逍遥王说别的人都叫玉紫衣是怪物，玉紫衣也是多年不出门才会导致一见面就爱上了对她体贴关怀的凤尘。

本来她接触的世界都是对她有恶意的，忽然有人对她很好，这种情况下内心阴暗自卑的玉紫衣爱上凤尘，是再正常不过的事了。

至于对露华的怨恨，经过了这么多事，月浓对露华有所怨恨也是情理之中的事情，只是露华没有想到的是，月浓的怨恨居然会这么深。

"月浓，对不起，我……"

她实在没想到，她唯一的亲妹妹居然会被她伤到这个地步，可是……

事情发展到这个地步，能怪月浓吗？不，月浓只是受害者。

怪露华吗？露华也是受害者。

怪凤尘吗？凤尘也是受害者。

他们明明都是受害者，却都付出了惨痛的代价，如今面对如此抉择，露华真的不知道该怎样面对有些歇斯底里的月浓。

玉紫衣离露华远了点，却还是蹲在那里，忽然平静了下来，说道："只要你答应我刚刚说的，从此你我两不相欠，你也不用再觉得对我有所亏欠了。”

经历过这么多事情，不仅露华会觉得累，她也累了。

她只是想好好地活一把，为自己活一把，却是这么的难。

“月浓，其他的我都可以答应，唯独这个孩子……他是我全部的希望，我不可能放弃他的。”

露华虽然觉得对月浓有所亏欠，但是无论如何她都不会放弃这个孩子的，所以她只能对不住月浓了。

“呵呵。”玉紫衣低下了头，声音低低的，凉凉的，“不放弃他，那你就放弃我吧。”

不知道什么时候玉紫衣手中就攥紧了一把匕首然后猛地朝自己的心口处刺去。

“不要！”露华惊呼一声，赶忙阻止却还是慢了半拍。

露华的手覆盖在玉紫衣的手上，玉紫衣的手攥着一把匕首，匕首插在玉紫衣的心口上，这场面看起来怎么看怎么像是露华亲手杀了玉紫衣一样。

玉紫衣大口大口地吐出鲜血，可是面容上却是无比平静的微笑。

“姐，记住是你杀了我。”

“是你杀了我！”

“姐，是你杀了我！”

玉紫衣一声声临死前的声音，就像一声声魔咒一般响在露华耳边，一遍一遍，让露华几欲崩溃。

“不！”

露华发出一声凄厉至极的尖叫声，猛地松了手神情很是不安，一瞬间露华的脸就苍白了下去，满是冷汗。

“嘭！”玉紫衣睁大双眼的身体，不甘又像是解脱地倒在了一旁，鲜血流了一地，漫过了露华拖在地上的裙摆。

“不，啊——”露华如入魔了一般，双手捂在耳边，不断地摇头，身子不断地扭动。

就在露华将要滚下暖榻的时候，一袭白衣的冰月忽然出现抱住了露华的身子，然后毫不犹豫地一个手刀劈昏了露华。

刚刚想把露华放在暖榻上，却发现露华不仅裙摆上沾染上了鲜血，就连下裙都满是被鲜血浸润的痕迹。

冰月双眼一眯，这种情况是……早产？

看了看陷入昏迷中还满是不安的露华，冰月低叹一声，抱起露华放在了不远处的床榻上，然后就走到窗边放出了一个信号。

希望凤尘看到烟火能赶快来。

信陵王府离驿站不远，本来正纳闷今日玉紫衣怎么没来的凤尘看到在半空中灿烂至极的烟火时，心下一阵抽痛，急忙飞身往信陵王府赶来。

这是他留给冰月的信号，告诉过冰月若是阿蓉有了危险，就放这个信号。

一定是阿蓉出事了，凤尘恨不得立刻飞到信陵王府。

不一会，凤尘就赶到了信陵王府，只不过和凤尘同时赶回来的还有玉桦。

“阿蓉！”当凤尘跨进屋子，看到满地的鲜血时，只感觉心脏猛地停止了跳动一般，脸色瞬间惨白如纸。

而玉桦则是看着倒在一边，显然已经没了呼吸的玉紫衣，也走了进来，然后对着屋内他不认识的女子问道：“你是谁，这到底是怎么回事？”

玉紫衣死了，竟然死在了他的信陵王府。他若是连个理由都拿不出来，王叔那里他可是没法交代。

虽然和玉紫衣并没有什么感情，可是好歹是多年的兄妹，最重要的是他是被逍遥王养大的，玉紫衣也是被逍遥王养大的。

玉紫衣忽然离奇死亡，这对于逍遥王来说肯定是一个不小的打击。

虽然玉桦表现得很是悲愤，但是冰[illegible]并没有打算理他。

“快叫太医啊，快去找大夫，玉桦你[illegible]死人吗？若是阿蓉有个万一，本王和兰国不死不休！”

凤尘看着露华一身的鲜血，急得五脏六腑都好像着了火一般，自然对着玉桦没什么好语气了。

玉桦皱了皱眉，显然十分不满凤尘的态度，可是也知道这个时候没时间和凤尘计较，否则，凤尘刚刚那句威胁就成真了。

等不久后随景岩回来，同样对玉桦[illegible]是平静地丢下了一句威胁便进了屋子，这个时候就连凤尘也只能等在屋子外。

因为，露华已经在太医的救治下醒过来，只是孩子早产，情况不是太好……

听到关门声，玉桦神色一暗。

他就知道等随景岩回来，肯定会迁怒到他身上，两人本来已经缓和不少的关系肯定会一下子降到冰点。

刚刚随景岩对他说的那句话，已让他遍体生寒。

其实，这句话随景岩也对凤尘，那就是——

“她若殒命，倾尽所有定让整个天下为她陪葬！”

第31章　阿蓉，醒过来吧

屋内只有丫鬟和随景岩焦灼的声音不断传来，至于露华则是没有一点声响，这让凤尘恐惧极了。

而这个时候得到消息的玉棠和逍遥王也来了，院子里瞬间挤满了人，可是所有的来人在感受到凤尘周身散发出来的那种致命的暴躁以及仿佛随时要爆发的火山的感觉时，纷纷禁了声音。

"蛋蛋，坚持住，这是你的孩子，你的希望啊，坚持住。"随景岩一手紧紧握住露华的手，不断地加大力道，握得露华手生疼，想要借此让露华清醒一些。

露华蒙蒙眬眬地睁开双眼，有些呆滞地望着帐顶，干裂的嘴唇上下碰了碰，费力地说道："月浓，月浓……"

她好像看见了月浓死在了她的面前，她的月浓死在了她的面前……

随景岩紧紧地咬住后槽牙，双眼中是一闪而过的阴鸷，转眼却是温柔着声音劝慰露华，"蛋蛋，月浓走了，没在王府里，你想见她等生完孩子我就叫她过来，好吗？"

这个该死的玉紫衣，别让他知道背后到底是谁在掌控这一切，否则他定要背后之人尝遍这世间所有的炼狱之毒物。

还有那个玉桦是怎么回事？不是都说了别随便让玉紫衣单独见蛋蛋了吗，怎么办的事？

这些事情等蛋蛋母子平安后，他要一个一个地算账！

敢算计他的蛋蛋，就要作好下地狱的准备！

"不……不是的，"露华挣扎着，不断摇着头，像是看到了什么十分恐怖的事情一样，双眼中不断有泪水涌出。

随景岩看着露华这个样子，心中暗恨不已，自己干吗非得挑今天出去，真是该死！

"阿岩，我看到了血，好多的血，月浓……血……死了，啊——"露华开始疯狂地挣扎了起来，整个人如同疯了一般。

这个时候随景岩又不好打昏她，只好不断地安慰，只可惜效果不大。

露华像是忘记她在生孩子一般，只记得月浓的死，不断地念叨着月浓，满目惊恐。

"蛋蛋，你不要这样……"

现在随景岩完全没了办法，他可以弄回露华，可是孩子怎么办？露华现在完全不配合，这个孩子怎么可能生下来？

劝人他实在不擅长啊，他只擅长杀人啊。

门外备受煎熬的凤尘再也忍受不了，想要推门而入的时候却被逍遥王拦了下来。

“尘王，这个时候你不能进去啊。”

自古以来，就没有男子进产房的先例，男子进产房是大凶之兆啊。

这个时候就算逍遥王再痛心玉紫衣的死，也要等露华平安生下这个孩子才能问清楚玉紫衣到底为何而死。

露华是不可能杀玉紫衣的，这一点逍遥王比谁都清楚。

凤尘寸步不让，一手劈开逍遥王的阻拦，怒喝道：“让开。”

都这个时候了，阿蓉在里面生死不明，他哪里还等得了。如果说随景岩能处理好里面的情况，他也许不会这么焦急了，现在明显连随景岩都有些束手无策，他哪里还等得下去啊。

这个时候不进去，还要等到什么时候才进去？

他这一生都瞻前顾后，怕这个怕那个，从来都没有有过不顾一切想要和阿蓉在一起过的决心。

若是他强势一点，想的没有那么多，也许他和阿蓉比现在还能幸福一些。

考虑那么多，他却还是在一步步逐渐失去阿蓉。既然如此，他又何必再有所顾虑？

大不了，死在一起就好了。总比之前不知道宁千雪就是阿蓉的时候，认为连和阿蓉死在一起都无望来得好吧。

逍遥王闪身一挡还想说什么，却见凤尘劈手直指玉桦和自己。

“本王现在没心思想到底是你们中间谁搞的鬼，本王只有一点确定，那就是如果阿蓉有个万一，本王会毁了大盛，自然也会不惜一切毁了兰国！”

大盛，本就是为了阿蓉守护的，若是阿蓉不在了，他要四海清平又有何意义？

“王叔，让尘王进去吧。”玉棠站在庭院中，负手而立，听了凤尘的威胁后脸上的表情没有一丝变化。

好像，凤尘刚刚的威胁对他来说不值一提，完全不用放在眼里一样。

其实，玉棠知道若是露华公主真的在信陵王府在兰国有个万一，那么凤尘必定会不惜一切毁了兰国。

大盛和兰国现在国力相差不算太多，若是想要灭了兰国，大盛就算胜也是惨胜，那和同时毁了大盛也没有分别。

凤尘这话威胁，并不是假话。

只是，他更知道若是现在拦着凤尘不让进去，虽然说是为他好，但对于凤尘来说就不是那么回事了。

“唉。”逍遥王低叹一声，也不再说什么。

本来他也用不着阻拦凤尘，只是看在宣心影的面子上阻拦一下罢了，既然人家不领情他又何必再添乱呢。

至于凤尘刚刚“不知道你们中间谁搞的鬼”，逍遥王感到有些疑惑，想问什么却又压了下去。

唉，还是等露华母子平安了再说吧。

心影，我对不起你啊。

到了最后，我还是没有护住你的女儿，真是抱歉。

凤尘进了屋内后，立刻走到床榻前，而陆景岩罕见地没有和他争吵，反而是立刻让到了一旁，皱眉急促地说道：“快，蛋蛋陷入了魔怔之中，你赶紧唤醒她，不然孩子就会活生生憋死的。”

露华现在这个状态，根本就不可能让孩子平安出生。

而露华陷入了月浓死的魔怔之中，除非她自己清醒或是被人唤醒，否则就算他是神医谷谷主也没有办法。

凤尘一言不发猛地拿出一把匕首，放到了露华的手中，然后才说道：“阿蓉，我是阿尘，醒一醒，为了我为了孩子，好吗？”

触碰到冰冷的匕首，露华手指一蜷缩，手更是拼命地往后退，嘴里还不断地说着，“不，不要……月浓，血……月浓。”

很显然，露华陷入月浓死的那一幕，灵魂不能挣脱，自己不能原谅自己也不能接受月浓第二次因自己而死。

凤尘看着这样的露华很是心疼，可是却没有别的办法，狠了狠心，双手覆在露华握着匕首的手背上，然后朝着自己心口处的方向刺了过去。

匕首，缓缓地靠近凤尘的心口处。

“阿蓉，醒过来吧。”

第32章　阿尘，不要

“阿蓉，赶快醒过来吧，我是生是死，由你决定！”凤尘眼神决绝，说完后毫不犹豫地带着露华手中的匕首，狠狠刺向自己的胸口。

“扑哧。”是匕首没入皮肉的声音。

“不——”是露华惊恐的尖叫声，“阿尘，不要——”

血急速地涌出，喷在两人的手上，露华睁开眼看到的就是自己一手的鲜血以及脸色瞬间苍白下去的凤尘。

“阿尘！”

凤尘将匕首拔出，扔到一旁，微微贴近了露华的脸庞，轻柔地说道：“阿蓉，别怕，我一直在，一直都在你身边。”

他知道露华的恐惧和害怕，无论是谁，放在这种情况下都会害怕。

哪怕是露华，因为露华也是人，一个女人。

“阿尘，我好害怕，月浓死了……月浓这次是真的……”露华双手紧紧拽住凤尘胸前的衣襟，泪眼蒙眬的露华沉浸在月浓死的悲伤之中，以至于没有注意到，凤尘胸前的衣襟上，满是鲜血。

第一次，她没有看到月浓穿着她的嫁衣从绣楼上跳下来的那一幕，所以就算她十分内疚也没有如此强烈的感觉，而这次月浓是真真切切地死在了她面前，甚至是……她的手上。

“阿蓉，她不是月浓，她不是真的月浓，真正的月浓和你母后都还活着，我本来想等你生下孩子再告诉你的。现在……等你生下了孩子，我带你一起去找你母后和月浓，好吗？”

凤尘双眼紧紧地看着露华的双眼，露华的神情慢慢地平静了下来，可是拽着凤尘衣襟的双手依旧没有放松，“母后，月浓……”

“放心，她们都还活着。阿蓉，所以你也要好好的，孩子也要好好的，我们都要好好的。”

凤尘似乎没有感觉到胸口处的疼痛一般，任由露华紧紧拽着他胸前的衣襟，依旧维持着半跪在床榻前的姿势，一脸的柔情，仿佛一点伤都没有受一样。

也许是凤尘装得太像，也许是玉紫衣的死对于露华打击太大，反正露华完全没注意凤尘受伤的事情。

“孩子……我的孩子……”

露华惊呼一声，这个时候才感受到腹部传来的疼痛感，不由白了一张脸，双眼中满是恐慌，“孩子，阿岩，我的孩子……”

她现在才八个多月，怎么会这个时候感受到阵痛，孩子会不会有事？

想到这个可能，露华就恐慌不已。

若是再失去这个孩子，她也就没有了活着的希望了。

随景岩这个时候才靠了过来，将一颗药丸递到露华的嘴边，露华连问都没问，一点犹豫都没有就直接咽了下去。

“放心，蛋蛋，孩子会没事的，你还不相信我吗？”

也许是随景岩的眼神太过坚定，也许是因为凤尘在身边陪着她，露华的情绪总算是安定了下来。

随景岩也松了一口气，偏头看向凤尘，以眼神询问他是不是需要包扎一下伤口，刚刚那一刀虽然刺得不深，但终究刺的是心口，而凤尘的左胸口受过两次重伤，看到凤尘因为流血过多而惨白的脸，就能知道凤尘此刻承受的痛苦了。

凤尘摇了摇头，拒绝了随景岩的提议。

他已经错过了阿蓉太多的时光，当年阿蓉失去所有的时候他没有陪在身边，当年阿蓉被一箭射穿膝盖千里逃亡的时候他没有陪在身边。

阿蓉怀孕了，这个孩子八个多月了，他陪在这个孩子和阿蓉身边的日子加起来还没有一个月。

他已经错过太多太多了，这次他说什么也不要再错过。

“唉。”随景岩偏过头轻声叹了一口气，就转身去吩咐小丫鬟需要准备的药材了。

蛋蛋一直抓着凤尘的衣服，他就不可能给凤尘吃止血药或是包扎，就只能等着蛋蛋平安生下这个孩子了，才能给凤尘包扎。

虽然伤口并不深，但一直不包扎伤口对凤尘的身体也是一大损耗啊。

凤尘本就因为常年征战身上落下了不少伤痕，身子原本就有些发虚，这次之后怕是要许久才能将元气补回来吧？

也许连老天爷都觉得给露华的苦难过多了吧，也许是这个孩子格外懂事知道自己的爹娘都不容易，坚持得很辛苦。

所以才过去了一个时辰，这个孩子就带着所有人的希望而降生了。

当听到孩子啼哭声的时候，露华和凤尘双双晕了过去。

凤惊容，也就是小云望出生之后，第一个抱他的不是他的爹娘也不是接生婆，而是伟大的神医谷谷主随景岩。

以至于后来凤惊容性子叛逆，不听管教到处惹是生非，露华和凤尘纷纷责怪随景岩，才认识到小云望这是随了随景岩的性子。

那个时候，随景岩对此可是扬扬得意了好久。

露华是母子平安了，可是露华又昏了过去，逍遥王总不好这个时候去叫醒露华问清楚到底发生了什么事情吧？

无奈之下，逍遥王和玉棠纷纷各自回府，只能等到隔日再来。

而随景岩则是忙前忙后的，累得快要趴下了，而玉桦一直想要找机会和随景岩说话，却被随景岩随手射来的几支毒针挡在了几步之外。

“玉桦，你当真以为凭你的手段能奈我何吗？这个世上没有能困住我随景岩的手段和地方，一切只不过看我喜欢不喜欢罢了。”

他随景岩向来张狂不羁，一个小小的信陵王府又如何困得住他？

也许刚开始的时候他的确是被玉桦困住了，只不过之后玉桦奈何不了他了，他也装作和以前一样罢了；也许从一开始玉桦就没有困住随景岩，这一切就如随景岩所说这是他愿意罢了。

至于真相到底如何，除了随景岩谁也不知道。

而玉桦听了这话不惊反喜，“随景岩，你这句话的意思是我在你心中还是不一样的，是吗？”

若非真的在他心里有个位置，随景岩又怎么会甘愿画地为牢为人所束缚？

随景岩，我可不可以理解为你也爱上了我呢？

就在玉桦以为随景岩要么和之前一样避而不答，或者直接否定的时候，随景岩却回了一句，“是不一样，可是玉桦，没有人在我心中能超过蛋蛋，就算是你，也不行。”

在他心里，就算他的师傅也比不上露华在他心中的位置，更何况是一个玉桦？

第33章 阿蓉，我在

“那你到底爱不爱我？”

玉桦十分讨厌这种猜心的游戏，他更喜欢直接一些，喜欢就是喜欢，不喜欢就是不喜欢，直说就是。

对随景岩，他投注了他所有的耐性，可是他发现他的耐心比想象中还要少，他现在不想再玩你猜我猜的游戏了，他只想要一个明确的答案。

若是爱，那就在一起。

若是不爱，那就不顾一切囚禁了他，直到他爱上他为止。

玉桦的骨子里，就是一种可怕的占有欲，以及一种不死不休的执拗。

这一点，也不知道随了谁，毕竟无论是兰国皇帝还是玉棠都不是玉桦这般极端的性子。

很凉薄，也很深情。

很执拗，也很温柔。

随景岩听了玉桦的问话，一点都不惊讶，脸上浮现出一种名为嘲讽的表情，“玉桦，你觉得你现在有资格问这句话吗？”

难不成玉桦真的以为他是傻子不成，这一次一次的真当他一点察觉都没有吗？

爱情，是建立在信任之上的美好感觉。

无论是他还是玉桦，都没有资格说这句话，尤其是玉桦！

“……”玉桦猛地攥紧双手，眉间染上了一抹无奈，“随景岩，我……”

若是可以，他又何尝想这样做？这世间的每一个人都有属于自己的无奈，这就是人活在这世间的代价。

不能躲避，也不能逃脱，再无奈也得接受。

“玉桦，你永远不会理解蛋蛋对于我的意义，所以也请你不要做什么幼稚的事情来证明什么。若是真的有一天你伤害了蛋蛋，玉桦，我会亲手杀了你。”

玉桦似乎还能感受到随景岩带着杀气的眼神，而实际上随景岩已经走了很久很久了。

“呵……”

这怎么是幼稚呢，随景岩你我都是一类人，我又怎么会不知道你对露华根本就没有一丁点的男女之情？

这不是幼稚，这是逼不得已，无从选择。

看了一眼不远处变得焦黑的地面，以及破碎的瓷瓶，玉桦无可奈何地转身离开了，带着一身的落寞和一些其他的情感。

一天，就这么过去了。

当天渐渐微亮，然后大亮了，凤尘才渐渐醒了过来，当他睁开眼看着陌生的帐顶时，还有些反应不过来。

可是随后像是忽然想起了什么，猛地坐了起来，被子从身上滑落，凤尘吃痛地闷哼一声，这才注意到自己的胸口已经包扎好了。

之前的记忆也逐渐回笼。

"嗯……"露华有些不安地转了转眼珠，似乎感觉到一丝丝凉意，身子侧着蜷缩了起来。

"阿蓉……"

看着平平安安躺在自己里侧的露华，凤尘一颗心猛地落地了，轻舒一口气又缓缓地躺了下去，然后侧着身子小心地将露华圈进自己的怀里。

睡梦中的露华似乎感受到温暖，下意识地朝凤尘怀中靠了过去，脸颊还如同撒娇的小猫一样在凤尘的胸膛蹭了蹭，然后发出一声舒服的喟叹声，又沉沉地睡了过去。

抱着露华的凤尘，仿佛感觉那一瞬间他整个生命都完整了，环在露华腰间的手微微用力，像是怕这一切只是一场梦似的。

阿蓉，能够这样抱着你真好。

你知不知道，我这一生所求不过是能够一睁眼，一歪头，就能看到你安睡的脸颊。

前半生，我一直追逐着，我希望后半生我能实现我这个愿望。

抱着露华，凤尘整个人似乎也变得放松了安心了一样，慢慢地也睡了过去。

这一睡直到日上三竿，两人才相继醒来。

"……阿尘？"露华一睁眼就看到几乎快贴到她脸上的凤尘的大脸，吓了一跳。

凤尘满足地在露华的额头印下一吻，"阿蓉，我在。"

这样的场面，多少次出现在他的梦中啊。从他和阿蓉相爱，他就一直期待这个场景，可是这一蹉跎就是快十年了啊。

都快十年了，这个场景才终于不仅仅是出现在梦中了。

"阿蓉，能够一睁眼就看到你，还不是在做梦，真好。"凤尘忽然觉得，其实幸福就是这么简单。

能一睁眼看到心爱的人，就是幸福。

露华也笑了，那一笑似乎闪亮了凤尘的人生。

"阿尘，这不是梦，以后我们会幸福的。"露华认真地说道。

经过了这么多事，她觉得没有比把握当下的幸福更重要的事情了。无论你经过了什么，人生又会出现多少个意外，幸福都不会等你。

所以，你要主动争取，你自己都不主动争取你自己的幸福，那幸福又凭什么停下脚步等你呢？

“嗯，我们会幸福的。”

凤尘一脸满足地将露华揽入自己的怀中，然后静静地享受着两人少有的平静时光。

直到怀中的露华忽然发出了一声惊呼——

“阿尘，孩子呢？你看到了吗？”

露华从凤尘的怀中退了出来，看着凤尘满脸疑惑外带一丝慌乱地问道：“我只记得孩子生出来了，可是我还没看一眼就昏了过去，你见过孩子了吗？”

天啊，天底下还有比她还不靠谱的亲娘吗，居然醒来了这么久才想起还有一个孩子她一直没见到呢……

比这个亲娘更不靠谱的是孩子的亲爹，因为现在孩子的亲爹还是一脸的懵，想来若不是露华忽然想起了这个孩子，凤尘也想不起他的儿子昨天已经出生了吧。

“嗯……”凤尘眼珠转了转，大脑飞速地运转，想了一会才小声说道，“这个……听到孩子哭声后，我也昏了过去，所以我也没见过孩子呢。”

说起来，他和露华都是没见过孩子就昏了过去。

他是因为失血过多伤了元气，阿蓉是因为月浓的事伤了心神，生了孩子又是元气大伤累得不行。

露华是感觉到孩子生出来就昏了过去，而他是看到阿蓉昏了过去并听到了孩子的哭声才完成任务似的跟着昏了过去。

“我昏迷了可以理解，你昏迷是为了什么啊？”

很显然，露华把凤尘受伤的那一段遗忘了，而且凤尘穿着中衣，她也看不到自然也就没有想到凤尘昏迷的原因。

凤尘也不想提起这个让露华担心自责，所以只是笑了笑，说道：“也许是太紧张了吧，知道你和孩子平安了就猛地放松了。”

“瞧你那点出息，居然紧张得昏过去了。”

露华并没有怀疑凤尘的这个理由，反而是开始穿衣服同时也催促凤尘，“快起来，孩子应该在阿岩那里，咱们快去看看吧。”

阿蓉，若是你知道其实月浓真的已经死了，你还会这么高兴吗？

第 34 章　简直丑出了新高度

等到宁千雪和凤尘收拾好去看被他们两个无良的父母忽略的儿子时，本来感觉没什么的露华在看到被随景岩抱在怀中，一脸委屈的皱成一团的“包子”时，还是忍不住心中一紧。

“云望，我的云望……”露华赶紧上前几步，一把从随景岩的怀中抢过了小包子动作不甚熟练地将小包子抱在怀中，轻轻地哄着。

这是她的孩子，她的小云望啊。

随景岩嫌弃般的瞥了一眼露华，十分不满意地嘟囔道：“蛋蛋，原来你还记得你有个儿子啊，我还以为你心里眼里就剩下凤尘了呢。”

虽然是他把露华和凤尘安排睡在一起的，但是露华居然一直到现在才想起了她这个儿子，绝对是凤尘男色误人啊。

他当时怎么就脑子发抽，让凤尘和蛋蛋睡在一起呢？

真是引狼入室啊。

对于随景岩的抱怨，露华充耳不闻，只是满脸笑意地抱着她的小包子，抱着她这一生的希望。

包子也乖巧极了，刚刚被随景岩抱在怀中也只是撇着嘴而已，现在被露华轻轻摇晃着，已经慢慢吧唧着嘴，吐着奶泡睡着了。

凤尘也靠在了露华身边，伸出一只手轻轻地碰了碰云望的小手，小云望下意识地抓住了凤尘的一根手指就不撒手了。

“阿蓉，你看，他抓着我的手呢，快看。”凤尘满脸惊奇地对着露华说道，那一脸的兴奋不亚于当年他第一次带兵打仗并取得胜利时的喜悦之情，甚至比之更加强烈。

凤尘此刻的表情就像是一个看到了新奇事物的孩子一样，一脸的兴奋好奇毫不掩饰，纯粹极了。

露华忽然觉得心中无比的满足，好像，就这样她就别无所求了一样，人生已经没有其他什么梦想了。

“是啊，他也喜欢你呢。”

露华抱着孩子，冲着凤尘柔柔一笑，那一笑仿佛将春风的柔情都揉碎在其中，满是春花秋月的柔情碧波，这是凤尘所没有见过的笑容。

从来露华都和温柔这个词不搭边，无论是身为露华还是宁千雪，人们对于她的赞美和评价有惊才绝艳，有绝世无双，有举止大方等，可唯独没有一个人会认识露华公主是个温柔的女子。

可是这个时候凤尘居然在露华的脸上看到了温柔的神情，那一抹醉人的笑意，就像是最烈的酒，让他沉醉其中。

“是啊，这是我们的儿子，只是……”凤尘看着在露华怀中开始入睡的小包子，忍不住皱起了眉头，“他怎么这么丑？”

无论是他还是露华，那长相绝对和丑没关系啊，就算这个孩子专挑他和阿蓉长得不够完美的地方继承，也不可能丑成这个模样啊？

若不是知道阿蓉在随景岩心中有多么重要，凤尘都要怀疑是不是随景岩给他调包了，这根本就不是他的亲生儿子。

怎么可能丑成这样啊？

简直丑出了新高度了。

露华微微有些愣神，似是不敢置信地看着凤尘，说道：“阿尘，你……”

“阿蓉你别多想，不管这个孩子长得多丑，我都不会嫌弃他的，真的。”凤尘生怕露华误会了他，立刻举手做发誓状，就差指天为誓了。

虽然这个孩子很丑吧，但只要是阿蓉的孩子，他都是喜欢的。

“扑哧……哈哈哈哈。”本来在一旁一直翻白眼表达自己不屑的随景岩实在忍不住了爆笑出声，然后指着凤尘笑得前俯后仰地嘲笑道，“凤尘，这孩子生下来都长这样，你是不是傻？”

新生下来的孩子长得都跟个猴子似的，这是常识吧，凤尘居然不知道？还闹出这么一番笑话，这是够了。

就连一旁本来因为等了半天脸色有些发黑的逍遥王和玉棠都忍不住笑出声来，玉棠咳了咳对凤尘说道：“尘王不必多想，随谷主说得是对的，孤的小儿出生时也是这个模样，现在长得……绝对不会是尘王眼中的丑的。”

凤尘不仅没有释然反而有些不悦地说道：“你怎么说话呢，什么叫我儿子和你儿子长得一样啊，明明是我儿子长得比较好看。”

他的阿蓉是最美的，所以他儿子也是最好看的……包子。

玉棠十分无语地看着露华，至于为什么不看凤尘，那……玉棠表示对于凤尘的智商已经不忍直视了。

露华对此也十分无语，撇了撇嘴找了一把椅子坐了下来说道：“你不是嫌弃他长得难看么，怎么现在又说他长得好看了？”

其实，关于这点露华是知道的，孩子刚出生的时候都皱巴巴。再好看的孩子在浑身皱巴巴的状态下，也好看不到哪里去。

所以对于小云望现在的这个容貌，露华是不在意的，毕竟她儿子以后还是会变漂亮的。

凤尘神色不变，顺着露华的话说道：“虽然他长得十分皱巴，但应该也是皱包子中最好看的包子了，毕竟是我凤尘的儿子。”

“傻货。”

随景岩轻嗤一声，实在搞不懂凤尘这十分骄傲的语气是怎么来的，难不成他儿子是包子中最好看的皱巴的包子，他这个做老子的就与有荣焉了？

就算是包子中最好看的包子，那不还是包子吗，本质还不是一样嘛。

现在还没有思想的小云望并不知道，如同魔咒一样跟随了他一生让他颜面扫地的小名，就是从他出生的第二天就定了下来。

虽然他的大名就很像女孩子，字也不怎么好听，但是比起他这个无厘头的小名，还是可以接受的。

想想吧，多少年后少年英姿的凤惊容正大发神威，得到了所有少女的爱慕、少男的倾慕，然后某某某就大喊一声，“凤包子，你爹喊你回家吃饭。”

这场面将是多么有喜感啊。

所谓画面太美，不敢想象，大概就是这个样子的了。

“露华公主，虽然你刚刚有了儿子，正高兴呢，可是有些事本王还是得问清楚的。”

逍遥王忽然出声打断了几人的说笑声，今天他之所以在这里枯坐着等了大半天就是想要弄明白昨天到底发生了什么事。

虽然他也为露华高兴，可是玉紫衣的死就像是插在他心头的一根刺，不弄清楚，日后他如何和她交代……

第35章　真正的月浓

“阿尘？”露华有些疑问地看向凤尘，之前阿尘不是和她说其实月浓和她母后都还活着吗，那个玉紫衣是假冒的？

这件事逍遥王不知道吗？

凤尘沉默了，坐在了露华的一旁的椅子上，看着露华欲言又止。反而是随景岩撇了撇嘴，回答了逍遥王的问题。

“逍遥王是想问玉紫衣的事情吗？”

随景岩满不在乎的态度似乎是激怒了逍遥王，但逍遥王顾虑着随君知的关系，隐忍着没有发火，不过那脸色已经十分难看了。

“没错，本王想问的就是这个问题。露华公主，衣衣昨日里来了信陵王府见你，结果却死在了这里，就算她是你的亲妹妹，可本王也抚养了她整整七年，难不成本王连知道她为何而死的真相的权利都没有吗？”

逍遥王嗔怒，气势全开，一瞬间屋里的气氛便变得有些压抑了。

露华有些意外地看了一眼逍遥王，将怀中已经熟睡的小包子递给一旁的奶娘，奶娘也是有个有眼色的，立刻会意抱着小包子下去了。

等到小包子离开后，露华才看向了逍遥王，问道：“月浓被逍遥王救下，这点露华一直铭感五内。可是月浓是我的亲妹妹，若是月浓真的有什么事情，我怎么可能一点都不担心呢？”

“你这话什么意思？”逍遥王一头雾水，十分不解地看向露华。

是他老了吗，他怎么一点都听不懂露华在说什么？

他们是在说同一件事情吧？是同一件事情吧？

逍遥王不解，露华更不解，这到底怎么回事？

“唉。”随景岩轻叹一声，站了起来，说道，“还是我来说吧。”

“我发现了玉紫衣的不对劲，若是玉紫衣真的是月浓，真的是因为七年前的事情才会有了这个怪病容貌一直不变，可是我问了凤尘，月浓是从很久之前就开始这副样子了，也就是月浓的这个样子或者说她容貌一直不变的这个问题，不是因为七年前的那场意外。”

“什……什么意思？”

随景岩的一番话，像是一道惊雷打在了露华头上，她本就是极聪慧的人，有些事情只是她不愿意去怀疑罢了，就像当年凤绝能够谋反成功和她从来不怀疑也不愿意怀疑凤家一样。

对于玉紫衣的不对劲,露华其实早有察觉,只是不愿意相信罢了。

虽然说玉紫衣这七年来过得十分压抑,心里痛苦性子可能发生变化,但怎么可能一下子就跟变了一个人似的?

七年前,月浓已经十三岁了,十三岁一个人的性子差不多已经定型了。

俗话说,三岁看到老。

当年月浓都十三岁了,怎么可能因为一些事情就变得完全不像她自己了?除非……

玉紫衣根本就不是月浓。

可是玉紫衣是逍遥王亲自从大盛救回来的,这就只有两个可能了。

一种是逍遥王在撒谎,还有一种就是月浓从一开始就不是月浓了……

其实,露华并不是猜不到,只是她不愿意去猜测,她一直自欺欺人地活在月浓还活着的虚拟的世界中。

"蛋蛋,你不是早就猜到了吗,何必再自欺欺人呢?"随景岩看着露华的眼神中满是怜惜,但是他还是毫不犹豫地打碎了露华的美梦。

有些事情,瞒她越久,对她的伤害就越深。

凤尘也伸出手紧紧握住了露华略有些冰冷的手,无声地给予安慰。

其实,知道这个真相的时候,他也有些无法接受,更何况是他的阿蓉呢?

"月浓……"露华动了动唇瓣,却只吐出了这个词,之后就再也无法说出其他任何的词汇了。

反而是一旁的玉棠想了想之后大声说道:"你的意思是,月浓公主其实在大盛的时候就已经被人杀死了,那个替露华公主而死的月浓公主其实不是真正的月浓公主?"

逍遥王大惊失色,惊呼道:"这怎么可能,若是月浓早就被人调包了,那心影怎么会毫无察觉呢?"

一个母亲,怎么会认不出自己的孩子呢?

这太荒谬了,而且月浓是顺灵帝的幼女,因为会说话娇俏可爱比起惊才绝艳的露华来,更得人喜欢。

顺灵帝和随心影都是更偏爱月浓一点,怎么会察觉不到他们的亲生女儿早就被调包了呢?

"是啊,若是月浓早在大盛的时候就已经被调包了,不可能整个大盛都没人察觉到啊,更何况当时谁又会去对月浓公主动手呢?"玉桦也托着下巴,在一旁思考着说道。

无论是露华公主还是随心影,显然都是十分敏锐且聪慧的人,又和月浓朝夕相处,怎么可能她们的亲人被调包了都毫无察觉呢。

"随君昊,他是唯一一个既有能力又有动机的人,而且我怀疑阿蓉的母后当年根本就没有死,一直在随君昊手里。"

凤尘的话说完后,谁都没有注意到逍遥王的双眼中闪过一道精光。

唯一一个既有能力又能动机的吗,随君昊……早晚有一天,本王要你付出代价!

“月浓九岁的时候曾经生过一次大病，养好了身体之后月浓有一段时间性子大变，不过没多久就恢复过来了，我们也就没在意以为只是生病了心情不好。而且也是因为那次大病，太医说月浓的身子很可能落下了病根对以后的生长会有影响，所以之后的那三四年的时间月浓几乎没有再发育过，我和父皇、母后也没有多想。”

现在想起来，露华只觉得一阵暗恨。

原来，那么多年以前，她那可爱的妹妹就很可能被人杀死了，之后的这么多年她疼爱的不过是一个奸细冒牌货！

“该死的！”露华现在恨不得将随君昊剥皮蚀骨！

她之前居然还想愿意为了弥补玉紫衣而放弃凤尘，现在想想真像一场笑话，她就像一个傻子一样被随君昊被玉紫衣玩弄于股掌之上。

“阿蓉，不要动怒，这个时候最重要的是找到随君昊救出你母后。”凤尘看不得露华这般痛苦自责，低声安慰了起来。

随君昊布局之大，之远远超众人的想象，当年露华也不过是一个十三岁的小丫头，哪里会注意到这么多。

再说了，随君昊那般聪慧的一个人，筹谋了这么久自然不会轻易地被人识破。若是轻轻松松就被人识破了，那他随君昊又怎么可能是才能天赋凌驾于随君知之上的天之骄子呢？

第36章　随君昊的下落

当年若不是随景岩师祖认为随君昊性子太过极端阴暗，当年继承神医谷之位的是谁还不一定呢。

“查到随君昊在哪里了吗?”提起随君昊，恨得牙痒痒的自然不止凤尘露华两人，逍遥王更是深受其害的人。

当初若不是随君昊太过极端，逍遥王早就和随心影在一起了，也不会有露华和月浓了，自然也就没现在这么多事情了。

对于毁了他一生的人，逍遥王自然是恨得刻骨铭心。

奈何，这么多年来他一直没有追查到随君昊的消息，不然他哪里还等得到今天?

随景岩无奈地摇了摇头，同时也有些叹服随君昊的能力，“我和凤尘查了这么久，连宁为玉也插手了，愣是查不到随君昊一点的消息，你说会不会随君昊根本就没在大盛啊?”

之前因为逍遥王猜测随君昊很有可能就在大盛，所以他和凤尘商量后决定将所有的力量都抽回了大盛查探随君昊的消息，可是过去这么多天了，一点蛛丝马迹都没查到。

大盛可是他和凤尘的主势力所在，若是他们两个都查不到那就没人能查到了。

“阿岩，这个随君昊是哪里的人啊? 或者当年随君昊和我母后是在哪里认识的?”露华若有所思地问道。

随景岩想了想，刚想回答就听到凤尘忽然问出声来，一下子就打断了他的思路。

“什么事?”凤尘忽然抬头看向门外。

而逍遥王也看向了门口，除了他们两个外，似乎没有人注意到门外隐藏着一个人。

听凤尘这话，来人是凤尘的人? 逍遥王暗暗心惊，心中重新了计算了一下凤尘的势力。

来人的内里修为虽然比不上他厚重，但是要比他纯净得多了，假以时日必定能够超越他。

长歌忽然自门外闪身而入，朝凤尘和露华行礼之后，便抱拳说道:“王爷，宁太傅烽火急信。”

“什么?”凤尘一听是宁为玉的烽火急信立刻站了起来，一把接过信看了起来。

要知道若不是十万火急的事情，宁为玉是万万不会动用烽火急信。

现在大盛只有宁为玉在支撑大局，凤绝已经于两个月前回了连城，带着连城夫人，到了最后陪在凤绝身边的竟只剩下了贤嫔一人。

与凤尘和露华的急色担忧不一样的是，玉桦和玉棠兄弟两个则是和逍遥王一样注意到了长歌。

信陵王府的护卫和东宫的防卫相比也相差无几了，居然被人潜入还无人察觉？这凤尘的手里到底还有多少底牌？

这样的人实在是太可怕了。

“到底出什么事了？”露华见凤尘一直不说话，有些着急了。

对于大盛，无论是露华还是宁千雪，都有着刻入骨子里的责任，无论身处何处提起大盛露华总是忍不住担心。

这就好比儿行千里母担忧一样，父母对孩子的担忧是无论什么情况都不会发生改变的。

凤尘将信递给了露华，然后对着随景岩说道：“宁为玉猜测随君昊很可能偷偷回到了神医谷，他已经派人查到不久前暖城来了两个外地人，很可能就是随君昊他们。”

“兄长果然无愧于天下第一公子的美名。”露华这个时候也稍稍放松了一些，将信纸放在桌子上，忍不住笑了。

在他们所有人都没有反应过来的时候，宁为玉已经有所怀疑了，并且还是查证后才通知了他们。

若不是真的确定了，以宁为玉的性子是不可能给他们传信这么说的。

“的确，我自愧弗如啊。”凤尘也轻笑着点了点头。

他虽然自信但是从来不自大，虽然他认为自己比平常人聪明上了不少，可是和天下第一公子比机智聪慧，他可没有自虐的倾向。

随景岩伸手敲了敲桌子，也想起了刚刚被凤尘打断的话，“我听师父说过，小师叔是被师祖捡回来的，所以说随君昊第一次见到小师叔应该是在神医谷。”

就算张狂自负如随景岩这个时候也不得不承认，宁为玉的确比他要聪明是那么一点点。

他是知道随君昊不少过往，还是在蛋蛋的询问下才想起这方面，而宁为玉对随君昊一无所知，居然还能猜到随君昊回了暖城神医谷，这……不得不佩服啊。不过……

“我家蛋蛋也是很聪明的嘛，就算没有宁为玉的来信，在蛋蛋的提点下，我也能猜到随君昊是回了神医谷。”

佩服归佩服，随景岩也还是随景岩，想了半天觉得还是应该夸夸蛋蛋，然后再顺带着夸夸自己。

“本王这就出发。”逍遥王闻言后，毫不犹豫地便站了起来，身影一闪便消失在了屋内。

随景岩双眼一眯，这个逍遥王的武功还真是高啊，只不过……

瞥了一眼相传被逍遥王抚养长大的玉桦，随景岩鄙视地翻了个白眼，逍遥王的武功修为，这个玉桦也就学到了轻功吧？

真是……差劲啊。

感受到随景岩投过来的目光，玉桦耸了耸肩，一点也不在意。

他是他，王叔是王叔。

“阿尘……”

露华有些纠结地看向凤尘，其实说实话她很想去，可是这个时候小云望还太小了，离开孩子露华舍不得的，可是又担心她母后。

凤尘哪里会不懂露华的心思，拍了拍露华的手背，说道：“我让冰月留下来保护你，我和随景岩这就出发前往神医谷。”

神医谷不是所有人都能进去的，所以随景岩是必须去的，对付随君昊他也是必须去的。

“你放心，我一定不会让你再失去一个亲人，不会再让你有遗憾。”

露华感受到凤尘灼灼目光，心脏忽然加速跳动，似乎当年那种热血激情的感觉又回来了。

“我不想失去母后，我也不愿失去你，阿尘，你明白吗？”

“我知道。”

就在凤尘和露华互诉衷肠的时候，一道不和谐的声音忽然冷冰冰地响了起来。

玉棠和玉桦早就走了，随景岩虽然还在，但这句话并不是他说的，而是——

“凤尘，你以为我是你的属下吗？”

第一杀手冰月的身影忽然出现在屋内，冰月没有一丝温度的目光落在凤尘身上的时候，还带上了一抹讽刺。

“我答应你保护露华一段时间，时间早就过了，你居然还想让我帮你办事，凭什么？”

“不，不是要求，是求。冰月，是我求你。”

第37章　你是我的心

凤尘说着便深深地对着冰月鞠躬，“冰月，我求你帮我保护阿蓉的安全，日后若有需要我的地方，凤尘万死不辞。”

露华的安全，永远是凤尘最担心的问题。

更何况这次他和随景岩都要回神医谷，快的话两个月就能回来。虽然现在大盛和兰国关系不错，也有着逍遥王的关系在，但这里是兰国，不是他熟悉的地方，总之还是放心不下。

更何况，这个玉桦他一直看不透，阿蓉现在这个情况又不能长时间远行，所以就只能让阿蓉留在这里了。

只有长歌明里保护，冰月暗地里保护，他才能稍稍放心一些。

冰月震惊了，她认识凤尘的时间也不短了，这还是她第一次见凤尘这般弯下自己高傲的脊背，低声下气地求一个人。

“你都这个姿态了，我还能说什么呢？”

好歹认识了这么多年，还是有交情在的。

更何况昨日露华的情况之所以会那么凶险，和她也是有一定的关系。

其实，在玉紫衣拿出匕首想要自杀的时候，她完全可以现身阻止，只是她认为既然玉紫衣拿出匕首并不是为了伤害露华，她就没必要干预。

这也是有一点点想要报复凤尘老是威胁她的小心思，只是后来露华的情况会变得那般危险，是她始料未及的。

所以，凤尘已然做出了这番姿态，满足了她身为第一杀人的傲气，本来就心中有一点点的愧疚，索性就顺水推舟地答应了下来。

“谢谢你，冰月。”

凤尘对着冰月，感谢地说道。

对于冰月，凤尘并不觉得冰月做得有过分，毕竟冰月有自己的骄傲，而缥林之事本就是她心中的一道疤，却被他一而再再而三地拿出来威胁，的确有些过分，冰月会有此反应，完全在他意料之中。

至于低声下气地求人，为了阿蓉，他不认为这有什么。

比起冰月纯粹的震惊，露华的感受就更加复杂了，她比冰月更了解凤尘，凤尘现在看起来冷酷，可是他骨子里的骄傲比谁都不少。

一个九尺男儿，为了她而折腰，她似乎听到内心深处的坚冰正在发出碎裂的声音。

当年那种感觉，仿佛又回来了，而且更加强烈。

"阿尘……"

"阿蓉，等我回来。"

凤尘目光灼灼地看着露华，伸出手动作轻柔地将一缕长发捋到了女子洁白的耳后，眼中的深情缓缓传递。

对于他来说，能够和阿蓉冰释前嫌，前面就算有刀山火海他也无所畏惧。

"好，我等你，云望也会等你回来的。"露华温婉浅笑，姿态万千。

随景岩有些受不了地搓了搓胳膊，不满意地嚷嚷道："哎哟喂，你们两个还能再恶心一点吗？"

说着将凤尘挤到了一旁，将一张妖孽般的脸笑得跟朵正盛开的鲜花似的，然后讨好地问道："蛋蛋，我呢我呢？"

唉，他算是发现了，自从和凤尘冰释前嫌后，他在蛋蛋心中的地位是直线下降啊。

哎，不对呀，蛋蛋什么时候和凤尘冰释前嫌的，为什么他一点感觉都没有？

露华无奈一笑，道："阿岩，我也等你回来。"

其实，关于玉桦，露华并不想去多作计较，无论是他将她带回了兰国，还是任由玉紫衣来找她，她都没有放在心上。

因为，她看得出来，玉桦十分在意阿岩。而阿岩对玉桦也有些不一样，阿岩自己孤单了这么久，如果可以，她希望阿岩能有自己的幸福。

就算，能给让阿岩幸福的是一个男人，是玉桦这个男人她也接受。

虽然比起玉桦，她更希望阿岩和祁兰馨在一起，但是阿岩对祁兰馨和对其他女人没什么区别，她对此也是没有办法。

这是阿岩的人生，她是绝对不会干涉的。

"蛋蛋，你说在你心里是我重要还是他重要？"随景岩十分幼稚地伸手指着一旁的凤尘，下巴一抬便问道。

露华有些无语地扶额低叹，这玉桦也是个十分优秀的男人怎么就不开眼看上阿岩了呢？

这真是个让人百思不得其解的问题啊。

"快说嘛，蛋蛋。"

如果有人在这里，看到随景岩现在这副卖萌撒娇的小表情，一定会被吓死。传说中阴晴不定、性格乖张的神医谷谷主，怎么会是……这么一副样子？

这和传闻大大的不符啊。

露华笑着说道："当然是你重要了。"

"哼，听到了吧，蛋蛋说在她心里我比你重要。"

一旁的凤尘虽然神色不变，但心中还是忍不住浮现一抹失落。

虽然知道阿蓉和随景岩的感情不一般，但是……知道归知道，失望还是免不了的，不受控制地就浮现在自己的心头。

看着如同孔雀开屏般骄傲的随景岩，露华笑着说道："我是说你重要，但是并没有说你更重要吧？"

"蛋蛋你什么意思？"随景岩闻言脸色大变，拽着露华的胳膊不依不饶地喊道，"难不成在蛋蛋心里凤尘比我更重要，这怎么可以？"

如果随景岩是一个女子，那么现在可以用花容失色来形容随景岩的表情，可是随景岩他是一个货真价实的纯爷们啊，一个纯爷们做出这样的表情……怎么看怎么感觉有些诡异啊。

就连本来情绪有些低落的凤尘这个时候看到随景岩做出撒娇的表情，也忍不住嘴角抽搐。

不知道上一代神医谷谷主看到他唯一的徒弟，变成了如今这个模样，会不会被气死？

露华有些头疼地制止随景岩的摇晃，双眸认真地盯着随景岩，说道："阿岩，在我心里你是最重要的。"

"哼，那就好，我先去给我师父写信让你也去神医谷了，你们两个继续卿卿我我吧。"随景岩大度地一挥手道。

"你不是说你不知道你师父在哪里吗？"凤尘问道。

"哦，我是不知道他在哪里，但是神医谷有我们自己独特的联系方式，师父说过若到了万不得已的时候，就给他传信。"

想来随君知早就猜到了随君昊不会罢休的，否则就不会留下这么一句话了。

看着随景岩离去的背影，凤尘也说道："阿蓉，我也去准备准备了。"

对付随君昊，他并不是十分担心，毕竟是在大盛的地盘，可是阿蓉留在兰国，他必须作好一些必要的准备。

"阿尘，阿岩是我心中最重要的人，而你是我的心。"

第 38 章　我不要别人我只要你

露华忽然起来的真情吐露，让凤尘瞬间变得呆滞了。

“阿蓉，你刚刚说什么？”凤尘停下本来打算离去的脚步，一脸呆滞地看着露华问道。

他刚刚好像听到了什么话，那是就算他在做梦的时候也不敢想象的话。

“阿尘，你是我的心。”

经历了这么多，在以前看来十分肉麻的话已经可以坦然地说出口了，不会觉得羞涩，不会觉得难以启齿。

爱你，对于我来说就像是生命需要呼吸一样自然。

凤尘觉得自己应该是在做梦，要不然怎么会听到阿蓉说情话呢？

就算是在他们两个感情最浓烈的时候，阿蓉也不曾说过这么露骨的话，怎么会反而在两人关系几乎到了冰点的时候说呢？

这简直太不可思议了。

露华面上虽然笑着，但实际上心中却在隐隐作痛。

“阿尘……”露华缓缓走到凤尘面前，忽然柔声唤了一声。

凤尘下意识地低头看向露华，而露华则是顺势踮起脚尖将自己略微有些冰冷的唇贴在了凤尘的唇上，轻轻柔柔软软凉凉如梦幻一般。

等到凤尘缓过神来后，露华已经走出去好远了。

“阿蓉……”看着露华的背影，凤尘抿唇一笑。

日子一天天过去了，露华仿佛一点都不受影响似的，每天都只是和小云望待在一起，好像一点都不担心。

而这个时候神医谷内，已经是气氛紧绷到了极点。

“随君昊，当年看在你大哥的面子上本王饶你不死，没想到你居然变本加厉，赶紧放了她，否则定叫你尸骨无存！”

逍遥王看着被随君昊搂在怀中的随心影就气得浑身发抖，虽然知道随君昊不会伤害随心影，但是看到随心影一点反抗都没有的地待随君昊怀中，兰修焕还是气得不行。

他的心影，怎么可以被随君昊这种人渣抱在怀里呢？

所以在随景岩和凤尘等人还没反应过来的时候，兰修焕已经和随君昊打了起来了。

凤尘和随景岩赶紧查看随心影的情况，随景岩压下心中的想法，一心查看起随心影的情况来了，那随心影没有反抗，反而一脸新奇地看着随景岩，好像小孩子看到新玩具一样，十分好奇。

“怎么回事?”

就算凤尘不懂医术,此刻也看得出来随心影绝对不对劲,不仅是对他们,刚刚随心影看兰修焕的眼神也不对。

无论到了现在随心影还爱不爱兰修焕,时隔二十多年,再次看到第一次爱的男人,怎么可能心中没有一点波动?

眼睛是心灵的窗户,透露眼神的变化自然能看得到随心影看到兰修焕是一点变化都没有。

这本身就不同寻常。

随景岩放下随心影的手腕,脸色阴沉得可怕,说道:“小师叔被下了忘忧蛊毒,而且这期间小师叔应该是清醒过,极力抗争过奈何又一次被镇压,当第二次被下忘忧蛊毒的时候,对小师叔的大脑造成了损害,以至于现在小师叔的记忆和智商都相当于七八岁的小姑娘。”

除了随君昊外,能对随心影做出这些事情的人还能有谁?

况且随心影本身医术也不差,否则也不会让随景岩的师祖破例收为关门弟子了。

这个随君昊还真是无所不用其极啊,随心影是他心爱之人都能下这样的毒手,随景岩实在想不出,这个随君昊还有什么不敢做的。

“什么?”凤尘惊呼一声,有些不敢置信地问道,“这伤一辈子都无法恢复了吗?”

若真的是这样,那他如何向阿蓉交代,阿蓉又怎么接受得了这样残酷的现实?

盼望期待了这么久的亲人,却……

真不知道对于阿蓉来说这是个惊喜还是惊吓。

随景岩眯着眼盯着不远处和兰修焕打作一团的随君昊,语气有些阴狠,“伤在大脑,这样的伤一生都难以恢复。”

更何况还是随君昊这样的用毒高手造成的,恐怕随心影这辈子都只能这样活下去了。

凤尘看着在一旁雀跃着为打架的两人欢呼助威的随心影,一时间失了言语,心头乱如麻。

而随景岩则是抓住机会加入战场,和兰修焕联手对付随君昊,有了随景岩的加入,随君昊很快便逐渐落入了下风。

可是无论是围观护着随心影的凤尘,还是占据上风的随景岩、兰修焕都没有放松警惕,因为随君昊最为厉害的不是武功而是那一身远超上一代神医谷谷主的毒术。

到现在为止,随君昊都没有用毒,这实在是让人放心不下来。

当随君昊下意识地伸手掏向胸口的时候,也不知道是巧合还是其他什么缘故,总之当随君昊撒出毒针的时候,兰修焕正站在随心影面前,然后一个闪身就躲开了。

而且兰修焕躲开的位置正好挡在了凤尘面前,让凤尘未能及时地救走随心影,而此刻的随心影正傻傻地站在原地,完全没有意识到发生了什么。

就在凤尘目眦欲裂的时候,随君昊忽然发出一声撕心裂肺的大叫,“不要……”

毒针没入皮肉的声音清晰地传入众人的耳朵中,所有人都有些反应不过来。

只有随心影无措地看着随君昊的身子靠着她的身子渐渐滑下,脸上身上以肉眼可见的速度迅速变黑。

“你……”随心影不知道发生了什么,可是她能感觉得到随君昊很难过,不由蹲下来,伸出手给随君昊擦拭额头上的冷汗。

“小耗子,你怎么了?”

对于现在的随心影来说,随君昊是她有记忆以来唯一一个陪在自己身边的人,陪她吃陪她玩陪她度过了所有的日子。

看到随君昊这个样子,就算她心智只有八九岁的样子,也能敏感地感觉到随君昊的不对劲,下意识觉得恐慌。

“小耗子,你别吓我啊。”

随君昊一手握住随心影帮他擦拭额头的手,笑得十分温柔,“影子,我没事,你不是嫌弃每天陪在你身边的只有我吗,从现在开始陪在你身边的人会有好多好多,你开心吗?”

他身上的毒都是能够瞬间致命的毒药,而且自从当年随君知根据他的习惯找到解药差点成全了影子和兰修焕后,他之后研制毒药就再也没配过解药。

所以说,现在的他即将死在自己的毒之下。

随心影摇了摇头,眼泪吧嗒吧嗒地砸在了随君昊脸上,委屈地噘着嘴巴说道:“不开心,我要小耗子陪我一起玩,我不要别人。”

第39章 是我干的又能怎样

虽然现在随心影的心智只有几岁孩童那般，可是正因为她的心智如同孩童，才能很敏感地感觉到这里所有的人只有随君昊对她的心才是最纯粹的。

“小傻子，你知不知道……”

“心影，你别待在他身边了。”还没等随君昊说完，兰修焕就黑着脸一把将随心影一把拽了起来，然后双手放在她的肩膀上，看着她的眼睛说道，“心影，你知不知道我找了你多久？”

他找了随心影这么多年，他想象过他们两个重逢时会发生的无数种场景，但唯独没有想过会是这种情况。

他心爱的女人，守在他今生最大的敌人面前，为别的男人流泪，这是他无法接受的。

随心影有些害怕地挣脱着，“你是谁啊，我不喜欢你，你放开我。”

这个人看起来好可怕，好吓人啊。

“兰修焕，你……放开她……”随君昊挣扎着想要站起来，却被暴躁的兰修焕一脚踢了出去。

“闭嘴，你有什么资格说话，要不是当年你横插一脚我和心影早在一起了。”

兰修焕看着随君昊的眼神凶狠得不行，随君昊！

“咳咳……”随君昊忽然有些精神了，挣扎着站了起来，讽刺地看着兰修焕说道，“你又有什么资格说我呢？兰修焕，无论是你还是我，都比不过那一个人，一个不如你我却得到了她心的人！”

早在一起了？他看着影子一点点长大，影子的心思他比谁都了解。他是可笑，可更可笑的是兰修焕才是，居然还以为自己是影子心爱的人。

“兰修焕，你可真是可笑啊，二十多年了，梦还没醒过来吗？”

说完这句话，随君昊又忍不住低声咳嗽了起来，身体应中毒而不断地颤抖了起来。

“你闭嘴！”

“啊！”

随着随君昊的话，兰修焕的双手无意识地抓紧，而被他抓着肩膀的随心影则是疼得哇哇大叫起来。

随景岩和凤尘同时起身，一人隔开兰修焕，一人将随心影护在身后。

事情，好像越来越复杂了。

这个逍遥王兰修焕，好像也没有那么简单。

“坏人。”随心影揉着自己的肩膀，十分委屈地指着兰修焕控诉道。

兰修焕想要上前靠近随心影说什么，却被随景岩挡住了去路，皱眉没好气地说道：“你干什么？”

这个随景岩怎么回事，不去提防随君昊，反而来防着他，是不是有毛病？

“我还想问你干什么呢？”随景岩眉梢一挑，双手抱胸的吹着口哨对着兰修焕凉凉一笑，“玉紫衣的事情不是你干的话，你也是知情的，可是你却在我们面前装无辜，兰修焕，你说你无辜？”

其实随景岩和凤尘早就怀疑兰修焕了，兰修焕好歹是随君知的结拜兄弟，怎么会这么菜，查了随心影的消息查了二十多年，愣是什么都没查到，这本身就不正常。

再说了，兰修焕又不是傻子，怎么会一点也没察觉到玉紫衣的不同寻常？再加上凤尘的人能轻易地在逍遥王府查到玉紫衣和随君昊有所勾结的事情，这就让人更加怀疑了。

而现在随君昊说的一些话，就让人不得不怀疑兰修焕了。

兰修焕没想到随景岩竟然会怀疑到他身上，有些不悦地皱起眉头，“随景岩，凭我和你师父的交情你居然还会怀疑我？”

“呵呵。”随景岩仰头一笑，挥了挥手指说道，“不说我师父还好，说起我师父你就更值得怀疑了。”

“你说我师父这些年一直和你保持联系？”

“这哪里有错吗？”

“有错吗？”随景岩放下双手，鄙夷地看向兰修焕，一字一顿地说道，“我师父死了多少年了，你居然说还和他保持着联系，你是在逗我玩吗？”

真是可笑，虽然他师父是隐居了吧，但是一些最基础的消息他还是知道的，比如说生死。

这个兰修焕居然说他曾经让他师父给玉紫衣看过，这简直可笑，他得有多大本事啊，居然能让一个死人帮他看病。

真乃神人也。

随着随景岩的话说出口，第一个变了脸色的是随君昊，当然了这个时候随君昊已经毒入骨髓了，脸上早就因毒素的关系变得漆黑了。

这个其实应该说成变了神色更合适一些，毕竟无论随君昊和随君知的关系变得多么生疏，也改变不了他们是亲兄弟的关系。

兰修焕脸上的不悦和焦急渐渐淡了下去，转而慢慢换上一个略微有些诡异的表情，“你说你师父死了？”

那口气，也听不出来是肯定还是否定。

不过兰修焕知道，无论随君知死没死，随景岩都已经怀疑到他身上了，再说什么已经没有意义了，还不如……

“没错，你怀疑的对，玉紫衣的事情我从一开始就知情了，可是这能说明什么吗？”兰修焕一脸的满不在乎。

他毕竟抚养玉紫衣多年，早就知情察觉到玉紫衣的不对劲也很正常吧？随景岩就凭这个就怀疑他，有点说不通吧？

“这说明了，让玉紫衣以死威胁蛋蛋，最后让蛋蛋陷入又一次逼死月浓的噩梦之中，我想你本来的目的是想让蛋蛋一尸两命吧？只是没想到最后关头凤尘居然将蛋蛋从梦魇之中唤醒了吧？”

说完之后，随景岩对着随君昊就耸了耸肩，“可真是对不住啊，本来都是兰修焕干的，可是我们一开始都以为是你做的呢，好像连你自己都不知道玉紫衣早就成了兰修焕的人，或者是玉紫衣一开始就是兰修焕的人吧？”

随君昊显然也不清楚这一点，虽然玉紫衣当初是他派去的卧底，可是后来几乎没怎么联系过，毕竟他的主战场在沧澜国和大盛。

面对随君昊带着杀意的眼神，兰修焕也不否认，反而是点了点头，“没错，你很聪明，全猜对了。当我知道随君昊派人杀死月浓，想要李代桃僵的时候，我就顺水推舟让随君昊派玉紫衣去顶替月浓，玉紫衣是我多年前就放在随君昊身边的卧底。”

他的确早就追查到了随君昊的身份，虽然随君昊的本事也不小，可是别忘了随君昊只是一个平民，而他是兰国皇子，有一个国家在后盾，在随君昊羽翼还未丰满的时候，查到他的真实身份并埋下几颗棋子也不是难事。

“随景岩，不得不承认，你比你师父聪明多了，可是那又能如何呢？这里随君昊已经快死了，凤尘还有伤，凭你一个人完全不是我的对手。”

第40章 随君昊之死

“兰修焕，玉桦是不是早就知道了？”

“兰修焕，你要是敢动阿蓉，老子让你死无葬身之地！”

两道满是怒火戾气的声音同时响起，这是凤尘第一次爆粗口。

若兰修焕早就查到了随君昊的身份，那只能说明一个问题，这一切不过是兰修焕冷眼旁观，适时的时候顺水推舟。

虽然说这么多年发生的这么多事都是随君昊做的，可是他兰修焕的双手就干净了吗？

既然当年他明明查到了随君昊去了沧澜国，并提前得知了随君昊想要对月浓下手，可是兰修焕不是想办法救下月浓，而是李代桃僵让他的人去代替月浓。

这份心思……这样看来，兰修焕其实和随君昊一样，喜欢随心影但是想要毁了顺灵帝以及随心影的两个女儿。

先是冷眼旁观看着月浓被杀死，然后是利用玉紫衣差点让露华一尸两命。

严格说来，兰修焕可比随君昊可怕多了。

最起码随君昊好歹是明晃晃地表现出了他爱随心影，也只要随心影一个人，无所不用其极只为了得到随心影。

而兰修焕呢，披着君子的面皮来掩盖他那颗如同禽兽一般的心。

兰修焕隐瞒了这么多年，毕竟瞒过了所有人，足可见他的心思有多么可怕。

那么，就算有凤尘和露华自己的势力在信陵王府和兰国，可是谁又知道兰国里逍遥王的势力又有多少呢？

这样想来，凤尘不禁头皮发麻，阿蓉……

“哈哈哈……”兰修焕双手大张，仰天长啸，“既然你们都知道了这些事，难道还以为我会留露华一条命吗？”

心影是他的，他绝对不能允许心影和别人的孩子存活于世，让露华活了这么多年，已经是极限了。

只可惜，到了最后关头，他的心思居然被这两个小辈猜出来了。不过，也幸好现在的心影没了以前的记忆，像一个小孩子一样，不然不就功亏一篑了吗？

“你！”

凤尘大怒，不顾自己的伤，手一扬，挥着手中的软剑就和兰修焕打了起来。

随景岩心乱如麻，默念着玉桦的名字双眼中满是阴暗，玉桦你居然敢骗我！

随景岩是骄傲的，他绝对不会允许有人骗他，尤其是他在乎的人……

心中的怒火仿佛一头猛兽不断撞击着随景岩的胸膛，怒火中烧的他手一扬几根透骨针就朝兰修焕刺了过去。

“不把你废了，老子就不叫随景岩！”

无论是玉桦的欺骗，还是露华的安危都是随景岩心中极为在意的事情，他这个人与其说是骄傲不如说是自负，兰修焕的这两个举动已经触动了随景岩心中的逆鳞。

龙有逆鳞，触之必死！

那边打得火热，那这边随心影正手足无措地抱着气息越来越微弱的随君昊，满脸泪痕。

“小耗子，小耗子……”

“影子，别哭。”随君昊费力地睁开双眼，强打着精神看着随心影，想要将随心影的身影刻入灵魂中。

这是他爱了一生的女子啊，即便她从来都没有爱过他，可是他还是不顾一切地将她囚禁在他身边。

甚至，当第二次给随心影下忘忧蛊毒的时候，随心影心智受损变成了这个样子，他心中居然是窃喜的。

因为，这样的随心影不会再拒他于千里之外，她会依赖他，对他笑，和他闹……

这样的日子，对他来说给他全天下他也不愿意换。

甚至因为随心影变成了这副样子，两人关系缓和之后，随君昊一度放弃过争霸天下灭了大盛的心思。

可是那个时候已经箭在弦上，不得不发了。

他，已经不能收手了。

“影子，我知道我很自私，是个坏人，可是我就是爱你……也许，也许我爱你的方式错了……影子，下辈子，下辈子……”

若有来生，要么相爱要么永生不再相遇。

“小耗子……小耗子，你不要睡觉啊，不要睡觉，醒醒啊……你再不醒过来我就不和你玩了，你听到了没……”

随心影虽然不知道发生了什么事，可是她心中很不安很慌乱，总觉得小耗子不是单纯地睡着了那么简单。

“影……影子，我……”随君昊双眼慢慢闭上，恍惚间似乎见到了一个他熟悉得不能再熟悉的身影一闪而过，那是……

搅乱了三国风云，毁了露华凤尘等人一生的随君昊，居然就这么死去了。

谁也不知道，他那句没有说完的话到底是什么。

是我错了，还是我……爱你？

“小耗子！”

随心影抱着随君昊，猛地失声痛哭，心中的不安扩散到极致，悲伤得如同一个孩子，哭得不能自已。

听着随心影的哭声，兰修焕猛地放声大笑，“哈哈哈，随君昊终于死了，心影是我的了。”

算计了这么多年，终于要得到心影了，只要解决了眼前这两个碍事的家伙，就行了。

想到这里，兰修焕打斗的动作更激烈了起来。

“随景岩，你不是有毒药吗，赶紧的啊。”凤尘本来就有伤，再加上功力和兰修焕差了不少，此刻已经满身伤痕了。

现在兰修焕又跟打了鸡血一样，凤尘有些撑不住了，立刻朝随景岩怒骂道。

不靠谱的家伙，平日里没少拿他的毒药威胁这个那个的，到动真格的时候了就不见动静了。

说起这了，随景岩也是一肚子火气，立刻回骂道：“你一门外汉知道个屁，老子的毒药给兰修焕用了快一斤了，谁知道这个家伙怎么回事居然到现在也没事。”

要不是这些毒药都是他自己研制出来的，他都要怀疑是不是假冒伪劣产品了，神医谷出品的毒药什么时候会出现这种情况了？

还有这个兰修焕是怎么回事？这么多毒药吃都能吃死他了，怎么一点反应都没有？

“神医谷的毒药怎么也有质量问题了？”凤尘调侃一笑，不过看着兰修焕的目光变了。

神医谷的毒药绝对不会有问题，那么问题就出在这个兰修焕身上了。

“随景岩，难道你师父没有告诉过你，神医谷的大破厄丹被我吃了吗？”

“妈的，你个败家玩意还不赶紧出来帮忙，大破厄丹都给人吃了，吃里爬外的东西。”

随景岩忽然怒骂了一声，可是无论是兰修焕还是凤尘都有些发蒙，他这是骂谁呢啊？

“唉。”忽然一道有些飘忽的声音传了出来，紧接着就是一道低沉厚重的男声传遍了整个山谷，“你不是还没死吗，瞎嚷嚷什么。”

第41章　你不是说我死了吗

大破厄丹乃是神医谷第一代谷主留下来的神药，是留给每一代神医谷谷主的，服用了大破厄丹就可以真正的百毒不侵了。

不过就是因为大破厄丹太过神奇，整个神医谷也不过只有神医谷谷主能服用一颗罢了。

而随君知却将本该他服用的大破厄丹给了兰修焕，以弥补当年兰修焕被随君昊下半月碎的过错。

随君知这个人不愿意亏欠别人，随君昊是他的亲弟弟，所以他认为随君昊犯下的过错也就是他的过错，再者兰修焕也是看在他的面子上不再和随君昊计较。

所以，随君知才会投桃报李，将大破厄丹给了兰修焕。

当他将随景岩收为徒弟的时候，十分清楚他这个徒弟的傲性所以就偷偷摸摸地在随景岩不知道的情况，将属于他的大破厄丹给他服用了。

后来露华去了神医谷，本来随景岩也想给露华服用一颗大破厄丹，但是掌管大破厄丹的长老死活不给，让随景岩十分气愤。

现在听到兰修焕居然也服用过大破厄丹，随景岩哪里还不明白，自己的毒药根本对兰修焕一点作用都没有，所以说刚刚说出口的话才会那般恶劣。

“你还想等着老子死了才出来不成？你犯的错，赶紧的自己来收拾。”

说着随景岩就一个闪身顺带拉着快要支撑不住的凤尘，退远了，然后指着刚刚出现的人影对兰修焕说道：“你们两个打吧，打死也没关系。”

累死他了，兰修焕不愧是和老不死的一个时代的人，内功如此深厚就算他和凤尘加起来也不是兰修焕的对手。

这么强劲的对手当然要留给老不死的了。

然后随景岩不顾形象地一屁股坐在了地上，还一把将凤尘拽倒了，哥俩一起坐在一块，相互靠着，这好像还是随景岩和凤尘第一次这么……亲近？

“小子，有你这么说话的吗？”

来者不干了，听听这什么话啊。

“谁让你冷眼旁观来着，再说了这本来就是你惹的事，如果不是你缺心眼地给人家吃了大破厄丹，老子早就解决了战斗好吗？”

随景岩翻了个白眼，立刻不客气地反唇相讥道。

他早就感受到了这个老东西的气息，可是没想到这个老东西居然在一旁看起戏来了，真是太可气了。

“你不是说我死了么，死人怎么出来帮你打架？”

这语气，似乎十分不满，还带着一点点的……小抱怨？

随景岩瞥了一眼似乎有些愣神的凤尘，继续说道：“这么多年不出来，谁知道你死没死啊。”

“哎，我说你这个小子，老夫好歹是……”

“随君知！你居然还没有死？”

还没等随君知和随景岩吵完架，一旁自从随君知出来就有些傻眼的兰修焕终于回过神来，瞪着随君知满脸见鬼的表情。

随君知不是已经死了吗，怎么会……

随君知收了嬉皮笑脸，转过身看着不敢置信的兰修焕，说道：“兰修焕，好久不见。”

这语气，像极了多年不见的老友之间的打招呼的语气，惹得随景岩十分不满地翻了一个大大的白眼。

这个老东西，真是虚伪，明明是来杀兰修焕的，还一副友好的口气打招呼，真是有病也够虚伪的。

兰修焕看着眼前一身简朴的黑气衣袍，却遮不住器宇轩昂的气质的男子，恨得牙痒痒，尤其是随君知那仿佛没有历经岁月，看起来和随景岩凤尘一个年纪的脸更是来气。

无论是他还是随君昊，虽然看起来都还很精神，但是那种岁月的痕迹都无法抹去，可是这个随君知简直就是个怪胎，居然一点都没有变老。

虽然面容一般很是平凡，但是那一双眼睛却浩瀚无比、包容万千，仿佛没有什么能值得他在意一样。

“可真是好几年不见了，只是我很好奇，当年你明明被我杀死了怎么就又活过来了呢？”兰修焕的语气阴恻恻的，分外不爽。

本来今日的事情结局已经注定了，可是又杀出一个随君知来了，一下子局势就逆转了他如何不生气？

更何况，当年明明他亲手杀死了随君知，并将他的尸体扔到了海里，怎么就又完好无损地冒出来呢？

“当年我对你没有防备，若是常人你那一剑的确能够让人毙命，但是我的心脏比旁人偏上一些，所以你那一剑并不能让我立即毙命。若是你不动我，也许我就真的死了，可是你将我扔到了海里，很不巧地让我遇上了沈中墨，是他救了我。”

他和沈中墨的关系亦敌亦友，虽然沈中墨并不喜欢他，但是还是救了他。不过虽然救了他，但是也只是将他从海里捞出来，然后将他带回南海，任他自生自灭。

所以他这伤养了整整四年才算痊愈，一年多前他就完全康复了，只是沈中墨却拦住他不让他离开，让他将整座南海岛种满了绿萼花。

绿萼……传说中的一种古老的花，也是一个女人的名字。

这个世间恐怕也就只有随君知还知道怎么种吧，所以随君知又花费了一年多的时间将绿萼种满了南海岛。

这才将将赶来了这里。

“你的运气还是一如既往的好啊。”兰修焕有些咬牙切齿地说道。

布局多年，他一再小心，没想到这个随君知居然会运气这么好，活了下来。

真是……该死啊。

“一般一般。”随君知很是谦逊地说道。

一旁的随景岩忍不住做呕吐状，嚷嚷道：“老头子，你居然连沈中墨都认识，牛啊。”

沈中墨那可是传说中的人物啊，一个人结束了整个南海各个海盗割据时代，统一了南海。而到现在整个天下还没有统一，整体落后于南海。

这也是整个大盛没有人敢招惹沈蔷薇的原因。

随君知听了这话有些不满意地丢了一眼随景岩，然后说道：“老夫本身也很牛啊。”

他也很厉害好不？好歹他也算是传说中的人物了，必须厉害牛啊。

这个徒弟却一向不认为他厉害，太不给面子了。

“嗐。”

随景岩冷哼一声，不打算搭理这个傲骄自负的老家伙。

一旁的凤尘看了看随君知再看了看随景岩，有些了然地点了点头，随景岩会是这么一副性子还是有原因的啊。

“随君知，一决胜负吧。”

第 42 章　罪魁祸首的下场

兰修焕哪里愿意听他们废话，十分不客气地打断了他们的对话，然后立刻摆出了进攻的姿势，刚想有所行动却发现自己动不了了，而且内力居然在缓缓流逝。

“随君知，你对我做了什么？”兰修焕微微瞪大双眼，有些不可思议地看向随君知。

很显然，这个情况一定是随君知搞的鬼。

随君知低叹一声，有些无奈地说道：“兰修焕，何必非得打打杀杀的呢，心平气和地谈一谈不好吗？”

“你到底对我做了什么？”兰修焕懒得听随君昊废话，直接问道。

他自从吃了大破厄丹之后已经百毒不侵了，怎么会忽然这样呢？

“你是百毒不侵，可是你并没有中毒啊。”随君知摇了摇头，好脾气地解释道，“有一种花叫绿萼，这是传说中洛河族的族花，听说过吗？”

“洛河族……”

兰修焕也是见多识广的人，自然知晓洛河族，传说中生活在洛山之上，所有的洛河族人都喜欢花，爱花，而且洛河族的人身上都有花带给他们的灵力。

只不过这只是传说，而且洛山在哪里，谁也不知道。久而久之，人们也就渐渐忘了洛河族，以为只是一个传说。

“绿萼花本不结果，有万分之一的机会可能结果，它的果子研制成粉可以化解人的内力并且麻痹人的神经，让人无法行动，也渐渐地不能说话。”

随君知侃侃而谈，看着兰修焕张了几次嘴却一个词也没说出来，不由地点了点头，“果然如此啊。”

看着兰修焕一脸凶狠地瞪着他，随君知一点也不在意，反而是绕着他转了几圈，然后说道：“你是不是想问为什么只有你一个受影响了？”

凤尘看了看随景岩，见他也有些奇怪但是忍着不说话，默默笑了笑，然后对着随君知问道：“前辈，为什么我和随景岩没有受影响呢？”

随君知摸了摸下巴，一脸“我很厉害”地说道：“原因在于心影，你们都碰过心影，而唯独兰修焕没有碰过心影。”

凤尘和随景岩对视一眼，十分不敢置信地看向一旁呆呆地抱着随君昊的尸体不说话的随心影，异口同声地说道：“这怎么可能？”

就连兰修焕的眼神也移到了随心影身上，眼中满是意外。

随君知摸了摸鼻子，笑着说道：“万事万物都没有绝对，这绿萼自然也有对之无效能够消除它效用的东西，那就是凤凰草。”

“凤凰草？你的意思是小师叔身上有凤凰草或者是小师叔服用过凤凰草？”

提起凤凰草，凤尘和随景岩都不陌生，尤其是随景岩，随景岩曾经专门跑遍所有了传说中凤凰草出现过的地方也没有找到一株凤凰草。

“对，凤凰草应该是被君昊摘走后制成了药丸，在第二次给心影下忘忧蛊毒出现意外后，用凤凰草给心影服用了凤凰草，才保下了心影一命。你们刚刚都和心影近距离接触过，自然也就没事了。”

其实他早就来了，之前随景岩给随心影诊脉的时候他就来了，只不过一直没有现身罢了，直到随君昊的死扰乱了他的心神，才会让随景岩察觉到他的气息。

听了随君知的话，随景岩不禁怒骂出声，“你个老东西，若是我和凤尘没有和小师叔近距离接触过，现在没了内力的是不是还包括我们？”

“如果不是保证你们两个不受影响，老夫还会用这东西吗？”随君知翻了个白眼，跟看白痴似地看了一眼随景岩。

这个徒弟收的太失败了，又笨又不会说话，唉。

“你！”

“好了，随前辈这里就交给你了，晚辈就先行一步了。”

凤尘还在担心露华的情况，虽然兰修焕的问题解决了，可是露华那里他实在放心不下啊。

有随君知在，就不用担心随心影了，凤尘自然要立刻赶回去，不亲眼看到阿蓉平安他哪里放心的下。

“放心吧，露华那里沈蔷薇那个小丫头去了，你就不用担心了。”

随君知从南海来神医谷的时候，路上遇见了龙轻泽和沈蔷薇，其实他并不认识龙轻泽，但他认得沈蔷薇。

毕竟沈蔷薇和她娘亲长得是那么的相像，他怎么会认错呢？

在得知了龙轻泽是大盛的将军后，随君知将这些事情告诉了他们两个，并拜托沈蔷薇前去兰国保护露华。

沈蔷薇去可比龙轻泽去管用多了，无论兰国有没有争霸天下的心思，都不会愿意得罪南海的，一定会将沈蔷薇当成祖宗一样供着。

由沈蔷薇去最合适不过了。

“谢谢前辈了，前辈做的这些事，凤尘感激不尽。”凤尘闻言大喜，立刻对着随君知鞠了一躬。

有了沈蔷薇去，凤尘的这颗心算是终于安定了下来。

“老头子，这次还算你靠谱点。”随景岩也百年不见地夸了随君知一句，这让随君知十分得意。

随君知看了看兰修焕，又看了看一脸懵懂的随心影以及随君昊的尸体，长长地叹了一口气。

当年他们四个一起畅游天下的时候，何曾想过会走到如今这个局面啊。

“兰修焕好歹和我兄弟一场，不要杀他了，将他送回兰国吧。”随君知说道。

兰修焕一身功力已废，又不能动，已经成了一个废人，随景岩和凤尘自然不会再把他放在心上。

也不是说两人有大量，实在是露华还在兰国，大盛和兰国现在这个情况还是不要起什么摩擦的好。

虽然是兰修焕有错在先，但到底兰修焕是兰国的逍遥王，若是他们真的杀了兰修焕，兰国不会善罢甘休的。

与其破坏两国的关系，还不如就留兰修焕一命呢，反正他现在这个样子什么也做不了了。

“那小师叔……”

“好不了，而且心影这个状态何尝不是最好的结果？”

随君知知道随景岩想问什么，其实随景岩的医术其实已经超过他了，既然随景岩没有能力医治随心影，他也是没有办法的。

更何况，随心影恢复了心智又真的好了吗？

顺灵帝死了，月浓死了，露华惨淡半生，随君昊死了，兰修焕变成了这个样子，可以说是这一切的源头就在于随君昊和兰修焕对于随心影的求而不得。

若是恢复了心智面对这一切，随心影还不如无忧无虑地保持这个样子。

第 43 章　我回来了

一个月后兰国信陵王府内。

四月底的兰国已经百花齐放了，春风和煦名花争奇斗艳，搬一把躺椅在园中晒着太阳吃着水果是最惬意的事情了。

只是……

“该死的凤尘怎么还不回来?”沈蔷薇无聊地戳着还在睡梦中的小云望胖乎乎的小脸蛋，抱怨道。

她都已经有两个月没见过她家的小悠悠了，就算这个小子也长得很好玩，但是毕竟不是自家的。

唉，早知道就不应该答应随君知了。

“谁知道呢?”露华更悠闲地躺在了一旁的躺椅上，懒洋洋地捧着一本野史正看得津津有味。

沈蔷薇闻言抬起头来有些奇怪地看了一眼露华，问道：“你一点都不担心吗，居然还有闲心看书?”

不是说这两个人感情已经恢复如初了吗，怎么还会这个样子?

真是奇怪啊。

露华翻了一页，眼睛都没有离开书页，随意地回道：“你不是说阿岩的师父赶去了神医谷么，既然师伯已经猜到了所有的事情并赶去了神医谷，那一定是有办法解决这件事，还有什么好担心的。”

“你就对随君知这么有信心?”

“那你呢，怎么会一听到师伯的话，就赶来了兰国?”

说起这个，露华还真有一点点的好奇，虽然她和杨又薇关系不错，但她并不认为就凭她和杨又薇的关系就值得沈蔷薇特意跑一趟。

沈蔷薇可不是那么好心的人，再者两人其实也没有什么深厚的交情。

“唔。”沈蔷薇又戳了几下小云望的脸，看到小云望皱了皱眉头快要醒来了才松了手，然后倒在了躺椅上，慢悠悠地想了想说道。

“因为随君知答应我若是我保你无恙，他就给我讲一讲他和我娘亲的故事。”

“师伯和你娘亲?”

这八卦的信息量比较大，露华几乎是立刻放下了手中的野史，并坐了起来看着沈蔷薇眼中闪烁着熊熊的八卦之火。

沈蔷薇有些嫌弃地说道：“你这什么癖好啊，好歹是一国公主啊。”

不是说传闻中的露华公主惊才绝艳，不是说尘王妃宁千雪十分高冷吗，眼前这个八卦的女人真的是露华？

没搞错吧？

“你管我，快说快说。”

沈蔷薇翻了一个白眼，不过并没有吊露华胃口，很自然地说道：“记得我和你们说过，我娘并不喜欢我爹爹吗。我爹爹说，我娘在遇到我爹爹之前先遇到了随君知，并且爱上了随君知。可是后来我娘为何嫁给我爹爹而没有跟随君知的事情，我爹爹从来没和我说过。”

“这样啊。”露华有些失望，没有八卦到更内在的东西哎，真是烦躁啊。

小院里又归于平静，只剩下露华翻动书页的声音。

“你有没有想过以后的事情？”沈蔷薇忽然问道。

露华慢慢合上书，靠在躺椅里，看着远处的天空想了想说道：“以后啊，我还真没想过。等事情都结束了，我想和阿尘找个地方安顿下来，他不再是大盛的战神，我不再是大盛的公主，没有责任的束缚，真正地过属于自己的生活。”

为了大盛为了所谓的责任，她和阿尘都付出了太多太多了，接下来的人生她想为了自己而活。

也许会和阿尘一起走过大盛的山山水水，路过喜欢的地方就住下来，惬意而悠闲，这是她颠簸了半生之后唯一的愿望了。

“唔，也不错啊。”

沈蔷薇就是一个向往自由的人，听了露华的话后也感觉不错，等到有时间了，可以把悠悠交给老人抚养，然后她和阿泽也去转一转这天下。

“你说，现在薇薇怎么样了？”露华忽然问道。

自从沧澜国被灭国之后，杨又薇一个人离开了，只给她们传了平安的书信，至于她在哪里却只字未提。

“谁知道呢，不过应该过得很好吧。”

“希望吧，希望她能和孔凌青在一起。”

说到底，孔凌青并没有辜负过杨又薇，只是有的时候人还是抗争不过命运，他们两个之间更多的是阴差阳错的可惜。

“一定会的，无论是你还是薇薇都会幸福的，连若兮的幸福一起。”

提起林若兮，露华有些沉默了。

转眼，若兮已经离开她们一年多了，也不知道小梨月怎么样了，凤尘也没在大盛，有人照顾小梨月吗？

像是看出来露华心中所想似的，沈蔷薇说道：“凤梨月被凤尘送到了长公主府内，和凤芷妍一起由凤青岚照顾着，你不用担心。”

虽然她也没在大盛京都待着，但是这些事情她还是知道的。

“凤青岚……”

忽然提起这个名字，让露华觉得有些恍惚，这么多年了她几乎都快忘了当年她们还是好友时是怎么相处的了。

虽然背后凶手另有其人，并不是凤绝，可是和凤青岚仿佛也回不去了。

其实，对于露华来说既然能够原谅凤尘，自然也对凤青岚没有什么怨怼，只是有百里夜在，百里为了她为了云氏付出了这么多，她……

什么时候百里能够原谅凤青岚了，什么时候她就可以和凤青岚恢复如初。只是现在看来百里和凤青岚已经没有希望在一起了。

百里走不过当年的那道坎，宁愿对凤芷妍愧疚终身，也不愿意原谅凤青岚，或者说是不愿意原谅他自己，就能知道百里这一生恐怕都不能走出这个阴影了。

“人生知己难得，你好好想一想吧。”

说完之后，沈蔷薇就起身离开了这里，今天她话说得够多了。

过了一会，露华也不知道在想些什么，风一吹忽然觉得有些冷，便起身抱起小云望进了屋子，刚刚将小云望放进了床榻上，就忽然听到门“嘎吱”一声轻轻响起了。

一阵熟悉的脚步声渐渐响起，露华的身子渐渐有些僵硬了，有些不知所措。

“阿蓉。”凤尘把门关上之后，缓缓踏步进来，步子很轻，应该是怕惊醒了熟睡中的小云望。

露华转过身，看着一身风霜的凤尘，忽然红了眼眶，却笑得比任何时候都真心释然，“嗯，我在。”

“阿蓉，我回来了。”

“我也等到你了。”

“我不会再走了，你也别再离开我了，好吗？”

“好啊，当初我便说过要和你不死不休。”

“不死不休也不错啊，纠缠到老也算是白头偕老了。”

外传

第44章　盛世蔷薇·奇葩初遇

南海之上，风光旖旎。

面对着波澜壮阔的大海，龙轻泽站在船头上忽然觉得心中豪情万丈。

就像每个男人都渴望建功立业一样，每个男人也都拒绝不了大海的诱惑，这次龙轻泽接到了惠城守将的报告说这片南海有海盗出没后，他没有犹豫立刻带兵前来。

虽然敬佩统一了南海的沈中墨，但是龙轻泽还是渴望自己也能够在海上建功立业，成就自己的威名。

身为阳城将军的独子，虽然他已经少年成名，可是被局限在阳城这一亩三分地，大盛和兰国的战事又少，实在是没什么用武之地。

更何况，整个南方所有将领的名号都在他父亲的光芒掩盖下黯然失色了，当然了这也包括他。

再加上有柴元帅更大的影响力，别人提起名帅的时候，第一时间想起来的更多是阳城将军和柴元帅，而不是这个少年将军。

龙轻泽天生傲气，又正值十八岁意气风发的年纪，自然不服想要打出自己的名头，所以在接到惠城将领的奏报时，龙轻泽压下了消息没有让他父亲阳城将军看见，而是自己带着一千亲信来这南海之上剿灭海盗了。

也正是因为龙轻泽初生牛犊不怕虎才敢来南海剿灭海盗，也才会遇见她。

南海是沈中墨的天下，无论是剿灭海盗还是想要挑战沈中墨，只要带兵踏足南海，在沈中墨看来就是来者挑衅他。

身为南海霸主，沈中墨能忍了才怪。

“将军，你看前面就应该是海盗的船只了。”

一个亲信小兵指着不远处高扬的海盗的旗帜，兴奋地叫嚷道。

龙轻泽狠狠地一挥手，略带着兴奋地说道：“赶快，把船开到那里去。”

哼哼，区区海盗，哪里难得住他龙轻泽？

可是离海盗的船只越近，龙轻泽越觉得不对劲，怎么看起来这船上没有一个人啊？

“上去。”

一靠近对方的船只，龙轻泽立即吩咐将两条船靠近然后搭上船板走了过去。当走到海盗船上的时候，龙轻泽才发现，这艘海盗船上已经没有一个活人了，全部成了死人。

“娘的，有人居然比小爷还早？”

看到这一幕，龙轻泽哪里还不明白是有人抢先了一步杀了这满船的海盗，真是的，连这个机会都被夺走了，哪辈子才能打出他龙轻泽的名号啊。

龙轻泽有些郁闷地一拍船栏杆，看着一望无垠的大海，心中十分郁闷。

想要超过父亲和祖父，就只能在南海上下手了，可是他就算再骄傲，也清楚他和沈中墨之间的距离那不是一丁点啊。

要是沈中墨那么容易被打败，就不会是他统一了南海了。

唉，又一次无功而返，回去了那老头子肯定又会骂他了。

一个招呼都没打，就带着一千士兵来了南海，那个老头子不借机骂死他才怪呢。

“将军，船舱里有个姑娘还活着，看装扮应该是南海人。”

龙轻泽一挑眉，大手一挥，说道：“居然还会有活口？不过有活口也是海盗，绑了带回去。”

有一个海盗带回去，关在惠城的大牢里，好歹能堵上惠城守将的嘴，不然这么大动静啥收获也没有，那就太丢人了。

“将军不去看看？那姑娘长得可是漂亮得很啊，我还是第一次见到这么漂亮的姑娘。”

来报告的士兵舔了舔嘴唇，眼中冒着狼一般的幽幽光芒，显然船舱里的那个姑娘不是一般的漂亮。

“你给本将军把你那淫荡的心思收起来，我龙轻泽的兵绝对不可以做出这种事情。”

龙轻泽也是男人，哪里会不明白这个士兵是在想些什么。

毫不犹豫地一巴掌招呼上去了，打得那士兵顿时清醒了不少。

只不过，虽然挨了一巴掌但是那士兵还是大着胆子捂着脸问道：“为什么啊将军，兄弟们都好久没开荤了，这又是个海盗，反正也是要丢到牢房去的，到时候也就是便宜了牢房的那几个，还不如让咱们兄弟痛快痛……”

“啊——”

那士兵还没说完就发出一声惨叫，然后抱着手臂在地上打滚。

龙轻泽收回自己的银枪，神情冰冷地说道：“本将军说了，我的兵绝对不可以，若是你管不住的话本将军不介意帮你废了。”

“将军饶命，小的知错了。”

那士兵闻言立刻打滚趴在地上不断地磕头求饶，手臂上的伤也顾不得了，只希望龙轻泽能够饶他一命。

他可是知道眼前的少年将军虽然年纪不大，但下手可是厉害得很。自己怎么就忘了呢，都怪里面的那个娘们，长得太漂亮了竟然让她迷糊住了。

“哼，将那个姑娘绑好等到回去的时候交给惠城守将。”

真没意思，又白出来一趟，龙轻泽说完之后就让人就这么明目张胆地将海盗船往惠城的方向开了回去。

至于那海盗的旗帜，也没有摘下来。

少年人嘛，总是有一些虚荣和张扬的性子的。

而本来想要提醒的士兵，在看到刚刚那个士兵手臂上的伤后也闭上了嘴。

就这样，龙轻泽就坐在海盗船上十分张扬地开在官船前面回了惠城。

本来快到黄昏的时候，正是回航的时候，整个海边平日里满是回航的船只，拥挤得很。

可是龙轻泽坐着的海盗船一来，整个海面瞬间消失得干干净净，都给海盗的船只让路。

“不错不错，这个效果本将军喜欢。”

没想到这海盗船还有这个效果呢，比那劳什子的官船牛多了，真是的，以后出门就开这艘海盗船好了。

“将军啊，您是将军啊，就这么明目张胆地开着海盗船回来，让人看见是不是不太好啊。”

一旁的士兵在看到龙轻泽得意扬扬的表情之后，终于忍不住说了两句。

他们将军的大脑到底是怎么想的啊，将军有没有想过他今日的这个举动很可能换来阳城将军的一顿胖揍啊。

一个将军居然开着海盗船回来，还这么高调、这么洋洋得意，这不是找打的节奏吗？

“这已经让人看见了啊，放心好了，有什么事情本将军担着，你不用担心啦。”龙轻泽这个时候正是高兴的时候，哪里愿意听士兵的唠唠叨叨。

第 45 章　盛世蔷薇·老娘抽死你

“可是……”

士兵现在觉得自己太苦了，居然被阳城将军分到了少将军的旗下，这不是天天提心吊胆的节奏嘛。

他可是听说了，他们这个少将军可是一天不找事就闲得难受的主啊。

跟着这么一位主子，他们日后的日子将会有多么悲惨完全可以想象了。

“闭嘴！”

龙轻泽不耐烦地瞪了一眼士兵，然后十分热情地对着码头上站着的惠城守将打招呼，“卫将军啊，我这是出去了一小趟而已，不要搞这么大的阵势迎接我回来啊，太热情了。”

卫良嘴角有些抽搐地板着一张脸看着龙轻泽，十分不客气地指责道：“龙将军，你知不知道你这个行为已经造成了惠城百姓的恐慌？”

见鬼的欢迎他，热情个屁，本来他正和夫人温情脉脉地享受着黄昏的悠闲时光，正打算进一步发展的时候，就被急吼吼的下人打断了。

天知道当他知道海盗船像惠城的港口驶来的时候，心里是如何的骂娘？

本来兴趣满满，这一个消息顿时如同一盆凉水从头浇到尾，顿时熄灭了他心中热情的火花，让他凉了个彻底。

那不是一盆凉水浇灭了心中的热情之火啊，那明明是一盆冰水。

所以说，当看到海盗旗帜下面站着的龙轻泽的时候，卫良恨不得一鞭子抽死龙轻泽。

要是影响他的子孙后代了，就算阳城将军是他的恩师，他也和龙轻泽没完！

龙轻泽耸耸肩，有些意外地说道：“嗯，卫良不会吧，你手底下的兵胆子这么小？”

听到龙轻泽这话，卫良恨得牙痒痒，“龙轻泽，今天你要是拿不出一个交代来，我不介意将今天的事情告诉阳城将军。”

卫良和龙轻泽也算是从小一起一长大，卫良长龙轻泽五岁，本来应该是龙轻泽比较尊敬这位大哥，两人兄友弟恭的，奈何龙轻泽不是一个正常人，两人一直相爱相杀，一直到现在也还是这样。

“卫良你又想告状！”

龙轻泽一听这话顿时就跳脚了，他可是吃足了卫良告状的苦头。每次只要卫良和老头子说他做这个做那个了，老头子根本就不会跟他求证直接就给他定罪了。

所以说，龙轻泽从小到大，因为卫良告状而挨的打可是不少啊。

“就告状了，你能咋样？”

卫良现在觉得一阵心疼，本来这会是一个很美好的晚上，结果呢，就被龙轻泽搞得这个大乌龙也破坏了。

最重要的是，他是真的觉得心疼了。

“你！”龙轻泽暗暗磨牙，对于卫良这么不要脸的行为他也是无可奈何啊。

谁让他家老不死的不向着他，反而对卫良言听计从呢。

“将人带上来。”

龙轻泽一挥手就让下面的人将那个绑好的姑娘带了上来，然后对着卫良说道：“你看好了，这个姑娘就是海盗，你不许告状，听到了没？”

说完之后，龙轻泽就挥了挥拳头，然后推了那个女海盗一把，一下子就把那个女海盗推到了卫良面前。

那个女海盗回头恨恨地看了一眼龙轻泽，漂亮的大眼睛中满是怒火，似乎想要杀死龙轻泽似的。

“哈哈哈，龙轻泽你脑子没问题吧？你随随便便抓一个小姑娘过来，就想把这件事搪塞过去？你知不知道你今天的行为很可能触怒沈中墨？”

卫良一直对龙轻泽板着脸不光是因为自己，也是因为今天龙轻泽今天这件事做得太不稳妥了，真的触怒沈中墨到时候就是一发不可收了。

在听到沈中墨的名字后，那一直挣扎的女海盗忽然安静了下来，眼中闪烁着一些光芒，似乎在想些什么。

“什么叫随随便便啊，这姑娘就在海盗船上，不是海盗是什么啊？”龙轻泽不满意地辩驳道。

“唔……唔唔唔……”女子忽然强烈地挣扎起来了。

女子本就极美，此刻因为用力挣扎而导致发丝凌乱，在极美的容颜上添了一抹楚楚可怜的味道。

卫良皱眉说道：“龙轻泽你真够可以的，就一个小姑娘你居然还绑起来了。”

说完卫良就挥了挥手让人将女子身上的绳子解开了。

女子一得自由，就拔掉了口中的塞子，呸呸地朝地上吐了两口后骂道：“你个王八蛋，居然说本姑娘是海盗，你现在不也站在海盗船上吗，那你是不是也是海盗啊，将军他也是海盗，赶紧射死他。”

卫良有些无语地摸了摸鼻子，本来以为是个楚楚可怜的小白兔，没想到战斗力这么猛啊，不过貌似这姑娘说的也有一点道理啊。

跟在卫良身后，本来为了对付“海盗”的弓箭手也有些无语。

也不知道这无语是因为龙轻泽还是因为这个女子的话。

龙轻泽有些不悦地看着这个女子，说道：“你胡搅蛮缠！”

他本来就不擅辞令，女子的话这么一说，他竟然找不到话来反驳……

“我胡搅蛮缠？”女子被气笑了，极美的女子忽然明眸一笑，瞬间倾城，黄昏下女子高傲一笑,似乎蛊惑了一些人。

“老娘今天不抽死你就不……就跟你姓!”女子本来万分气势的话在说到一半的时候,猛然打住了,以至于让这句话听起来,气势就不是那么足了。

不过虽然话的气势不足,可是女子接下来的动作可是让众人惊掉了眼珠子。

女子本来穿着一身红色的短打衣服,腰间由一个又长又宽的封腰系着,而这个时候女子猛地解开了腰间的黑色封腰,用力一甩,周围的空气便是以凝,传出了凌厉的破空声。

凝白如玉的纤细的腰肢,不如大盛女子那般不盈一握,反而蕴含着一种力量美。

那黑色的封腰在甩了几下之后也变成了黑色的皮鞭,而且那皮鞭的一头还泛着冰冷的光芒。

“受死吧!”女子猛地飞身挥舞着手中的黑色鞭子朝龙轻泽抽了过去,那冰冷的光芒似乎能够灼伤人的双眼。

龙轻泽连忙抬起银枪一挡,黑色的皮鞭瞬间缠绕在了银枪之上,双方同时发力,气氛一瞬间紧绷。

“不错啊,没想到你个女海盗也会有这般的身手。”

“你才海盗,你全家都海盗!”

女子摆出弓字步,双手拽着鞭子,眼中的冷光像是一把把刀子飞向了龙轻泽,似乎想要将他凌迟一样。

第46章　盛世蔷薇·野性，暧昧

“我就叫你女海盗了，你能怎样？”龙轻泽傲气地一抬下巴，十分幼稚地叫板道。

女子手中软鞭猛地抖动起来，如雪花般的刀片铺天盖地地向龙轻泽袭来，龙轻泽被迫松开了手中的鞭子，然后几个翻越才躲开了这些刀片。

“哼，本姑娘能送你下地狱！”

长这么大，她还是第一次被人欺负，这口气她怎么可能咽得下？

龙轻泽的眼中也逐渐闪耀出认真的光芒，“下地狱？本将军还是第一次见到如你这般狂傲的女子，报上名来吧，本将军不杀无名之人。”

第一次他认真地看待一个女子，因为这个女子已经有了和他并肩齐驱的可能。

“放屁，你在战场上杀了那么多人，你都认识吗？”

女子毫不客气地堵得龙轻泽无话可说，对于龙轻泽这样的男人，她可是一点都看不上。

骄傲自大，不知所谓，打了几场胜仗就以为自己是盖世无双的英雄了，简直就是个白痴，傻子。

龙轻泽虽然不擅辞令，但这还是第一次被人堵得无言以对，尤其是被一个女人堵得无话可说，这让他十分没面子。

“他们都认识本将就行了，本将不需要记住他们的名字。”

“我认识你是谁就行了，本姑娘不需要记住你的名字。”

女子抬起下巴，傲然一笑间风华无限。

龙轻泽虽然对眼前这个十分狂傲的女子没有什么感觉，但还是不得不承认眼前的这个女子的确十分美丽。

那种美是如同太阳般耀眼的美丽，这样的女子无论走到哪里都会是人群中最耀眼的存在。

观其言行，看得出来女子受到过良好的教育，举手投足见虽然随性但也掩饰不了她的优雅。

这样的女子，若能征服一定会满足任何一个男人心中的虚荣感和征服欲。

不过……

“你真的是海盗吗？”龙轻泽有些疑惑了，现在这年头连海盗的礼仪都这么完美了吗？

“你找死！”

女子气得黑了一张脸，说了多少次了结果这人还在说她是海盗，是可忍孰不可忍。

手一扬，腰一弯，女子的身体以一种不可思议的折叠角度冲向了龙轻泽，龙轻泽立刻双手架在胸前，挡住了气势凌厉的鞭子，却没想到折腰于鞭子下面的女子忽然双手抓住他的小腿，然后将双腿缠绕在了龙轻泽的脖颈处，猛然发力，龙轻泽踉跄了几步才站稳了。

一旁的卫良早就看得目瞪口呆了，“龙轻泽这小子艳福不浅啊。”

的确如此，此刻的女子就像是倒挂在龙轻泽身上似的，看起来暧昧极了。尤其是龙轻泽的一双手因为姿势原因紧紧地搂住了女子纤细的腰肢。

野性，暧昧。

看得人目瞪口呆，又觉得刺激极了。

龙轻泽双手放在女子腰间，只觉得手下的皮肤柔软又有弹性，还有一丝丝凉凉的感觉，摸起来舒服极了，一时之间有些失神的龙轻泽就忍不住又摸了几把。

若说之前龙轻泽的触碰，女子还可以忽略的话，现在男子明晃晃地抚摸就算是个死人也能感觉到了，更何况女子本就有些敏感。

当即便红了一张脸，“混蛋，老娘要杀了你！”

女子暴喝一声，双腿猛地发力，一下子就把有些失神的龙轻泽拧倒了，只不过刚刚缠在一起的两个人，现在是躺在了一起，看起来更暧昧了。

“唔。”龙轻泽闷哼一声，暗暗骂了一声娘，这姑娘力气真大，快摔死他了。

只不过，摔成这样了，也没见龙轻泽的双手从女子的腰间松开，这也就让女子更加恼怒了。

双腿愈发用力，只不过现在的龙轻泽感受最多的不是脖颈处的束缚，而是……

这姑娘看起来挺瘦的，臀部肉还不少……

渐渐地龙轻泽有些受不住了，低声警告道：“你别动了。”

该死的，什么时候他的控制力这么差了？

男子的声音低而暗哑，还带着一丝丝性感的沙哑，听起来诱惑极了。不过这在女子听起来就像是男子因为脖颈被束缚喘不过气来才会发出如此声音，当下更是得意了。

“哼，你算老几啊，你不让动本姑娘偏要动！”

旁边看着的卫良嘴角有些抽搐了，兄弟还记得这里是码头人来人往不？什么时候龙轻泽变得这么……狂野了？

他就不怕阳城将军知道了一鞭子抽死他？

“赶紧的都散了吧。”卫良绝对为兄弟打掩护，立刻挥了挥手让身后的士兵都散了。

龙轻泽的亲卫都认识卫良，自然也知道卫良在阳城将军心中的分量，所以听到阳城将军的话后，龙轻泽的亲卫连一丝犹豫都没有就跟着卫良带来的人勾肩搭背地走了。

至于他们的少将军？

玩得正高兴的，做下属的要有眼色，怎么能够打扰少将军的雅兴呢？

龙轻泽暗暗骂娘，“卫良你给老子站住，赶紧把这姑娘绑了押到牢里去。”

不是他打不过这个姑娘，而是现在的情况实在有些尴尬啊。

卫良一听龙轻泽连声音都变了，更兴奋了，愈发觉得自己的决定没有错，以一副“兄弟我懂你”的猥琐眼神瞅着龙轻泽说道：“兄弟，我懂你。这姑娘你自己押(压)就行了。”

说完自己留下一队人远远地将码头守住了，确保没有人能打扰到这里就走了，而且走之前还特别贴心地让人在在龙轻泽周围围起了帷幔，免得自己兄弟不好意思放不开。

“卫良，老子记住你了。”

龙轻泽暗暗磨牙，什么叫猪一样的队友，这就是了。

“卫良，龙轻泽，本姑娘记住你们两个了！”

卫良口中被龙轻泽“压”的姑娘，此刻正咬牙切齿地盯着龙轻泽，眼神跟瞅着杀父仇人似的，凶狠极了。

就算她再懵懂，此刻也听得出来卫良口中的“压”随便不是那么简单的一回事，而且就算她听不出来，也能感受得出来……

第 47 章　盛世蔷薇·跟个白条鸡似的

长这么大，她还是第一次和一个陌生男人这么近距离的接触，尤其是在一个男人这种情况下，此刻的她已经在心中琢磨到底用哪种酷刑折磨死龙轻泽了。

虽然在她心里并没有男女大防，但是对于龙轻泽这种行为，在她心中已经打上了“登徒子”“臭流氓”的标签了。

“这能怪我吗？要不是你非得贴我贴这么近，还一个劲地蹭啊蹭的，我又不是死人，能没有感觉吗？”

说起这个龙轻泽是既冤枉又恼火，今天他在卫良面前算是里子面子都丢光了，现在还在这尴尬着呢，听到女子的抱怨更是气不打一处来。

“不怪你难不成怪我吗？你自己控制不住你自己那玩意，还好意思说本姑娘？真窝囊。”

女子更是火爆脾气，一听龙轻泽居然还把责任往她身上推，更是觉得自己忍不了了。

这什么人啊，还算个男人嘛，一点担当都没有。

龙轻泽嘴角一阵抽搐，声音中满是无奈，“姑娘，就你这种姿色，和一个男人如此全面的接触，这个男人要是一点反应都没有，那就是废了。”

其实连龙轻泽都没有察觉到，他刚刚的语气中含着一抹淡淡的宠溺。

有个词叫一见钟情，不是所有人一见钟情的时候都能察觉到自己的心思，有时候你会经过很长时间等到回过头来的时候才会猛然发现，原来你当年对她一见钟情。

龙轻泽对沈蔷薇就是这样。

也许这和沈蔷薇出众的容貌有关，让龙轻泽一眼就注意到了她。

一见钟情的决定性因素是足够倾城的容貌，而一生相守则是需要更深刻的爱。

好听的话奉承的话谁都爱听，这个女子也不例外，听了龙轻泽的话后脸色也缓和了不少，一抬下巴十分高傲地说道：“这还用你说么，本姑娘的姿色绝对够惊天动地的。”

龙轻泽：……

虽然他们两个这种姿势让他看不到女子的脸，但他还是能够想象出此刻女子的脸上该是如何的自傲。

因为，这种表情也时常出现在他的脸上。

还有就是……

“姿色能够惊天动地的除了绝对的美丽之外，还有绝对的丑陋，也能够惊天动地。”龙轻泽十分平淡地说道。

女子被龙轻泽噎得说不出来话，气急之下双手用力扳住男子的小腿。龙轻泽也用力抵抗，到了最后两人居然在码头的地面上打起转来了。

“该死的，疯女人你赶紧松手。”龙轻泽气得大吼道。

再打转下去，他们两个就滚到海里面去了，这里可是码头啊，想要滚到海里面去简直再容易不过了。

这里是卫良的地盘，他可不想一再被他看笑话。

“叫声姑奶奶，本姑娘就饶了你。”

“做梦！”

这般对话之后不一会就响起了“扑通”一声。

虽然只响起了一声，但却是两人同时落入了水中，周围的士兵听到这动静不仅没过来看，反而一个个相视一笑，很是猥琐。

“没想到咱们这少将军平日里不动声色，玩起来居然这么猛啊，这露天席地的也不嫌冷，更重要的是现在居然还换战场了。”

“是啊是啊，咱们少将军真是太威武了，也不知道那姑娘受不受得住。”

……

无论是龙轻泽还是那名女子，武功都不弱，这些士兵自以为的悄悄话全被两人听见了。

龙轻泽咬牙切齿，“一个个的都找死！”

居然敢背后议论他，真是活得不耐烦了。

“龙轻泽，今天的仇咱们结大了，本姑娘和你没完！”女子一抹脸上的水珠，看着不远处同样浮在海面上的龙轻泽恨声道。

该死的，她本来只是去杀海盗，哪里会想到居然会被人当成海盗给抓了，简直无语。

什么破运气，今日一定是忌出行，真是该死。长这么大，她还是第一次吃这么大的亏。

龙轻泽是吗，你给我等着。

就是女子神游天外的时候，龙轻泽已经忍不住高声斥责了周围的士兵，然后自己猛地一飞身从海面飞至码头，然后站在码头上颇有兴致地看着还泡在水里的女子，心情十分之好。

“你不是挺能耐的嘛，那你上来啊。”

哼，他就不信了，衣服湿漉漉的这个女人敢上来。

说完之后，龙轻泽对着士兵招了招手，让一个士兵去给他找了件衣服。

就在龙轻泽以为女子不会有所动作的时候，女子忽然眉心一凝，双手一拍水面整个人猛地从水面上飞身而起。

水珠翻飞带起了一层层的水雾，女子长发带着一股氤氲，给女子绝色的容颜遮盖上一抹灵动与神秘。

清水出芙蓉,大概就是这个意思了。

龙轻泽看见旁边刚刚他让去给他拿衣服的士兵都看呆住了,忍不住扬手一道劲风,直接将士兵掀翻在地。

然后就是一声厉喝,“还不赶快去给本将军拿衣服,愣着干什么?”

该死的女人,难道就不怕别的男人看到她的身子吗,真是的。

等到龙轻泽郁闷完再抬头看向女子的时候就发现,自己完全是想多了。

不知道什么时候,女子已经把之前卫良让人围在他们两个周围的帷幔裹在了自己身上,虽然长发还在滴水,但是女子的身段已经完全被包裹住了。

不知为何,龙轻泽看到后下意识地松了一口气。

“看你那副落汤鸡的模样,真是难看。”女子很是嫌弃地丢了一眼龙轻泽。

“你就好到哪里去了吗,把自己裹得跟个白条鸡似的。”龙轻泽分毫不让,嘴毒地回以一击。

“你!”

女子气得不行,双眼中因怒火升腾而显得双眼晶亮,整个人看起来有活力极了。

什么眼神啊,白条鸡什么东西?居然把她比作白条鸡,真是欠揍!

在女子的心里,龙轻泽已经位列她最讨厌的人了,没有之一。

“怎样?”龙轻泽十分幼稚地抬起下巴,十分骄傲地看向女子,那神态……

让拿着衣服回来的士兵,嘴角一直抽搐。

原来少将军就是这样的啊,怪不得一直超越不了阳城将军。

龙轻泽刚刚穿上衣服,就忽然抬头看向远处的海面,不远处本来平静的海面忽然变得波浪滚滚,好像有什么东西即将出现。

听到海面上的声势,周围的士兵以及龙轻泽脸上都染上一抹凝重,唯独女子反而变得高兴了起来。

第48章　盛世蔷薇·南海明月沈蔷薇

“龙轻泽，记住本姑娘的名字，沈蔷薇，也是日后取你性命之人。”

女子霸气地伸出一根葱白的手指，直指龙轻泽，然后就在众人惊讶的目光之中跳入了海面，足尖轻点就向波浪最汹涌的地方漂去。

龙轻泽看到这一幕双手紧握，反而忽略了女子刚刚说的那句话。

这个该死的蠢女人，是在找死吗？

难道不知道大海看起来平静，实则暗藏危机吗，更何况现在的海面并不平静。

“哗！”一阵水声猛地响起，然后人们就看见一个通体蓝色的生物从海面冒了出来，身形是优美的流线型，看起来十分漂亮。

“啊，是海豚，天啊，港口这里怎么会出现海豚呢？”

周围的士兵有人认出了这个蓝色的生物——海豚，几乎可以说是海洋中最漂亮的生物了。只要在海边长大的孩子，没有一个没听说过海豚的。

不过，见过海豚的人却很少。

所以海豚的出现，才会引起这么大的反响。

更让吃惊的是，那名女子居然足尖一点就跳跃到了海豚身上，女子亭亭玉立于海豚之上，看起来梦幻得让人不敢置信。

“龙轻泽，洗干净脖子等着本姑娘来宰吧！”

女子立于海豚之上，端的是霸气无双啊，只可惜女子说这句话的时候，海豚正好喷出一道水柱，水声掩盖了女子的后半句话。

所以，大家以及龙轻泽听到的就是女子霸气侧露的一句……

“龙轻泽，洗干净……等本姑娘……”

“嗷嗷……少将军，艳福不浅啊。”

周围的士兵一听这话，立刻为着龙轻泽起哄。

“都给我滚蛋。”龙轻泽笑骂一句，不过之后看着远去的女子的背影，略微有些出神。

其实，她长得真的很不错啊。

黄昏渐渐被黑暗的夜色掩埋，龙轻泽拿着一个酒壶坐在台阶上，抬头看着夜空中明亮的月亮沉默不语。

“你小子跑我这儿来装深沉吗？”卫良在龙轻泽的肩上打了一拳，然后也坐在了一旁的台阶上，抢过龙轻泽手中的酒壶，咕嘟咕嘟灌了几口。

龙轻泽横扫了一眼卫良，十分鄙夷地说道：“本将军这是喝酒赏月，这是情怀，对你一个大老粗说了也不懂。”

说完夺过酒壶晃了晃，发现居然没有了，骂了一句就把酒壶又扔回了卫良的怀中。

“喝酒赏月？我看你小子是在遗憾没能上月吧？”卫良笑得十分猥琐地瞅着龙轻泽说道。

龙轻泽皱了皱眉，一脸奇怪地说道：“你没病吧，说什么呢？”

什么上月？什么东西？

这货是不是又开始犯傻了，说的什么乱七八糟的啊。

卫良轻嗤了一声，一副哥俩好的模样勾着龙轻泽的肩膀说道：“兄弟，对我还有什么好隐瞒的啊？”

说完，还对龙轻泽眨了眨眼，把龙轻泽恶心得够呛。

“说人话。”

“我说你是不是遗憾没有把南海的明月给……那个了啊？”

自从从港口回来后，卫良就发现了龙轻泽做什么事情都有点魂不守舍的，也不知道在想些什么。

在结合下面的人的汇报，卫良总结出来了，这是龙轻泽铁树开花终于知道喜欢女人对女人有感觉了。

这是相思病的前兆啊——魂牵梦萦。

只可惜，龙轻泽还是没有领会卫良的意思，十分不耐烦地问道：“哪来的明月，什么啊？”

这话一会上月，一会南海的明月的，是不是出了毛病啊，还是他媳妇又赶他去睡书房了？

这乱七八糟的，会不会是脑子坏了。

也许是卫良和龙轻泽心有灵犀，也许是龙轻泽“你脑子有病”的神情表现得太过明显，总之卫良是一眼看过去，就知道龙轻泽没有表达出来的意思。

忍了又忍，还是没忍住，一巴掌呼在了龙轻泽的脑袋上，“你是猪吗？沈蔷薇啊，南海的明月是沈蔷薇啊。”

若不是沈蔷薇自报名号吓住了众人，那些士兵也不至于看到了一个海豚就那么吃惊啊。

好歹是阳城将军麾下的士兵，哪里会这般见识短浅？

龙轻泽也没躲，脑袋一偏，斜看着天空中的明月，喃喃自语道：“沈蔷薇？”

沈蔷薇就是今天下午被他当成海盗的那个女子吗，名字可真够俗气的。

幸亏沈蔷薇不知道龙轻泽会这样评价她的名字，不然又得打起来。

卫良一看龙轻泽这神情就知道这家伙肯定又是没听到，直接神游天外了。

低叹一声，耐着性子解释道：“今天下午那个姑娘啊，骑着海豚走之前自报家门了，说她是沈蔷薇啊。”

还说他是猪脑子，现在这个情况到底是谁猪脑子啊，这都记不住，真是醉了。

“沈蔷薇吗？这么俗气的一个名字，也就长得模样凑合了，怎么就是南海的明月了？”

这南海是没女人了吗，居然会认为沈蔷薇那样粗鲁的女人会是明月啊。

卫良：……

他该说什么好呢，他该说什么好呢，他该说什么好呢？

“大哥，人家这名字怎么……就算名字俗气了，可是人家那长相，不说天下第一美女，区区南海第一美女也能当得起了吧？”

本来卫良想说沈蔷薇这个名字怎么就俗气了的，不过想了想蔷薇这个名字确实……不够惊艳脱俗啊，他要是这么说了，龙轻泽那斯保准会回一句，像他的名字那样才算得上是脱俗呢。

兄弟多年，卫良对于龙轻泽的秉性十分了解，索性就不说名字这事了。

“明月是什么？明月是独一无二，你觉得就沈蔷薇那样粗俗的女子担得起独一无二这四个字吗？”

总之，龙轻泽认为今天是因为沈蔷薇才会让他丢尽面子的，现在是怎么看沈蔷薇都不顺眼，哪里会承认她是南海的明月呢。

“怎么就担不起了？”卫良纳闷地站起来，看着龙轻泽说道，“不说她那堪称倾国的容颜，就凭她是沈中墨的独女，也担得起独一无二这四个字了吧？”

这天下就算是皇室公主恐怕也不会比沈蔷薇活得更加肆意了吧？

有着这么牛的一个老子，沈蔷薇想做什么还不可以啊？更何况，沈蔷薇本人也绝对称得上是绝世无双了，再加上她这个身份，说她是南海的明月并不过分。

“她是沈中墨的独女？”

龙轻泽吃惊地瞪大了双眼。

第49章　盛世蔷薇·别忽悠我

“她怎么就不能是沈中墨的独女了?”卫良有些弄不明白地说道。

这年头在南海上听到沈蔷薇的名头的,哪一个不是直接想起的就是沈中墨啊,而且这年头是谁都能随随便便骑着海豚玩的吗,也就只有沈中墨的女儿才有这个资本和本事了。

今天龙轻泽这个脑袋是怎么回事啊? 一直没在正常过。

你说说,一开始就非得揪着人家姑娘不放,硬说人家姑娘是海盗,然后又和人姑娘打成一团了,最后更是掉进了海里。

最重要的是,他难道猜不出来这个女子就是沈中墨的独女吗?

“我说龙轻泽,你今天的脑子是不是丢了?”卫良一眼嫌弃地瞅着龙轻泽。

龙轻泽没搭理卫良,而是低着头,喃喃自语道:“她居然就是沈中墨的女儿……”

其实,连卫良都不知道的是,他此生最敬重的人不是他那个镇守北疆几十年的祖父,也不是自己威名赫赫的父亲,而是素未谋面的南海霸主沈中墨。

也许柴元帅和阳城将军的本领比起沈中墨来并没有差到哪里去,但是无论是柴元帅还是阳城将军,很显然都比不上沈中墨的成就高。

柴元帅和阳城将军在大盛,无论做任何事情都有一个主君一方百姓在束缚着他们,而沈中墨不同,他一生狂傲不拘,整个南海他是说一不二,不用受任何束缚。

整个天下,没有比沈中墨更加肆意的男人了,当然了在龙轻泽看来沈中墨也是天底下最幸福的男人,因为他有那个条件和机会去实现自己的抱负,有着扬名立万的机会。

柴元帅和阳城将军都没有这样的机会。

柴元帅被一个女人束缚了一生,而阳城将军则是被大盛捆绑了一世。

兰国和大盛本就没有什么大的摩擦,这几年来更是平静得很,阳城将军镇守在这里,根本就没有用武之地,但是阳城将军又只能镇守在这里,因为这里是交通要塞,是大盛、兰国、南海三处的交界处,必须有一个威名赫赫的将军镇守。

这就是他父亲无怨无悔地镇守在这里的原因。

虽然没有更多的机会去建功立业,但已经成就了如此盛名的阳城将军在这里更多的是威慑。

阳城将军不离开,他龙轻泽又怎么能够轻易离开。

到了阳城将军这样的程度,凡事必须小心翼翼,免得遭到无妄的猜测,所以阳城将军明明知道其实他的儿子在打仗方面的才能一点也不弱于凤尘那个天才少年,可是他还是只能压制龙轻泽。

锋芒太盛有时候并不是一件好事。

所以,在龙轻泽看来最幸福的一件事就是能够有着扬名立万的机会,一展抱负的乾坤造化。

他自认不缺少名扬天下的才能,他缺少的只是机会而已。

一个机会,而已。

而且他有预感,这个机会,只能在南海这里寻找。

“你啊。”卫良低叹一声,似乎看到了什么,又似乎什么都没有说,只是摇晃着脑袋去找他的媳妇睡觉去了。

谁家的孩子,谁去操心吧。

这个时候他还是关心关心如何和媳妇生个儿子这样的大事情比较好。

同样的夜晚,在南海之上却是微微有些凉意,沈蔷薇无奈地裹紧自己的衣服,打了一个呵欠说道:“我说爹啊,你都骂了我快一个时辰了,不累吗?”

她不就是自己偷偷溜出去剿灭海盗来着嘛,又没有受伤,至于骂她这么半天吗?

真是的,爹爹越来越小气了。

“你问我累不累?沈蔷薇,你到底有没有在听我说话?”沈中墨被自家女儿的抱怨声气了个仰倒。

听听这叫什么话啊,这就是他的宝贝女儿和他说话的态度啊,实在是太让人伤心了。

明明他是担心女儿,结果呢,人家却嫌他烦了。

“我一直在听啊,你没看我都没有动地方吗?”沈蔷薇晃了晃脑袋,唔,好像睡得有些头昏。

也是,在船板上睡觉,夜风吹着不头疼才怪。

“唉,老爹你骂完了吧?骂完了我回去睡觉了哦。”

到底是哪个混蛋告诉她老爹她去打海盗了?居然让她老爹出来半路拦住了她,真是的,等她查到了是哪个混蛋,看她抽不死他。

“睡觉?沈蔷薇,老子和你说了半天,你就想着睡觉了?”沈中墨一吹胡子,瞪圆了眼睛瞅着他的宝贝女儿,显然气得不轻。

他思想教育了半天,这闺女就神游天外了,把他的苦口婆心当成催眠曲了?

这什么人啊,要不是他亲闺女,他一把掐死的心都有了,太不尊重他了。

“好啦好啦,老头子生什么气啊。”沈蔷薇从船舷上跳下去,拽着沈中墨的胳膊然后在他脸上亲了一口,笑嘻嘻地讨好道:“你是我最英明神武善解人意的老爹,怎么可能因为这么一点小事和你的宝贝女儿生气呢?”

“别忽悠我,不管用。”

虽然说着不管用,但是沈中墨脸上的冷硬早就划开了,此刻不过是佯装强硬罢了,纸老虎而已。

沈蔷薇嘴角抽了抽,翻了个白眼说道:“我说老爹,我没有欺骗的打算,所以无论如何都不会忽悠你的，这点你可以放心。”

还忽悠，有这样说话的老爹吗。

唉，没文化真可怕啊。

沈中墨哪里不明白沈蔷薇在想些什么，当下就毫不客气地一巴掌拍了过去，呵斥道：“又在想怎么骂你老子呢吧，混账闺女。”

可以说，沈蔷薇是沈中墨一手养大的，在沈蔷薇的生命中沈中墨又当爹又当娘地把她养活大的，怎么可能会不清楚沈蔷薇这个时候会想些什么呢。

父女两个，相互之间太了解了，一点秘密都没有。

就连沈蔷薇的娘并不爱自己这件事，沈中墨都和沈蔷薇说过，目的就是不希望沈蔷薇恨自己的娘。

不是做母亲的不爱自己的孩子，而是那个女人并不爱他这个做父亲的。

有一句话叫作爱屋及乌，其实恨也一样。

幼年的时候沈蔷薇也问过，为什么她娘不爱她，也不爱他，只是沈中墨并没有告诉她。

这是唯一一件沈中墨对沈蔷薇三缄其口的事情。

沈蔷薇也如沈中墨的愿，并没有恨自己的娘，但也不怎么搭理自己的娘。不恨，是因为没有一点感情。

第 50 章　盛世蔷薇·没文化太可怕了

“谁让你这么没文化的，真是没文化太可怕了。”沈蔷薇装模作样嫌弃似的说道。

沈中墨负手而立，一本正经地说道：“我沈中墨是文盲，但是我比谁都牛。”

这的确是实话，到了沈中墨如今的成就，读没读过书真的不重要了。

难不成还有谁会跑到沈中墨面前鄙视他，说他沈中墨没有文化吗？

不，当人到了一定的高度的时候，人们会下意识地忽略你所有的缺点，或者是帮助美化你自己的缺点。

这就是人的本性。

“你是文盲你骄傲吗？”

沈蔷薇翻了翻白眼，一只手忽然戳在了沈中墨胸痛肋骨一旁，沈中墨瞬间就绷不住笑出声来。

“咳咳……别闹，破坏我高大上的形象。”

唉，好不容易把自己的形象提升一把，也许走出去还能唬住一些人，这闺女真是不给力啊，一下子就让他破功了，真是的。

“扑哧。”沈蔷薇忍不住笑出声来，弯着腰的女子在皎洁的月光下更加清灵动人，美艳的不可方物。

其实沈蔷薇很少这样笑，这样柔柔的发自真心的微笑，这样笑起来的沈蔷薇像极了当年的那个女子，让沈中墨有些恍惚。

“绿萼……”

沈中墨缓缓伸出自己粗糙的大掌，想要触碰在梦中都可望而不可即的女子，眼神中是让沈蔷薇看了心中隐隐抽痛的哀伤。

她的爹爹啊，本来是这个世界上最意气风发的男人，虽然他没有读过多少书，可是他举手投足的狂傲以及睥睨天下的气势，能让天底下任何的女子为他所倾倒，可是……

她的爹爹就是这样守着一个不爱他的女人，一个高高在上看着他的女人，一个永远不会对他有好脸色的女人，一守就是一生。

到现在了，她娘已经去世很多年了，可是她的父亲还是不肯再看别的女人一眼，就这样守着她的墓碑，在这广袤的南海之上孤独一生。

“爹，又想起我娘来了吗？”

“是啊，刚刚你笑起来的样子很像你娘。”

沈蔷薇微微有些发愣，她记忆中的娘好像从来没有笑过，整日里就是以泪洗面、满是哀伤。

原来她的娘也是会笑的吗？

“那是我笑起来好看还是我娘笑起来好看？”沈蔷薇忽然问道。

沈中墨坐到一旁的船舷上，略带着一抹追忆地说道，“当然是你娘笑起来好看了，虽然你比你娘美，但是你的美太耀眼了，你娘是那种笑起来让人忍不住将全天下都递到她面前的美，让人心醉。”

虽然在他心中最美的永远是那一个女子，但是沈蔷薇好歹是他闺女，他当然不会太过不给沈蔷薇面子，不然小猫该撩爪子了。

而且他说的也是事实，他的女儿集合了她的美貌以及他的血性，这样的沈蔷薇看起来就如同九天之上耀眼的太阳一般，虽然让人惊艳，但也会让人觉得可望而不可即。

可是绿萼不同，绿萼的美貌让你知道她需要你的呵护，需要你的关爱，你可以驾驭这样的美丽，而沈蔷薇的美是让人望而却步的。

“啧，我娘都不爱你，而我这么爱你，居然在你心里她才是最美的，老沈你这样会让我很伤心啊。”

沈蔷薇拉着沈中墨的胳膊，头歪在沈中墨的肩头，望着远处的月亮，晃着双腿十分悠闲。

“能不能别老提这茬？”沈中墨横了一眼沈蔷薇，一把将沈蔷薇的脑袋从自己的肩膀上推了下去。

这是什么闺女啊，明明知道这是他的伤心事，居然还这样一而再再而三地提这茬，这样的闺女太戳人心窝子了。

沈蔷薇锲而不舍地又把脑袋晃了回来，撇了撇嘴说道：“我不提它就不存在了？什么时候你老沈也会逃避问题了？你不是教导我，无论遇到什么样的困难都不要逃避，要迎难而上吗？”

她从小就被沈中墨当成男孩子养，一些性格已经无限接近沈中墨了。也许起初沈中墨并没有想把沈蔷薇当成男孩子来养，可是他一个大老爷们能把沈蔷薇养大并且没养歪了就很不错了。

“迎难而上？蔷薇，不是什么事情都能当成困难来对待的，人这一生遇到的不止有困难还会有爱情，遇到爱情你迎难而上也许能够得偿所愿，但也有可能得到了是一段孽缘。”

如果什么问题都可以当作困难就好了，他沈中墨这一生遇到的大风大浪多不胜数，他都挺过来了。

可是爱情不一样啊。

“哟，我家老沈也文艺了一把啊，你不是文盲吗？”

沈蔷薇十分不喜欢眼神中都是哀伤的沈中墨，索性就调笑一把，想要冲散眼前有些哀伤的氛围。

沈中墨又怎么会不懂沈蔷薇的意思,低叹一声,十分骄傲自豪地大声说道:“我是文盲怎么了,谁敢说吗?再说了,你名字也是我取的,你看这不是很文艺很好听吗?”

说起沈蔷薇的名字,沈中墨就十分骄傲。

当年女儿出生后,他是琢磨了好久直到孩子都百天了他才琢磨出了这个名字。

蔷薇,盛世蔷薇。

他沈中墨的女儿,担得起这个名字。

不过提起这个名字来,不是所有人都和沈中墨一样骄傲的,沈蔷薇忍不住瞪了一眼沈中墨,哼了哼说道:“怎么着,你还觉得这个名字特文艺是吧?”

说起来,让沈蔷薇觉得不是很满意的就是这个名字了。

蔷薇,蔷薇花,多俗的名字啊。

这样俗气的名字怎么配得上她惊天动地的美貌呢?

如果不是老沈一直坚持用这个名字而且不肯改的话,沈蔷薇早就换了这个名字了。

“怎么就不文艺了?”

沈中墨不乐意了,抬起脖子就和沈蔷薇又开始第一百零一次因为名字的问题,开始争吵了。

“你一大老粗知道什么叫文艺嘛?”沈蔷薇站起来一叉腰,食指一指就开始说道,“你瞅瞅大盛那两个公主叫什么名字啊,露华和月浓,这名字一听就文艺,还好听。”

“一听就知道取自‘云想衣裳花想容,春风拂槛露华浓’,别人一听沈蔷薇呢,就一个反应,蔷薇花呗。”

这名字啊,本来就不出彩,一对比就更不行了。

蔷薇花,多俗气啊,再瞧瞧人家的露华和月浓。

唉,简直心累。

第 51 章　盛世蔷薇·我的蔷薇

“蔷薇花怎么了？”沈中墨不乐意了，也不管他的宝贝女儿的心情了，直接撸袖子开始数落她了。

“你说说你居然敢嫌弃你老子辛辛苦苦取的名字？露华和月浓这名字是挺文艺的，但是她们两个就算是大盛公主，过得能有你肆意吗？”

在沈中墨看来，他的女儿无论取什么样的名字，人过得肆意洒脱就好了啊。

凭他沈中墨，就算沈蔷薇这个名字真的十分俗气，那全天下又有几个人敢说这个名字不好听？

“行行行，老沈头消消气，谁嫌弃你起的名字了？我只是稍微抱怨一下，一下而已，不要这么激动嘛。”沈蔷薇一把把沈中墨按着肩头压了下去十分无奈地给他顺了顺胸口。

沈中墨却还是对沈蔷薇吹胡子瞪眼，“抱怨也不行。”

“好好好，以后咱们不提这事了行吗？你说你一大把年纪了还这么动怒，对身子不好啊。”

沈蔷薇看着她的小老头在那吹胡子瞪眼觉得十分可爱，忍不住笑出声来。

“笑，你居然还敢笑？”沈中墨一把拂开了沈蔷薇的手，然后起身气哼哼地走了，“笑吧你，老子不理你了。”

“哈哈哈，老沈，你越来越可爱了啊。”

看着沈中墨气哄哄地走了，沈蔷薇笑得眼睛都弯了，可是等到笑声停下的时候，沈蔷薇脸上的笑容却是慢慢地收敛了起来。

她知道为什么老沈非得让她叫蔷薇，她记得。

小时候听老沈讲关于她娘的事情的时候，她记得老沈说过，她娘虽然叫绿萼但是并不喜欢绿萼，最喜欢的花是蔷薇。

所以，她叫沈蔷薇，连她的名字都是为了怀念那个女人。

可是，老沈，你这样值得吗？

记忆中的娘亲从来没给过老沈好脸色，可是老沈却从来没有对她发过脾气，对她从来都是小心翼翼的。

老沈很疼她，可是每次只要她说她娘不好的话，老沈都会揍她，揍得她好几天下不来床。

那个时候她很不服气，可是现在想起来他除了为老沈不平之外，更多的是对老沈感到心疼。

守着这样的一个女人，老沈是幸福的还是不幸呢？

她现在已经不想知道为什么她的娘明明不喜欢老沈，却还要生下她？

有的时候她甚至在想，如果没有她的存在，是不是那个女人就不会束缚老沈一生了？

这个答案，她永远都不会知道。

沈蔷薇只在南海岛上留了三天，就又偷偷溜走了。

沈中墨看着那一叶小舟慢慢消失在大海中，神色有些落寞。

“大哥，既然不舍得蔷薇，怎么不让蔷薇多在岛上陪陪你呢？”

说话的是沈中墨的一个兄弟，跟他打拼出南海整个天下的兄弟。

“她的人生不能只局限在南海中，我的蔷薇，是盛世蔷薇。”沈中墨在提起沈蔷薇的时候，双眼中满是骄傲。

很显然，沈蔷薇是他的骄傲。

“可是，大哥你自己在岛上是不是太孤单了，要不要……”

“不必了，以后不要再提这事了。”

这么多年，虽然孤独，但是这是他心甘情愿的。

每个人都会遇到自己的那一份缘分，我的小蔷薇，爹爹希望你遇见的是良缘，而不是孽缘。

惠城的夜晚十分热闹，这里虽然是边境但是常年没有战争，人们安居乐业后，所以惠城的夜晚也是十分热闹的。

惠城有一条街道，人们称之为“灯笼街”，灯笼是红灯笼、粉灯笼，是干什么的也就不言而喻了。

其中最热闹的一家，叫作丧魂楼。

没错，你没听错，惠城最热闹的……就叫作丧魂楼。

此刻楼内正热闹非凡，因为今天晚上将要拍卖丧魂楼的头牌——如珠。

“各位客官，规矩呢就不用多说了，咱们丧魂楼的规矩永远是一样，谁出的宝物能够打动咱们的如珠啊，如珠今晚就归谁。”

“嗖——”

那女老鸨刚刚说完话，就听到嗖的一声，一个东西打入了如珠身旁的一根柱子内，就在老鸨想要放声尖叫的时候，一道清越的女声忽然传了出来。

“南海香珠，自然要配咱们丧魂楼中最美的猪了。”

整个丧魂楼的客人都被这声女声给惊到了，什么时候丧魂楼还接待女客了？而且，这姑娘拿出的居然是南海的宝物南海香珠？这幕帘之后的女子到底是谁？

在人们对女子的身份议论纷纷的时候，也只有龙轻泽和卫良这里一片安静了。

“这个沈蔷薇不愧是沈中墨的女儿啊，居然敢来这丧魂楼。”卫良本来喝着小酒呢，听到沈蔷薇的声音顿时一口酒就喷了出来。

本来他是看自从那天之后，龙轻泽的情绪一直不高，做什么事情都闷闷不乐的，所以才下决心带他来见见世面，没想到这也能碰得上沈蔷薇啊。

这两人还真有缘分啊。

“呵呵。”龙轻泽拿起酒杯，笑着摇了摇头。

看来只有他注意到了，沈蔷薇说这话的时候，在说到“最美的猪”的时候，很明显地停顿了一下。

恐怕是哪个猪，还不一定呢。

虽然客人们都奇怪为什么会有女子进来，但丧魂楼的老板很显然是知道的，所以很快就恢复了震惊。

“哎哟，沈姑娘出价南海香珠一颗，其他客人还有出价的吗？”

这话一出，整个丧魂楼都安静了不少，却也没有人出价了。

这多少让丧魂楼最美的“如珠”有些不高兴了。

其实不是如珠不够美，或者这些人不是来那啥的，实在是他们不敢得罪沈蔷薇啊。

沈姑娘，南海香珠，这两者结合起来就算不是沈中墨的独女，那也和南海沈家脱不了干系。

那可是南海沈家啊，谁活腻了为了一个女人去冒得罪沈家的危险呢？

虽然丧魂楼的老板对这个情况有所预料，但是看到没有一个人敢出价的时候，心中还是咯噔了一下。

这可怎么整啊，没人出价难不成真的把如珠送给沈姑娘一晚上？

先不说这听起来就像是一场闹剧，最重要的是，如果沈中墨知道了会不会拆了他们丧魂楼啊。

就在如珠脸色越来越挂不住的时候，忽然传来一声十分有磁性的男声，让人听之便觉得一定是个美男子。

“我没有多少钱，在下只有一杆穿云破月枪，不知道可否出价？”

第 52 章　盛世蔷薇·怎么追媳妇

龙轻泽的话音一落，一旁卫良的一口酒顿时就喷了出来，卫良手忙脚乱地擦了擦自己的嘴角的酒渍，然后把酒杯往龙轻泽身上一摔，难以置信地看着他。

“龙轻泽，你疯了吗？”

居然拿穿云破月枪去当成宝贝想要换的和一个青楼女子的一夜春宵？他就不怕被阳城将军知道后一把掐死他吗？

“我没疯。”龙轻泽很淡定地将酒杯扔了回去，然后自己又给自己倒了一杯，自斟自酌。

除了卫良不淡定外，丧魂楼里其他的客人也不淡定了。

“什么嘛，想要和美人一夜风流，居然拿一杆破枪做宝贝，我就没见过哪个公子哥会用兵器来讨好美人的。”其中一个公子哥听到龙轻泽的话后，十分鄙夷。

搞清楚，这里是一个风流的场所，居然拿兵器来讨好美人，这家伙没病吧？

旁边也有不少人附和道：“就是就是，这人估计是有病，美人自然要奉上漂亮珍贵的珠宝首饰，送一杆枪算怎么一回事啊？”

“估计啊是没见过世面，哪家的破落户吧。”

“你们快闭嘴吧。”隔壁包厢的人听不下去了，走出来打断了几人的嘲笑，面色有些忧愁地说道，“你们知道这穿云破月枪的来历吗，再乱说话当心死都不知道怎么死的。”

要不是怕龙轻泽收拾这几个人的时候殃及池鱼，他哪里愿意来提这个醒呢？

“一杆破枪能有什么来历，周凡你是不是胆子太小了一点。”

周凡，也就是刚刚提醒的男子，正是惠城太守的长子。

周凡皱了皱眉，耐着性子解释道：“穿云破月枪乃是龙家的标志，你们连这个都不知道居然还敢在惠城混？”

穿云破月枪是龙家家传的兵器，龙轻泽手中的这把正是真正的穿云破月枪。

在龙轻泽十八岁的时候，阳城将军将穿云破月枪送给了龙轻泽，自己用起了一根十分普通的银枪。

将穿云破月枪交给龙轻泽的同时也就意味着，也将龙家的责任交给了龙轻泽。

让周凡出乎意料的是，龙轻泽居然会在丧魂楼中为了一个青楼女子拿出了穿云破月枪做赌注，实在是……

“什么？”

那公子哥也不是什么都不懂的，龙家他还是知道的，尤其在这惠城中，更何况现在龙家的少将军龙轻泽还在惠城呢，惠城的守将更是阳城将军的弟子，这这这……

“不是说那个龙轻泽从来不来这种风月场所从来不花天酒地吗？”公子哥的腿有些发抖了，这……这……这个龙轻泽他可得罪不起啊。

他居然刚刚骂了龙轻泽，呜呜呜……

“谁知道呢。”周凡低叹一声，有看向了之前那个沈姑娘的包厢，目光有些忧愁。

这个沈姑娘十有八九就是沈中墨的独女了，一看就是个不可一世的主，而这个龙轻泽也很显然是个天不怕地不怕的主，最让人头疼的是这俩祖宗不仅遇上了还杠上了……

估计今天晚上这个丧魂楼热闹了……

“嘭！”

又是一枚南海香珠镶嵌在了柱子上，随即响起的是沈蔷薇那道张狂不惧的声音。

“一杆破枪，居然也好意思拿得出来，我说龙轻泽你是不是脑子有问题啊，居然会送美人一杆破枪，你今天是来搞笑的吗？”

对于龙轻泽，沈蔷薇是绝对不会吝啬嘲笑的。

这样好的嘲讽的机会她要是还抓不住，那就太说不过去了。

“沈姑娘这样说貌似不太好吧，沈姑娘又不是如珠又怎么知道如珠不喜欢龙将军手中的银枪呢？”

让沈蔷薇和各位看官意外的是，第一个回答沈蔷薇的竟然会是这个如珠？

这美人不是应该爱花爱珠宝的吗，怎么会对一杆银枪感兴趣了呢？

“哦，那如珠的意思是你看不上我这南海香珠反而觉得龙轻泽的银枪好了？”沈蔷薇略有兴趣地问道。

如珠一抬下巴，有些小羞涩又有些高傲地说道：“龙将军少年英雄，谁不仰慕？”

沈蔷薇一再下注，导致今日本该热闹的场面如此冷淡，让如珠的脸上很是挂不住，这个时候龙轻泽明显表示出对她有兴趣了，既然有了靠山她为什么还要忍让沈蔷薇？

一个女人要和她一夜风流？有没有搞错啊。

正好这个时候龙轻泽出手了，无论龙轻泽拿出来的是什么，如珠都会选择龙轻泽的。

因为他是龙轻泽。

是和凤尘少将军齐名的大盛的天才少将，家世显赫又无姬妾，她不赶紧贴过去，那还算什么丧魂楼的头牌？

更何况，龙轻泽拿出来的是穿云破月枪，已经显示出对她足够的重视了。

这个时候傻子都知道要选择谁了。

“少年英雄？如珠啊，你这名字还真贴切，真是如猪一般的脑子啊。”沈蔷薇冷哼一声，十分不客气地嘲讽道。

“你！”

沈蔷薇的话叫如珠脸上十分不好看，虽然有龙轻泽这个靠山，但她还是没有那个底气敢和沈蔷薇叫板。

毕竟南海霸主沈中墨这个名头可比龙轻泽的名头响亮多了，也硬气多了。

“沈蔷薇你看我不顺眼和我叫板就是了，何必欺负一个弱女子？”龙轻泽从包厢内走了出来，负手而立端的一个大气啊。

“哈哈哈……”沈蔷薇一阵银铃般的笑声，有些嘲讽地说道，“龙轻泽你一个大男人和我叫板，就不是欺负弱女子了？”

真好笑，她一个女人怎么就是欺负弱女子了？

这个龙轻泽还真是脑子有问题。

“你是弱女子？别搞笑了。”龙轻泽像是听到了什么天大的笑话似的，看向沈蔷薇的包厢就是一顿张狂的笑。

随后出来的卫良恨不得一巴掌拍死龙轻泽，龙轻泽这家伙是奔着往死里得罪南海的念头和沈蔷薇说话的吧？

不得罪南海他会死啊？会死啊？

要不是顾念着要照顾龙轻泽的面子，卫良真的想一巴掌抽上去，笑笑笑，笑个屁，看等到阳城将军知道这件事后，他还笑得出来不。

真是有病啊。

“你给我收敛点。”卫良还是忍不住小声警告道。

要是真的得罪了南海，那他们两个可就都吃不了兜着走了。

“收敛点？别逗了，收敛点怎么追媳妇啊。”龙轻泽一挑眉梢，成功地看到卫良一脸尴尬的表情，顿时觉得爽爆了。

第 53 章　盛世蔷薇·有本事你打我啊

“追媳妇?”卫良忽然大声喊道。

有没有搞错,他这是在追媳妇?追哪个?是那个如珠还是沈蔷薇?

还有,老天爷,有这么追媳妇的吗?无论龙轻泽追的是哪一个,卫良都为龙轻泽感到心惊肉跳。

而整个追魂楼也因为卫良突如其来的一句“追媳妇”给吓得安静极了。

追媳妇?卫良将军的意思是,龙少将军打算追如珠做媳妇?

我的个老天爷啊,这是真的吗?

龙轻泽一个少年将军,居然会看上一个……的女子?

这眼光……还是说脑子有问题啊?

就连沈蔷薇闻言也是感到有些不可思议,随即则是皱了皱眉头,细细地眯着眼睛看着楼下的一脸欣喜娇羞的如珠,眼中闪过一抹嫌弃。

以及……她为什么会觉得胸口有些发闷呢,一定是这个包厢太闷得慌了。

沈蔷薇站起来刚想出去,就听到楼下传来了如珠的声音,“丽娘,今天晚上就不用继续了,无论还有谁出价,如珠都选定了龙将军。”

龙轻泽一听这话,回头恨恨地瞪了一眼卫良,显然是觉得卫良坏了他的好事,因此心情很是不爽。

对此卫良也很是冤枉啊,这能怪他吗?龙轻泽忽然说出这样的话来,换成谁也得吃惊啊。

他这只是正常人该有的反应而已嘛。

“好,好……”老鸨对于这个结果自然满意,没想到这个如珠居然能入了龙少将军的眼,真是他们丧魂楼修来的福分啊。

而且,有龙轻泽撑着,就算沈蔷薇不满意,也应该是找龙少将军发泄不满吧?这样一来和他们丧魂楼就没什么关系了吧?

“哼。”对于这个结果,沈蔷薇很不满意,猛地推开了包厢的门,众人闻声看去,只看到了一团红色的身影猛地划过半空,然后那团身影就来到了一楼如珠的身边。

只见沈蔷薇手中夹着一个南海香珠,抵在如珠的下巴上,十分轻蔑地说道:“本姑娘说了,今天晚上你只能是我的。”

这个龙轻泽三番四次和她作对,真是可恶至极。

这一次一定不能退让，让他知道知道本姑娘不是好欺负的。

“沈姑娘，你我都是女子，你这样……你这样不是来捣乱的吗？”如珠被沈蔷薇如此轻慢地对待，却身子连躲都不敢躲，只是低声抱怨着。

抱怨的声音中夹杂着一点点的委屈，睫毛一颤一颤的，明明没有说什么却让众人觉得可怜极了。

有些人甚至开始小声讨论起沈蔷薇的蛮不讲理，仗势欺人来了，这些指指点点的让丧魂楼的气氛一瞬间变得很是微妙。

谁知道沈蔷薇丝毫不受影响，反而张狂地笑了几声之后，挨近了如珠，双眼紧紧地盯着她，一字一顿地说道：“我就是来捣乱的你又能怎么样，有本事打我啊？”

她本就是急性子，还最讨厌如珠这种动不动就哭哭啼啼的女子，两者一结合，她自己不会憋着自己不发脾气。

整个天下，没有谁能让她委屈自己的。

这是老沈给她的荣耀，她自己不会浪费这个优势的。

仗势欺人怎么了，有本事你欺负回来啊？如果她真的因此遭到报应了，也绝对不会怨天尤人。

“你！”如珠实在是没有遇到过如沈蔷薇这样强势的女子。

你说一般的姑娘无论虚荣不虚荣都会在外面顾虑自己的形象，不会这般咄咄逼人以免给别人留下不好的印象，可是这个沈蔷薇倒好，好像一点也不在乎似的。

就大大咧咧地告诉众人，姐有靠山，别惹姐。

难道她就一点都不在乎自己的形象吗？

其实，如珠想的有道理，但那是对于她这种人，或者说是对于靠山不硬的人来说是这样的。

对于沈蔷薇来说，就算她真的跋扈不讲理，谁也不能拿她怎么样，除非有一天沈中墨倒了。

“沈蔷薇，放了她。”龙轻泽和卫良也从楼上的包厢下来了，而一旁包厢的周凡也下来了。

若真的打起来，这可都是他父亲的事情啊。

无论是龙轻泽还是沈蔷薇，他父亲是哪一个也得罪不起。

沈蔷薇闻言居然十分听话地放了如珠，只不过手中本来抵着如珠下巴的那颗南海香珠突然向龙轻泽扔了过来。

还未等那南海香珠到龙轻泽面前，那南海香珠就猛地炸开，此时沈蔷薇也同时送出一道掌风，顿时——

南海香珠所化成的白灰，吹了龙轻泽、卫良和周凡满脸。

其中最可怜的就是周凡了，卫良和龙轻泽都是有武功的人，沈蔷薇送出那道掌风的时候，两人都有所感应，虽然没能全躲开但好歹避开了不少。

只有周凡没有武功，本来他走在龙轻泽和卫良两人后面，这两人一躲，大半的白灰都吹到了他的脸上……

“沈姑娘,你这是误伤。”周凡白着一张脸,对沈蔷薇控诉道。

沈蔷薇显然也没想到她这恶作剧的白粉几乎全让周凡承受了,当即一摊手,有些无奈地说道:“你也说了这是误伤了,你要怪啊就怪龙轻泽好了,再说了,南海香珠的粉末可是美颜美白的圣品,多少权贵家的女儿求也求不来的,你这抹了一脸我不向你要钱就不错了。”

听这意思,要是她心情不好,他还得给她钱?周凡表示他快哭了,但他更加佩服龙轻泽,居然敢招惹这位姑奶奶,这简直胆子太大了。

随着沈蔷薇这一转身,她的容貌也暴露在众人面前。

本来对沈蔷薇如此咄咄逼人的做法有些不满的公子哥们,此刻也都看直了眼,没有一丁点的不满意了。

美人,总是无罪的,人们也都会下意识地原谅美人做错的事情。

大概也就只有一个人没有被沈蔷薇的容貌所蛊惑吧。

“沈蔷薇!”

龙轻泽暴喝一声,看着自己衣襟上以及头发上落满的白灰,看着沈蔷薇的脸色就不是那么好看了。

虽然他没有洁癖,但是当着这么多人的面,被一个女人弄了满身满脸的白粉,龙轻泽的面子有些挂不住。

沈蔷薇掏了掏耳朵,满不在乎地扭头对有些看呆了的如珠说道:“我之前说南海香珠自然要配你这如猪的美人,说你是猪啊,傻姑娘。”

真是个天真的孩子,难不成以为就她那姿色比得过本小姐吗?既然比不过本小姐,本小姐凭什么要和这样难看的人一夜风流?

第54章 盛世蔷薇·你就高贵了吗

“沈蔷薇!”龙轻泽见沈蔷薇这般无视于他,忍不住第二次暴喝道。

沈蔷薇不耐烦地翻了个白眼,笑得一派坦然地说道:“我这南海香珠可是个好东西,只不过拿它碰过猪了,脏了而已,你这么激动干什么啊。”

要不是刚刚拿着珠子碰了那如珠的下巴,她还舍不得糟蹋好东西呢。

“刚刚你也碰过这个珠子了,所以说你自己也知道你自己是猪啊。”

龙轻泽的脑袋终于灵了一把,立刻飞快地甩了一句话堵了过去,而一旁刚刚把脸上的白灰擦干净的卫良脸色忽然变白了,一把拽过龙轻泽,眯着眼危险地看着他,“龙轻泽,注意你的分寸!”

他看得出来,龙轻泽和沈蔷薇虽然都是互相看对方都不顺眼,但是双方应该都有好感,而且这个沈蔷薇虽然看起来脾气很不好,但却是十分大气的女子,偶尔开一两句玩笑,她是不会当真的。

可是刚刚龙轻泽那句,就有些过了。

再怎么说沈蔷薇也是个姑娘,龙轻泽这么说话就有些过分了。

若是真的被沈蔷薇记恨上了,很可能就打破惠城几十年的平静啊。

要知道沈中墨就这么一个女儿,还敢一个人都没派来保护就让沈蔷薇自己出来是为什么啊?

因为沈中墨有那个自信,没有人敢对他的闺女下手,若真的有人不开眼得罪了沈蔷薇欺负了她,卫良相信沈中墨一定会发狂的。

那个男人可是没有什么顾虑。

龙轻泽其实在说完那句话的时候就后悔了,但是少年人正值意气风发的年纪,怎么可能对沈蔷薇这个一直和她作对的女人道歉呢。

气氛,有些尴尬。

“呵呵。”沈蔷薇忽然笑了一声,看了看四周后忽然抽出腰间的软鞭,一抹红色的鞭影带着凌厉骇人的气势甩向了龙轻泽。

“哦,又来。”卫良低咒了一声,然后迅速拉着周凡后退。

神仙打架,小鬼倒霉,他们还是躲得远远的好些。

龙轻泽不慌不忙地一个闪身躲过了鞭子的袭击,手刚刚放到背在腰间的银枪上,却不知想起什么又收回了手。

就这样赤手空拳地和沈蔷薇打起来了。

沈蔷薇可不是那种你手上没有武器为了公平我也要赤手空拳和你打的人，管你什么情况呢，先动手打得对方半死再说。

更何况，龙轻泽已经挑起了她心中的怒火，更不会手下留情。

丧魂楼一楼的客人也早就躲到了角落里，这里无论是沈蔷薇还是龙轻泽误伤了他们，也就只能是误伤了，他们可没有那个胆子去找这两个祖宗要说法，所以说还是躲远些的好。

“别打了，你们别打了啊。”

如珠眼看着龙轻泽只是被动地躲避，手上连个武器都没有，就有些急了。

沈蔷薇嘴角勾起一道冷笑，毫不客气地又是一鞭子抽了过去，一点手下留情的想法都没有。

“沈蔷薇，你住手啊！”

如珠实在看不下去了，忽然横在了两人中间，沈蔷薇的鞭子收势不及一鞭子抽到了如珠身上，抽得如珠一条胳膊鲜血淋淋的很吓人。

本来因为沈蔷薇出色的容貌而出神的公子哥们纷纷打起了寒战，一个个都下意识地退后了一步。

这姑娘抽起人来时一点都不手软啊，和龙少将军打起来都不分上下，以后这谁敢娶她啊。

和龙少将军的身手不分上下，那抽起他们来还不跟玩似的啊，而且凭沈蔷薇的身份，就算被抽得哇哇叫，他们也不敢说什么啊。

一时间，整个丧魂楼内本来因为沈蔷薇的容貌和身份打她主意的人，有一大半都歇了这个心思。

爱情诚可贵，权势价更高，若为小命故，两者皆可抛。

“喂，龙轻泽你怎么不拦着点啊。”

卫良是个怜香惜玉的主，虽然不会在外偷腥，但是最见不得美人受委屈了，更何况如珠这次被沈蔷薇一鞭子抽得的确是十分可怜。

刚刚他看得分明，沈蔷薇那一鞭子是收不回去了，但是龙轻泽完全可以伸手帮如珠挡下的。

龙轻泽莫名其妙的地了一眼卫良，皱眉说道：“我认识她吗？”

笑话，他刚刚是可以拦下那一鞭子，可是那样的话以沈蔷薇鞭子的力道，绝对可以把他的手抽烂了，他凭什么为了一个不认识的女人让自己受伤啊？

卫良这厮是不是又犯病了？看来是应该和嫂子提一声了。

“你还是个男人吗？”卫良嫌弃地瞥了一眼龙轻泽，居然不保护美人还这么理直气壮的。

“我是不是男人需要你知道吗？”

本来龙轻泽这句话没什么意思，可是卫良却下意识地在心中补上了一句：我是不是男人需要你知道吗？要不你试试？

被这句话吓得一个寒战，卫良狠命地摇了摇头，躲到一旁不说话只看戏了，生怕龙轻泽找他验证他是不是男人。

“如珠？还真是猪一般的脑子啊。”沈蔷薇站在一旁，双手抱胸，凉凉地看着在地上哀号的如珠满眼讽刺。

刚刚若是她真的想要杀了龙轻泽，那如珠挨了这鞭子就死定了。

一点武功都没有，居然敢介入两个强者之间的打斗，真是不要命了。

如猪，如猪，这个名字还真是贴切啊。

“你！沈蔷薇你欺人太甚了。”

如珠这次是真的委屈真的要哭了，胳膊上的疼痛一阵阵地传到大脑中，疼得她浑身颤抖，这个沈蔷薇不仅不感到愧疚反而站在一旁讽刺她，真是欺人太甚！

“我就欺人太甚了你又能怎么样？你看看旁边的人有一个敢为你说话吗，现在你受伤躺在这里，恐怕连一个给你包扎伤口的人都没有吧？如珠。”

最后那一个如珠，沈蔷薇加重了字音，很显然还在戏谑嘲笑如珠。

如珠气得浑身发抖，“我只是一个卑贱的青楼女子，有这么一个俗气的名字也没什么，你沈大小姐出生又高贵到哪里去了，一个海盗的女儿比我高贵在哪了？更何况，你以为沈蔷薇这个名字就好听了，简直俗气得要命，就算你们沈家现在无人敢惹又怎么样？还是洗刷不掉你们与生俱来的低贱，蔷薇蔷薇，你怎么不叫茉莉呢，这样听起来更像婢女一些。”

也许是憋得太久，也许是沈蔷薇的强势刺激到了如珠，整个人不受控制地吐出一堆话来，完全没有想过后果。

第55章　盛世蔷薇·龙将军救我

如珠的一番话让所有人都为之一惊，就连龙轻泽也不例外，实在是没有想到居然会有人有胆子这么瞧不起沈家。

真是老寿星上吊，活腻味了啊。

“说我低贱？说我名字俗气？”沈蔷薇嘴角噙着一抹微笑，一步步地逼近了如珠。

如珠此刻也缓过神来了，可是话已经说出口了，如何能够挽回呢？干脆破罐子破摔，虽然有些害怕沈蔷薇，但还是强撑着嘴硬道：“就是我说的，你又能怎样？这是事实，难道还不能说了？”

就算沈中墨是南海的一方霸主，但也磨灭不了沈中墨海盗的出身。只不过这些年来沈中墨如日中天，人们也就下意识地忽略了这点。

海盗，无论哪朝哪代都是人们既害怕又鄙视的。

所以说，如珠说得虽然有些过分，但在一定程度上，就是事实，是谁也不能改变了的事实。

“能说，只是……怕你付不起说完这句话的代价。”

面对着这样的沈蔷薇，如珠是真的有些害怕了，哆哆嗦嗦地说道：“这里是丧魂楼，惠城太守的儿子和守将都在这里，你不能对我……嗯……”

沈蔷薇一手掐着如珠的脖子，缓缓将她提了起来，笑得优雅大方，“我不能对你怎么样啊？”

沈蔷薇的这个举动可是惊呆了众人，本来就对沈蔷薇歇了心思的更是打算退避三舍，而本来还有一些侥幸心理的人更是彻底死了心。

这沈蔷薇再厉害也是一姑娘啊，一个十七八岁的姑娘啊，看起来那么瘦，居然能够单手把一个同样已经成年的女子举起来，这力气……

现在就算是沈蔷薇单手举起一个大汉，恐怕他们也不会觉得有多奇怪了。

人家是沈蔷薇，什么事做不出来啊。

“唔……嗯……放……放手。”

如珠不断地拍打着沈蔷薇的手，也顾不得形象直翻白眼。

她实在是没想到，沈蔷薇真的敢当着这么多人的面对她动手。

“放手？等你死了，本姑娘自然会放手。”

说着沈蔷薇还加重了右手的力道，脸上却依旧是一派风轻云淡。

虽然说她偶尔会和老沈抱怨一两句她自己的名字，也会说这个名字太过俗气，但是她绝对不会允许任何人侮辱这个名字，侮辱老沈。

这是她的父亲给她起的名字，值得她去守护。

虽然她看起来脾气很不好，但是她从来没有无故伤过人或是杀过人，可是这并不代表她好说话。

老沈是她心中的逆鳞，谁敢侮辱老沈，她绝对不会放过！

"龙……龙将军，救……救命。"如珠努力地将视线转移到龙轻泽身上，双眼中迸发出希望的光芒。

这个时候，也就只有龙轻泽能够救她了。

刚刚龙轻泽那般在乎她，一定会帮她出手教训沈蔷薇这个贱女人的，一定会的。

她要沈蔷薇颜面扫地！

龙轻泽闻言看了一眼被沈蔷薇掐得快喘不过气来的如珠，皱眉说道："沈蔷薇……"

话未说完，就被卫良狠命地掐了一把，然后还没等他骂上两句，就听到耳边传来一声破空声，龙轻泽下意识地头微微向后仰去。

一道冰冷的触感从脸侧传来，然后就是"铮"的一声，像是利器没入柱子的声音。龙轻泽摸了一把脸，指尖沾染的是红色的血迹。

龙轻泽嘴角动了动，刚想说什么，就听到耳边传来了沈蔷薇有些冰冷刺耳的声音。

"龙轻泽，你要是插手，本姑娘不介意杀了你，挑起大盛和南海的战争也无所谓。"

之前和龙轻泽打闹也只是打闹，沈蔷薇从来没有下杀手，可若是今天这是龙轻泽插手了，沈蔷薇绝对不会手下留情。

哪怕，其实她心里并不想杀龙轻泽，但是没有人能比老沈更重要。

她绝对不允许任何人侮辱老沈！

到了这一刻，丧魂楼的气氛已经冷到了极点，那些平日里叫嚣得厉害的公子哥们，现在一个个都蔫了吧唧大气都不敢出，生怕惹恼了两位活祖宗中的任何一个。

无论是哪一个，都不是他们能够惹得起的。

龙轻泽阴着一张脸，抿了抿唇，没有搭理沈蔷薇而是回头凶狠地瞪着卫良，语气很是恶劣，"你掐我干吗，有病啊？"

真是有病，若不是他自制力够好，刚刚就得跟个女人似的叫出声来了。

卫良脸色也好看不到哪里去，他一直担心龙轻泽真的惹恼了沈蔷薇，若真的挑起大盛和南海的战争，那龙轻泽可就真的成了大盛的罪人了。

不是说大盛怕南海，而是若南海真的对大盛发难，那沧澜国和兰国绝对会来浑水摸鱼，甚至会两国联手趁着大盛和南海开战对付大盛。

虽然这天下三国鼎立已经百年了，可是这并不代表着三国之间就太平了，若是有机会肯定会发生战争。

这种情况，是牵一发而动全身的。

可是这个龙轻泽居然一再刁难沈蔷薇，这不是铁了心要得罪南海吗？

"龙轻泽，有些事情你应该明白。"

龙轻泽也是个将军，他就不信了龙轻泽能不明白这其中的关窍？

“你就是有病。”龙轻泽翻了个白眼说了一句，就转头看向沈蔷薇了，之留给卫良一个后脑勺。

“你！”

若不是这里人很多，卫良真想一巴掌抽上去。

“沈蔷薇，谁说我要插手了？你不分青红皂白就给我一簪子，万一破相了怎么办？”

沈蔷薇斜看着龙轻泽，有些不耐烦地说道：“你刚刚不就是想替这个如珠说话吗？”

说着沈蔷薇还晃了晃手中脸被憋得通红甚至有些青紫的如珠，嘲讽意味十足。

龙轻泽十分暴躁地回道：“刚刚我的话你让我说完了吗？老子刚刚是想说你要是想要掐死她就赶快点，磨磨叽叽想要干吗？”

妈的，白挨一簪子了。

原来是个误会……

不过这女人也太暴躁了点，他话还没说完呢就给了他一簪子，他实在是太冤枉了。

沈蔷薇：……

众人：……

而被沈蔷薇掐得快要死的如珠更是泪流满面，呜咽着一句话都说不出来。

“刚刚还说要追媳妇，现在就变卦了？龙轻泽，你可真薄情。”沈蔷薇现在是真的对龙轻泽有些厌恶了。

这样的男人，真是太不是东西了。

她平生最讨厌的就是薄情之人，无论男女。

第56章　盛世蔷薇·我要追媳妇

“我什么时候说我追的媳妇就是她了？”

龙轻泽的小脾气也上来了，十分烦躁地走上去一把夺过沈蔷薇手中如珠，就在大家以为他要放了如珠的时候，龙轻泽居然猛地用力让本来就有些窒息的如珠顿时喘不过气来了，双手双脚不断地翻腾，死命地想要呼吸。

“龙轻泽，你干什么？”

刚刚龙轻泽那副模样唬住了沈蔷薇，一时没注意就被龙轻泽一把把如珠抢了过去。

其实对于如珠的生死，沈蔷薇倒不是很在意，因为无论如何今天如珠都必须死，而她在意的是龙轻泽……这么做是什么个意思。

“咔嚓。”

一声脆响，让众人听了不由觉得有些毛骨悚然。

而龙轻泽则是一脸平静地将断了气的如珠随手扔到了一旁，然后对着神色莫辨的沈蔷薇说道：“现在你明白我说的要追的媳妇是谁了吗？”

看着这样的龙轻泽，本来就受惊不小的公子哥再也受不住，纷纷逃离了丧魂楼，怕是再不走就真的是丧魂楼了。

这没想到不仅沈蔷薇是个可怕的祖宗，这个龙少将军也不是个好相处的啊，这一声不吭就直接把人掐死了，真……残暴啊。

至于龙轻泽要追的媳妇到底是说，现在谁也没有这个心思了。

不一会的时间，丧魂楼内就只剩了龙轻泽和沈蔷薇，还有卫良和周凡了，以及如珠的尸体。

“你要追谁做媳妇与我无关。”沈蔷薇像是没听懂龙轻泽话里的意思一样，说完之后就转身想要离开。

好奇怪，刚刚龙轻泽看着她说那句话的时候，她居然有些不自在有些紧张，真是见鬼了啊。

龙轻泽哪里肯放沈蔷薇离开，一把拽住了沈蔷薇的胳膊，说道：“你刚刚误会了我并差点让我破相，是不是应该补偿补偿我？”

其实，龙轻泽并不知道现在沈蔷薇在自己的心中到底是什么样的地位，他只是遵循自己的本心，这是一种本能，一种抓住幸福的本能。

龙轻泽虽然不知道怎样谈恋爱怎么追媳妇甚至他都不知道怎样才算爱一个人，可是他会随着自己的心来，他有一种本能认定了沈蔷薇就不会放手。

既然谈起沈蔷薇的时候，他会有一种不一样的感觉，那么他就会紧紧抓住沈蔷薇，直到弄明白这种感觉到底是怎么一回事。

“补偿你？”沈蔷薇没好气地看了看龙轻泽脸上那一条浅得不能再浅的痕迹，有些无语。

她现在都要怀疑了，是不是刚刚龙轻泽本来能完全避开她那一簪子的，只是为了现在向她讨要所谓的补偿，才故意让那簪子在他脸上留下这么一道痕迹？

一个大男人，脸上这么一道浅浅的痕迹可以忽略不计的，居然还好意思管她要补偿，真是让人无言以对。

“龙轻泽，你能不能不丢人了？”

卫良在一旁实在看不过去了，一把打在了龙轻泽拽着沈蔷薇的手上，插到两人中间说道：“你说说你，第一次见面你就非得说人家姑娘是海盗，还和人家姑娘在港口……那叫一个……都有了肌肤相亲了，你怎么还跟着我来这里，真是胡闹。”

虽然龙轻泽被卫良趁机打了一把，但还是十分高兴地朝卫良挤了挤眼，还是卫良这厮能说会道啊。

他怎么没想到拿这件事说事呢？

等到满天下都传遍沈蔷薇和龙轻泽已经肌肤相亲过了，那估计没人敢追沈蔷薇了吧？

到时候，沈蔷薇就只有他这个选择了啊。

这就叫作不战而屈人之兵啊，高！实在是高！

若是卫良能知道龙轻泽现在在想什么，一定会一巴掌拍死他。

他说这番话只是想帮龙轻泽追媳妇而已，可没想着把这件事昭告天下，到时候就算全天下都没人敢娶沈蔷薇了，龙轻泽也不一定能娶到沈蔷薇啊。

还有一种可能就是龙轻泽被暴怒的沈中墨一巴掌抽死了。

把人家闺女的名声都弄臭了，沈中墨能忍着了就怪了。

可是卫良不知道龙轻泽现在在想些什么，也就没有办法制止不久后龙轻泽做出的事情。

“呵呵。”沈蔷薇冷笑一声，看着和龙轻泽挤眉弄眼的卫良，沈蔷薇十分不客气地一巴掌抽了过去，“挺会说话的啊。”

当她傻吗，听不出来卫良这话里话外的不就是说她已经和龙轻泽那般亲近过了，就应该从了龙轻泽吗。

屁，那怎么不是龙轻泽从了她呢？

打成一团也算肌肤相亲？真能扯啊。

卫良毫不犹豫地一矮身那一巴掌就直接刮到了龙轻泽的胸膛上。

其实龙轻泽完全可以躲开的，只是龙轻泽这家伙此刻正拽着沈蔷薇的手，含情脉脉地说道：“打是亲骂是爱，我知道的。”

卫良：……

沈蔷薇：……

周凡：……

“你神经病吧？”

第一个忍不了的当然是被表白的沈蔷薇了，只见彪悍的姑娘想要挣脱却被龙轻泽死死地拽着右手，女子明眸危险地一眯，然后龙轻泽瞬间就变了脸色同时也放开了沈蔷薇的右手。

“这下是真病了，我说你要不要这么狠啊。”龙轻泽刚刚装了没一会的深情，瞬间破功，一手不断地揉着胸口一边抱怨。

刚刚沈蔷薇居然用手指凝结内力，戳在了他的胸口上，顿时疼得他脸色发白。

这女人太狠了，自己真是抽风了才会看上她。

“你不是说打是亲骂是爱吗，我这样才能表达对你的深深爱意啊。”

最后那几个字，“深深的爱意”，卫良敢肯定，沈蔷薇绝对是咬牙说出来的。

龙轻泽低声咒骂了两声，这算不算搬起石头砸自己的脚？

唉，他真命苦啊，怎么就会觉得沈蔷薇在他心里的位置不一般了呢？

“哼，没种了吧？”沈蔷薇见龙轻泽沉默，轻蔑一笑道，“以后别打扰本姑娘。”

说完就向外走去，真是无聊，本来听说这个丧魂楼今天晚上会很好玩的，谁知道会这么无聊啊。

龙轻泽被沈蔷薇的话挤兑得脸色发黑，背后的银枪忽然转到了龙轻泽的手中，男子沉声道：“我有没有种，你试一试就知道了，来吧。”

无论是沉迷酒色的公子哥，还是洁身自好的童男子，只要是男人都会格外的在乎这个问题，更何况现在龙轻泽觉得沈蔷薇不一般，更加忍不了了。

第 57 章　盛世蔷薇·别去招惹她

沈蔷薇一看龙轻泽这架势也来了兴致，下巴一扬软鞭在手，“试试就试试。”

话音刚落，两人瞬间就纠缠到了一起。

沈蔷薇和龙轻泽打了多久别人不知道，也不知道到底谁胜谁负，因为本来在场的两个人一看这架势早早地也离开了丧魂楼。

等到天快亮的时候，卫良才等到了一脸兴奋的龙轻泽回来了。

卫良无精打采地打了一个哈欠，想了想自己这困得不行的样子，再看看那家伙跟吸了精气似的模样，卫良心中就来火了。

“我说你到底想干吗？龙轻泽我可告诉你，你可别给老子去招惹那个沈蔷薇。”

对于卫良的话，龙轻泽显然是没放在心上，毫不在意地挥了挥手，道：“我本来就不打算招惹她。”

“那你今天晚上和她是怎么回事？”

“嗯，我说了我想让她做我媳妇啊。”

“那你跟老子说你不打算招惹她？”卫良忍不住跳脚了，这一晚上本来他应该在他夫人的暖和的被窝里的，就因为这厮他才折腾了大半夜，结果这家伙还要着他玩，卫良能高兴就有鬼了。

对于卫良的咆哮，龙轻泽很是奇怪地看了一眼卫良，说道：“招惹和追是一回事吗？没文化真可怕啊。”

说着摇摇头就走了，折腾了大半夜他也想要睡觉了。

谁闲着没事会陪着卫良在这儿发疯啊，这个卫良越来越神经病了，也不知道嫂子是怎么受得了他的。

唉。

“你给我站住！”卫良见龙轻泽要走，顿时就不干了，一个闪身挡在了龙轻泽面前，认真地问道，“你到底想干什么，你别告诉我只见过两次你就真的爱上沈蔷薇了？”

这简直匪夷所思，龙轻泽怎么看也不会像是这么容易就爱上一个女子的人啊，要不然他也不会都快及冠了也没有个女人了。

龙轻泽也十分无奈地停下了脚步，看着卫良摊了摊手，问道：“我为什么不能真的爱上沈蔷薇？”

听听卫良这话，女未婚男未嫁的，啊呸是女未嫁男未婚的，郎才女貌的怎么就不可以了？

他算是发现了，他和卫良是真的沟通不了。

“你俩就见过两次啊，你是因为沈蔷薇的那张脸还是她背后的南海啊？”

卫良有些急躁地在院子里走来走去，急吼吼地朝龙轻泽咆哮道。

爱上沈蔷薇除了这两点恐怕没别的理由了吧，总不能是爱上沈蔷薇这个人了吧？就沈蔷薇这种性子的女人，正常人都受不了。

可是，如果是因为美貌和身世，龙轻泽也不是这样的人啊。

卫良有些着急地扯了扯自己的头发，显然是觉得匪夷所思，这太不可思议了啊。

这个龙轻泽是不谈恋爱则已，一谈就打算来场惊天动地的恋爱啊。

就是不知道惊天动地之后，怎么收场。

龙轻泽认真地想了想，然后说道：“我不否认最开始吸引我的是她的容貌，但是后来为什么会爱上她，我也不太清楚，等我弄清楚了再告诉你吧。”

如果今天站在这里问的人不是卫良的话，哪怕是他亲爹，龙轻泽也是懒得回答的。

虽然说他和卫良老是打架，互相看不顺眼，可是在龙轻泽心里，卫良就是自己的兄长，教导他什么是做人的道理，告诉他怎么带兵打战。

争吵，只是他和卫良的相处方式而已。

这并不代表他们关系不好。

卫良嘴角抽了抽，忍不住一脚踢了过去，咆哮道：“什么叫等你弄清楚了再告诉我，龙轻泽你难道不清楚南海在整个天下的地位吗？沈蔷薇招惹不得啊。”

沈蔷薇是谁啊，南海霸主沈中墨的独女。

现在天下三国鼎立的局面已经维持很久了，虽然也有北方部落和南海，但是北方部落条件太过艰苦不足为患，真是能够影响天下局势的是南海。

所以说若有一天南海和三国中的任何一国产生了微妙的关系，那么三国鼎立的局面将会被打破，天下再起狼烟也是迟早的事情。

“卫良，我是认真的。”

龙轻泽何尝不知道南海的独特性，可是他对沈蔷薇的感觉又不是自己能够控制的，更何况他现在只考虑现在没有想那么多。

以后的事，谁又能提前知晓，不到最后一刻你永远不会知道下一刻会发生什么。

卫良叹息道：“轻泽，你忘了你的梦想吗？超越阳城将军，超越柴元帅，甚至是超越沈中墨。可若是你真的和沈蔷薇在一起了，很可能不能再征战四方了。”

虽然说阳城将军只是柴元帅的养子，可是柴元帅一生无子，父子两个虽然分离多年，但是任何人都会把这两人划分在一起。

阳城将军和柴元帅在大盛的分量实在是太重了。

有一句话叫功高震主，所以阳城将军才会压制龙轻泽的才华，免得被君主猜忌。

若是龙轻泽真的娶了沈蔷薇，那大盛的君主绝对不可能会再允许龙轻泽带兵。

龙轻泽身子一僵，转而恢复正常，摆了摆手无所谓地说道：“现在想那么多干什么，若是真的到了那一步，我真的爱她爱到无可自拔，放弃我的梦想又能如何?”

对于他来说，扬名立万征战沙场是他血脉里奔腾着的梦想，可谁知道以后在他的生命里会不会出现更重要的事情呢?

“你……”

看着龙轻泽离去的背影，卫良心中满是复杂。

男儿大丈夫，谁没有扬名立万的想法啊? 卫良也有，可是他知道自己资质平庸，可是龙轻泽有啊，所以他一直期望着有一天可以和龙轻泽一起征战四方。

在这之前，卫良也一直认为龙轻泽的未来定然是会超越柴元帅的。

可是现在他却不确定了，因为他在龙轻泽身上看不到那种一往无前的气势了，那种有些蜇人的锋芒，似乎变得柔和了。

第二天，龙轻泽就收拾东西往阳城方向赶去。

之后，先是从惠城的酒楼中传出龙轻泽和沈蔷薇已经有了肌肤之亲的传闻，后来整个惠城都传遍了，紧接着不到三天整个南海边境都传遍了龙轻泽和沈蔷薇的事情。

南海一处海礁石上，一红衣女子立在海风中如一朵傲世的盛世蔷薇花，美艳不可方物。

手轻轻抬起，海风将衣袖吹得呼呼作响，漆黑的长发迎风吹拂，如同远古的女战神般气势无双。

“龙轻泽，你给本姑娘等着。”

第 58 章　盛世蔷薇 · 阳城将军

阳城是一座特别古老的城池，无论是什么人来到这里都会感受到恢宏大气。

千年古城，自有一番气度在其中。

加之阳城将军驻守在这里，阳城更是江南这一片中顶繁华的城池，民风淳朴很少有命案发生，这里的阳城太守一职虽然锋芒完全被阳城将军遮盖了，但是没有什么公事政绩又突出，所以说阳城太守这个美差还是有不少人愿意争抢的。

在阳城的主道上，有一座古朴大气的府邸坐落在最东方，其他的府邸都下意识地离这座府邸远了一些，显示出这座府邸的与众不同。

这座府邸没有富丽堂皇的装饰，青砖黛瓦简朴得很，巍峨的大门之上的牌匾上只有几个很简单的字迹。

“阳城将军府”。

这是阳城将军被封上将军后，柴元帅不远万里让人送来的匾额。

这里，是阳城百姓心中最神圣的地方，所有人在路过这里的时候都会放轻脚步，不再言语。

甚至是文官下轿，武官下马。

阳城将军的殊荣，显而易见。

而平日里十分平静的阳城将军府里，此刻正上演着鸡飞狗跳的一幕。

“你个小兔崽子，居然拿穿云破月枪去买一个青楼女子的一夜，你是想死吗？”

阳城将军双目一瞪，将手中的藤条甩得噼啪作响。

真是气死他了，穿云破月枪是他龙家的信物，这个小混蛋居然拿着龙家的信物抵押在青楼，就是为了与一个青楼的女子一度春风，这让阳城将军十分气愤。

这小子真是三天不打上房揭瓦！

龙轻泽哪里会是乖乖站着不动，等着被抽的主，一点犹豫都没有地跳到一旁，不满地为自己争辩道：“你这是道听途说！”

这老头居然不分青红皂白地就要揍他，说的他好像是为了女色连祖宗都能出卖的人呢？

他明明是为了追媳妇才这么做的好不？

不要胡乱冤枉他，他现在是要追媳妇的人，这么说让人误会了就不好了啊。

“道听途说？还有你第一次见人沈蔷薇就非得说人家是海盗，占尽便宜，现在更是招惹上人家了，这些都是卫良告诉我的，绝对不会错，不可能冤枉你！”

阳城将军气得吹胡子瞪眼，生这么一个儿子，就是来讨债的吧？他是生怕主君不猜忌他是吗？

居然还敢招惹沈蔷薇，沈蔷薇那种身份的女子，整个天下都没人招惹得起。

他是该骂他儿子蠢货呢，还是该夸赞他儿子勇气可嘉呢？

“又是卫良！”

龙轻泽暗暗磨牙，在心中飞快地闪过十几种折磨卫良的酷刑，心中的他是挥舞着手中的小皮鞭将卫良抽得哭爹喊娘，忽然就觉得胳膊处传来一阵疼痛，不由得皱眉，他不是抽卫良吗，怎么会自己感觉到疼痛呢？

“你小子低着头又想什么坏事呢？”阳城将军收回鞭子，面色不善地盯着居然敢在他眼皮子底下发呆的龙轻泽，心中的怒火是一拱一拱的。

他到底生了个什么玩意啊？

明明他是这么英明神武，生出来的儿子怎么就这么差呢？

“都说虎父无犬子，你怎么就和你老子我差这么多呢？”阳城将军看着龙轻泽没好气地说道。

龙轻泽吃痛地揉了揉手臂，翻了个白眼说道：“这你得去问你夫人。”

是虎父无犬子，如果出现意外，那就只有两种可能，一种是这个”虎父”是冒牌版的老虎，还有一种就是这个虎父和犬子没啥关系。

无论是这两种的哪种可能性，都和他没关系。

“龙轻泽你什么意思？”阳城将军一听这话，顿时就不干了，拿着鞭子指着龙轻泽就像是要吃人似的。

龙轻泽耸了耸肩膀，“字面上的意思喽。”

一听这话，阳城将军管他对面站着的是他老子还是他儿子呢，先揍一顿再说！

话说到这分上，就只有一种解决问题的办法了，那就是撸起袖子来干一架。

阳城将军是一点放水的意思都没有啊，下手快狠准。而龙轻泽的反应慢了很多。

从惠城回阳城的路上，他一路被沈蔷薇追杀，沈蔷薇那个凶狠的女人，无所不用其极，什么杀人的手法都想得出来。

龙轻泽觉得他自己能够活着回到阳城就不错了。

要不是沈蔷薇一路追杀拖慢了他回来的速度，他也不会等到那些消息传得沸沸扬扬以后才赶回来，正好赶上阳城将军正窝火的时候了。

他现在是一身的伤，自然不是阳城将军的对手，只有挨打的分了。

“你乘人之危，胜之不武！”龙轻泽试图和他老子讲讲武林道义。

“嘭！”回应他的是阳城将军毫不留情的一拳。

“我是你亲儿子，有必要下这么狠的手吗？”

“嘭！”

“我是刨你家祖坟了还是怎么你了，想杀人啊？”

"嘭!"

"唔……"龙轻泽被阳城将军一脚踹到了一旁的墙壁上,饱受折磨的身子无力地滑下。

擦了擦嘴角的血迹,喘着粗气对着不知道什么时候出现在院子门口的一个女人说道:"还不帮我说说话?"

这老头下手真狠。

阳城将军闻言也看向了院子门口,本来满是凶狠的表情的脸上,忽然像是换了一个画风似的,布满了温柔的微笑。

"阿凉,你怎么到这里来了,我在收拾这个臭小子,还有一会就完事了。"

阿凉,也就是阳城将军夫人的闺名。

龙轻泽闻言抽了抽嘴角,什么叫一会就完事了啊?这一意思是一会就把他打趴下了,然后才算完事了么?

什么人啊。

阳城夫人步态优雅地缓缓踏入院中,走到阳城将军身边掏出一块手帕帮他擦了擦额头上的汗珠,似是有些抱怨地说道:"这么卖力干吗?累的还不是你自己?"

龙轻泽:……

呵呵,这是他亲娘啊。

"这小子越来越不像话了,不教训不行啊。"阳城将军微微弯了弯身子,尽量让阿凉不用踮着脚尖就能够到他的额头。

话虽然有点凶残,但是看着阿凉的眼神却还是那么温柔。

那温柔,一如当年,经年不变。

"教训教训就行了,别累着自己。"阳城夫人收起手帕,笑得柔柔的。

龙轻泽则是时看不下去了,对着他亲娘有些埋怨道:"娘啊,你是我亲娘啊,你家夫君没事没累到,苦的受罪的挨打的受伤的是你儿子我!"

第 59 章　盛世蔷薇·我娶你

阳城夫人终于大发慈悲地看了龙轻泽两眼，然后点了点头，问道："嗯，然后呢？"

然后呢？

阳城将军忍不住笑了。

龙轻泽忍不住要发火了。

"然后呢？你儿子我被人揍成了这样，你不应该帮我说说话？"

比如说，和她家夫君说两句儿子够可怜的了，不要再打了啊之类的啊。

别人家的老子打儿子的时候，做娘的不都是"一哭二闹三上吊"地向着自家儿子吗？

他家的亲娘怎么这么与众不同呢？

"帮你说说话？"阳城夫人笑了，伸出手抚了抚鬓角，说道，"你刚刚不是说了吗，那个问题得问我，龙轻泽你觉得你这种话都说出来了，本夫人还会帮着你不成？"

说完，还拿那种看傻子的眼神看着龙轻泽，然后还对着阳城将军抱怨道："就怪你，我明明挺聪明的，儿子这么笨肯定是随了你了。"

"这怎么会是咱们俩的原因呢，一定是他自己变笨了。"阳城将军见自己夫人不高兴了，立刻拉着自家夫人的小手去一旁安慰去了。

至于有幸逃过一难，只是被打得半死的龙轻泽……

这个时候既然他老子忘记了这茬，他应该明智地保持沉默努力降低存在感才是，万一他老子忽然想起来再继续揍他怎么办？

傍晚的时候，阳城将军再次踏入了龙轻泽居住的院子，看着躺在床上看兵书的龙轻泽很认真地问道："你到底是怎么想的。"

龙轻泽觉得有些奇怪，他只是爱上了一个女子，就这么简单的一件事，为什么所有人都在问他到底是怎么想的？

爱上一个人还需要有什么确切的想法吗？

难不成他会知道他会什么时候爱上一个人，为什么会爱上她，以及怎样把她追到手？

"若是你爱上别的女人，我不会这么问，可是你爱上的是沈蔷薇，我就不得不问了，我想你应该懂得我为什么这么问。"

虽然阳城将军老是嫌弃说龙轻泽太笨了，但是他的儿子他了解，龙轻泽是一个天生的将军。

但是，事实所迫，龙轻泽的才能必须隐藏。

可是若是龙轻泽真的想要和沈蔷薇在一起，那么龙轻泽之前的牺牲都会白费了。

一个南海，可比龙轻泽的才能重要多了。

“没什么想法，我只是爱上了她而已。”龙轻泽平静地说道。

“你知道我在问什么，回答我，龙轻泽！”

龙轻泽终于正式地看向了阳城将军有些冷冽的眼神，回道：“我已经回答你了，我爱上她了，无论她是叫蔷薇还是百合，无论她是沈蔷薇还是李蔷薇，我都爱她，你还要我怎么回答你？”

而且，沈蔷薇对他也应该有些心思的，再等几天他就可以知道沈蔷薇对他有没有好感了。

“你想娶沈中墨的独女，无论是沧澜国还是兰国，甚至是大盛都不会愿意的。”

“我愿意就好，她愿意就好，这就够了，还需要其他人愿意吗？”

看着龙轻泽坚定的眼神，阳城将军终于明白了这次龙轻泽是真的要坚持到底了，拍了拍龙轻泽的肩膀，阳城将军就转身离开了。

时光悠悠闲闲的，龙轻泽躲在自己屋子里尽量不出来，也不知道在躲着什么。

直到有一天，管家叫他去前厅，说阳城将军有事情找他，龙轻泽虽然有些疑惑但还是去了。

若是想要整他，他那懒得要命的老子不会特意叫他去前厅的。

有种人懒得要命，想要整人也是光明正大地揍人，不会这样转着弯地找事的。

等到龙轻泽走到前院的时候，龙轻泽才觉得有些不对劲了。

因为前院里摆满了各种担子，还贴满了喜字，像是嫁妆或者是下聘才会有的东西。

这阳城将军府就他一个啊，这院子里摆满这些东西是怎么个意思？

“老头，这是怎么回事啊？”

龙轻泽进入前厅之后，就对着阳城将军问道。

这是老头想出来的整他的新花样吗？什么时候这老头子也转变性子了？

“咳咳。”阳城将军右手握成拳头放下嘴边轻轻咳嗽了几声，好像是憋着笑意似的说道，“轻泽啊，你也老大不小的了，是时候该成家了啊。”

“成家？”龙轻泽皱了皱眉，有些不好的预感地说道，“你什么意思？”

“轻泽啊，这是媒婆是上门来提亲来的。”阳城将军笑得和朵花似的，十分高兴地指着一旁的媒婆说道，“轻泽啊，终于有人给你提亲了。”

那阳城将军笑得十分的灿烂，像是根本就是就不在意有人来“娶”他儿子似的。

龙轻泽脸色漆黑地看着眼前这个打扮得花枝招展的老女人，有些不敢置信地看着他的亲爹，说道：“你说有人给我提亲？”

有没有搞错，他是一个大男人，有人来跟他提亲，他的亲爹居然不是一拳把人打出去，而是笑得这么灿烂？

那个媒婆像是看不懂脸色似的，笑得十分灿烂地站了起来，一甩手帕，扭着她那几条水蛇加起来似的粗腰，一扭一扭地走到龙轻泽跟前。

“哎呀，龙少将军大喜啊。”

“滚远点。”龙轻泽嫌弃般地往后退了几步，一下子就退到了门口。

这老女人身上的胭脂味，估计站在五米开外都能闻得到吧？这人是生怕别人不知道她是做什么的吗？

“怎么说话呢？”阳城将军皱眉呵斥道。

这好不容易有人上门提亲了，虽然是说要娶他儿子，但好歹是有人愿意上门提亲来了，要是被龙轻泽吓走了怎么办？

龙轻泽怒声道：“你想干什么？这种人也放进来，下聘礼？我倒要看看是说有这么大的胆子？”

他一个大男人居然会被人下聘礼，真是笑话。最可笑的是，他老子居然笑眯眯地接受了？

难不成觉得他嫁出去了，阳城将军府就有荣光了？

“这……”

“怎么，是觉得聘礼少了还是怎么着？”一道窈窕的身影缓缓从院门外踏进来，声音清脆如泉水叮咚作响。

龙轻泽眯着眼睛，逆着光看向踏着阳光浑身仿佛被阳光笼罩在内的女子，眼中慢慢地迸发出惊喜的光芒。

“沈蔷薇，你知不知道聘礼该是我来下的。”

“本姑娘就下聘礼了，就要你一句话嫁不嫁吧？”

“若是你，本将军可以考虑考虑。”

“考虑多久？”

“一辈子。”

第60章 采玉为心·第一公子

他是三国书院的名誉院长，他是天下第一公子，他是宁国公府最聪明的子弟，他叫宁为玉。

他这些年走遍了各国各地，一直在做一件事，一件以后必定会发生的事情。

“店家，来碗茶。”宁为玉将包袱放在桌子上，坐了下来对着忙碌的店家老汉喊了一声。

这大漠的风景壮丽是壮丽，就是白天太热了也太干了，走上半天路嗓子都能干到冒烟了。

“好嘞，公子您稍等。”老汉听到宁为玉的声音，立刻迅速从暖炉上拿下一壶热茶端到宁为玉的桌子上，笑着说道，“公子是第一次来大漠？”

眼前的宁为玉一身白衣，一看就是富贵公子哥的打扮，不像是大漠本地人的穿着，所以老汉才会一眼就看出来。

宁为玉亦是笑着回道：“是啊，这是我第一次来大漠，这不走累了想在您这儿歇歇脚，顺便喝一壶茶润润嗓子。”

那老汉闻言立刻给宁为玉倒了一杯茶，袅袅的热烟升起，氤氲了宁为玉的眼眸。

“店家，这茶这么烫在这么热的天怎么喝得下去啊？”

宁为玉看了两眼，虽然闻着这茶挺香的，但是这热气缭绕的，本来就热得要命这喝下去还不更热啊。

“哈哈，公子有所不知，在我们大漠就是要喝这花茶才解渴解暑气呢。”老汉将茶杯推到宁为玉面前，笑着说道，“不信公子您尝尝，要是公子喝完之后觉得不好喝啊，这茶钱老头子我就不要了，如何？”

盛情难却，宁为玉也不好推辞，只好笑着接过茶杯，茶的热气透过茶杯传递到指尖，让人觉得有些烦躁。

迎着老汉期待的目光，宁为玉良好的修养让他无法做出拒绝的反应，只好硬着头皮喝了下去。

温热的茶水先是触碰到舌尖，让人感觉到微微的苦涩，等到茶水蔓延到口腔四处的时候，又是一种酸涩的感觉。喉结轻轻滚动，茶水涌入肠道那是一种无比甘甜的舒爽的感觉。

“唔。”宁为玉发出一声舒服的喟叹。

良久之后，宁为玉才睁开不知道什么时候闭上的双眼，看着老汉满眼都是惊奇。

“店家，这茶怎么会如此神奇？”

不仅是一种茶却有三种味道，最重要的是喝之前他明明感觉十分烦躁，可是等到喝完之后他却觉得浑身舒爽，舒服极了，之前的烦躁和闷热的感觉也都一扫而空了。

可是这茶明明是热的啊，居然会如何神奇，实在是让人大吃一惊。

那老汉闻言十分得意，洋洋自得道："这可是我们大漠特有的花茶，不过这并不是最纯正的花茶，纯正的花茶只有祁家才有，老头子我这只是有幸曾经喝过一次祁家的花茶，然后花费了十几年的时间才模仿出来的。"

说完情绪又有些低落了，再好他这也只是模仿，并不是真正的大漠花茶啊。

宁为玉放下茶杯，又给自己倒了一杯茶，"店家何必低落，能够模仿到这个程度，店家已经十分了不得了。"

"模仿的就是模仿的，它就算模仿的再成功了不是真正的大漠花茶。若是有机会，公子一定要去尝一尝祁家的花茶，一定会让你毕生难忘的。"

老汉似乎是在回忆些什么，表情十分陶醉。

宁为玉微微一笑，似是能够理解老汉这种感觉，"多谢店家的提点，如有机会我一定会去尝一尝这祁家的花茶的。"

老汉似乎十分满意宁为玉的反应，笑着点了点头，然后拿着托盘就走了。

只留下宁为玉一人坐在这凉棚的座位上，看着大漠那似乎能够染血的夕阳，手中握着让人回味无穷的花茶，感慨万千。

若说景色最优美，当属兰国。但若说壮阔，当然就是南海了，而若是说起景色绝美，宁为玉认为应该是大漠。

大漠的那种黄沙漫天、残阳如血的壮阔和凄凉绝美的感觉，是任何地方哪怕是南海都没有的。

站在黄沙之上，面对血红的残阳，会让你觉得自己是多么的渺小，同时也会让你生出一种豪迈之情。

这两种感情是那么的矛盾，又是那么的自然而然。

宁为玉想了想，等走完大漠再去一趟南海，他这一生也算没有虚度了，也就可以回到大盛的京都陪一陪家中已经垂暮的老人了。

低下头，思绪万千的饮下一杯花茶，刚刚想唤来老汉再来一壶花茶，就见到一个青萝碧衣的女子慌慌张张地跑向他这里来，然后一屁股坐在他面前，并且动作迅速地抢过他手中的茶杯，握在手中装出一副喝茶的样子。

宁为玉挑挑眉，这是个什么情况。

虽然并不认识眼前的这个姑娘，但是宁为玉并没有出言询问，而是饶有兴趣地打量起眼前的这个姑娘来了。

只见女子身着藕丝琵琶衿上裳和紫绡翠纹裙，一头浓黑的长发梳成了可爱的双环髻两边各插着一支云脚珍珠卷须簪。

看起来十分平凡的装扮却将女子那种狡黠可爱的气质完全显露出来，再加上女子那双灵动的大眼睛一直滴溜溜地四处转着，更让女子添上了几缕灵气。

“喂,别说话哈。”

女子似乎是感受到宁为玉注视的目光,然后转了转眼珠悄悄翻了一眼宁为玉,并且伸出一根小小的手指挡在唇边,做出噤声的动作。

很显然,女子似乎是在躲避着什么。

“嗯。”宁为玉点了点头,无所谓地应了下来。

这个时候这个凉棚周围出现了几个打手装扮的大汉,手中拿着刀棒,目光凶狠地扫视四周,显然是在找些什么。

宁为玉看了一看气势汹汹的男人,再看看眼珠滴溜溜乱转的小姑娘,有些无语地摇了摇头。

这个姑娘也太笨了些,什么改变也没有就坐在这里,难不成以为那些打手都是二百五不成?

多明显啊,除非瞎子,不然都看得见。

很显然,这些打手里面并没有瞎子,不一会就发现了这个姑娘,然后笑嘻嘻地走了过来,笑得十分……淫荡。

“我说姑娘,年纪轻轻的怎么就不学好呢,居然敢吃老子的霸王餐,是不想活了还是咋样?”

他们兄弟在这附近可是有名的霸王,居然还有人敢来他们这吃他们的霸王餐,而且居然还是一个小姑娘,真是……

世风日下,道德沦丧啊。

第61章　采玉为心·祸水东引

“谁吃你们了？就你们长成这副模样，谁下得去嘴啊，本姑娘可不是什么东西都吃的。”

小姑娘翻了个白眼，扬着最纯真的笑容满不在乎地说着黄色的笑话，这让宁为玉十分吃惊。

这小姑娘说起话来，颇有一种天不怕地不怕的感觉啊。

再看看这穿戴虽然看起来平凡，但是无论是衣服还是佩戴的首饰都极其名贵，再看看这副天不怕地不怕的小魔王的模样，这姑娘的家里一定十分有势力，不然是不会养出这种性子。

“你！”其中一个大汉，应该是他们的小头目，一棍子敲在了桌子上，指着那小姑娘语气凶狠地说道，“年纪轻轻没想到口舌这么伶俐，你不爱吃我们，可是兄弟我们不介意吃你啊。若是姑娘你拿不出银子来，拿身子抵账我们兄弟也就大发慈悲地认了，怎么样？”

“哈哈哈，大哥说的是啊，没银子不要紧，有人也行啊。”

其余几个大汉闻言则是哄堂大笑，有些人已经用那种隐晦的目光上上下下打量起这个小姑娘来了。

“大哥你别说，这小姑娘虽然身段不怎么样，但是模样还是可以的，再看看这皮肤，看起来滑溜得很啊，滋味一定很不错。”

大漠本就盛产穷凶极恶的人，虽然这些年在祁家的压制下收敛了一些，但是并不是所有人都服祁家的，还是有一些人会偶尔干干烧杀掠夺的勾当。

而现在又是这姑娘吃霸王餐在先，他们若是真的做出什么事，就算祁家的人来追究了，他们也有理由应对。

毕竟，大漠虽然以祁家为尊，但是并不是由祁家一家势力说了算的。

“闭上你们的臭嘴，不然本小姐不介意让你们永远都张不了嘴说不了话！”

小姑娘“唰”的一声站起来，厉声骂道，那神色张扬如同大漠最血红的落日般惹人注目看起来灿烂极了。

宁为玉慢悠悠地又把自己的茶杯端了回来，在一旁好整以暇地准备看戏。

至于英雄救美什么的，宁为玉表示没有这个兴趣。

每个人都要为自己的行为付出代价，更何况这个小姑娘一看就大有来头，他是吃饱了撑着才会去为一个根本不需要他去出头的小姑娘逞英雄呢。

而且在大漠里跋涉了这么久，也没有什么乐子。现在有花茶，有好戏，这日子真是好悠闲啊。

这样悠闲的日子，是他最喜欢的了。

不过自从来了大漠，基本上日子就不怎么悠闲了。

虽然大漠的风景很美，但是每天热得要命，风沙漫天的，谁都心情都不会太好。

现在又好戏送上门来了，宁为玉脑袋被门挤了才会打断这个好戏。

"哈哈哈，怎么了，小妹妹刚多大啊，居然还会威胁哥哥我了？"大汉看着那小姑娘，忽然爆发出一阵大笑，"不过这样也好，够味！"

说完，那大汉一抹鼻子，显然颇有兴致。

也是，大漠风沙大，就算有漂亮的美女，皮肤也会在风沙的蚕食下慢慢变得粗糙起来。

在大漠的确是很少有人会像这个姑娘似的，皮肤这么水灵，好像捏上去就能捏出水来似的。

"混蛋！"女子怒骂一声，手按向了腰间，可是却又忽然放下了手，转而坐下去看着宁为玉，可怜兮兮地说道，"夫君，你就看着他们这么欺负我吗？"

没想到这个男人看起来文质彬彬跟个君子似的，居然会见死不救，她这次真的是看走眼了。

本来她也没想着藏在这里的，只不过在跑来这里的时候看到宁为玉的一瞬间，她就忽然改变了主意，没有继续往前跑而是鬼使神差地坐在了这里。

本来以为会是个君子，那么一定不会看着她被几个大汉欺负的，谁知道真是人不可貌相啊。

不仅没想着出手救她，反而乐呵呵地在一旁看戏。

想看她的戏，哪里会那么容易？不付出点代价怎么可以？

本来想要出手教训教训这些不知死活的东西来着，但是在看到对面男子眼中闪过盎然的趣味时，心思几变，毫不犹豫决定将这个男人拖下水，让他知道，想看她的戏，不是那么容易的。

"夫君？"宁为玉放下茶杯，饶有兴致地盯着对面的女子，几乎是一瞬间宁为玉便看懂了女子眼中闪烁的神情意味着什么。

真是个有趣的姑娘啊，为了拉他下水居然在大庭广众之下自毁名誉，要是这是他妹妹，他非得好好揍一顿不可。

这种伤敌八百自损一千的做法，实在是太蠢了，简直是愚不可及。

"夫君你怎么可以这样啊，男子汉大丈夫但凡有一点骨气都绝对不能容忍别的男人出言调戏猥亵自己的妻子的，我没想到你居然会是这种人。"

说着说着，那姑娘居然趴在桌子上呜呜地哭了起来。

凉棚中周围的客人闻言纷纷对宁为玉指指点点的，有些人甚至是毫不避讳地直接骂了起来。

“真是窝囊啊，看起来人模狗样的，没想到居然会这么窝囊。”

“就是就是，看起来挺像个人的，谁知道居然会这么没种。”

无论哪个时代，人们的心中都会崇拜强者，而宁为玉这种做法，坐视自己的妻子被别的男人用污言秽语调戏，那简直太不男人了，太让人看不起了。

刚刚追着女子而来的几个大汉也将刀子棍棒指向了宁为玉，粗言粗语地嗡嗡说道：“既然是你的女人，就赶紧把她欠下的饭钱给我们兄弟付了。”

他们虽然也不是什么好人，但还是有一定的底线的，像这种有妇之夫，除非特殊情况否则他们是不会沾染的。

男人，无论是强盗还是正人君子都是十分好面子的，既然眼前这个男人是这个吃霸王餐的女人的夫君，那么他们自然就向宁为玉讨账了。

咄咄逼人地管一个女人要钱，就算他们在理，脸上也不好看啊。

趴在桌子上的姑娘头悄悄抬起一条缝来，偷偷地看了一眼宁为玉，眼中闪烁着得意扬扬的神情，显然女子对现在这个场景十分满意。

宁为玉捕捉到对面小姑娘投来的在叫嚣的神情，耸了耸肩膀，十分平静地说道：“我并不认识这位姑娘。”

祸水东引吗？

抱歉，他没有兴趣做救美的英雄。

第62章　采玉为心·痴心女子负心汉

“你！你怎么可以这样？”那姑娘听到这句话后猛地站起来，捂着嘴巴眼泪不断地从眼角滚落，指着宁为玉的手指也不断地颤抖。

那神情，那姿态，像极了一个痴心女子被负心汉欺负了。

而那个负心汉，自然就是我们的天下第一公子宁为玉了。

“我为什么不能这样？姑娘，你一直在说我是你夫君，可是明眼人都能看得出来你还是个黄花大闺女，你若真的是我夫人，我一个正常男人还会让自己的夫人保持着完璧之身？”

宁为玉笑得十分坦荡，看向对面姑娘的眼神十分的自然，没有一些不自在，好像刚刚那般粗鄙的话不是从他口中说出来的。

在这种凉棚里喝茶的人都是普通出身的人，自然不会觉得宁为玉这么说话有什么不对劲，反而是纷纷打量起哪位姑娘来。

“哎，你还别说，刚刚我还真没注意，这姑娘还真的是个黄花大闺女呢，估计那个公子哥说的是真的呢。”

“这又能说明什么，就不能人家成亲了但是没入洞房吗？”

“魏老四，要是搁你身上，让你有个这么水灵的媳妇，你能忍着不下手？”

“嗯……指不定那个小白脸有什么见不得人的毛病呢。”

凉棚周围不断传来窃窃私语的猜测声，无论猜测是宁为玉在说谎还是猜测那个姑娘在骗人，总之所有人都用那种放肆打量的目光上上下下打量着那位姑娘。

就算那女子出言再大胆，也还是一个十几岁的小姑娘，被这么多人用这种眼光打量，脸上火辣辣地发烫。

她十分羞恼的跺了跺脚，不满地说道：“再这样看着我，本小姐就杀了你们！”

这群人放肆打量的目光让她十分不舒服，甚至是……从记忆深处传来一阵阵恐惧的战栗。

仿佛在惧怕着什么……

脸色慢慢地变白，瞳孔慢慢地失掉了焦距，仿佛灵魂在逐渐出窍，又像是想起了什么可怕的东西，整个人都处在不正常的状态下。

这个时候店家忽然走了过来，对着众人说道：“这里面是不是有什么误会啊，老头子我看这位公子不像是不负责的人啊。”

虽然老汉也并不认识宁为玉，但是就凭刚刚品茶时，宁为玉在没喝之前耐着性子听他唠叨并且喝下这杯热茶，就该是一个性子十分温和的人。

哪里会是像这位姑娘口中所说的那般不负责任的人呢，更何况这位姑娘看起来十分刁蛮无礼，指不定就是眼前的这位姑娘随便瞎掰出来吓唬人的。

反正他是不相信像宁为玉那么好的谦谦君子，会是哪位姑娘口中不负责任的男人。

还没等那几个凶狠的大汉说什么，那姑娘率先不干了。

“喂，老头你什么意思啊？你认为他不是那种不负责任的人，意思就是我瞎掰忽悠人的呗？”女子转过身噘着嘴说道

那女子脸上的苍白瞬间消失，好像刚刚的异状从未发生过一样。

这店家当她是傻子不成，竟然这么说话。哼，当她好欺负不成？

“本来就是，这位姑娘你……祁家小姐？”店家话说到一半，忽然拔高了音调，声音都有些变味了。

之前那姑娘一直背对着店家，所以店家也就一直没有看见这姑娘的长相，可是刚刚女子转过身来也就让店家看清楚了女子的长相。

这也就是老汉惊呼的原因。

这老汉两三年前曾经有幸去过祁家，远远见过祁家小姐一面。

眼前的这位姑娘分明就是祁家的二小姐——祁采心！

传说中被祁家家主祁傲天宠若至宝的二小姐，可是古灵精怪得很，走到哪里就要把哪里闹得个鸡飞狗跳，可是祁家家主宠着，也就没有人敢跟祁采心计较，也就是因为这个才养成了眼前这位祁采心的火爆小脾气。

“咦，你认识我？真不好玩。”祁采心闻言后，十分不耐烦地撇了撇嘴。

真是无趣，每次都是玩到一半就被人认出来，一下子就让她兴致全无，太没劲了。

本来听到老汉的话，众人还有些惊疑不定呢，毕竟祁家在大漠那是传说中的人物，祁家的二小姐怎么会随随便便就出现在他们这群下层人的面前呢。

没想到这姑娘居然真的承认了。

目前为止，整个大漠来找不出来一个敢冒充祁家人的人，更何况是冒充被祁家家主宠得无法无天的祁家二小姐呢。

再者，之前人们还没注意，这老汉猜出祁采心的身份后，人们才注意到祁采心的右手腕上带着一串不怎么起眼的珠串，想来那就是传说中的血贝手链了。

大漠血色天，祁家至尊颜。

现在正是祁家如日中天的时候，没有人愿意去明面上公开得罪祁家，所以刚刚那几个气势汹汹的大汉相互看了看，无可奈何地走了。

一句话都没敢说，趁着祁采心还没有想起他们来赶紧离开这里。

这就是强权世界的生存道理。

明明是祁采心有错在先，可是在得知祁采心的身份后，他们只能灰溜溜地离开，免得

被这位不讲理的主给记恨上，到时候祁傲天就会让他们吃不了兜着走。

而宁为玉闻言后，脸上波澜不惊像是早就猜到了一样。

其实不然，宁为玉虽然猜到这祁采心来历不凡，但是并没有猜到她就是祁家二小姐。

毕竟他对大漠也没有多了解，大漠中隐藏的势力也不少，有几个如祁采心这般有些跋扈的小姐也是正常。

对于祁采心的身份，宁为玉是意料之外又是在情理之中。

“喂，你在想什么呢？欺负了我，现在知道了我的身份你这个表情是怕了吗？”祁采心挑衅般地对着宁为玉说道。

走了几个无趣的人也好，反正这个最好玩的人还没走呢，这次一定要缠上这个好玩的人多陪她玩玩。

不然每天除了对着大哥就是对着大哥，真的无聊极了。

她就想不明白了，为什么二姐就可以满天下的乱跑，一年半载不回来大哥也不会说什么，可是她却不行。

别说满天下乱跑了，大哥轻易都不让她独自出祁家，而且撑死每次她能够逃出去玩个大半天，然后肯定就会被大哥派来的人抓回去。

都是妹妹，这待遇的区别可真大。

第63章　采玉为心·我就欺负你了

宁为玉听了祁采心的挑衅，眼中一种让人捉摸不透的光芒一闪而过，然后轻笑着说道："我欺负你了？"

一个男人能怎么欺负一个小姑娘呢？

凉棚周围的人都清楚得很，因此看向宁为玉的眼神就不是那么纯粹了，这个男人命真好啊，居然拿下了祁家二小姐，这是什么好运气啊。

现在这个时候没有人怀疑祁家二小姐不爱宁为玉，若是宁为玉想了什么办法一心想要攀龙附凤才费尽心思勾搭祁采心，现在就不会是祁采心一个劲地说他们两个有关系，而宁为玉一直在否认了。

无论他们两个的关系到底是怎样一回事，大家都十分羡慕宁为玉。

那可是祁家二小姐啊，最得祁家家主喜欢的二小姐啊，若是宁为玉想要通过祁采心和祁家要些什么，这还不是分分钟的事情啊。

"怎么欺负我了？"祁采心眼珠滴溜溜地转了转，随即摆上了一副悲戚欲泣的表情，哽咽着说道，"你先是骗了我的心，后来骗身不成就想要一走了之抛弃我，我知道那些事情对你很重要，可是祁家不是我一个人的啊，我怎么可能为了你去为难我大哥呢？"

那语调，真的可怜极了。

这剧本，真的完美极了。

顿时周围人看向宁为玉的眼神就又变了，原来这人是真的想要通过勾搭祁家二小姐来达到自己的一些目的啊。

这祁家二小姐没答应他，他居然立刻翻脸无情，怪不得祁家二小姐会在大庭广众之下说出这些有损她闺誉的事情来，原来是伤心到了极点控制不住自己的情绪了啊。

这样，就可以理解了。

"唔，这就算欺负你了？我以为只有骗了你的身子才算是欺负你了呢。"宁为玉淡笑着说道。

听了宁为玉的话，祁采心十分吃惊。

这家伙是怎么回事，这种情况不应该立刻否认吗？他这样说话岂不是更加坐实了之前她胡乱编造的那些话？

他脑子没问题吧？看起来挺正常的一个人啊，怎么说起话来像是脑子有毛病的人啊。

"你……"

祁采心吃惊的语气在众人听起来就像是不敢相信曾经的心上人，居然会变成这副模样一样。

感觉像极了戏文中说的痴心女子负心汉的故事。

“我怎样？”宁为玉站起来看向祁采心的眼神没有一丝的温度，就像是真的辜负了祁采心并且没有一丝愧疚似的。

“这位公子，你……你真的办出这种……事情来？”那店家老汉十分震惊地指着宁为玉说道。

因为震惊不敢相信，那店家的手还在微微颤抖。

他在这里开了一个茶水棚子，并不是为了挣钱，而是每天让自己忙碌着习惯了而已。

他自认为看人的眼光不会有问题，可是现在这个情况是怎么回事？

这么打脸？

宁为玉将手中的折扇打开，颇为风雅地摇着，笑得春风灿烂，说出口的话却让人气得不行，“哦？我为什么不能真的办出这种事情来？不是有一个词叫衣冠禽兽吗？”

祁采心：……

店家：……

众人闻言都十分无语，他们的确都知道有一个词叫衣冠禽兽，可是他们从来没见过谁用这个词来形容自己啊。

这，这是正常人会办出来的事情吗？

“呵呵，的确是有这么一个词。”祁采心十分无语地回道。

她没看错，这个人的确比之前那些人有趣，但是这个男人的有趣程度不是正常人所能够接受的，她自认为自己还在正常人的范围之内。

“嗯，店家，我欺负了你们大漠祁家的二小姐，难道你们不应该押着我去见祁家家主，为你们的祁家二小姐讨个说法吗？”

宁为玉看着一脸愤愤不平的店家，笑得十分和煦。

那笑眯眯地提醒别人别忘了把自己绑起来去见苦主的靠山的样子，实在让人脑袋转不过弯来。

这个世界到底是怎么了，到底是这位公子哥脑子出问题了，还是他太老了落后太多了？

怎么觉得这事这么诡异呢？

一般情况下，若是有人辜负了一个女子，不应该是躲得远远的吗？怎么眼前这位不仅不躲，反而努力地往前凑呢？

好像生怕别人不知道他做了什么事一样。

“你……祁家家主可不是好惹的，若是祁家家主真的想要和你算账，那你肯定是不死也得脱层皮啊，你……”

“店家，这我都知道。”宁为玉道。

老汉被噎得不行，实在不知道该怎么和宁为玉交流了，实在是没法和这人说话了，太费劲了，好像是驴唇不对马嘴似的。

“知道你还要去祁家?”祁采心皱眉问道。

这个时候她多多少少也琢磨出一点味道来了,恐怕眼前的这个男子从一开始为的就是去祁家见她大哥,要不然一开始他就不会陪着她玩。

心思挺深的啊,可是她最讨厌的就是心思深沉的人了,一肚子坏水不知道祸害了多少人才能练就这么深沉的心思。

“既然敢招惹你,我就做好了面对你大哥的准备。”宁为玉一本正经,大义凛然地说道。

祁采心轻哧一声,不知道的人还以为这家伙是去赴死呢,表现得这般悲壮。

宁为玉抬头看了看周围有些呆愣的众人,无奈地再次开口诱哄道:“你们想一想,若是你们将我这个‘欺负’祁家二小姐的人押送到祁家家主面前,祁家家主肯定会对你们表示感谢的啊,祁家的感谢,那情分可就深了去了。可若是你们眼睁睁地看着祁二小姐被欺负,那祁家主要是知道了……”

话不用全部说完,留给人们想象的一部分,才能达到更加奇妙的效果。

利诱完了是威逼,还有一番言辞恳切,这帮热心的大漠人怎么会不把他送到祁家家主面前呢?

只有自己见到了祁家家主,并且是以这样的姿态出现在祁家家主面前,有些事情才好办。

“是啊,先不说祁家主用什么感谢咱们,若是咱们坐视不理日后让祁家家主知道了,那还不让咱们吃不了兜着走啊。”

“可是,你不觉得这个男人很奇怪吗?哪里会有人催促别人绑了自己的?”

有的人被宁为玉的言辞说动了,也有的人心存疑虑,毕竟宁为玉的做法实在是太匪夷所思了。

第 64 章　采玉为心 · 在下宁为玉

“哎，你们干什么啊，绑他干什么啊？”

祁采心在发现大家议论了一会，就起身动手将宁为玉绑起来后，十分不满意地问道。

这若真的让他们这群人绑着这个男人去祁家，让大哥听到了之前她瞎掰的那些话，那还不抽死她啊？

逗着玩玩也就算了，找个乐子嘛。动真格的就不好了，到时候倒霉的肯定有她啊。

店家看着宁为玉被绑好后，也不打算琢磨宁为玉到底是什么个意思了，直接对着祁采心说道：“祁二小姐放心，我们一定会把这个负心汉押送到祁家，让祁家主狠狠地为你出气。”

出了这种事情，就算是祁家的二小姐，以后想要找一门好亲事也难喽，这个祁家二小姐实在是太可怜了。

先是和家人走散了多年，直到四年前才被祁家家主寻回来，如今又坏了名节，这以后就算祁家家主肯养她一辈子，这心里也肯定是很苦啊。

“不……不是的。”祁采心用力地深吸了一口气，然后耐着性子说道，“老人家，我不用你们帮我把他押送到祁家去，我大哥会杀了他的。”

说完还掉了几滴眼泪，看起来就像是一个哪怕爱错了人也不后悔的痴情人。

只是此刻祁采心的内心活动却是：真的让你们把今天发生的事情原原本本地告诉大哥，死定了的人会是我啊。

“祁二小姐，这种人渣你何必这么深情。”

旁边有人看不过去了，这么好的姑娘怎么就这么倒霉地看上了这么缺德的货色呢？要是看上的是自己该多好啊，咳咳……

“是啊，祁二小姐你就是太痴情了，才会给了这种人渣机会的。”

祁采心的装可怜一下子博得了所有人的同情，同时也更激发了这些人的正义感，纷纷将心中那点子疑惑抛到脑后，推搡着宁为玉和祁采心往祁家的方向走去。

“气死我了，你给我等着！”祁采心见自己被迫离祁家越来越近，想要掐死宁为玉的心都有了。

什么人啊，见过捡钱的没见过捡打的，这人肯定有毛病，而且还病得不轻。

等祁兰馨回来了，一定要让祁兰馨给他扎上两针。

到了祁家后，毫不意外的是祁傲天亲自出来的，等祁傲天听完店家所说的一长串的故事后，祁傲天客客气气地表示了感谢，并且表示祁家以后有帮得上忙的地方，一定不会推辞。

等到把那一群人送走了，祁傲天看都没看祁采心一眼，就让人给宁为玉松了绑，然后几人去了花厅。

祁傲天坐在主座上，看着下面低着头噘着嘴玩自己的手指头玩得欢的祁采心，十分无奈地笑了笑，只是那笑容中更多的则是宠溺。

不知为何，看到祁傲天满心满眼的宠溺，宁为玉忽然觉得有些烦躁。

“这位公子，我先替家妹今天所做的事情对你表示歉意。”说完祁傲天站起身来，对着宁为玉微微颔首，表示歉意。

宁为玉连忙站起身来，微微侧身避过了祁傲天的颔首致歉。

“大哥你干什么啊？凭什么给他道歉？”祁采心闻言万分不服气地站起来大声说道。

这个男人满肚子坏水，他大哥居然给他道歉，难不成这个男人肚子里的坏水灌到了大哥的脑子里？

“闭嘴！一会再跟你算账！”

虽然祁傲天对祁采心十分的宠溺，但是一些坏习惯是绝对不会纵容的。

祁采心看不出来宁为玉的不凡，可是祁傲天执掌祁家称霸大漠这么多年怎么会连这么点的眼色都没有。

眼前这位公子，不是寻常之人！

而祁采心也很显然十分惧怕祁傲天这个大哥，听到祁傲天的训斥虽然十分不满外加不服气，但还是听话地乖乖坐下来。

“虽然说这件事错开始于我这顽劣的妹妹，可是也和阁下的肆意纵容分不开关系吧？阁下废了这么大劲想要见我，到底是为了什么事情呢？”

祁傲天坐下之后，很是平静地问道。

要是看不出来宁为玉做了这么多就是为了见他，那他也不用当这个祁家的家主了，还是早点退位让贤的好。

宁为玉也不绕弯子，无视祁采心像是要杀人的眼光，很是平淡地说了一句话，“祁家主，在下宁为玉。”

十分平淡同时也可以说是十分自大的一句话。

面对大漠的霸主祁傲天，宁为玉第一句没有说他来这里的目的也没有和别人似的恭维两句，而是很平淡地说出他是宁为玉。

就好像确信只要他说出宁为玉这三个字，天下所有人都能知道他是谁一样。

比寻常人的自信好像多了一抹傲气，可是就连祁采心都不得不承认在宁为玉身上看不到一点的傲气。

可是就刚刚那句话换成别人来说，一定会让人觉得那人自大狂傲，可是由宁为玉说出来，却完全没有这种感觉。

也许，这就是天下第一公子的魅力所在吧。

“宁为玉？”祁傲天眼中划过一抹了然，怪不得要来大漠找他，“原来是宁国公府的嫡长孙，宁为玉宁公子。”

宁为玉眉梢一挑，笑着说道：“宁国公府？很久没见到别人在知道我是宁为玉后第一个反应不是天下第一公子的虚名，还是我的家门了。”

自从他成名被封为天下第一公子后，走到哪里无论是怎样的人当知道他就是宁为玉后，都会说一句，“原来你就是天下第一公子啊，果然名不虚传。”

没想到这祁家主的第一反应居然是宁国公府，真是……有趣。

“虚名或是家门，在下都不关心。”祁傲天锋利的眼神锁定宁为玉，平静却暗含锋芒地问道，“我只想知道你来大漠，或者说来这里找我的目的到底是什么？”

宁国公府啊，他不得不小心一些。

宁为玉像是没有感受到祁傲天的猜测一样，很是坦然地说道：“祁家主当知我的来意，看到祁二小姐，玉忽然想起了我那个从未谋面过的妹妹。”

这话，似乎意有所指。

“从未谋面？这不对吧，虽然我对京都的事情了解得不多，但是也知道宁国公府的孙小姐是在几岁之后才因为身子弱去了暖城养病的，宁国公子怎么会从来没有见过令妹呢？”

第65章　采玉为心·有事相求

宁为玉笑了，似是十分不在意祁傲天的试探，看了看手中的茶杯，轻缓地说道："玉的亲妹妹我自然是认得的，只是……玉说的是宁千雪而不是玉的妹妹。"

他的亲妹妹，并不是叫宁千雪，而是叫作宁千寻。当初他的妹妹离开京都的时候年龄太小，再加上宁国公府刻意低调，以至于整个京都的人几乎都忘了真正的宁国公府的大小姐到底叫什么。

宁千寻，很美好的名字，是他的妹妹在她很小的时候自己取的，他的妹妹很聪明，是个天才。

祖父说，若不是因为千寻的身子太弱了，拖累了她，千寻的成就很可能还在他之上。

只是可惜，他的妹妹，他唯一的亲妹妹千寻早就去世了，他并没有见到千寻的最后一面。

其实，宁为玉和宁千寻的感情并不是太好，最起码并没有像平常家里的兄妹那样感情深厚日日缠在一起玩闹。

无论是宁为玉还是宁千寻，都是早慧的孩子，在孩童时代就已经懂得很多了，而且这兄妹俩最相像的一面大概就是性子执拗且有些刻薄吧。

在宁千寻离开京都后，宁为玉不久后也离开了京都。

不同的是宁千寻是去了暖城，从此几乎大门不出二门不迈，而宁为玉则是跑去了瀛山书院求学。

宁千寻从来没有让宁为玉去看望过她，而宁为玉也只是偶尔去看一看宁千寻。在他读书累的时候，去各地踏足路过暖城的时候，心累的时候宁为玉都会去找宁千寻待上几天。

说来也奇怪，明明是宁为玉是哥哥，可是从小到大宁为玉几乎没有给过宁千寻什么，反而是和宁千寻待在一起的时候，宁为玉才会十分的放松。

好像在宁千寻眼中，没有任何事可以扰乱她的心神。

每一次去暖城的时候，宁为玉就会发现他的妹妹比之前更加脆弱了，可是宁千寻不提，他也不知道该怎么安慰，也许宁千寻根本就不需要安慰。

后来，宁为玉就更不怎么去暖城了，因为他不想面对越来越苍白、仿佛随时会离去的妹妹。

直到——一封从暖城传来的书信交到他手上，他才知道了什么叫作恐惧什么叫作后悔，什么叫作——失去！

他连夜不眠不休从瀛山书院赶去了暖城，暖城的外祖家里并没有挂起白幡，听说是宁千寻临死前的吩咐。

站在暖城宁千寻的院子前，宁为玉并没有进去，而是在院子前站了一天，然后没掉一滴眼泪地转身离开。

那个时候他才明白失去就是永远的失去，终其一生也不可能再见到宁千寻一面了。

也是那个时候他才知道为什么宁千寻对他对祖父一直都淡淡的，那是因为她知道自己活不久，感情淡了，等到她死去的时候，他们这些亲人才不会那么难过。

可是，想明白了这些他心反而更疼了。

所以，他这两年走遍天下，除了想要办一件补偿宁千雪的事外，还有一个原因，就是因为宁千寻的愿望就是走遍天下，只可惜宁千寻的身体太弱了，弱到她这一生只能困在四方的天地里。

"千寻，才是我妹妹的名字。"宁为玉嘴里轻轻念叨着这个名字，眼中划过一抹深邃的苦涩。

宁千寻，一个永远不会被人记得的名字。

大概除了祖父和他之外，再也没有人会记得了吧。

"宁大公子是为自己的妹妹鸣不平吗？"祁傲天唇角一掀，轻声问道。

刚刚宁为玉那口气怎么听都像是为宁千寻鸣不平，不满意宁千寻的身份被宁千雪替代了一样。

这个时候祁采心已经闭了嘴，坐在一旁安心看戏，看戏最爽了，要是插嘴了，估计大哥就会当着宁为玉的面前收拾她了。

那多不好啊，有损形象啊。

宁为玉淡淡地摇了摇头，"并没有，千寻……千雪也是我妹妹，都是一样的。"

虽然他和宁千雪也没有什么感情，可是露华毕竟是祖父的弟子，又有着那么坎坷的经历，再加上宁为玉不想再体味一次后悔的滋味。

所以这一次宁为玉一定要好好疼爱这个妹妹。

"所以，宁大公子这次是想要干什么来了？"祁傲天并不确定宁为玉知道不知道祁采心的真正身份，也猜不到宁为玉这次来的目的是什么。

既然猜不到，那就开门见山地问。

他相信露华公主的判断，既然露华公主选择以宁千雪的身份回归，那么一定是宁国公府十分可靠。

宁为玉点了点头，说道："千寻一生求而不得的愿望就是有朝一日可以走遍天下的山山水水，她去世了，这个愿望我自然会帮她实现。"

"而且，我的确是有事想要拜托祁家主的。"

"哟，你不是天下第一公子吗，居然也会有搞不定的事情？"祁采心逮到机会，毫不客气地嘲讽道。

真不容易啊，终于找到逮到一个嘲笑这个家伙的机会了。

站在祁家的地盘上，居然还敢这么拽，真是欠收拾！

“祁采心！”

祁傲天不悦地皱眉，这个采心是怎么回事？平日里闯祸了是一百二十分的安静，恨不得将自己藏起来不让别人看见。

而今天居然还敢当着他的面蹦跶，祁傲天看了看一脸淡然、显然一点也不在意的宁为玉，有些奇怪。

“嗐。”不满意地哼了哼，见祁傲天瞪视了过来，祁采心再不满意也只好又低下头安静了下来。

“祁家主何必呵斥，按照祁二小姐的性子来说，这样做这样说……不是再正常不过吗？”

祁傲天：……

“家妹还小，让宁大公子见笑了。”祁傲天虽然也不满意祁采心的举动，但是他更不满意别人说他妹妹的不好。

看在露华公主的面子上，这次他可以不计较。若是宁为玉再当着他的面，说祁采心不好，谁的面子他都不看。

祁采心对于他来说，比露华公主的恩情更重！

宁为玉挑眉，没想到这个祁傲天这般在乎祁采心，他刚刚那句话并没有嘲讽，相信祁傲天也听得出来，可是祁傲天还是表示了自己的不满，可真是宝贝这个妹妹宝贝得很啊。

“祁家主，玉有一事相求。”宁为玉也不磨叽，直接开门见山地说道。

祁傲天看向宁为玉，眼中的赞赏一闪而过。

第66章　采玉为心·是爱是恨

很少有人在有求于人的时候，语气神态还能这般坦荡，一般人在求人说话的时候都会自觉地把自己当成比别人矮上一等，可是看宁为玉的神情没有一丝的窘迫，就可以知道宁为玉为人清风明月一片坦荡。

“不知道宁大公子有什么事情，需要我帮忙？”

虽然是宁为玉有求于他，可是祁傲天并没有摆出一副高高在上的姿态，到了宁为玉这个高度，不是摆出一副高高在上的姿态就真的比他高傲厉害了。

与其得罪宁为玉让宁为玉不爽，还不如卖给宁为玉一个人情。

卖给天下第一公子一个人情的机会，也是十分难得的。

人情只能用人情来还，他相信和宁为玉打交道对他对祁家甚至是对大漠来说，都是有百利而无一害的。

宁为玉正面看向祁傲天，毫不避讳地说道：“玉想在千雪和尘王大婚之日时，在整个天下挂满红灯笼，让所有人给她送上祝福。”

在得知露华公主要以宁千雪的身份回归后，宁为玉就有这个打算了，这两年也一直在办这件事。

其实他知道，露华公主的遭遇，也是祖父心中的一道伤疤，只有露华公主真正幸福了，祖父才会解开心结。

祁傲天有些错愕，他是没想到宁为玉所求之事竟然是为了露华公主。

而且……露华公主是回京都了，可是那是为了报仇，而不是回去想要和凤尘再续前缘。

再说了，以露华公主的性子来说，凤尘害得她家破人亡，直接杀了他都是轻的，又怎么会再嫁给凤尘呢？

要不是这是从宁为玉的嘴里说出来的话，祁傲天一定会认为这是对方在逗他玩呢，然后乱棍打出去。

可是这句话出自天下第一公子之口，宁为玉这个人看起来怎么也不像是满口胡言啊？更何况，这件事关系到露华公主。

其实宁为玉想到了祁傲天会吃惊会难以置信，可是他没有想到的是反应最大的居然是——祁采心！

“不可能,你胡说八道什么!露……她怎么可能再嫁给凤尘呢?别开玩笑了。”

在宁为玉说完之后,祁采心立刻蹦了起来,神情激愤地指着宁为玉大声喊道。

凤尘害得她们云氏一族这么惨,露华姐怎么可能嫁给凤尘呢?

“你是不是脑子有问题?就你这样的人怎么可能是天下第一公子?”

祁采心现在看着宁为玉的眼神就像是要吃了他一样,这让宁为玉有些诧异。

先是看了一眼祁傲天,然后再看了看神色激动的祁采心,宁为玉并没有说什么。

这个祁傲天是将露华的事情告诉祁采心了吗,要不然祁采心怎么会用“再”这个字呢,而且……祁采心怎么会有这么大反应呢。

“祁采心,注意你的身份!”

祁傲天站起来,对着神情激动的祁采心呵斥道。

只是这句呵斥,也让宁为玉有些摸不着头脑,这个祁傲天是怎么回事?

注意身份?什么身份?

宁为玉看了看神情有些暗淡的祁采心笑了笑,现在他对祁采心是越来越感兴趣了。

他敢肯定,这个祁采心一定有秘密或者是……故事,还是个不简单会让他吃惊的故事。

见祁采心虽然情绪有些低落,可终究还是安静了下来,不由得松了一口气,转而对宁为玉问道:“宁大公子刚刚说想要在露华公主和凤尘大婚的时候让整个天下都挂满红灯笼?”

看着祁傲天一脸“我没听错”的表情,宁为玉平静地点了点头。

“先不说能不能让整个天下在同一天挂满红灯笼,就说这个婚礼……宁大公子认为有可能出现吗?”

“为什么不可能出现?”宁为玉反问道。

祁傲天皱了皱眉,有些不悦,却还是说道:“露华公主和凤尘的恩怨,想必不用我重复了,宁大公子也应该知道得一清二楚吧?难道宁大公子认为,在如此血海深仇面前,露华公主还会嫁给凤尘?”

虽然有些不满意刚刚祁采心激动的态度,但是他现在真的很想说刚刚祁采心说的那句话,这不是天下第一公子吗,怎么就这么个脑子啊?

这么深的仇恨,正常人都会知道这两个人之间不会有可能好了。

那得多大的心,才能忘掉灭国灭族、屠戮亲人的仇恨,和凶手在一起啊?

他不知道这世上有没有心胸这么大的人,可是他能确定露华公主不会有这么大的心胸。

“仇恨?祁家主,你认为能够让两个人在一起一辈子的是爱还是恨?”宁为玉看着祁傲天,像是没有察觉到祁傲天的不悦似的问道。

为什么人们都一直要记着这些仇恨呢?

就是因为这些个世俗的想法,才会捆绑了露华公主的心。

再说了,当年的事情,他可不认为一点猫腻都没有,当初露华公主和凤尘感情那般好,就连祖父都说两人就是天造地设的一对。

祖父的眼光一向很准，所以他很怀疑当年云氏被灭的真相到底是什么。

若是真的和凤尘无关，那么为什么露华公主不能嫁给凤尘？

就算真的是凤绝干的，可是这不代表着一定和凤尘有关啊。

虽然他是这么想的，可是这一切都仅仅是猜测。在没有查到真凭实据之前，宁为玉并不打算将他这些猜测告诉露华公主。

“能够让两个人决定携手一生的是爱，可是在携手一生之前，恨也将是最大的阻碍。”

祁傲天知道宁为玉的意思了，宁为玉是说露华公主和凤尘之间还有感情，有爱的基础，那么两个人再次在一起的可能性还是很大的。

可是……想要一段爱情完美到没有一点瑕疵，最起码在两人的情感中不能有恨！

露华公主和凤尘之间横亘着这么深的一段仇恨，想要放下这段仇恨，只考虑彼此的爱意，谈何容意？

“恨吗？因为恨，所以要忽略爱吗？露华公主有多恨尘王，我们不知道，而是你我都应该清楚露华公主有多爱尘王，不然当年就不会那么希望嫁给他！再续当年的婚礼，对于露华公主来说，何尝不是一种幸福？”

宁为玉坚持认为，露华公主会幸福的。

虽然他也认为祁傲天说得也有一定道理，可是他更觉得两人到了最后一定会幸福。

第 67 章　采玉为心·“遇人不淑”

露华公主一定会嫁给凤尘的，宁为玉坚信着。

“如果当年那场婚礼是幸福的，是正确的，那么这世间就不会出现宁千雪这个人了。”

祁傲天分毫不让，坚持自己的看法。

“……这样吧，祁家主，你我都不是露华公主，也都不知道以后会发生什么，所以这样吧。”宁为玉对于祁傲天的执拗有些无可奈何，轻叹了一口气说道，“若是日后露华公主真的嫁给尘王了，那么祁家主就答应玉今日所求；若是日后两人只剩仇恨了，那么祁家主就当作今日玉没说过这些，如何？”

他们在这里争执半天也没有用，关键还在于露华公主。

所以说，别争了，浪费时间浪费口舌。

“行。”祁傲天显然也没那个心思和宁为玉在这里争执这个。

宁为玉站起来拱了拱手，道谢道：“那玉先谢过祁家主了。”

“宁大公子来大漠也有些日子了吧，不如在祁家休息几天再启程？”祁傲天说道。

虽然说两人之前并没有交情，刚刚也有一些小争执，可是毕竟两人之间有宁千雪维系着，日后打交道的日子肯定少不了。

所以，祁傲天也就开口挽留宁为玉了。

挽留宁为玉的同时，祁傲天也得到了祁采心的一箩筐白眼。

“大哥你怎么这样啊？”祁采心噘着嘴，显然十分不满意。

之前她还觉着宁为玉这个人十分好玩，可是他居然认为宁千雪以后一定会再嫁给凤尘那个混蛋，祁采心就不高兴了，甚至是有些无来由地厌恶宁为玉了。

凡是为凤尘和凤家人说话的人，都是她的仇人。

祁傲天对祁采心也十分头疼，这丫头实在是太闹腾了，打多少次也还这样，真是……闹腾死了。

可是……祁傲天就是喜欢闹腾的祁采心，比起刚刚来到祁家时的那个祁采心，祁傲天更喜欢这样活泼有生气的祁采心。

真是，既甜蜜又折磨。

本来宁为玉想要拒绝来着，他还要一路向南去南海看看来着，可是在听到祁采心的话后，宁为玉瞬间改变了主意。

“那玉就叨扰祁家主几日了。”

“好，那我让人带宁大公子去客房。”祁傲天说道。

宁为玉点了点头，然后看了一眼祁采心，脸上扬起了十分灿烂的笑容，见祁采心气得跳脚了，这才转身跟着下人离开了。

“大哥，你看他！”祁采心气得哇哇大叫，眼看着就要扑上去追着宁为玉打一顿，忽然被人揪住了耳朵。

“大哥你干吗啊？”祁采心噘着嘴，扭头看着揪着她耳朵的祁傲天，十分不满。

这个大哥今天实在是太不给力了，哼。

“怎么了？”祁傲天十分好笑地看着忘性很大的祁采心，提醒道，“祁采心，如果我没有因为年纪太大而导致记忆力衰退的话，这个时候你应该是在你自己的院子里闭门思过吧？”

“嗯……”

一听这话，祁采心顿时就蔫了，听大哥这口气，是要秋后算账啊。

这这这……这该如何是好啊。

“所以呢，祁二小姐是不是要跟我这个老人家解释解释之前你是怎么从家门外进来的啊？”

看着祁傲天的笑脸，祁采心果断转身扑到祁傲天的怀里，撒娇卖萌企图蒙混过关。

“大哥，你怎么会是老人家呢，你正值花季……咳咳，正值青春年少，是小妹我不懂事贪玩而已，小孩子贪玩是天性嘛，可以理解可以理解的。”

祁采心夸张地笑着，笑得见牙不见眼的，若是祁采心第一次用这个招数，指不定祁傲天就心软了不和她计较了。

可是这几乎是每次祁采心犯错后必用的招数，祁傲天早就对祁采心装可爱卖萌的表情免疫了。

因此，接下来的花厅，除了巴掌打在皮肉上发出的清脆的响声外，还有祁采心的尖叫声。

鸡飞狗跳的一天渐渐结束了，晚饭的时候祁采心用眼神凌迟了宁为玉好长的时间，可惜除了觉得屁股更疼了之外，祁采心没有收获其他任何的感觉。

而宁为玉很显然一点“杀气”都没有感觉到，反而吃得很是欢乐，还时不时地抬头冲祁采心笑一笑，气得祁采心一顿饭都没有吃多少。

不过为了自己的屁股着想，祁采心在晚饭后喝了一碗汤后就回到房间里准备睡觉。

“该死的，狗屁天下第一公子，碰见他这一天倒霉死了。”祁采心躺在床上回想了自己这一天，之所以过得这么悲惨绝对是遇人不淑……

呸呸，见鬼的遇人不淑。

是遇见鬼了才对，要不然她这一天怎么会这么倒霉？

今天这顿打，绝对和她偷偷溜出去玩，忘带钱了吃霸王餐，故意赖上宁为玉一点关系都没有。

对，都是宁为玉那个死书呆子的错。

带着对宁为玉碎碎叨叨的念叨，祁采心渐渐地沉入了梦乡，只是不知为何，也许是因为今天提起了露华的原因，竟然让她想起了之前的一些事。

一些她刻意遗忘的事情。

“漫儿，你们这群混蛋住手啊，放了我的漫儿。”衣衫不整的中年女子发疯似的想要挣脱，却无论如何也挣脱不了，只能眼睁睁地看着那群禽兽笑着剥开了小小的云漫的衣服。

“住手啊，你们会下地狱的，一定会下地狱的！”女子疯狂的尖叫着，却换来了身上的男人毫不留情的一个耳光。

“啪！”

“死娘们，还这么有力气啊！”

一声声谩骂之后，男子粗糙的双手，毫不留情地狠狠用力抽打。

顿时，女子身上青紫的印记又多了几个，只不过并不是十分明显。

因为女子的身上已经满是青青紫紫的痕迹，脸上也被抽打得红肿不堪。

“母妃，快救救漫儿，母妃……”

“漫儿！不要，不要动漫儿，你们这群禽兽，啊——”云悉看着自己的妹妹被扒开了衣服，却只是睁着懵懂的大眼睛哭闹着，完全不知道接下来会发生什么。

第68章 采玉为心·梦魇

中年女子也就是云王妃，没了办法闭上眼睛哀求道："我求求你了，放了我那小女儿吧，她才只有七岁啊，有什么事情冲我来啊，冲我来！"

本来是柔弱至极的女子，这个时候却像是猛然迸发出力量来一般，双手紧紧地抓入地上湿润的泥土中，满身的狼狈却好像还在坚持着什么。

"哈哈，冲你来？好好好，这就修理你。"说完，那男子还十分得意地大笑了几声。

这样的事情，小小的云漫从未经历过，更是不知所措，莫名地觉得害怕。

云漫被吓得哇哇大哭，"娘亲，漫儿怕。娘亲，姐姐，漫儿怕。"

"漫儿！"云悉目眦欲裂，双眼好像是被血充满了一样，大力地挣扎了起来，"你们这群王八蛋，你们会遭报应的，会遭报应的！漫儿……"

云悉本来以为自己被玷污就已经够绝望的了，可是现在她才知道还有更让人绝望的。

她现在只能眼睁睁地看着她的妹妹，仅仅七岁的妹妹被人玷污……

恨，她好恨啊！

"凤绝！我云悉用一生诅咒你，我诅咒你生生世世不得好死啊！！！"

"啪！"

正在玷污云悉的士兵闻言吓得都腿软了，毫不犹豫地一巴掌甩了上去，怒骂道，"你不想活了居然敢辱骂当今圣上？不想活就直接去死，不要拖累爷。"

然后就是一阵拳打脚踢。

比起侮辱，云悉更愿意被毒打一顿。

"啊，呜呜呜。"云漫无助地哭喊着。

"父王，救我……呜呜，娘，漫儿疼……"

云漫的一句句尖叫，像是一把把世间最锋利的刀插进了云王妃的心脏处，疼得她几乎承受不住了。

"漫儿！"

"漫儿！"

云悉的两个姐姐同样哭喊着，努力地伸出手够向云漫的方向，可……也只能是徒劳。

"啊——"云王妃像是被什么附身了一样，忽然有了力气尖叫一声然后一把将身上的男子推开，然后跑向云悉的方向，将有些呆愣反应不过来的赵老四一簪子插在了他的眉心上。

赵老四还没有反应过来就那么瞪着双眼向后倒了下去。

云王妃趁着众人还没有反应过来的时候立刻将簪子从找老四的眉心上拔了出来，然后将哭得快要晕过去的云漫抱在了怀中。

“娘亲，漫儿好疼。”

小小的云漫满足地靠在云王妃的怀中，疼得身子一颤一颤的。

听到云漫这句话，云王妃泪水就想断了线的珠子一样，不断地从眼角处滚落。

“娘也很疼吗？漫儿给吹吹，娘不要哭了。”

“她居然杀了赵老四？”那些士兵这才反应过来，一个个站起来朝着云漫的方向走了过来，没几步就走到了。

刚刚侮辱云王妃的那个男人毫不犹豫地一脚就踹向了云王妃。

云王妃却在倒下的一瞬间将那个簪子插在了云漫的心头，云漫没来得及哭喊就瞬间没了气息。

“漫儿，今生是娘对不起你，来生娘一定好好补偿你。”云王妃抱着云漫的尸体，哭得肝肠欲断。

云王妃的这个举动震惊了所有人，包括云悉姐妹三人。

谁都没想到云王妃居然会动手杀了自己的亲生女儿。

“悉儿、暮儿、晴儿，一定要活下去，是娘对不住你们啊。”云王妃冲着云悉几人大喊一声后，随即咬舌自尽。

这般卑微地活着，实在是超过了她所能承受的极限。

尤其是今日云漫的受辱成了压死骆驼的最后一根稻草，而云王妃在自杀前选择杀死云漫的理由更简单。

这般屈辱，还不如死了算了。

可是，云氏一族不能全都死在这里，所以云王妃才会对云悉她们说，是她对不住她们姐妹。

因为，她们必须有人屈辱地活下去。

云悉呆呆地望着和云漫倒在一起的云王妃，眼珠一动不动。

明明一个月前，她还是皇室宗亲，云王最宠爱的夕颜郡主，可是好像一下子就变样了。

父王死了，云王府没了，哥哥死了。

现在是娘和漫儿，之后呢，还有谁？

“怎么办？这娘们自杀了。”那士兵踹了云王妃一脚，见云王妃一点反应都没有才有点着急了。

虽然云王妃是流放的犯人，可到底曾经是云氏之人皇室宗亲，若是这件事情传出去了，保不住会让他们吃不了兜着走。

“怕什么，不过是一个流放的犯人，谁会注意？再说了，每年流放的犯人有几个不是死在路上的？”

“就是就是，赶在到大漠之前，把剩下的这三个弄死就没有知道这几个是怎么死的了。”

有人满不在乎地说道，那口气好像杀死这几个曾经的天之骄女就像是踩死一只蚂蚁那般简单一样。

一滴泪，从云悉的眼角滑落。

她知道，接下来的日子更难熬，可是她一定要活下去，只有活下去才有希望为她父王平反，才有机会揭穿凤绝的假面。

她必须活下去！

第二天晚上，云悉的二姐云暮尖叫着对云悉和大姐云晴说了句抱歉，并且让她们坚持活下去后，也咬舌自尽了。

第五天晚上，云悉的大姐云王的长女云晴被几个残暴的士兵轮奸致死，死之前云晴似乎有所感觉，对着云悉大喊了一句话。

“悉儿，活下去，一定要活下去！”

活下去，因为这是母妃和两个姐姐对她最后的嘱托，所以云悉一直咬牙撑着一口气，没有死去。

其实她也不知道到底会不会有人来救她，她也不确定自己还能撑多久，她只知道她要活下去，活下去！

哪怕是放下尊严，这般卑微地活着！

活着，是以放弃尊严为代价地活着！

第69章　采玉为心·活着

直到云王妃死去的半个月之后，就在云悉以为自己也要和大姐一样被玩弄到死的时候，她微弱的视线中好像有一个天神来了。

温柔地将一件袍子盖在了她身上，然后动作轻柔地将她抱起来，小心翼翼的样子就好像每次她偷偷出去玩，然后受伤回去找大哥帮她擦药的时候，大哥那温柔的神情。

“哥哥……”

“别怕，你没事了。”

一句话，就算云悉再恍惚也听得出来，这不是她哥哥的声音。

云悉并没有说话，而是陷入了黑暗之中。

等到醒来已经是七天之后了，躺在陌生的床上，云悉醒来之后立刻躲到角落去，将自己蜷缩成一团。

任是祁傲天和祁兰馨怎么劝怎么说，云悉都不肯开口说话。

让祁傲天和祁兰馨奇怪的是，云悉虽然抗拒和人相处抗拒说话，但是她并没有绝食，给她吃什么她就吃什么，给她水喝她就喝。

只不过她只愿意待在黑暗的角落，十分抗拒阳光。

祁傲天没了办法，只有将床榻挪到了角落里，这样云悉才肯在床榻上待着。

虽然一顿饭都没有落下，但是云悉还是以肉眼可见的速度消瘦了下去，本来因为流放途中饱受折磨而消瘦的身子更是瘦得吓人。

祁傲天没了办法，只有给在暖城神医谷养伤的露华传了一封书信，将云悉的情况告诉了她。

半个月之后，一身伤痕、面目全非的露华出现在云悉面前，她什么都没有做，什么话都没有说，只是现在那里微笑着看着云悉。

即便宁千雪和露华的容貌相差如此之大，云悉还是认出了露华。

不，不对，不是认出了露华，而是感觉。

那一瞬间，她的感觉告诉她，面前的这个女子就是她惊才绝艳的堂姐露华公主！

那个时候，云悉没有疑惑为什么已经死在绣楼中的堂姐还活着，为什么会面目全非地出现在她面前。

她只有一个感觉，那就是原来她还有亲人，在这世间她并不是孤孤单单的一个人。

真好。

“姐!”

梦中的云悉轻声唤道。

床榻上的祁采心声嘶力竭地喊着。

“姐!”

祁采心不断地在床榻上扭着身子,好像在挣扎着什么,大汗淋漓染湿了秀发和月白色的单衣。

“采心,你怎么了,醒一醒。”

听到尖叫声匆匆赶来的祁傲天努力地想要唤醒沉入梦魇之中的祁采心。

看到祁采心这个样子,祁傲天哪里还不明白,当初所谓的双重人格是祁采心装出来的,只是为了安露华公主的心而已。

这个傻丫头,怎么能让他不心疼呢。

“漫儿,母妃……”祁采心紧闭着双眼,可是那泪水却还是止不住地流了出来。

压抑的情绪,也只有在梦中的时候,祁采心才会肆无忌惮地流露出来。

祁傲天双手放到祁采心的肩膀上,大力地摇晃起来了,“采心,醒一醒,不要怕,你还有大哥,大哥在这陪着你呢。”

“大哥……”祁采心呢喃着从梦魇中渐渐清醒过来,一双大眼睛被泪水氤氲着更添了几抹楚楚可怜的味道。

女子额角的发丝都被冷汗浸湿了,苍白的脸上嵌着一双雾蒙蒙的大眼睛,女子因恐惧害怕而下意识地紧紧地咬着下唇。

楚楚可怜的同时也更加凄艳动人,祁傲天只觉得自己喉头发紧,眼眸中也飘过一抹深色。

“采心,做噩梦了? 不怕不怕,有大哥在呢,再也不会有人欺负你了。”

祁采心闻言鼻头一酸,吸了几下鼻子便撇着嘴巴扑到了祁傲天的怀里,不断地用她的小脑袋磨蹭着祁傲天宽阔的胸膛。

“大哥,有你真好。”

对于祁采心来说,祁傲天如父如兄,填补了她生命中缺失的最重要的空白。

尤其是在祁采心举目无亲的时候,只有祁傲天给她安慰,给她依靠,让她能够有一丝丝的安全感。

虽然露华才是她最亲的亲人,可是露华从那一次后就再也没有来过大漠,和她也只是书信往来。

所以,现在的祁傲天对她来说,更是弥足珍贵。

祁傲天满足地笑了,大手抚摸着祁采心的头顶,语气是那么柔和,“我的小心儿放心吧,无论什么时候都有大哥在。”

她是他最宝贵的小心儿,他会用自己的整个生命去守护她的。

他永远也忘不了那一天当他赶到的时候,看到那个破碎的小姑娘朝他投来的那抹哀伤至极、没有一丝生气的眼神。

就那么一个眼神就让他觉得仿佛满世界都是灰色的绝望,他无法想象这样一个小姑娘在这些天里都经历了什么,才会有这么哀伤的眼神。

从此以后,那个哀伤的眼神就仿佛刻在了他的心头一样,让他终此一生也难以忘记。

可是,祁采心只是把他当作了一个兄长,在她的生命中很重要可是却不是最特殊的那个。

当祁采心第一次抱着他的胳膊向他撒娇时,他就知道了自己在祁采心心中的位置。

其实,这样也挺好的,只要他心中的那个小姑娘能够一直笑着活下去,这就够了。

等到祁采心再次睡着后,祁傲天才轻手轻脚地退出祁采心的房间。

"祁家真的有个二小姐吗?"宁为玉站在长廊下轻声问道。

夜深露重,宁为玉的发丝和肩头都已经微微有些湿润了。

显然,宁为玉已经在这里站了很久了。

以宁为玉的武功,祁傲天想屋内的对话应该已经全被宁为玉听到了吧。

"宁大公子这记性可真不怎么好使,今天下午和宁大公子起争执的不就是我那个二妹吗。"

祁傲天风云不动,表情淡淡的,像是没有听懂宁为玉话中的深意一样。

"是吗?"宁为玉转身看向祁傲天,目光灼灼似乎想要看透谁的灵魂。

祁采心?

采心采心当为悉,这个祁家二小姐可真不避讳啊。

祁傲天对宁为玉的目光熟视无睹,看了看夜空中高悬的明月,神色平静异常。

"宁大公子只需要知道祁采心永远是我祁家二小姐,这就够了。"

说完,祁傲天便大步离去。

"永远吗……这个世上可没有永远这个词。"宁为玉最后看了一眼祁采心的房间,然后也转身离去。

一切恢复平静,好像今晚什么事情都没有发生过一样。

第70章　采玉为心·因为我聪明

大漠的白天总是热的，一眼望去满是单调的黄色。

广袤的大漠，一望无际的沙海，让人心生壮阔的同时也让人感觉到雄浑、肃穆和死寂。

天是蓝的，地是黄的。

简单、大气却又显得十分单调。

“哒、哒……”的声响从身后传来。

宁为玉勒住了身下的骆驼，有些奇怪地看向了身后的祁采心，问道：“你怎么跟着我出来了？”

他可是没有感觉错，这个祁家二小姐可是讨厌他讨厌得很啊。

怎么就会跟着他出来了呢？

再说了，她不是被祁家主禁足了吗？

祁采心晃了晃脑袋，得意扬扬地说道：“怎么就许你出来，本小姐就不能走这条路了？”

“你随意。”宁为玉耸了耸肩膀。

然后继续前进，没有一点搭理祁采心的意思。

祁采心冲着宁为玉的背影十分不满地做了个鬼脸，她就这么让他讨厌吗？

本来大哥是不让她出来的，只不过看她昨天晚上想起了之前的事情，才同意让她出来散散心的。

谁知道这个宁为玉居然不搭理她！

哼，不搭理我就不搭理我，我就跟着看他能咋的。

其实，这真的是祁采心冤枉宁为玉了，说实话，宁为玉并不讨厌祁采心这个人。

无论是他还是他的亲妹妹宁千寻甚至是宁千雪，可以说基本上所有的宁家人性子都有些冷，不爱说话也都早慧。

像祁采心这样会撒娇会发怒、嬉笑怒骂浮于表面的人是没有的，相对来说，祁采心这样的人很难得也很……珍惜。

只不过昨天晚上听到了祁采心的梦魇以及兄妹两个人的对话，宁为玉心中一惊隐隐有了一些猜测。

所以，一直不知道该怎么面对祁采心。

“喂，你为什么起这么早？”

沉默了半天，还是爱热闹的祁采心忍不住问了出来，打破了沉默。

也不知道宁为玉想要去哪里，就这么一直走啊走的，又没人说话，简直无聊死了。

这对于活泼好动的祁采心来说，简直是酷刑。

宁为玉头也不回地说道："日出大漠，红日古城。玉既然来了大漠，自然要好好欣赏一番大漠绚丽的日出。"

天还未大亮，灰蒙蒙的却依然遮挡不住前方地平线上若隐若现的红霞。

"快了，看来要加把劲了，你可以吗？"

"当然。"祁采心傲然地抬起精致的下巴答道。

宁为玉肯定是出发之前问了大哥，前面不远处有个月亮湖，在那里看日出最棒了。

更何况，来了大漠的这几年，祁采心骑骆驼比骑马厉害多了，自然不会怕了宁为玉。

两人眼中的光芒在这还微微有些暗的天色中，迸发出一些异样的神采。

两人同时大喝一声，勒紧手中的缰绳开始疾奔了起来。

有些凌厉的风吹在脸上，祁采心不仅没觉得痛，反而觉得心中十分畅快。

"宁为玉，我还以为你只是个书呆子呢，没想到其他的方面也不赖嘛。"说着还挑眉看了看他身下的骆驼。

祁采心没有想到这个宁为玉骑起骆驼来，速度竟然不弱于她。宁为玉既然说了这是他第一次来大漠，那也就是说之前他并没有接触过骆驼。

没怎么接触过骆驼就能和她保持一样的速度，还看不出来有吃力的地方，这个宁为玉的确有些本事。

"书读得多，读得好，并不说明我是个书呆子。"宁为玉淡笑着反驳书呆子这个外号。

身为天下第一公子，有这么个外号多不符合身份呀。

祁采心哼了哼，道："如果不是把自己读成了书呆子，怎么可能读那么多书？"

她从小到大无论是云悉还是祁采心，都十分讨厌读书。虽然小时候被逼着学了不少吧，但是那只能加深她对读书的厌恶程度。

现在遇到一个居然被封为天下第一公子的宁为玉，自然就一开始就看不顺眼喽。

天下第一公子，那不就是天底下读书读得最好的公子了吗？

"除了你说的这个原因，还有一个可能。"

"什么原因？"

祁采心收回目光，转头看向宁为玉，在大漠里，不会担心会撞到什么东西，所以就算偏离了一些方向也没什么事。

宁为玉察觉到祁采心注视的目光，转过头来眉眼一弯，笑道："还有一种可能，就是我很聪明。"

那种笑容，有种淡淡的骄傲但却又不会让人觉得不舒服，那笑就好像此刻的风吹在脸上，不会让人觉得不舒服，反而觉得他本就该如此骄傲。

也许是太阳快要出来了吧，祁采心想，要不然她怎么会觉得宁为玉的笑容有些耀眼呢？

有的人十分霸气、气势凌厉，虽然存在感很强但是会让人觉得不舒服。而宁为玉则是那种不动声色就成为整个世界的中心的人。

明明他并没有做什么，可是不知不觉你所做的事情都是随着他做的。

“真自恋。”

好久，祁采心才红着脸轻嗤了一声。

那红红的脸颊，就好像被不远处的朝霞染红了一样，绚丽多姿瑰丽无比。

也不知道是被朝霞映染的，还是被风吹红的，还是……羞红的？

慢慢增强的霞光正在渲染着地平线上的山峦和天边的云彩，红色的光亮与黎明的雾气共同构成了一层薄薄的红纱，轻轻地附着在了黄色的沙谷和白色的云朵之上。

来时的路慢慢地消失在若隐若现的朝霞中，已然瑰丽红艳如丝绸的霞光和金黄色的沙在天边汇合。

而不远处的一眼湖泊则为这线条与色彩交织的美丽画面点缀了一颗闪亮的萤石。

几乎所有的云层都集中在离地最近的天际，完全浸染在红色的世界中。鱼肚般的白色只是热烈到宁静间的过渡，近端的天色依然保持着深蓝色的宁静。

虽然顶上的天穹已然如调色板般色彩缤纷，但此时的大地仍旧如黑夜般沉寂。

“好漂亮。”

虽然这不是祁采心第一次看到大漠的日出，但还是依旧被这壮丽无比的景色给震撼住了，不由得翻身下了骆驼，牵着骆驼的缰绳，站在月亮湖的岸边抬头看着远处的天空喃喃自语。

宁为玉抬眼望去，却不是看向天空而是看向祁采心，眼中满是惊艳。

只见祁采心似乎正站在阳光照射的分界线上，面前的东方已进入黎明，而脚下的戈壁犹在深夜，旁边的湖泊一闪一闪，瑰丽无比。

第71章　采玉为心·中了蛇毒

远处的红霞也在一丝丝加强，黎明前的寒风带着沙粒不时袭来，不知道什么时候宁为玉已经站在了祁采心的身边。

而两人早已不约而同地松开了手中的缰绳，骆驼自己慢悠悠地走开了。

光线描绘着苍穹，那瑰丽的朝霞仿佛一团跳动的火焰，又像是引导着生命跳动的脉搏。

金光闪耀间，红色的火球已然出现在了地平线上。

“黑暗终将会过去，再广袤的大地也没有阳光照射不到的地方。”

日出未至的时候，祁采心似乎听到了宁为玉说了这么一句话。

瞳孔一缩，却只是紧绷了身体注视着不远处的日出，并没有回答宁为玉的话。

低沉的云雾使这激动人心的一刻失去了光芒万丈的震撼，一个因云雾的遮挡而变形的另类红日。它不再圆润，低压的云层遮住了火球的上半部，使之看似一块火红的方砖。

一直未曾散去的云层将红日分割成了好几份的光亮，而初升的朝阳则尽力将自己的霞光散射到这片黑暗当中。

就在这自然的角力当中，晨雾中的大地变亮了，轻纱笼罩下的林丛如同国画大师笔尖的树木，虚幻而意味深长；茫茫戈壁变亮了，一如昨日的黄沙，一如往昔的荒芜，只有晨风带起的尘土飘扬在林场的隔离柱前；天空也变亮了，确切地说是变红，红色的朝霞扫去了乌云的阴霾。洋溢着红色的画面也充满了生命的激情和活力。

“现在是日出了，可是这里不久后还是会重新迎来黑暗。”

看完了日出，祁采心忽然将脚边的一粒石子踢入了月亮湖中，激起了一小片涟漪。

“就像这粒石子一样，虽然能够引起波澜，但也只是一瞬间。”

祁采心觉得自己一定是疯了，要不然怎么会和宁为玉说这些话呢。

宁为玉伸出手，似乎托住了什么，眯着眼细细地看着空空如也的手上，说道：“无论这束光下一刻照射到哪里去，我只要确定现在它照亮了我，这就够了。”

宁为玉的话就好像一把巨大无比的锤子，猛地砸在了她心中最隐秘的一个角落。

“咔嚓，咔嚓”

似乎，有什么在裂开。

祁采心脸色有些不好看，忽然抬头看向了宁为玉，双眼紧紧地盯着他想要看出什么似的。

她总觉得宁为玉话中有话，好像知道了些什么似的。

不，这不可能。

祁采心想到这个可能，顿时脸色大变。

她不要任何人知道她那段过去，不要，绝对不可以！

“你怎么了？”宁为玉看到祁采心忽然变了脸色，以为她不舒服，上前两步想要拽住祁采心的胳膊，却被祁采心一下子甩开了。

“不，不要——滚！”祁采心忽然失态地捂住双耳，不断地尖叫。

宁为玉皱眉，仔细听了听，说道：“你别说话了，好像有什么声音。”

他刚刚好像有听到什么声音，听起来好像是……动物的声音？

祁采心现在哪里还顾得上其他，只知道抱着脑袋大声尖叫，神色有些疯癫。

“你……”宁为玉看着这样的祁采心有些担忧，看样子她好像是又想起了什么不好的回忆。

这可怎么办呢？

他也不知道她曾经经历了什么，该怎么劝呢？

“啊——”

就是宁为玉皱眉思考的时候，祁采心忽然停止了尖叫，而是吃痛地喊了一声，立刻引起了宁为玉的注意。

“怎么了？”宁为玉立刻走了过去。

这一看，宁为玉就注意到了，祁采心的脚边有一条黄绿色的蛇，正凶狠地瞪着他们。

很显然，刚刚就是这条蛇咬了祁采心。

虽然也将祁采心从梦魇中唤醒了，可是……

大漠里的蛇，大多数都是有毒的。宁为玉虽然没在大漠生活过，可是他看的书多，也知道这点。

想到祁采心很可能中了蛇毒，宁为玉不知为何心中感到一阵焦灼，杀气不由自主地就释放了出来。

“你怎么样？”宁为玉上前一把抱住即将要摔倒的祁采心，温柔地问道。

祁采心的唇渐渐有些发白，脸色倒没有多么的难看，只是皱着眉说道：“我没事。”

她是怎么回事，为什么会接二连三地在宁为玉面前失态？

刚刚她居然又想起了那段不堪的往事，以至于连响尾蛇都没有发现。

真是……

“唔……”祁采心正想得出神呢，就忽然感觉自己的小腿被宁为玉抬起来了，紧接着裙摆和裤子都被撩起来一点露出被咬的那段小腿来了。

沙漠的风一吹，顿时让祁采心回过神来了。

“你想干什么？”

不知为何，祁采心并没有用力挣脱而是先询问宁为玉想要干什么，难不成她潜意识里就认为宁为玉不会伤害她？

“帮你吸毒。”

说完，宁为玉就低下头将唇贴到祁采心的小腿上，用力地吮吸。

祁采心刚想说些什么，就察觉到小腿处一阵勾魂的颤抖，让她整个人都不由自主地蜷缩起来。

眼眸中波光粼粼，有些迷茫但是更多的确是害怕，即便如此祁采心也没有踢开宁为玉。

宁为玉吸出一口毒血转头吐到了一边，察觉到祁采心的失神，微笑着安慰道：“别怕，你会没事的。”

说完，就继续帮祁采心吸毒血。

祁采心就这么眼光有些发痴地看着宁为玉，虽然做着这样看起来十分低微的动作，但是依然不损他翩翩公子的温润气质。

也许，公子如玉说的就是他吧。

长这么大，这还是祁采心第一次遇到一个对她这么好的异性，除了她的哥哥。

在祁采心心中，祁傲天就和她的哥哥云清寒一样，是她的亲大哥，从来不在异性之列。

大漠的白天总是热的，太阳出来后天渐渐亮了，也渐渐热了起来。

暖和的夹杂着温柔的空气的风吹拂着两人的长发，墨黑的头发在金色的沙上投下的阴影纠缠在一起的。

祁采心笑了。

好像那温暖的风不仅吹在了她的脸上，也吹进了她的心里，温暖了她那早已冰冷甚至渐渐干裂的心脏。

宁为玉动作轻柔地将祁采心的裙摆的裤脚放下，然后对祁采心说道：“蛇毒都被我吸出来了，你不用担心了。”

祁采心刚想说什么却在触及宁为玉乌青的嘴唇时惊呼一声，赶忙从怀里掏出手帕递给宁为玉。

当祁采心递给他手帕时，露出了手腕上的血贝手链。宁为玉看着那条手链，脸色渐渐变得有些不好看了。

第72章 采玉为心·我帮你解毒

“你这条手链……”宁为玉喃喃地问出声。

宁为玉手中攥着那条手帕，并没有擦拭唇瓣上的血迹，而是难得地有些发呆地看着祁采心手腕上的手链，神情有些不好看。

苍白的脸色，血色中带着乌青的唇，诡异地交织在一起，让宁为玉看起来十分邪魅。

祁采心低头看了看自己手腕上的链子，再看看神色十分不好的宁为玉，有些疑惑地说道：“这是大哥送我的血贝链啊，怎么了？”

这个书呆子怎么这么奇怪？不就是一条手链嘛，他这表情怎么跟见了鬼似的啊？

若不是之前宁为玉毫不犹豫地帮她吸毒，改变了祁采心对宁为玉的看法，这个时候祁采心早就嘲讽两句了。

宁为玉嘴角抽了抽，明显控制着情绪，问道：“传闻中血贝链可解百毒，佩戴着百毒不侵，是真的吗？”

这个传闻，整个大盛无人不知无人不晓。

祁采心点了点头，说道：“是啊。”

这是她大哥用了好多奇特珍稀的草药和蛊虫才制成的，整个天下就只有两条。她一条，祁兰馨一条。

只不过祁兰馨自负自己的医术不差，从未佩戴过罢了。

这不是所有人都知道的事情吗，宁为玉怎么回事啊？祁采心对宁为玉的反应十分不解。

“呵呵。”宁为玉看向祁采心，压抑着胸膛内咆哮的怒火，十分好脾气地问道，“既然可解百毒，那这蛇毒是不是对你没有影响？”

呵呵，他可真是好脾气啊，都这个时候了还能这么温柔地说话，真不愧是天下第一公子。宁为玉微笑地想着。

“啊。”祁采心这才想起这茬来，十分高兴地点了点头，说道，“书呆子你太棒了，要不是你说我都差点忘了，这蛇也就是咬了我一口，其他没啥影响。”

对哦，她身上佩戴着血贝手链，百毒不侵哎。

一个小小的蛇毒，本就不是致命的，只要及时得到治疗自然没什么事，那对于她更是没有丝毫的影响。

祁采心兴奋地站起来原地转了几个圈，对着太阳张开双臂深吸了一口气，表情十分舒畅陶醉。

“真好。”

虽然之前她也来过月亮湖看日出，但是只有这次心情最好了，难不成是因为……陪她来的人不同的缘故？

“呵呵，真好？”宁为玉表示自己憋不住了，黑着一张脸咆哮道，“祁采心，你是不是傻？既然那蛇毒对你没影响你怎么不早说？是，蛇毒是对你没影响，可是它对我有影响！”

真是再好脾气的人，遇上这种事情也忍不住咆哮吧？

你说说，既然祁采心不受蛇毒的影响，那在他准备帮她吸出蛇毒之前，那就应该和他说一声啊。

她现在是屁事都没有，可是他呢？

宁为玉已经感受到自己的身体内的力量好像在缓缓流逝一样，让他连站起来的力量都没有了。

不仅如此，宁为玉的额头也早就布满了冷汗。

祁采心这才想起来，宁为玉因为自己中了蛇毒这件事，赶紧蹲下来查看宁为玉的情况。

“那个，对不起啊。”祁采心苦哈哈地讨好似的道歉道。

她之前被宁为玉的举动震撼住了，就忘了血贝手链这茬了。刚刚又太兴奋了，就忘了宁为玉中了蛇毒了。

天地良心，她可真不是故意的。

“哼。”宁为玉难得地有些傲娇似的哼了哼，偏过头不搭理祁采心。

那傲娇的小模样，就差明晃晃在脸上写上“我在生气”这几个字了。

祁采心有些尴尬地挠了挠头，这件事的确是她对不住宁为玉，只得小心地赔不是。

“响尾蛇的蛇毒并不致命，这你放心。一会咱们赶回祁家，让大哥帮你解毒就可以了。”

好歹在大漠生活了几年了，祁采心对大漠常见的一些毒物还是有所了解的。

宁为玉暗暗翻了个白眼，这他也知道好不？虽然他没见过响尾蛇，可是他有脑子记得书上说过。

男子虚抬起一条胳膊，面无表情地看着祁采心。

这让祁采心有点摸不着头脑，“你干吗？”

宁为玉对祁采心已经没了脾气，和这样的人较真，那你就离这个境界不远了。

“扶我起来啊，不上骆驼难不成还在这里和你谈情说爱啊？”

不知道为何，对着祁采心，宁为玉那套翩翩君子的礼仪就使不出来，总是不由自主地由着性子来。

这种感觉很奇怪，也很奇妙。

祁采心闻言脸有些发烫，罕见地没有和宁为玉顶对两句，还是很老实地“哦”了一声，然后就将宁为玉的胳膊搭在自己的肩膀上。

宁为玉低头看着祁采心的脸颊如同刚刚那遮挡着阳光的朝霞般灿烂，嘴角不由自主地弯起,心中莫名地有些高兴。

一点都不担心自己的蛇毒,反而笑了起来。

"嗯……骆驼呢?"

等到祁采心将宁为玉扶起来了,才发现两人骑来的骆驼早就不见了踪影,而四周也没有骆驼走过的痕迹,这让祁采心十分惊讶。

宁为玉闻言收回注视祁采心的目光,将目光转向了四周,不一会他就皱起眉来,然后推开祁采心蹲下身子摸了一把脚下的沙子,表情有些肃穆。

"怎么了?"祁采心问道。

"你不觉得这风太大了些吗?"

刚刚一直为祁采心吸蛇毒,后来又被祁采心气得不行,两人竟然都没有注意到,不知道什么时候起,这里的风比往常大上了不少。

若不是风太大,骆驼的痕迹也不会这么快就被掩盖了。

"大漠里时常起大风,这有什么好奇怪的。"

祁采心耸耸肩,不以为然地说道。

在大漠里,经常刮起大风,这很正常,宁为玉这副表情未免有些大惊小怪了。

"不,你看——"宁为玉沉着脸色,指向不远处的天空。

祁采心抬眼望去大惊失色,"沙尘暴?"

在大漠里偶尔会遇见沙尘暴,沙尘暴对人的威胁很大,尤其是现在他们两个没有骆驼,宁为玉又受了伤。

虽然现在那沙尘暴看起来离他们很远,可是无论祁采心还是宁为玉都知道,这沙尘暴用不了多久就会刮到这里来。

遇上了沙尘暴,很难辨别方向,而宁为玉中的蛇毒虽然一时不能致命,但也是耽误不得的。

"宁为玉,我先帮你解毒。"

第 73 章　采玉为心·活着出去

这个时候，真的遇上了沙尘暴，那什么时候能够走出去就不知道了，所以说必须先给宁为玉解毒。

宁为玉皱眉看向祁采心，问道："你能解毒？"

虽然祁采心一直表现得十分刁蛮不讲理，可是宁为玉还是清楚地知道，祁采心是个心地善良的姑娘。

若是祁采心能解这蛇毒，之前怎么不说呢？更不用说，这蛇毒是因为祁采心才中的。

面对宁为玉的不解，祁采心并不打算隐瞒，扬了扬手腕，说道："忘了这条手链了吗？"

大漠血色天，祁家至尊颜。

这个颜，就指的是血贝手链的血红色。

血贝手链不仅能够让佩戴着百毒不侵，而且还能够解百毒。

只不过……

"那你之前怎么不说？"宁为玉还是不松口，隐隐觉得这件事情没有那么简单。

祁采心看了看远方，然后跺了跺脚，"哎呀，你怎么这么多事啊。之前我不是忘了嘛，再说了我不是看你不顺眼嘛，明明可以不用血贝手链我为什么要拿我的宝贝救你呢？"

也许连祁采心都没有意识到，她刚刚在和宁为玉说话的时候，不自觉地用上了撒娇的语气。

可是宁为玉却察觉到了，一时间不由自主地忘记了心中的疑虑。

低声道："好。"

祁采心轻舒了一口气，赶忙拉着宁为玉坐下，自己也坐到宁为玉身后，咬了咬绯色的下唇，眼中一抹坚定闪过。

宁为玉只感觉到一双柔软的小手放在了自己的背上，紧紧地贴着，然后一股温暖的暖流就从背后与那双小手紧贴的地方，传递到四肢百骸中。

感觉十分舒服，宁为玉不由自主地喟叹了一声。

因为两人背对着的关系，宁为玉并不能看到祁采心此刻苍白的脸色。

女子额头上的青筋根根暴起，还有那微微颤抖的胳膊都显示出女子此刻正忍受着痛苦。

汗珠顺着女子柔美的侧脸流下，砸在黄沙里，不见一点踪影。

风，越来越大。

宁为玉感受到那双温暖的小手，忽然离了自己，紧接着背后的女子整个人都贴了过来。

“你……”宁为玉本来想调侃两句，可是女子额头的冷汗却透过了并不算单薄的长衫，让他感受得分明。

宁为玉赶紧转过身来，将祁采心抱在怀里，担忧地问道：“祁采心，你怎么了？”

怪不得自己之前一直隐隐觉得哪里不对劲呢，该死的，居然让祁采心糊弄过去了。

“我没事，只是有些透支了。”祁采心无力地动了动嘴唇，连眼睛都懒得睁开了。

“血贝手链要想达到能解百毒的效果，必须由祁家的内功心法催动。我平时贪玩，静不下心来学习，这下好了，吃苦头了，大哥又该骂我了。”

祁采心的头下意识地向宁为玉怀中拱了拱，那姿态看起来像是在撒娇似的。

宁为玉眸中的颜色，深了深，那漆黑的瞳孔就像是化不开的浓墨一样，惹人沉醉其中。

“祁采心……”

你这样，让我……

我好像爱上你了，祁采心，你知道吗？

宁为玉想，原来爱上一个人真的只需要一瞬间。

沙尘暴即将席卷到这里来，宁为玉毫不犹豫地站起来将祁采心背起来，一步一步脚步沉稳地向前走去。

不就是个沙尘暴嘛，他一定能带着祁采心出去的。

风，刮在人脸上，让人觉得生疼。

沙，顺着风迎面扑来，让人睁不开眼。

宁为玉忽然站住了，将祁采心放了下来，然后脱掉了自己的外套罩在祁采心的头上，再重新将祁采心背在了背上。

“你……”

“你放心吧，我一定会带你走出去的。”

祁采心闭着眼，笑着在宁为玉后背上蹭了蹭，那姿态就像是一只可爱的小猫咪在讨好自己的主人一样。

宁为玉笑了，一步一步踏出去，没有一丝不安与惶恐。

也不知道走了多久，宁为玉抬眼望去四周皆是沙谷，心中有些焦急了。

这里很不明显不是来时的路，虽然祁采心的情况并不糟糕，可是两人也不能一直在这里耗下去。

在大漠里，最可怕的就是失去方向和缺水。

没有水在大漠是活不下去的，更何况大漠白天晚上的温差太大，到了晚上对虚弱的祁采心很不利，而且宁为玉也是刚刚解了毒身子也有些虚。

祁采心显然也很清楚两个人的情况，她虽然不爱动脑，但是她并不笨。

她好歹是云王府的郡主，从小接受的就是大盛最高等的教育，哪里会真的是愚笨之人呢。

“宁为玉，放下我吧，你自己离开的机会比较大。”

宁为玉身子本来就有些虚，又一直背着她，她会拖累宁为玉的。

“不可能。”宁为玉斩钉截铁地一口回绝道。

他虽然并不如表面看起来那么君子，但是对于祁采心，先不说他对祁采心的感情，就说刚刚祁采心救了他，他就不会丢下祁采心自己去逃命。

更何况，祁采心还是……

无论如何，他都不会丢下祁采心的。

若是他真的做出这种事情了，还做什么天下第一公子？

男子汉大丈夫，有所为有所不为；立于天地间，当问心无愧。

祁采心心中一阵感动，但越是感动她越是不想拖累宁为玉，继续说道：“你自己能够走出去的机会大一些，只有你走出去了，才能向我大哥求救，这样我们两个人都活下去的机会才会大一些。”

虽然大漠是祁家的地盘，可是对于沙尘暴这种老天爷决定的事情，祁家也没有什么好办法。

所以说他们两个不一定能撑到祁傲天找来。

“我自己走出去了，恐怕你大哥会一剑劈了我。更何况，你当我宁为玉是什么人？丢下你自己去逃命？抱歉，我宁为玉做不到。”

宁为玉抿紧唇瓣，颠了颠祁采心，继续向前坚定地走着。

“放下我，你才能活着走出这里。”

“丢下你，我一生都走不出这里。”

说完这话，宁为玉就不再言语了，而祁采心也沉默了，闭着的双眼中缓缓流出一点眼泪。

宁为玉，宁为玉……

祁采心不知道宁为玉背着她走了多久，只模模糊糊地记得宁为玉一直背着她走啊走啊，然后不知道是跌倒了还是怎么了，摔倒了在一片柔软的沙子上，然后两人就再也没能爬起来。

宁为玉，你能喜欢我一辈子吗？这是祁采心昏迷前心中想到的。

第74章　采玉为心·你不要多想

大漠的白天太阳总是十分刺眼，宁为玉悠闲地在一棵合欢树下躺着，闭着眼享受着明媚的阳光。

阳光虽然刺眼，但是透过浓密的枝丫树叶的阳光，已经柔和了不少。

斑驳的阳光轻轻浅浅地洒落在男子完美的侧脸上，金黄色的光芒像是给男子镀上了一层光芒，十分的耀眼。

祁采心呆了呆。

“要在那里傻站到什么时候啊。”宁为玉闭着眼睛，凉凉地说道。

自从遇到沙尘暴被祁家主救回来之后，宁为玉就察觉到了祁采心一直在躲着他。

想一想，宁为玉也就明白了。

知道祁采心以前是个有故事的人，所以他并没有强求什么。

他这一生，从来没有过什么强烈的感情。

只有那次在大漠，被祁采心救了，心动就在那一瞬间。

祁采心需要时间，他也需要时间。

正因为祁采心是个有故事的人，他才更应该想清楚，自己对祁采心到底是一时心动，还是想要天长地久。

祁采心抿了抿唇，有些不自在地点了点头，转而想到宁为玉闭着眼呢，便又说道：“没有。”

“嗯？”宁为玉睁开眼，有些奇怪地看向祁采心。

这话回答得有些驴唇不对马嘴啊，而且按照祁采心的性子，应当很是傲娇地回他一句“你才傻站着呢”才对啊。

这到底是什么馅？

感受到宁为玉的目光，祁采心不由红了脸颊，低声哼了哼说道：“这是我家，我爱站就站，爱坐就坐。”

宁为玉：……

他有说不允许祁采心站着或者坐着吗？

不过，这样的语气这样的话才像是祁采心嘛。

祁采心低着头坐在宁为玉的一边，脸上一派淡然，实际上心中早就翻腾起来了。

啊啊啊，祁采心你个笨蛋，怎么又这么说话啊！

简直就像是一个刁蛮不讲理的大小姐，这样人家能对你有好印象吗？

宁为玉不知道祁采心在想些什么，也猜不到此刻祁采心小儿女的心思，又重新闭上眼睛，静静享受午后的时光。

“宁为玉，那天你在大漠里背着我走的时候，我好像听到你说要是丢下我……要是丢下我，你就一辈子也走不出这里，这……这到底是什么意思啊？”

祁采心鼓足勇气，红着脸颊看向宁为玉。

她手腕上的血贝手链中有一种蛊虫，没有药用价值，但是祁傲天能够根据这个蛊虫查到她所在的方位。

那天发生沙尘暴后，祁傲天就立刻派人出来找他们。

每次遇到祁采心的事情，祁傲天就心忧如焚以至于一时之间竟然没有想起血贝手链来，直到晚上了，祁傲天才想起来，然后找到了他们。

醒来后，祁采心想起宁为玉毫不犹豫地为她吸蛇毒，又和她说了那些话。

尤其是那句，“如果丢下你，我一生都走不出这里。”

这让祁采心现在想起来也脸红心跳，她以为这是宁为玉喜欢她。

可是等了好几天，也没等到宁为玉来找她，她就有些沉不住气了。

今天得知他在这里，她自我鼓励了半天，才鼓足勇气来到这里，问出了这句话。

宁为玉看着祁采心的眼中闪烁着隐隐的期待、兴奋，还有一些喜悦，以及一点点的……恐惧。

手指不自觉地向掌心勾起，她这是在害怕吗？

“你不要多想……”宁为玉想了想说道，他并不想让自己的感情成为别人的负担，尤其是祁采心的负担。

无论他对她到底是什么样的一种感情，他都不希望祁采心有压力。

祁采心对于异性的抗拒，他是知道的，所以他不想逼她。

“我没有多想，我知道你是怕丢下我被我大哥知道后，死在这里，我都知道的，没有误会什么。”

祁采心飞快地打断宁为玉的话，眼中掠过一抹深邃的失望与落寞但却倔强地扬起了笑脸。

本来那天在大漠中，宁为玉的话里就说过这个意思，可是当时她居然以为这只是宁为玉在开玩笑。

现在看来，这是真的了。

宁为玉张了张嘴，刚想解释什么就忽然听到前面传来一阵骚动。

只见一个紫衣女子和一个红衣男子正打得难分难舍。

也不知道是祁采心真的被吸引了注意力，还是有意想要转移话题，立刻惊呼道：“祁兰馨？她什么时候回来的，居然一回来就打架？”

对于她这个二姐，祁家货真价实的大小姐，祁采心是一百二十个佩服。

祁兰馨今年二十了，可是却至今还没有成亲，每天就是摆弄一些毒药，要不就是打架，这让祁傲天十分头疼。

本来祁兰馨眼光就高，再加上她又这么特立独行，这亲事啥时候能成啊。

宁为玉眸光一变，似乎想到了什么，也选择了沉默。

算了，多给她点时间吧。

不过……这就是祁家大小姐祁兰馨啊，据说从十五岁开始就把胆敢上门提亲的男人打趴下。

不是打一顿哦，是见一次就打一次。

这位祁家大小姐不仅武功了得，也是位用毒的高手，玩起人来那是让人没有活路啊。

这种情况一直维持了三年的时间，等到祁兰馨十八岁后就再也没有一个男人敢上门来提亲了。

祁兰馨这才满意了。

虽然祁家称霸大漠，祁兰馨本人也是个身段妖娆、魅色无双的美人，可是……因为这十分彪悍的性格，愣是没有一个人敢上门提亲了。

金钱诚可贵，美人价更高。若为小命故，两者皆可抛啊。

宁为玉收回了注视祁采心的目光，专心致志地看起戏来了。

祁兰馨有着一双天生妩媚的丹凤眼，再配以丹红色泽的朱砂染上眼睑处，眼角上挑，分外妖娆。

那女子妖娆一笑，有种色授魂与、颠倒众人的感觉。

“你和祁家大小姐倒是一点都不像。”宁为玉点评道。

这祁兰馨一看就是个绝色尤物，堪称妖精。而祁采心的容貌和祁兰馨相比却不是那么出色，但祁采心有着祁兰馨所没有的干净澄澈的气质。

若说祁兰馨是红尘中的妖精，那么祁采心就是误入凡尘的天使。

丝毫不逊色！

“哼，我二姐看不起你这种书呆子的。”祁采心闻言噘了噘嘴，十分不满地冷哼道。

哼，男人都一样，看到美女就走不动路了。

虽然她知道她没她二姐长得好看吧，但宁为玉至于当着她的面，拐弯抹角地说出来吗？

真是讨厌死了。

第75章　采玉为心·颜值决定一切

宁为玉扶额,这都是什么事啊。

真是姑娘的心思你别猜啊,猜来猜去都是错啊。

“傻丫头,你哪句听到我说你没有你二姐漂亮了?”

宁为玉觉得对于祁采心这么笨的姑娘,还是把话都摊开了说来得好,不然真的让这个傻丫头自己去猜,到时候憋屈的就是他自己了。

祁采心闻言双眼一亮,笑得十分灿烂地施舍了宁为玉一个眼神,高傲地说道:“算你有眼光。”

哼,还知道讨好自己,还不错。

美滋滋的祁采心高兴地坐在那里,脑袋一晃一晃的,完全忘了前面她亲爱的二姐正在和人打得难分难舍……啊呸,是打得难舍难分。

看着这样高兴的祁采心,宁为玉忍不住想要逗逗她,于是略微带着一点讶异问道:“我什么时候说你比你二姐漂亮了?”

“你!”祁采心转头对着宁为玉怒目而视,这个书呆子是在逗我玩吗?

“你刚刚那句话的意思分明是说你不认为我二姐比我漂亮。”

这个人真讨厌,他是天下第一公子是比她读书多,可是她又不是傻子,就这么一句话她还听不懂吗?

宁为玉微微一笑,“我是这个意思,可是你从哪句话里听出我说你比你二姐漂亮了?”

唔,这个傻丫头发起怒来,就和炸了毛的小猫一样,真可爱。

以后可以多逗逗她。

“你!”

祁采心怒瞪着宁为玉,可又无可奈何,玩文字游戏她哪里是宁为玉的对手,可是被宁为玉这般逗弄着玩,她又心情十分不爽,所以说她现在看宁为玉是格外不顺眼。

看了看半天,祁采心十分悲观地发现,自己无论是武力值还是斗嘴都不是宁为玉的对手,只能恨恨地将目光转向了祁兰馨的方向。

这一看就看出事来了,祁采心立刻忘记了之前的不愉快,伸手拉了拉宁为玉的胳膊,惊呼道:“我天……呆子我看到了什么?居然有人敢亲祁兰馨那个女人,胆子太大了,真厉害。”

此刻,祁采心看着那个红衣男子的眼光中满是星星眼。

太厉害了，太有勇气了。

“……”宁为玉无语地摇了摇头。

一般来说，若是别人看到自己的姐姐被人轻薄了，恐怕恨不得立刻揍得那个男人满地找牙吧？

就算没那个武力值，也会骂上两句吧？

祁采心这么兴奋的语气，算是怎么一回事？

不过……宁为玉看着在金黄色的阳光下拥吻的两人，觉得好美。

果然，颜值决定一切啊。

若是换了个长得难看的，只会让人觉得恶心猥琐，而这两个都是美人，看起来真的挺赏心悦目的。

不过……

红衣男子和祁兰馨忽然迅速分开，然后红衣男子捂着唇角抱怨道：“你这女人也太狠了吧，我嘴唇都快被你咬得没知觉了，只是亲个嘴而已，要是和你上床了，你还不得咬死我啊？”

“你个登徒子，本小姐非杀了你不可。”祁兰馨大怒。

看着两人不打架改成了吵架，祁采心有些不满意了，抓过一旁的点心盘子托在手里，说道：“你们两个怎么不打了啊？我这都准备好点心了，你们可以继续打了。”

宁为玉挑眉看了一眼祁采心，然后毫不犹豫地站起来，坐到合欢树另一旁的椅子上。

不好，有杀气，还是躲远点好。

不然跟着这个傻子坐一起，搞不好会被连累。

果不其然，祁兰馨以一种十分凶狠的眼光瞪视祁采心，恶狠狠地骂道：“你给我闭嘴。”

祁采心耸了耸肩，嘟囔道：“真小气。”

“呵呵……”宁为玉不禁扶额，这下他是真的头疼了。

想他也是天下第一公子，可是怎么就看上了这么一个傻姑娘呢？

这智商、这做派，真要在一起了，自己英年早逝的可能性很大啊。

要不就是被祁采心气死的，要不就是被祁采心得罪的仇家杀死的。

听到宁为玉的笑声，祁采心这才注意到宁为玉换了位置，不禁疑惑地问道：“你怎么了，咋还换地方了？”

说着说着，祁采心就有些不高兴了。

这是不乐意和她坐在一起了？

哼，本姑娘还不稀罕呢。

宁为玉有些无奈地揉了揉眉心，然后也没有犹豫就站起来又坐了回去。

面上风云不动，其实心中早就暗暗吐槽自己了，居然这么没节操没坚持……宁为玉你也是够可以了。

"你误会了，我……"

"我看你们两个挺般配的啊，都挺毒的，不然换个人早就被毒死了，你们俩在一起就不需要担心这个问题了。"

祁采心朝着前方拍手喊道，那神情好像是一点都没注意到刚刚宁为玉想要和她说话一样。

宁为玉嘴角抽了抽，暗中调整呼吸。

呼，男子汉大丈夫怎么能和一个小丫头计较呢，尤其是一个傻得不能再傻的丫头。

对，宁为玉拿出你的修养来。

"谁和她般配?"

"谁和他般配?"

两道声音异口同声地几乎同时响起，默契度之高，让祁采心笑得眉眼都弯起来了。

"哼。"祁兰馨冷哼两声，声音微喘，"敢在祁家这么对我，你死定了！十三道，布生死阵!"

十三道鬼魅般的身影忽然出现在红衣男子周边，轻飘飘地浮动转悠，要不是看见了地上的影子，宁为玉几乎以为自己看见的是鬼魂。

"糟了。"祁采心闻言后，立刻站了起来然后拔腿就向后院跑去。

刚刚有下人来问需不需要将这里的情况禀告给祁傲天，被一心想要看热闹的祁采心给拦下了。

现在的场面明显失控了，二姐居然动真格的了。除非大哥，否则谁也拦不住她。

宁为玉笑眯眯地拿过被祁采心扔到桌子上的果盘，捏了几颗葡萄然后十分舒服地又躺回了之前的躺椅上。

阳光、水果、好戏，真的舒服极了。

他已经能够想象到，祁采心稍后会被祁家家主怎么收拾了。

这日子真美妙极了。

宁为玉一边看两人争吵，一边猜测着这个红衣男子的身份。

不一会，祁傲天就赶来了。

"祁兰馨，你的规矩呢?"

说完这话，祁傲天挥了挥手，那十三道诡异的身影立刻消失在众人面前。

"大哥，我错了。"祁兰馨干净利落地认错。

"哼，你永远是积极认错，永不悔改。"

祁兰馨闻言只是低着头，嘟着嘴巴显然是满不在乎。

"随谷主，这是解药。"祁傲天抬手，一颗药丸射向了那个红衣男子。

同时也点明了红衣男子的身份，神医谷谷主——随景岩。

"随谷主、宁公子、百里公子，请到花厅一叙。"

一道身影鬼魅般地出现，宁为玉眯着眼看向院子中的两人，心中不知道在想些什么。

第76章 采玉为心·我会让她幸福

傍晚的大漠夜凉如水，更何况祁采心居住的品玉轩更是以白玉为地为墙，夜风吹来，更是清凉得很。

祁采心坐在屋顶上，晃荡着两条腿，抬头看着夜空上的月亮，娇声说道：“你看，这样看上去好像一伸手就能够到月亮一样。”

说着祁采心还真的伸出手，似要够向仿佛近在眼前的月亮，那葱白的小手似乎一下子就遮挡住了一半的月亮。

祁采心咯咯地笑出声来，那笑声清脆极了，让人听了心情都随之畅快不已。

“看见没，只要我想，月亮都能被我握在手中。”

说完这话祁采心还歪过头，冲着身边的宁为玉比画自己的拳头，那意思满是威胁的意味啊。

哼哼，看见没，姑娘我是能把月亮握在手心里的人，要是敢欺负我，姑娘的拳头可不是软和的。

宁为玉宠溺一笑，拱手作揖笑着说道：“祁大侠女饶命啊，小生哪里敢欺负祁大侠女啊。”

说着还低下头摇了摇，做出了一副“我好怕”的姿态，这个姿态立刻逗乐了佯装强硬的祁采心。

“哈哈哈……呆子你也有不呆的时候啊。”

屋顶上，祁采心笑得东倒西歪，那银铃般的笑声传遍整个祁家，整个祁家的人都面面相觑。

祁采心回祁家这么多年，就算有笑靥也从来没有发出过这般爽朗的笑声，这个宁大公子还真是有本事啊。

宁为玉见祁采心笑得东倒西歪的，随时有掉下屋顶的危险，干脆伸手一把揽住了祁采心的腰，笑着说道：“呆子配傻子，正好。”

当宁为玉的胳膊放到祁采心腰间的时候，祁采心仿佛触电了一样，浑身酥麻酥麻的，眼睛不由自主地粘在了宁为玉柔和的下巴上，然后顺势靠在了宁为玉的怀中。

刚刚宁为玉那句话是说他们两个……想到这里祁采心不由红了脸颊。

宁为玉笑而不语，抬头静静地看着夜空的月亮，心中一片平静。

大漠的夜空总是格外明亮，那月亮似乎也比城市中的月亮大一些，亮一些，就连星星也多了。

“不对啊。”祁采心似乎想起了什么，撑着从宁为玉怀中抬起了头，满脸怒容地说道，“你刚刚骂我是傻子？”

刚刚宁为玉说，呆子配傻子正好。

呆子，自然就是指宁为玉了。

那这个傻子，不就是指自己了？

她刚刚居然还满脸的赞同？

祁采心怒了，张口就按着宁为玉的胳膊毫不客气地咬了下去，一点嘴下留情的意思都没有。

居然敢说她傻？这还了得？

“嘶。”宁为玉猝不及防，忽然被祁采心咬了一口有些吃痛地低吟了一声，然后就恢复了平静。

男子十分无奈地看着咬着他的胳膊不撒嘴的祁采心，另一只手宠溺地揉了揉她的头顶。

语重心长地说道：“这么半天才反应过来，还不算傻吗？”

祁采心闻言更是对宁为玉怒目而视，不过宁为玉正揉着她的头，那感觉让她心底一片柔软，也就不由自主地放松了嘴中的力道。

“哼。”

敢说她傻，她就要让他尝尝她的厉害。

宁为玉挑眉，没想到自己一个揉头顶的动作居然真的让祁采心暗自开心了，面上虽然还是面无表情，可是心中早已乐翻天了。

他的傻姑娘哟，真是好哄。

“傻挺好的，傻人有傻福，我就喜欢傻姑娘。”宁为玉一本正经地说道。

其实他心里并不是这么想的，而是……傻姑娘才好骗嘛。

什么，你说万一被别人骗了怎么办？

拜托，他好歹是天下第一公子，有他罩着，他看谁敢骗她，谁能骗她？

祁采心闻言还是噘着嘴，不过嘴角确实不自觉地弯起来了。

这个呆子是在变相地说喜欢她吗？

哼，看在他喜欢本姑娘的分上，刚刚他说本姑娘傻的事情，本姑娘就不和他计较了吧。

唉，我就是太善良了啊。

人好就是没办法啊。

两人静默着一起仰头看着明月。清风吹拂，一地月光皎皎银辉，很容易让人沉醉其中。

“我明天就要离开大漠了。”宁为玉忽然说道。

祁采心闻言立刻坐起来了，瞪大眼睛看向宁为玉，张了张嘴却又不知道该说些什么。

“离开这里之后，我再去一趟南海，然后我就会回京都，回家。”

他已经离开家太久太久了，家里还有人在等他回去。

就算再爱自由，宁为玉也时刻记得自己不仅是天下第一公子，更重要的他是宁国公府唯一的继承人。

有些责任，他逃避了这么久是该面对了。

总不能老让祖父担着，就算祖父不说什么，这么多年从没催促过让他回家，可是宁为玉知道，有些事情不能再拖了。

“哦。”祁采心想了半天，却只憋出了这一个字，然后就低下头不知道在想些什么。

宁为玉继续说道：“我在京都等你，等你的答案。”

他知道，祁采心早晚是要回京都的，正好这段时间让祁采心好好想一想。

祁采心显然也明白宁为玉的意思，闭上了嘴不再说话。

还是那个月光，还是一样的静默。

品玉轩的门口的树影中站着一个身影，一动不动一直看着屋顶上的两人嬉笑怒骂，看着他们逐渐靠近。

那样的笑声，他从来没有听过。

品玉轩，品玉轩。

果然来了这个“玉”之后，品玉轩的主人也变得不一样了吗？

祁傲天一身落寞地站在阴影中，笑着看着祁采心渐渐靠近幸福，心中有难受但更多的是高兴。

他奉若至宝的妹妹终于找到自己的幸福了，他哪里会不高兴？

更何况对方是宁为玉，祁傲天更是一百个满意。

其实，满意不满意……他好像并没有这个资格。

祁采心虽然没了父母，但还有一个堂姐露华公主，再加上祁采心也有自己的心思，他满意不满意……又有什么重要的呢？

良久之后，宁为玉小心翼翼地将熟睡的祁采心抱了下来，放到了床榻之上，并帮她盖好了被子之后，这才出来了。

刚刚出了品玉轩的门口，宁为玉就遇见了祁傲天。

“你能给她幸福！”这是祁傲天肯定的话。

“只要她要，倾尽一切。”

宁为玉目光灼灼，许下了一生的承诺。

第 77 章　桃之夭夭·我收了你

这一年，大盛顺灵帝长女露华公主刚刚满十五岁，在露华公主十五岁芳辰的这一天，顺灵帝大赦天下，举国同庆。

就在宫殿内觥筹交错、歌舞升平的时候，露华公主带着自己的贴身宫女红袖偷偷溜出了宫殿。

“呼，真是无聊。”露华见四周没人，便让红袖给她折了一根柳条，一边走一边抽打着道路两旁的盆栽景物。

“说什么为我庆生，可是你看这么无聊，简直无趣极了，这简直就是受刑嘛。”露华眉心轻皱，嘟着嘴巴哼哼唧唧地吐槽。

身后的红袖早已习以为常。

世人眼中的露华公主是惊才绝艳的，是贵气逼人、高贵典雅的。

其实，只有露华公主身边的人、亲近的人才知道，真正的露华公主私底下是个能坐着绝对不站着，能躺着绝对不坐着的超级大懒虫。

人前的露华公主知书达理一向优雅，可私底下的露华公主会抱怨，会有小女儿的情绪。

红袖作为露华公主的贴身女官，不仅不会觉得露华公主这样有两面性不好，反而觉得沉重的担子和沉闷的皇宫并没有磨掉露华公主小女儿的一面，觉得十分高兴。

“所以公主殿下将月浓公主骗到公主殿下的座席上，自己却偷偷溜出来玩，就不怕过后月浓公主恼了吗？”

红袖好笑地问道，她和露华公主的关系比一般的主仆要深厚得多，所以说话也就比较随意了。

露华身穿石榴红的流彩暗花云锦宫装，头上的海棠滴翠珠子碧玉簪下碧绿的珠子因为露华的蹦蹦跳跳撞击在一起，发出清脆的响声。

百花丛中，明媚的少女似乎一团火光盖过了所有鲜花的，又像是花中的精灵，翩翩动人，明艳似骄阳。

“月浓不会的，就算她再生气，这个时候也会老老实实地在宴席上冒充我，顶多宴会结束后和我生生气，到时候我哄哄她就好了。”

因着露华到了快说亲事的年纪了，所以就算出席宴会，露华的席位四周也会隔上一层帷幔的。

露华就是抓住了这个空子，将月浓骗到她的席位上，然后再凳子上加了厚厚的垫子，这样看起来就和她差不多了。

毕竟月浓只有十一岁，身高和她还是差不少的。

当然了，办法都是人想出来的。

“公主英明。”红袖笑着在露华身后说道。

主仆两个走着走着就不知不觉走到了御花园的东南角处，御花园的整个东南角根据皇后娘娘的吩咐，种上了一大片的桃花。

现在是四月份，正是桃花盛开的季节。

“哇，怪不得母后一直那么喜欢桃花呢，这一片桃花林好美啊。”

阳春时节，春光明媚，桃花林中桃花瓣纷飞烂漫、妩媚艳丽，如同一片片红色、粉红色的云霞，与周边绿树婆娑的垂柳互相映衬，桃红柳绿格外美丽。

露华欢快地飞奔，如一只美丽的蝴蝶飞进了桃花林中，仰起头，闭着眼享受着这美妙的时光。

一阵春风拂来，朵朵桃花像是一只只蝴蝶蹁跹而下。那些凋谢的或是被风吹落的花瓣，像是天女散花般飘落。

一缕缕神奇的金色阳光，流淌在桃花林中的每一处，让粉嫩的桃花更加美艳动人，也让桃花林中的仙子更加炫目夺人。

“你是桃花仙子吗？”

忽然一道略微有些粗哑的男声传来，那声音听着让人觉得有些怪异。

露华不由抬头循着声音抬头向上看去，只见一个紫衣锦袍的少年正蹲在不远处的一株桃花树上，满眼惊艳地看着她。

露华略微皱眉，这个少年五官并不是十分出色，但那一双眼睛十分幽深，闪烁着盛气凌人的光芒。

看着少年，估计也就是十五六岁上下，应该还没过了变声期，所以声音才会这么的……难听。

只不过……

“谁让你踩着桃花树的，赶紧下来。”

因为皇后的缘故，露华也十分珍爱桃花。

皇后和露华公主喜欢桃花，是整个皇宫都知道的事情。

露华实在没有想到居然会有人胆敢踩在桃花树上，这是在挑衅她吗？

那紫衣少年十分得意地摇了摇头，十分兴奋地说道：“不要，想要我下去，你先上来啊，你要是上来，我就下去。”

树上多好玩啊，男子汉大丈夫怎么能不爬树呢？

露华唇角一紧，隐隐有些不悦了，这人怎么回事啊？

虽然她也会爬树，但是身为大盛的嫡公主，怎么能够随随便便地就当着外人的面爬树呢？

这多有损大盛皇室的颜面啊，到时候父皇还不念叨死她？

今天是她的生日，皇宫里来了不少官员，不过那也是三品以上的大员才有这个资格。

看这个皮猴子的架势，应该是哪个武将家的小孩子吧？

就在露华思考树上这个到底是哪一家的皮猴子的时候，凤尘等得有些不耐烦了，以为是露华不会爬树呢，便立即改了口。

“喂，你不会爬树啊？真笨。”

红袖听了这话，眉宇间气势一压，刚想上前呵斥几句就被露华拦了下来。

“这片桃林是不允许有人攀爬的，这是皇后娘娘明令禁止的，你这是在找死，你知道吗？”

露华眉梢一挑，虽然没有说出自己的身份，却也抬出了皇后来压这个皮猴子。

“嘿，小仙女你这是在挑衅，你知道吗？”少年不为所动，反而来了兴致专门和露华对着干。

这个小妮子长得可真漂亮，刚刚他一晃眼，还以为是这个桃花林中有仙女呢。

父亲说了，碰见好的就要立刻娶回家。

这个长得这么好看，应该就是父亲说的好的了吧？少年想到。

露华笑了，长到这么大，还是第一次有人敢这么和她说话呢。

唔，感觉还不错。

“我就挑衅你了，你又能如何？”

她堂堂大盛嫡公主，还不信了在自己的地盘上能被一个皮猴子拿捏住了。

别说什么仗势欺人了，有靠山不靠，那是傻子才会做的事情。

她会投胎，也算是一种本事，是不？

少年闻言动作敏捷地“哧溜”一声就从树上滑了下来，然后蹦蹦地跑到露华面前，忽然伸手双手捧住露华粉嫩嫩的小脸，“吧唧”一声亲了上去。

那“吧唧”一声，在这寂静的桃花林中分外响亮。

“既然挑衅我，我就收了你！”

第78章　桃之夭夭·吃什么长大的

“既然挑衅我，我就收了你！”

紫衣少年的这句话像是有魔力一样，一直萦绕在露华耳边。

露华头一次有些发蒙，有些呆呆地双眼转了转，这是个什么情况？

她被人偷亲了？

被一个从没见过的皮猴子偷亲了？

在自己的地盘上被一个从没见过的皮猴子偷亲了？

“啊——”反应过来的露华尖叫一声，就一把把猝不及防的紫衣少年一把推倒了，然后骑上去了，威武地挥着自己的小拳头，咬着牙一拳一拳打在皮猴子身上。

“该死的皮猴子，我要杀了你！”

紫衣少年慌忙双手架在脸前，避免自己英俊无比的脸添上青青紫紫的印记，破坏美感嘛。

“喂！”刚想说什么的少年，却在视线触及身上的露华的一瞬间，失去了言语的能力。

好漂亮啊，这是紫衣少年现在唯一的想法。

露华紧紧抿着绯色的唇瓣，整个人紧绷着，小脸也不知道是被气的还是害羞，总之是红扑扑的，给她那份绝世的容颜添上了几缕尘世的美感。

可是随后紫衣少年就笑不出来，因为眼前的小姑娘虽然看起来娇娇弱弱的，但是这力气……真不小啊。

“你是吃什么长大的？”紫衣少年十分憋屈地问道。

这姑娘的力气虽然没有他大，可是真心不算小。

不都说闺阁的小姑娘都柔柔弱弱的，手无缚鸡之力吗？

这姑娘别说捉鸡了，估计杀鸡都是分分钟的事情了。

这么大力气，还是个小姑娘，这小仙女是从小吃菠菜长大的吗？

露华现在根本就无视所有人的话，只想抽死眼前这个小色鬼。

长这么大居然会被一个第一次见面的皮猴子调戏了，说出去她的面子往哪放？

“哦，我的天啊，公主……”

红袖虽然知道她们伟大的公主殿下绝对不是表面那样贤良淑德，但是还是被露华的彪悍吓到了。

还有，刚刚那个少年居然敢轻薄她家公主殿下，是不想活了吗？

虽然是这个少年有错在先，但是露华身为公主公然坐在一个少年身上挥拳头，这这这……不合体统啊。

这个少年必须惩罚，但是绝对不能是公主殿下亲自……这样揍人。

“红袖，别拦着我。”露华眸中似乎有一团火焰在燃烧，明眸照人分外惹人注目。

该死的登徒子，本公主抽死你！

别人打，哪里有自己打来的让人高兴啊。

反正这里也没有别人，暂时不用考虑她美丽的公主形象。

大不了，事后威胁这个皮猴子别说出去，不然父皇的念叨肯定是少不了的。

红袖虽然比露华大几岁，已经是十八岁的姑娘了，身量比露华高上不少，但是露华自幼习武，红袖根本就拉不开露华公主。

红袖在一旁急得团团转，正在红袖急得不知道如何是好的时候，忽然有一双看起来不怎么有力的臂膀轻轻按住了露华的双臂，然后露华就停止了挥动的拳头。

露华十分诧异地转头看向身后的人，她明明没感觉到后面的人给她施加压力，但是她就是挥不动拳头了，好奇怪。

按住她的是一个少年，看样子应该和身下的皮猴子差不多大，长得很秀气。

眉目如画，气质无双，是一个让人感觉很舒服的人。

“公主殿下，还是先起来吧，这样对您的名声不好。”

他记得，刚刚那个宫女是称呼她为公主的。

长得这般倾国倾城又有这般气势的，应该就是今日本该在宫殿里参加宴会的大公主露华了。

顺灵帝只有两个女儿，露华公主和月浓公主，这姐妹两个无论是外貌还是气质都相差太多，不难猜出眼前的这个就是露华公主。

露华也不知道怎么回事，居然在红袖惊讶得不敢置信的目光下，缓缓地站了起来。

被压在地上饱受欺凌的皮猴子——紫衣少年一个鲤鱼翻身就站了起来，拍了拍身上的灰尘，就和旁边的少年勾肩搭背地说道：“好啊，月萧，还是你有办法啊。”

没想到自己说了半天，这个小仙女依旧对自己打个不停，就连那个宫女劝都不管用，可是没想到月萧一句话就解决了他的困境。

这是为什么呢？

难不成是因为月萧比他长得好看？紫衣少年抿着嘴唇不断端详着月萧的容貌，暗暗吐槽。

这年头，长得这么秀气的居然比他这个这么英武的男子汉还受欢迎，真是不可思议。

“你是谁？”露华拧眉看着紫衣少年，脸色阴沉得很。

至于紫衣少年一旁的白衣的少年，则被露华忽略了，这个时候她满心满眼都是该怎么收拾这个皮猴子，其他一切都靠后站。

多年以后，露华想起这一幕，歪着头和身旁的成年版的紫衣少年说道：“当年我怎么就看上你了呢，明明是月萧更加优秀。”

月萧给人的感觉太舒服了，比起张扬的紫衣少年他实在是太低调了，低调到露华很轻易就忽略了他。

紫衣少年一挑眉，神情十分得意，拍了拍身旁月萧的肩膀，十分骄傲地说道：“月萧，告诉这个野丫头，我是谁。”

月萧沉默。

刚刚还是小仙女，被小仙女揍了一顿之后就变成了野丫头吗？

不过，大哥你没听到刚刚人家称呼你口中的野丫头为公主吗？

这个皇宫里就只有两位公主啊，无论是哪一位，人家的亲爹都是咱大盛的皇帝啊。

你居然敢称呼公主为野丫头，如果大哥你是故意的，我敬佩你，明年的今天我会给你烧纸的。

如果大哥你不是故意的，我同情你，明天的今天我给你烧双份的纸钱。

露华同样挑眉一笑，这个皮猴子还真有胆子啊，都知道她是公主了居然还敢和她这么说话。

这么勇敢又愚蠢的人，她很久都没有见过了。

好好陪他玩玩？

紫衣少年也不知道在想些什么，居然有些不满意地催促月萧道：“赶紧的啊，报出小爷的名号来吓死她！”

月萧有些无奈，兄弟啊，不是我不帮你，实在是你一心往作死的路上一个劲地蹦跶啊，我这拦都拦不住啊。

“这位是凤鸣大将军的小公子，凤尘！”

也不知道为何，月萧是出于什么心理，说这句话的时候本该加上敬语，句式本该是这样的，“公主殿下，这是……”。

而现在被月萧省略了称呼，这是月萧故意的呢，还是……

第79章　桃之夭夭·吓死我了

“啊！”露华本来平静的脸色猛地一变，忽然惊呼一声，吓得桃花林中其他几个人脸色大变。

反应最激烈的就是红袖了，“公主您怎么了？”

露华公主一向进退有礼，怎么会忽然发出惊呼呢？是发生了什么事情吗？可是她一直守在公主身边，没发生什么啊，这到底是怎么回事？

而紫衣少年也就是凤尘，也神色焦急地问道：“野丫头，你怎么了？”

要不是怕被这个野丫头一巴掌抽一边去，凤尘真想靠近点，近距离地看看小仙女有没有事。

而月萧虽然神色也着急，但却很是有礼地站在一旁，并没有说话。

该问的这个宫女和凤尘都问了，他没必要再多问一遍。

露华忽然扑进了红袖的怀里，肩膀一抽一抽哽咽地说道：“红袖，原来他就是凤尘啊，吓死我了。”

红袖：……

凤尘：……

月萧：……

“公主殿下……您到底在害怕什么呢？”红袖虽然十分无语，但是作为一个尽职尽责的贴身女官，这个时候应该配合公主。

自己的反应实在是太敏捷了，满分。

露华头在红袖的胸口处蹭了蹭，暗暗表示对红袖这个反应的满意。

抬头飞快地看了一眼凤尘，然后对红袖说道：“快，红袖你快告诉我，这个凤尘到底是干什么的，怎么会那么吓人呢。”

凤尘闻言涨红了脸，他正值意气风发的年纪，刚刚十五岁，之前才跟随父亲打赢了一场胜仗，虽然有父亲的威慑在，但这也掩盖不了他的锋芒。

自从回来后，一直被人追捧。

世家子弟多是纨绔，很少有像他这样十五岁便独自打仗的，对此他很是洋洋得意，对于别人的追捧夸赞也十分得意。

这还是头一次被人这般打脸，还是在他最好的兄弟面前。

虽然他和月萧是最好的兄弟，可是他和月萧一般大，又同是世家子弟，免不了被放在一起比较。

而凤尘也常常私下里和月萧比较，而每次月萧都不置可否。

可是，少年人嘛，爱虚荣爱比较格外在乎面子，都是正常的。

因此，露华的这番举动，让凤尘觉得很是丢人，因此当即怒火蹭的一下就上来了，指着露华问道："那你说说你又是谁？居然敢这么看不起小爷我。"

凤尘有这个自信，在京都的同龄人里，很少有人能和他比肩的。

在大盛的京都里，被人最为称赞的就是凤尘、月萧和宁为玉了。

宁为玉在外求学，月萧又格外低调，说起来在京都还真的没有风头能盖过凤尘的人了。

露华半眯着眼，瞅着脸色通红却还十分不甘的凤尘，嘴角一扯，学着之前凤尘的动作将胳膊搭在了红袖的肩膀上，然后学着凤尘的口气，不可一世地说道："红袖，告诉他我是谁。"

凤尘被气得握紧了拳头，要不是眼前是个小姑娘，真想上去抽她！还有，之前自己怎么会认为这是个小仙女呢，这明明是小魔女！

红袖先是扑哧一笑，然后十分配合地欢快说道："这位啊，是咱大盛的嫡公主，露华公主！"

露华公主，惊才绝艳！

只要提起露华公主的名号，所有人的脑海中都会自动浮现出"惊才绝艳"这四个字。

这也是虽然顺灵帝无子，但是大盛朝政能一如既往安稳的原因。

虽然顺灵帝无子，但是人家有一个顶过别人家十个儿子的闺女啊，更何况，顺灵帝虽然无子，但是云王有啊。

都是云氏，云王是顺灵帝的亲弟弟。

"你是露华公主???"凤尘难以置信地指着露华，满眼震惊。

不是说惊才绝艳吗？虽然长得的确够惊艳，但是这……泼辣程度也够让人惊艳的。

咳咳，现在的凤小将军完全忘了，到底为什么会被露华公主扑倒揍一顿的。

完全遗忘了自己先轻薄了人家公主这码子事。

"怎么，你有意见?"露华眸光一亮，嘴角的笑容也带上了几分高傲。

不是比谁风头更胜吗，她就不信了，她堂堂大盛的公主还比不过一个小小的将军。

看着露华如此孩子气的举动，红袖心中早就笑得乐不可支了，看了一眼凤尘，心中暗暗想到，今天这件事可得告诉皇后娘娘。

皇后娘娘一直觉得露华公主太过老成了，没有了少女该有的活泼。

若是皇后娘娘知道了今天这事，一定很高兴。

"露华公主这个时候不应该是在宴席上吗？我没有看到过露华公主，今天也没有看到。"

凤尘决定装傻，天啊，刚刚他偷亲了露华公主，天啊，这件事一定要装傻。

这个时候不装傻就是真傻了。

一旁的月萧嘴角抽了抽，不着痕迹地往一边退了几步，离凤尘远了点。

我不认识这家伙，真的，他谁啊？

露华下意识地擦了擦嘴唇，不屑地说道："敢做不敢当，还是个男人吗？"

"嗯，等以后是男人了会找你的。"

凤尘眼睛都不眨一下地说道，反正他现在只算得上是少年，等到及冠了才算是堂堂正正的男子汉了嘛。

大丈夫能伸能屈啊。

自己果然是真爷们。

露华听了这话，眼睛一瞪，轻斥道："你说什么？"

什么叫"以后是男人了就会找她"？这话怎么听都不像是好话啊。

一旁的月萧都忍不住捂脸了，凤尘这家伙还是赶紧闭嘴吧，要不然就真的小命不保了。

要是有人将今天的事情告诉顺灵帝，那凤尘就算再天才、再能打仗，估计也会被顺灵帝一刀咔嚓啦。

先是以实际行动轻薄露华公主，然后又是言语上的调戏，凤尘你这样做的真的好吗？

真是……花样作死啊，幸亏露华公主听不懂。

"意思就是，公主你说的都对。"凤尘笑得一脸灿烂，好像之前说露华是野丫头的人不是他似的。

月萧：……

兄弟，你的节操呢？

凤尘：当然是小命更重要了，在小命面前，节操算啥啊。大不了等以后，再把节操捡起来就是了。

月萧：我鄙视你。

凤尘：节操还可以捡回来，小命那能捡回来吗？

月萧：……

"咳咳。"露华沉着脸，不悦地打断了这两人的"眉目传情"。

不知道为何，看着凤尘和月萧眉来眼去的，露华就觉得十分别扭。

第 80 章 桃之夭夭·你这样你爹知道吗

公主殿下这一咳嗽了不得啊，凤尘立马笑嘻嘻地将头转向了露华的方向，笑得十分灿烂，“公主殿下，有何吩咐？”

要是让他老子知道了他轻薄公主的壮举，那还不揍得他满地找牙啊？

不行不行，说什么也要和公主殿下搞好关系，最重要的是千万不能让公主殿下将今天的事情说出去，不然他就真的完蛋了。

月萧在一旁已经懒得吐槽了，他现在已经开始怀疑自己的人生了，他当年到底是怎么看上凤尘的？居然会和这么一个没节操的人成为好兄弟，真是让人费解。

露华显然也抱着和月萧一样的想法，不是说大盛出了个调兵遣将的奇才，而且这个奇才是如何嚣张，如何不可一世吗？

怎么现在看到的竟然会是这么……这么狗屁的凤尘？

按照戏本来说，不应该是凤尘特别霸道地说一句，“本将亲你了，你就是我的人了”等，诸如此类的话吗？

嗯，不对。

呸呸呸，露华你在想什么呢？

对面正认真研究露华公主面部表情的凤尘，嘴角有些抽搐。

这个公主没病吧？怎么一直……有点不太正常啊。

脸色这么难看，不会是想让他负责吧？

千万不要啊！

凤尘在心中不断地哀号。

娶了公主，就意味着没了自由，没了美女，除了钱和权，没了一切啊。

而且，娶了公主得到的权利也是远离权利中心的。

男儿大丈夫，立于尘世中，自当扬名立万。

娶个公主是不用奋斗了，可是同样也失去了扬名立万的机会啊。

更何况……凤尘夹着眼皮子瞅了一眼露华，在心中低叹一声。

更何况，又是脾气这么不好又有暴力倾向的公主。

若是个柔弱点的公主，将来就算是打起来，就以闺阁小姑娘的力道，凤尘也就当作是挠痒痒了。

可是，这位……

估计，到时候他会英年早逝。

这简直不能再悲惨了。

"凤尘，凤尘……"

月萧顶着露华公主越来越黑的脸色，再一次叫唤凤尘，奈何小伙伴深深陷入自我幻想中，陶醉不已不肯醒来。

这……

月萧无奈地耸耸肩，兄弟这可真不是我故意的。

心中默念了一二，然后月萧就稍稍退后了两步，走到凤尘的身后，然后飞快地抬起腿，一脚照着凤尘的屁股踹了过去……

"扑哧。"红袖不小心笑出声来。

实在是，凤尘的这个姿势太搞笑了。

只见紫衣少年双手撑在地面上，脸颊都快挨到地面了，而屁股却高高撅起……

那场面，怎一个滑稽搞笑能够概括的。

月萧忍不住掩面哀号，他现在说不认识这家伙还来得及吗。

正常人被踹倒之后，也就是直接趴在地上，姿势也就稍微难看那么一点点……

可是，现在……

凤尘应该是半路缓过神来了，虽然反应过来了可是也来不及了，只能顺着力道向地面倒去，若是他顺着力道倒下了，也就罢了。

偏偏他中途用了力，想要支撑住身子，也不知道哪里出错了，居然会……

屁股高高撅起，这个姿势……

有点不雅啊。

露华默默地别过脸去，不过那嘴角是掩饰不住的笑意，脸色早已变了。

一团淡淡的红霞像是国画高手在一张洁白的宣纸上，沾了一弹嫣红的颜料，慢慢渲染其上。

"哈哈，你笑了，笑了就代表着不生气了。"

凤尘看到露华的笑脸，立刻一个打挺从地上起来站在了月萧身边，一边拍着手上的尘土，一边瞅着露华露出了一口白牙。

笑了，就是不生气了。

不生气了，那是不是就代表着他之前的冒犯能够一笔勾销了？

月萧十分无奈地帮凤尘拍了拍身上的尘土和桃花瓣，因此也就躲过了露华扫视而来的视线。

若是露华能够看到此刻月萧的眼神，一定能够明白其中的含义。

也许，就不会有之后那样惨烈的悲剧了。

人面桃花相映红。这是刚刚露华那一笑时，月萧脑海中浮现的一句话。

可是此刻一见钟情的月萧忘了，关于桃花还有一句诗句。

“人面不知何处去，桃花依旧笑春风。”

这也许就是他命中注定的结局。

多年以后，桃花依旧这般灿烂，可是露华却只能在一片木槿花丛前，看着他孤独的坟冢，静寂无言。

“我生不生气，关你什么事？”露华白了凤尘一眼，说道。

这人真逗，好歹是世家子弟，居然会做出这么不雅的动作来，真是……蛮搞笑的。

凤尘不在乎露华还板着一张脸，笑嘻嘻地说道：“不生气了，今天的事情才能一笔勾销啊，公主殿下这般大人大量一定不会计较这些小事的。”

他都这么卖力地讨好了，这个野丫头不会还抓着他不放吧？

要不是父亲说了，要是他再惹祸下一次就不允许他去战场了，他怎么可能这么怂。

男子汉大丈夫，宁肯死但绝对不能怂。

可是……他还这么年轻，前途无量，如果英年早逝的话，岂不是大盛的一大损失？

他这可是为了大盛着想，他这一片忠心真的是可昭日月啊。

露华简直要被凤尘气死了，什么叫这点小事啊？

她堂堂大盛嫡出公主，被人调戏了，这难道是小事吗？

还有，原来这家伙并不是四肢发达头脑简单啊，居然会拿道德礼法来压他，挺聪明的啊。

不过……

也不看看她是谁，这一招对她不管用。

“凤尘，你这样你爹知道吗？”露华饶有兴致地问道。

据她所知，凤鸣大将军是个十分严谨老实的人，甚至可以说得上有些古板了。

那么一个一本正经的老头，居然会生出凤尘这么……跳脱的儿子，不容易啊。

凤尘额头上的青筋蹦跶了两下，嘴角再勉强也弯起来了，实际上心中却是不断地在劝告自己。

凤尘，再忍一忍。

你都错也犯了，傻也装了，这个时候和这个野丫头翻脸都不值得啊。

再忍一忍。

可是……他快要忍不住了怎么办？

好想揍这个野丫头一顿，让她瞧瞧爷的厉害怎么办？

“公主，你这个时候出来，皇上知道吗？”凤尘笑着反问道。

月萧：……

兄弟，你这是在和露华公主叫板吗？

勇气可嘉，只是……能不能等我和你划清界限后再和露华公主对着干？

阳光正好，活着更好啊。

第81章　桃之夭夭·打起来了

露华脸色一正，笑了几声说道："知道不知道的，你能如何？"

面前的女子虽然因为年纪还小，显得容颜有些稚嫩，那刚刚一挑眉，简直风情无限。

凤尘已经能够想象出，不出三年，眼前的这个小仙女将会是如何倾国倾城。

尊贵的出身、绝世的容貌、让人惊艳的才智、和睦的家庭……

所有人们追求一生也不一定能得到的东西，眼前的这个野丫头早就握在了手中。

也不知道，这样得天独厚的小姑娘，将来什么才能打动她？

抑或什么都能轻而易举得到手的露华公主，她真正想要的到底会是什么呢？

"唔，这和我的确没关系。"凤尘点了点头，仰着头并不让步，"咱们的爹都不知道咱们的真面目，既然如此，相互保守秘密，不是挺好的吗？"

说完还冲着露华眨了眨眼。

哎呀呀呀，自己真的太聪明了，居然会想出这么好的对策，真是……聪明到没朋友啊。

一旁的月萧简直为凤尘的机智点赞，这家伙没看出来啊，居然这么胆大，都这个时候了还不忘占露华公主的便宜。

咱们的爹……

大哥，不知道的还以为你是说你和露华公主是一个爹呢。

"父皇疼我，若是知道了顶多说上两句，连训斥都没有，至于你……"露华笑得如同一只狡诈的小狐狸，简直魅惑众生。

凤尘晃了晃脑袋，说道："你能不能别笑了，跟个妖精似的。"

一不小心，凤尘就把心底的话也说出来了。

这露华虽然脾气不好吧，但是长得是真漂亮啊，尤其是笑起来的时候，现在那狡诈的笑容在他看来竟然会有些妩媚，凤尘简直郁闷了。

"大胆！"红袖板着脸训斥道。

无论什么样身份的女子，被人称之为妖精，都不会有好脸色的。

妖精那是形容什么样的女子才会用的词汇啊？

"你这个磨人的小妖精……"这可以算得上青楼女子的专有名词了。

露华暗暗磨牙，忍不住一脚踹了过去，同时怒骂道："凤尘，你找死！"

先是轻薄于她，后又出言调戏她，现在居然又用这样粗鄙的词汇来侮辱她！

她要是还忍得下去，就不是露华了！

凤尘也不是什么忍气吞声的主，刚刚他自认为已经够退步的了，只不过刚刚没忍住一不小心把心里话说出来了嘛，干什么这么小气。

在凤尘的词典里，妖精并不是什么侮辱人的词汇，他反而认为被形容成妖精的女子，必定十分妩媚，那是褒义词。

他这是在夸露华啊，露华不仅不感谢他，反而这么生气，简直不可理喻。

唉，父亲说得对啊。

女人心，海底针。你别猜啊，猜也猜不对啊。

所以，当露华虎虎生风地一脚踹来的时候，凤尘好不可以双手在胸前一个格挡，挡住了露华的进攻。

然后嘛……

同样的年轻气盛，同样的不可一世。

再加上两人武功都不弱，也都不怕事，所以……

打起来了。

月萧想上前拉开两人，可是这两人并不是寻常人打架那样过招，而是……扭打成了一团，在地上滚来滚去的。

而一旁的红袖在片刻的呆愣后，立刻的果断地扭头跑向了桃林外。

这是去叫侍卫了啊。

月萧到底和凤尘是好兄弟，见红袖去找人，怕别人看到凤尘殴打公主事后被凤鸣大将军修理得找不到北。

所以，月萧撸了撸袖子，想要上前拉开两人。

只要没被抓到现行的，凤尘的这顿打估计会挨得轻一点。

谁知道……

“嘭——”

月萧不知道被这两位中的哪个祖宗一脚给蹬了出来，然后直接被踹得撞到了一旁的桃花树上。

桃花树被撞击得摇晃起来，纷纷扬扬地飘下来不少的桃花瓣，粉色的梦圆般的桃花瓣飘落在扭打的两人身上。

月萧站起来，拍了拍身上的灰尘，然后低头看了一眼自己胸口的大黑鞋印子，决定保持沉默了。

兄弟啊，不是我不帮你。

实在是……

你这根本就不想让人帮啊。

他还是做他的谦谦君子好。

也许是一身白衣的月萧站在桃花树下，又十分低调的一声不吭，所以来了这么多人也没人注意到他。

或许是注意到他了，但是眼神都被凤尘和露华吸引了。

总之，就是露华被红袖扶着走了，凤尘被人押着走了。

然后就剩下他自己站在桃花树下，悠闲地看着这一切。

“逃之夭夭灼灼其华，之子于室宜其室家。”月萧轻轻吟诵道。

这是夫子教给他们吟诵的《诗经》中的诗句，他觉得这大概是《诗经》中最美的诗句了。

而且……

站在桃花树下，倾城一笑的露华……

让他……一见之后，再难放手。

前面的红袖忽然回头看了一眼月萧，像是听到了什么。

月萧有些紧张，红袖听到了是不是会告诉露华公主？

虽然有些不好意思，但月萧还是有礼地对着红袖笑了笑。

红袖亦是冲着月萧点了点头，然后扶着满肚子火气的露华缓缓走向了紫英殿。

月萧在桃花树下站了很久很久，直到日暮沉沉，快要宫禁了，月萧才离开了桃花林。

让月萧意外的是，月萧居然在宫门口遇见了沉着脸的凤尘和脸色更加难看的凤鸣大将军。

“萧见过大将军。”

“世侄不必多礼。”

凤鸣本就长得有些严肃，此刻又板着一张脸黑沉沉的，让人更加害怕了。

月萧虽然不至于害怕，但是他还是听出了凤鸣大将军口中的敷衍。

也是，后来露华公主和凤尘去了紫英殿，肯定又是鸡飞狗跳的。

就算顺灵帝不加以责罚，这满殿的权贵，凤鸣大将军肯定也觉得这脸丢到姥姥家去了。脸色能好看了才怪。

凤尘这才可倒霉了，月萧默默地献上他一颗同情的心。

“你怎么还没走？”凤尘有些奇怪地问道，这都过去了两个多时辰了，月萧居然还没走，真是奇怪啊。

“我……”

“你哪那么多话？”凤鸣大将军不等月萧把话说完，就一巴掌抽在了凤尘的头上，显然对凤尘这个小儿子怒火非一般的大。

凤尘撇了撇嘴，只对着月萧说了一句，“过两天去找你”就被凤鸣大将军赶着上车走人了。

走之前，凤鸣大将军对着月萧歉意地一笑。

只不过……凤鸣大将军，您还是板着脸吧，月萧默默地想到。

第82章　桃之夭夭·你牙上有菜叶子

“你说说你，凤尘，你一天不惹事是不是会死？”凤鸣大将军一回到将军府，就忍不住对凤尘咆哮。

有凤尘这个小儿子，有的时候的确很给他长脸，可是更多的情况是把他气得一佛升天。

几乎整个京都的权贵都或轻或重的向他告过状，每次都是因为凤尘。

凤尘每次不是打了这个公府的小公子，就是去爬那个侯府的墙头……

总而言之，凤尘带给凤鸣的麻烦多过荣耀。

这次更是，简直把他的老脸丢尽了。

“我今天不就没惹事吗，不还是活得好好的嘛。”凤尘一屁股坐了下来，抢过一旁凤绝手中的点心盘子，就开始吃了起来。

饿死他了，参加个破宴会都无聊死了，害得他饿了半天的肚子。

后来和露华公主打了一架也挺耗费体力的，然后又在大殿上跪了两个多时辰，他简直要饿扁了。

在凤尘看来，他今天的确是没惹事啊。

他在桃花林中待得好好的，是露华跑去招惹他的。

谁让露华长得那么漂亮还老冲他笑呢，这真不赖他。

“你居然还有心情吃？”凤鸣大将军指着凤尘，吹胡子瞪眼地骂道。

他这个儿子的脑子里到底是个什么构造？

都这个时候了，不应该是想着怎么认错吗？

居然在这大吃特吃？

凤尘嘴里塞得满满的，抽空回答了一下他那愤怒的老父亲，“爹啊，我饿了自然就有心思吃了。”

他爹怎么老问这么……白问的问题啊。

当然是饿了，才有心思吃的嘛。

凤绝看了一眼简直算得上是怒发冲冠的父亲，再看了看吃得和小仓鼠一样腮帮子鼓鼓的弟弟，毫不客气地一把将凤尘手中的点心盘子夺了过来。

一会暴怒的父亲迁怒于他怎么办？

这又不是第一次迁怒于他了。

要是他现在不抢过来，一会他那愤怒的老父亲就该怪他为什么在这里准备一盘点心了。

唔，所以说，他要早早地规避风险才是。

凤尘不满地站起来就要和凤绝抢食吃，嘴里满满当当的却还在努力地指责和自己抢东西的大哥，“你都吃饱了还和我这个肚子要饿扁了的人抢东西吃，你什么人啊。”

“我吃饱了撑着，不成吗？”凤绝淡淡地说道。

每次城门失火都要殃及池鱼，这次他这个无辜至极的池鱼要躲得远远的才行。

凤尘以眼神控诉凤绝，没有兄弟爱。

凤绝看了一眼站在凤尘身后，情绪已经濒临爆发的老爹，摸了摸鼻子，转身就走了。

阿尘，不是当哥哥的不帮你，实在是你犯错太频繁了，每次都帮你挨揍，这……

有点难度啊。

“你！”凤尘咬牙切齿地看着一点犹豫都没有、一路溜走的凤绝，心中狠狠地揍了他一顿。

没义气！

“啪！”

“嗷呜！”

凤绝刚刚离开大厅，就听到身后传来了一阵阵惨绝人寰的叫声，不由低头笑了笑。

唔，很好。

根据这回的惨叫声来判断，最起码这次阿尘会在府里头老老实实地待上五天，那么也就是他可以完完整整地过五天自己的生活了。

不会在和朋友喝酒的时候，被管家拽走为了解决凤尘惹出来的事。

不会在和兄弟骑马的时候，被管家拽走为了给凤尘擦屁股。

不会在……

总之，他可以清净安生五天了，这简直太美妙了。

唉，如果阿尘没有从小跟着父亲从军营长大就好了，那么按照父亲揍人的力度，阿尘怎么也能消停半个月。

如果是在父亲盛怒的情况下，也许能够消停一个月。

只可惜，阿尘的小身板在军营锻炼得太好了，愈合能力太强了，超乎常人。

唉，可惜了他啊，也许应该把凤回找回来了，凭什么他没时间去见他心中的仙女每天等着给阿尘收拾烂摊子。

同样身为大哥的凤回就可以和小青梅，一起游湖骑马，好不畅快？

多不公平啊，要不安生，一起才好啊。

兄弟就要有难同当嘛。

嗯，就这么愉快的决定了，回头他就让路鹤去把凤回抓回来。

春风殿中，一个粉色百花锦簇宫装的少女正在幸灾乐祸。

“哈哈，谁让你抛下我，自己跑出去玩？活该！”月浓叉着腰，摇晃着小脑袋，显然十分得意。

本来嘛，今天的宫宴和她关系不大，她本可以好好出去玩一玩的，结果被她无良的皇姐算计了，她就只能在那无聊的宴会上待了一个多时辰。

不过……

“皇姐，这就叫恶人自有恶人磨啊。”月浓笑得十分欢乐。

自小她就不如皇姐聪明，每次皇姐不想做什么，都是拿她来顶包，这次终于被父皇抓住了吧？

哈哈哈，想想下午的时候在紫英殿上发生的那一幕幕，月浓就笑弯了腰。

原来，这个世界上还有人能让她的皇姐不爽啊。

那个叫凤尘的好厉害啊，不行，等过几天她要偷偷出宫，好好向凤尘讨教讨教。

简直是神人啊。

“你大板牙上有菜叶子。”露华眼皮都没抬一下的说了一句，虽然话是对月浓说的，但是目光很显然还是盯着手中的书卷。

月浓一下子就脸红了，小手飞快地捂住了嘴。

一旁的红袖忍不住笑了。

她的公主殿下啊，每次都爱逗月浓公主玩。

“哼，你又骗我，我今天晚上根本就没有吃过菜叶子。”月浓想了想，噘起小嘴巴，指着露华瞪着一双大眼睛不满地控诉道。

今天是庆祝她皇姐生辰的宫宴，怎么可能有什么菜叶子呢？

更何况，她也是公主好不好，当然也会注意自己的形象了，怎么会吃个东西就弄得牙齿上都是呢。

坏皇姐，每次都忽悠她。

“嗯，你真聪明。根据你今天没吃菜叶子，就能知道我是骗你的。”

露华翻了一页书卷，一边点头一边夸赞她那傲娇的小妹妹。

红袖：……

公主殿下，您真觉得您这种口气是在夸人？

月浓公主能和您感情一直这么好，那真的是月浓公主脾气太好了。

“皇姐！你又讽刺我笨。”月浓十分不满地跺了跺脚，不过一会转了转眼珠，歪着头说道，“咱们同父同母，你老说我笨，你又能聪明到哪去呢？”

哼哼，这次看你怎么说。

露华终于放下手中的书卷，看着自家妹妹十分同情地说道：“月浓，有一句话叫作龙生九子，各有不同，你知道吗？”

第83章　桃之夭夭·思春的年纪啊

“你你你……”月浓指着露华的小胖手都有些哆嗦了，幽怨的大眼睛控诉般地看着露华，十分生气。

每次皇姐都欺负她，真是够了！

她要去找母后告状。

“哼，我要去告诉母后！”月浓气嘟嘟地撇了撇嘴，然后瞪了露华两眼就噔噔地跑了出去。

她说不过皇姐，那就让母后来收拾她！

真是太讨厌了，每次都欺负她！

这次，她必须给她点颜色瞧瞧。

“殿下，您啊每次不把月浓殿下逗哭了就不罢休啊。”红袖无奈地笑了笑，然后弯着腰给露华倒了一杯热茶，推到了露华的面前。

露华笑了，“还是红袖你最懂我的心思。”

她还没说话呢，红袖就知道她渴了。

真是太贴心了。

“红袖啊，你说要是过几年你被放出宫了或者是嫁人了，我怎么办啊？”露华放下书卷，一手端着茶杯，一手杵着下巴端详着红袖。

她家红袖正值十八花样年华，虽然容貌并不是十分出众，但是眉目间的宁静总是能让人安下心来，最重要的是红袖身上有一种露华和月浓都没有的温婉宁静的气质。

这种气质，她只在她母后身上看见过。

而且不同的是，母后的温婉让人不由自主地想要怜惜，而红袖的温婉中却透着一股子韧性。

是个外柔内刚的好姑娘啊。

又这么贴心、细心，还做得一手好糕点。

真是一个万能的姑娘啊，她怎么舍得放红袖离开皇宫呢？

不过，大盛的宫女都是到二十岁的时候就会被放出宫，免得耽误了宫女的一生。

二十，对于女子来说虽然不如十八可人，但也有着十七八岁少女所没有的风情和成熟，所以说二十岁的女子并不是不能嫁出去。

唉，红袖都十八了，还有两年红袖就该被放出宫了啊。

真愁人啊。

“殿下就是爱瞎操心，这不是还有两年呢，再说了，凭着皇上对殿下的宠爱，奴婢就是一辈子不出宫伺候殿下，也是无事的。”

红袖也很喜欢伺候露华公主，露华公主没有什么架子，对下人又好，在露华公主六岁搬到这个春风殿的时候，红袖就是露华的贴身宫女了。

九年了，在她心里露华公主既是主子也是如同她亲妹妹一般的存在。

“胡说。”露华把茶杯往茶几上重重地一放，板着脸说道，“我怎么会把你困在我身边一辈子呢？”

唉，要是今天没提起这茬来，她都快忘了。

红袖十八了，她是不是该看看有没有合适的人了？

“奴婢乐意啊。”红袖一点也不怕露华，笑着说道。

她明白露华公主的意思，可是她是孤儿，并没有亲人，就算被放出宫了也是举目无亲，还不如一直留在宫里好好伺候露华公主呢。

露华十分无奈，好像泄了气的皮球一样往椅子里一缩，“唉，你一点都不怕我，看来本宫是没什么威信啊。”

看着露华装模作样地叹息，可把红袖乐坏了。

“哪有的事，看殿下这个样子，奴婢好怕哦。”红袖想了想下午在桃花林的时候，露华嘲讽凤尘的语气，模仿了一个十成。

露华：……

这是怕她吗？这是怕她吗??这是怕她吗???

简直要翻天啊，这节奏可……真是太好了。

这样才有趣嘛，整天整个宫殿里没有一个人敢和他她说说笑笑，简直不要太无聊。

红袖这个语气，让她不由想起了今天下午和她打成一团的凤尘。

那个凤尘和她平日里见得世家子弟都不一样，她长这么大还是头一次被人轻薄，头一次被人调戏，头一次有人敢和她打架。

那滋味……简直酸爽。

以后憋闷了，凤尘是个不错的选择。

“坐。”露华敲了敲一旁的桌子，示意红袖坐在她左手边的椅子上，一副咱姐妹好好聊聊的架势。

红袖抿唇笑了笑，也不忸怩直接坐下了。

这样的事情并不是头一次了，所以红袖也习惯了。

在人前的时候，她是本本分分的宫女。没人的时候，就和露华公主没那么多规矩了。

“红袖，皇宫里这么多侍卫，你就没有一个看上眼的？或者是哪家大人的公子也行啊。”露华兴冲冲，双眼亮晶晶地瞅着红袖。

红袖闻言闹了个大红脸，虽然有些脸红但还是直接说道：“殿下您在瞎说什么啊，奴婢整天跟着您，哪有时间去考虑这些啊。”

别看今天露华公主玩了一整天，没啥正事干。

可也仅限于今天，今天是露华公主的生辰，所以才会有时间玩闹呢。

露华公主虽然和月浓公主一样，都是公主。但是皇上至今无子，一心把露华公主当成继承人来培养。

政治、学问、骑射、兵法、驭人之术等，好多东西要学。

不仅如此，露华公主还要学习身为一个公主要学的礼仪、女红、乐器、绘画书法等。

总而言之，露华公主比一般的公主要忙，也比一般的太子要忙。

主子这般忙碌，她身为露华公主的贴身女官，自然也轻松不到哪里去。

本来红袖这句话的意思是说她没有中意的人，叫露华公主不要费心思了。

结果，露华却理解成了别的意思……

"哦，你这是嫌我没给你谈情说爱的时间啊？"露华挑眉，笑得十分狡诈地调侃道。

啧啧，十八岁了，果然到了思春的年纪了吗？

要不然她一直忠心耿耿的女官怎么也会和她抱怨没有什么私人时间了呢？

唔，这个问题，值得考虑啊。

"殿下！"红袖虽然被露华锻炼得脸皮不那么薄了，但显然也没有到达露华这种……风云不变色的地步。

被露华一而再再而三地提及这种事情，红袖终于有些扭捏了，似抱怨又似撒娇地冲露华说道。

露华捂着嘴直笑，"不要害羞嘛，你这到了年纪是该考虑考虑你的终身大事了，总拖着算是怎么回事啊。"

虽然露华用红袖用得很舒心很顺心，但是越是看重红袖才越不能耽误红袖的终身啊。

"殿下，奴婢没有心仪之人，现在也没有这个心思。"红袖认真地说道。

露华点了点头，然后一本正经地掰着指头数了起来，"岳副统领的长子岳繁不错，我见过几次，长得一表人才也算是个优秀的……唔，百里太冷了，要不然百里也是个不错的选择。"

第84章　桃之夭夭·一室欢笑

露华把和红袖匹配的人从头扒拉了一遍，然后兴冲冲地对红袖说道："怎么样，这几个你看得上哪个？只要你看得上，我就给你做主。"

虽然说红袖只是个宫女，但好歹是她身边的贴身女官，配一些三品官宦人家还是配得起的。

红袖摇了摇头，笑着说道："别说奴婢没这么心思，就算奴婢有这个心思也是个……身有残疾的人，怎么配得上别人呢？"

一听这话，露华顿时就心疼了。

红袖在来春风殿做差事之前，是在御膳房帮忙的。

每个地方都会有钩心斗角，总会有黑暗的一面。

红袖就曾经在几岁的时候，被人拿来顶包，被砍掉了右手尾指的一截手指。

虽然对生活什么的都没有影响，但红袖还是一直因此自卑。

哪怕现在她是露华公主身边的贴身女官了，在心里阴暗的角落中她还是依旧自卑。

也是因为这个，她一直没有考虑自己的终身大事。

另一方面也是因为红袖认为露华公主救了她，所以她要一直服侍露华公主。

这两个原因加起来，所以红袖就完全没有心思想自己的姻缘了。

"你怎么能这么想呢？红袖，你那么优秀只有别人配不上你，没有你配不上别人，知道吗？"

露华抓住红袖略微有些冰冷的双手，双眼定定地看着红袖，给以她无声的肯定。

红袖本就不擅长伤感路线，听着露华这般豪气冲天的话，忍不住扑哧笑出声来。

"殿下，你这话说得跟土匪抢亲似的。"

姻缘这东西，讲究的是一个你情我愿，强迫了也就没有意思了。

就算在露华公主的压迫下，会有不少人愿意娶她，但是……

每日里看着皇上和皇后眼中只有彼此，好像谁都插不进去一样，哪怕朝廷给的压力再大，顺灵帝也从来没有说过娶了妃子什么的。

哪怕，在皇后的眼中，红袖从来没有看到过那种男女之间浓烈的感情，但皇上和皇后的感情也十分好。

这样的感情，一生一世一双人，是所有女人都梦寐以求的。

天天守在露华公主跟前，也时常能看到皇上皇后，两人这般显赫还能做到比翼双飞。

那么，这么平凡的自己是不是也可以？

其实，在皇后的耳濡目染之下，露华公主和月浓公主都是向往一生一世一双人的感情的。

不过，两位殿下是大盛嫡出的公主。

从来没有听说过驸马家，会有小妾的。

在大盛是没有这样的规矩的，所以露华公主和月浓公主都不用担心这个问题。

所以，露华也没有想过就算有人为了讨好她娶了红袖，却会有不少的小妾。

因为这在露华看来是不可能发生的，自己不用去担心这个问题，也就下意识地认为红袖同样不需要担心这个问题。

“土匪？”露华撇了撇嘴，却还是点了点头，“本公主就是土匪了，谁又能说什么？”

说着还洋洋得意地朝红袖扬了扬下巴。

一副“你什么都不用担心，有本公主罩着你”的土匪头子模样。

红袖温柔地笑了笑，反手覆盖住露华公主的双手，柔声说道：“殿下不必操心了，等您成亲了，奴婢才会考虑自己的事情。”

只有等露华公主殿下成亲了，她才会考虑驸马府里有没有合眼缘的人嫁了，这样还可以继续照顾公主。

只是红袖没有想到，等到露华公主成亲的那一日，她早已不是她。

一切变幻得是那般迅速，如同行驶在海上的帆船忽然遭遇了海浪的袭击，一切都是那么措手不及。

迷茫、恐惧、不安……

那些负面情绪如同暴风雨一般，迅速爆发让她瞬间迷失了自己。

只是这一切，现在的红袖还未曾知晓罢了。

“等我成亲？”露华呢喃一句，不知为何脑海中飞快地闪过一个紫色的身影还有凤尘那张讨厌的脸。

“才不要呢！”

露华猛地发出一声尖叫，提起成亲她的脑海中怎么会率先闪现的是凤尘那个皮猴子呢？

难不成是因为她长这么大，只有凤尘敢和她打架？

大概这就是传说中的，不打不相识？

那以后她们要是真的在一起了，那还不整天打得鸡飞狗跳的？

唔，难道这就是母后说的，两个人在一起相敬如宾那是感情不够深厚？

其实，母后和父皇之间有一层隔膜，她是知道的。

虽然母后待父皇并不如对她和月浓那般上心，但对父皇总归是温柔的，更何况，上一辈的事情，她也不好评说什么。

等等，她到底在想些什么？

我的老天啊，露华被自己发散的思维以及无可救药的脑洞给吓到了。

红袖在一旁炯炯有神地看着自己的主子，那脸色变化了好几番，那速度之快，变化之多，顿时让红袖叹为观止。

同时红袖也在一旁托着下巴默默地想着：这莫不是因为殿下平日里戏文看多了？要不然就是好多情绪在心中憋久了，要不然怎么会有这么多表情可以变幻呢？

“嗯……”

等到露华回过神来，就看到红袖炯炯有神地盯着自己看，又想到自己刚刚胡思乱想的那些东西，不由有些脸红。

“殿下你是热了吗？要不要奴婢去给您端碗冰镇的莲子粥来？”红袖见露华的脸红了，下意识地认为这是热的。

因为在红袖的认知里，自家主子的脸皮厚的……绝对不可能出现脸红这种情况啊。

身为一个既合格又贴心的下人，这个时候要第一时间关心主子的身体啊。

“咳咳。”露华面对如此尽职尽责的贴身女官，只得略微有些尴尬地咳嗽了几声，来掩饰自己的不自在。

“呀，殿下怎么还感冒了？奴婢这就去给您吩咐小药房送上点药来。”红袖抬高声音关切地问道，一副合格贴心的下人的模样。

但实际上……

露华瞥见了红袖掩饰不住笑容的嘴角，恨恨地横了红袖一眼，说道：“好啊，你居然敢戏谑本公主，看本公主怎么收拾你！”

红袖笑着跑开了，露华紧紧跟上去，和红袖闹成一团。

露华清脆爽朗的笑容隔着重重的宫殿都掩盖不住，随心影站在春风殿的门口，笑得十分温柔。

“还是红袖最有办法啊，看来我白担心了。”

本来随心影以为，露华会因为今天遭到了顺灵帝的训斥而心情低落，现在看来完全没有必要担心了。

第85章 桃之夭夭·责任

“母后，你到底是来帮我说话的还是因为担心我姐啊？”

站着随心影身边的月浓皱着小鼻子十分不满地抱怨道。

哼，说好了是来帮她说一说她姐，免得她老被欺负。结果呢，她亲爱的母后走到门口，听到了她那无良老姐的笑声就走不动步了。

随心影失笑道：“好啦，等到明天母后再来帮你出气好不好？”

随心影蹲下身子，笑着捏了捏月浓的小鼻子，显然十分宠溺月浓这个小女儿。

比起露华来，会撒娇会卖萌的小女儿显然更得随心影偏爱，但是随心影心疼的还是露华。

露华虽然是长女，肩上的担子却比一般的皇子还要沉重。

都是她没能生下一个儿子，这怎么让她不心疼不内疚呢？

“哼，你总是骗我，偏心喜欢皇姐，你和父皇都不喜欢月浓。”

月浓小公主明显是傲娇了，十分不满意自家母后这个用了八百遍的没有一点诚意的安抚的话。

太敷衍了，哼，本宝宝也是有小脾气的。

随心影笑了，揉了揉小女儿的包子头，安抚道：“呀，我们月浓也有小脾气了啊？月浓不是母后的小棉袄吗，怎么还会和母后置气？”

她的月浓可是一直嚷嚷着她才是自己的小棉袄，至于露华……那是来讨账的，才不是贴心小棉袄呢。

因着月浓是小女儿，性子又有些骄纵，却是整个皇宫的开心果。

无论外人如何评论她的小女儿，说月浓骄纵也好，不懂事也好，月浓都是她的开心果。

做父母的难免会偏心，而随心影等人很明显是偏心月浓，不过也幸好露华并不计较这些。

“我是母后的小棉袄，贴心母后了，那母后也是不是应该为小棉袄出出气？”月浓嘟着嘴，对着随心影卖萌。

话说，她被皇姐欺负过无数次了，母后总得给她找回一次场子吧？

对着月浓，随心影本就很多宠爱，现在月浓又刻意地在撒娇，随心影就更受不住了，只得学月浓一样卖萌。

“月浓，你看今天是你皇姐的生辰，却被你父皇骂了，心情够不好的了，咱们是不是大人大量地原谅她这次呢？”

“唔。”月浓嘟着嘴想了半天，然后小大人似的叹了一口气说道，“唉，好吧，谁让今天是皇姐的生辰呢，寿星最大。”

“月浓真乖。”

“母后，那个凤尘是谁啊，他居然敢打皇姐，父皇居然还不惩罚那个凤尘，好奇怪哦。”

月浓一边跟着随心影的步子往回走，一边向随心影发出疑问。

平日里，父皇可宠着皇姐了，这次这个凤尘居然和皇姐打成一团了，先别说皇姐打赢了还是打输了，父皇居然会原谅那个敢惹他宝贝蛋的凤尘，这简直匪夷所思嘛。

平日里，她和父皇告状说皇姐欺负她，父皇都不允许她说皇姐一两句坏话呢，这个人怎么这么厉害，竟然让父皇这么偏心？

本宝宝有些吃醋呢。

“那个凤尘啊，是凤鸣大将军的小儿子，也就是之前在京都传得沸沸扬扬的说是打仗的天才的那个小子，就是他。”

“真的？”月浓闻言，星星眼地看向随心影。

无论是小姑娘还是少女，都对有着崇拜英雄的情结，更何况凤尘还是少年英雄。

“是啊。”随心影一手揉了揉月浓的小脑袋，一边若有所思。

那个凤尘，好像还不错……

而且，露华好像对他不一样的。

红袖明明告诉她，凤尘一见面就跟个小色狼似的亲了露华一口，但是之前在大殿上，露华却只字未提这件事。

所以顺灵帝以为只是两个半大的孩子打架，也就没往心里去。

其实主要是对方是他一直恩宠有加的凤鸣大将军的次子，要是换一个人，敢和她的宝贝女儿动手，那妥妥地打死没商量。

因此，随心影断定，凤尘对于露华来说是不一样的。

“母后，你怎么好像一点也不生气啊？”月浓有些奇怪地问道。

就算母后偏疼她，可是有人敢和皇姐动手，母后怎么会一点反应都没有呢？

若是母后发话要教训凤尘，就算父皇不想也一定会教训凤尘的。

月浓一直认为只要是母后说的话，父皇一定听，就算母后让他双手将大盛江山奉上，想来父皇也不会有一丁点的犹豫。

所以，月浓最佩服的人不是她那个年少成名、惊才绝艳的长姐露华，而是她这个几乎没什么存在感的母后。

母后这么柔弱温婉的一个女子，居然能让父皇言听计从为此不惜废除后宫，这简直太厉害了，这值得她效仿啊。

随心影领着月浓，漫步在御花园中，听了月浓的话，随心影柔声解释道：“你姐姐平日里端庄成熟，这的确是一个嫡公主该有的风范。但是我是一个母亲，总希望你皇姐身上能多一点朝气，能够活泼一点。”

她只是一个母亲,她并不求露华多么多么聪慧,她只希望她的女儿能够快快乐乐地长大。

只可惜,这样浅薄的希望,在皇室看来却是最难实现的。

不过……还好月浓可以无忧无虑地长大,这一切的一切都让露华这个嫡长公主承担了。

“我也是嫡公主啊,那母后我也需要像皇姐那样吗?”

说完,月浓自己就打了一个寒战。

她可是十分清楚每天里她皇姐都需要学多少东西的,早上在她睡得不知今夕何夕的时候,皇姐就要起床先练武一个时辰,然后沐浴吃早饭。

然后开始读书,往往皇姐读书都读了半个多时辰的时候她才起床。

然后在她玩的时候,皇姐又开始和太傅学谋略和书法,下午又要和各位文学大家讨教学问,还要去上书房陪着父皇评阅奏折。

等到晚上的时候,皇姐还要和宫里的礼仪嬷嬷学习礼仪,学习插花、烹茶等公主该学习的东西。

等到她睡得不知道东南西北的时候,皇姐才开始睡觉。

那一天天地过得老充实了。

要是让她过这样的日子,那绝对太折磨人了,她一天都撑不下来,这简直不是人干的事情。

第 86 章　桃之夭夭·因为她来了

“不，不一样的。”随心影停下脚步，看着小女儿懵懂的眼神低下身子，直视着小女儿的双眼，认真地说道，“月浓，你是小公主，小公主就是要受尽万千宠爱，平安喜乐地过完这一生的。”

“可是，那皇姐呢……”

这是月浓第一次听到这样的话，心里有些不是滋味。

她生来就应该万千宠爱，皇姐就应该过得这般辛苦吗？可是明明她们都是父皇母后的孩子啊，为什么不一样呢？

“你皇姐是大盛的嫡长公主，再加上你父皇没有皇子，所以你皇姐必须把皇子的责任承担起来。”

正因为如此，所以随心影才更心疼自己的长女。

可是没办法，谁让她没能生出一个儿子来。

面对如此优秀的露华，随心影是既骄傲又心疼。

“这不公平啊，我们都是公主……公主不就是生来受尽万千宠爱的吗？”小小的月浓此刻并不明白随心影话里的意思。

在她看来她和皇姐都一样，既然是一样那就应该有一样的待遇。

凭什么她可以无忧无虑，皇姐却被迫早早地成熟？

“因为她是大盛的嫡长公主，所以这一切都是她必须承受的。”随心影满眼怜爱地抚摸着月浓稚嫩的小脸蛋，说道，“正因为你皇姐从来不可以天真烂漫，所以她才更希望你能够无忧无虑地长大，月浓，你明白吗？”

此刻还懵懂的月浓并不理解，不过她能够敏感地感受到此刻母后心中激荡的心情，所以也就没说什么。

随心影笑了笑，她知道月浓这个时候并没有听懂她在说什么，不过这不重要，等到月浓长大了，自然会明白了。

“你只要能够快乐地长大，就能够让你皇姐高兴。”随心影说完之后就站了起来，拍了拍月浓的小脑袋。

“好了，不说了，母后带你回去了。”

月浓还是一路被随心影牵着回去了，只是因为月浓一直低着头走路，所以随心影并没有注意到月浓的表情。

快乐地长大吗？这已经不可能了，因为她来了……

“殿下,今天晚上你为什么不说那个凤尘轻薄你的事情啊?”

闹了半天之后,同样精疲力竭的红袖和露华一起躺在地上,问道。

这不是露华公主的风格啊,被欺负了不反欺负回来不是露华公主的风格啊。

露华整个人呈大字躺在红袖身边,有气无力地说道:“这种事情说出去多怂啊,本公主会报仇,但一定是自己修理那个皮猴子。”

她今天没在大殿上说出这件事来,不是什么对凤尘动了心思,也不是大人有大量不和凤尘计较了。

她不仅是计较了,还是非常计较,十分计较。

这个仇,她和凤尘结定了。

她一定以实际行动告诉凤尘,什么叫“唯女子与小人难养也”,哼哼。

“嗯……”

红袖有些无语。

本来她还以为她家殿下是哪根筋搭错了呢,她说呢,以她家主子那睚眦必报的劲,怎么可能就这么轻易地放过凤尘呢。

原来是她想多了啊。

这一天天很好,艳阳高照的。

露华领着红袖偷偷溜出皇宫了,两人还是女装打扮,只不过稍稍乔装打扮了一下,毕竟露华那容貌和气质太出众了。

露华是想出去玩的,自然不想太过引人注目。

“今天这街上怎么这么多人啊?”露华看着街上摩肩接踵的人,有些奇怪地对身边的红袖说道。

这并不是露华第一次偷偷溜出来玩,以前出来玩街上不会出现这么多人的,这次是怎么了。

看着街上人多的,就出来这么一会她已经被撞到好几次了。

“我不知道啊,小姐要不咱们找人问问吧。”红袖在一旁小心翼翼地护着露华,避免她被人撞到。

出门在外,红袖一向是称呼露华公主为小姐的。

又不是第一次出门了,常识性的错误她是不会犯的。

“行,你去问问吧,我去旁边的茶楼坐坐。”露华虽然并不讨厌热闹也没有洁癖,但是人太多了,她看着也烦。

也懒得这人挤人地走,干脆去一旁的酒楼等红袖的消息好了。

“好,那小姐你小心点。”

红袖有些不放心地嘱咐道,虽然这是大盛的京都,都说天子脚下没什么人敢放肆。

但是今天人这么多,红袖还真的不放心。

若是有那么一两个浑水摸鱼的犯到露华公主头上,她也得跟着吃不了兜着走。

看着露华上了茶楼,在一个靠窗的位置坐下后,红袖才去一旁找人打听到底是怎么回事了。

不一会，红袖就回来了。

“小姐，好像今天有一个犯人被斩首示众，所以才会这么多人。”

“不至于的啊。”露华皱了皱眉，不过是斩首示众罢了，在京都也不算什么稀奇的事，不应该会出现这么多人啊，“犯人是什么身份？”

既然这件事本身并不是十分吸引人，那么肯定是犯人的对象或者一些经历有些特别了。

红袖暗暗称赞自家主子聪明，一下子就猜到了点子上，“小姐猜得没错，这个犯人是一个风尘女子，原因是因为这个女子前不久居然杀死了安乐侯的小儿子。”

露华拧眉沉思。

安乐侯，她也知道。是一个世袭的侯爷，没啥本事，也不是什么坏人，十分平庸的一个人，要说得上是缺点，就是有个不省心的小儿子。

他这个小儿子比楚王的小世子还能折腾，楚世子就算玩得再凶也不会出人命，可是这个安乐侯的小儿子可是经常闹出人命。

她父皇警告过安乐侯几次，没想到安乐侯的宝贝儿子居然会被一个风尘女子杀了。

那安乐侯还不得急眼啊。

就算不是真的或者另有隐情，安乐侯也一定会向京兆府尹施压的。

“有什么隐情吗？”

露华可不认为一个姑娘会闲着没事，觉得自己命太长去杀了安乐侯的儿子。

这里面肯定另有缘故。

搞不好，是来报仇的。

红袖见露华感兴趣就将自己打听到的一一告诉了露华。

果不其然，正如露华猜测的那样。

这位女子是个孤儿，只有一个弟弟相依为命，可是在三个月前她的弟弟却被在街头赛马的安乐侯的小儿子骑着马给踩死了。

一个是安乐侯之子，一个是孤儿。

这个姑娘求告无门，只得用自己的办法来报仇了。

第87章　桃之夭夭·律法，悲哀

露华最讨厌的就是仗着祖上有些功勋就不把人命当回事的富家子弟，这样的人在露华看来简直就是人渣。

而现在这个安乐侯的小儿子，很明显正是露华最讨厌、最看不起的那一号人。

看着露华表面上波澜不惊，依旧捧着一碗茶，看着窗外像是若有所思的模样。

过了良久，露华发呆结束，转头看向红袖就发现这姑娘正眨着亮晶晶的大眼睛瞅着她，一副我很崇拜你的模样。

“怎么了？”露华问道。

她只是发了一会呆，这姑娘怎么就会这么崇拜的眼神看着自己呢？

难不成，自己已经帅气到即便是发呆也比常人发呆得美丽？

红袖一听这话，有些纳闷地眨了眨眼，不对啊，这剧本不是这么演的啊？

既然有了疑惑，红袖更是等不及将自己所想的东西倒豆子似的一下子全倒了出来。

“小姐，这时候不应该是您英雄出手，威震四方的时候了吗？您不是最讨厌这样的人了吗，那位姑娘就……”

“红袖。”露华没等红袖说完就一口打断了她的话，放下茶杯认真地看着红袖说道，“红袖，无论她杀的是谁，结果都一样。大盛明文规定，杀人者偿命！”

这也就是露华一直沉默不语的原因。

哪怕她再同情这个姑娘，但是大盛的法律摆在那里。

安乐侯之子是该死，可是应该是大盛的法律来惩处他，而不是由一个小小的女子来罔顾法律、代替法律来惩处他。

她的确很同情那位姑娘，也并不认为这位姑娘错在哪里，既然安乐侯以权压人，那位姑娘走投无路用自己的方法去杀人报仇也可以理解。

可是，她是大盛的嫡公主！

如果她只是她，并不是大盛的露华公主，那么她甚至会拍手叫好，甚至会敬佩这样一位姑娘。

但是……这只是如果。

尊贵的嫡公主身份对于她来说，既是一种荣耀也是一种责任，更是一种枷锁。

一言一行，都由不得自己。

“小姐，那咱们是回宫还是去其他地方逛一逛？”红袖问道。

红袖并不是天真什么都不懂的小宫女，她知道露华公主背后的无奈和辛酸，所以她并不再提这件事。

说起同情心，露华公主也不是没有，可是处在露华公主这个位置上的人都学会和懂得何为取舍。

也许别人会说一句冷心冷血，可是真正了解露华的人才会知道，其实这是一种悲哀。

无可奈何却又不得不如此的悲哀。

“再去其他地方转转吧。”露华放下手中的茶杯，在桌子上放了一块碎银子，就大步流星地离开了。

红袖眼中的心疼一闪而过。

她知道，这是公主在自责了。

在自责若是她早知道了这种情况，或者大盛的朝廷的制度足够公正，那么今天这位姑娘的悲剧就不会发生。

其实，红袖知道，公主并不喜欢玩弄权谋算计人心，可是她处在这个位置上，就不得不算计人心。

即便是打心眼里不喜欢，但是公主还是努力地学习这些她并不喜欢的复杂东西。

大盛，是公主的责任。

那么瘦弱的肩膀，怎么能够承担得起这么沉重的责任呢？

一时间，红袖心头出来游玩的心思全部消散了，心情变得有些沉闷了。

街上还是那么多人，等到红袖发现露华公主是朝着菜市口斩首的地方去的时候，已经来不及阻止了。

可就算是来得及，红袖也阻止不了露华公主。

所以，红袖只是默默地守在露华公主的身边，避免她被人冲撞了，其他的并没有说些什么。

露华看着前面乱糟糟地闹成了一片，便向身边的一个老汉打听道：“老人家，您知道这前面是怎么回事吗？”

看现在这个时候，已经快到了午时三刻啊，怎么都这个时候了，这里还乱糟糟的？

无论哪个时代，老百姓都是很怕官员的。

尤其是斩首这种事情，那老百姓顶多看个热闹，不可能去和官兵打起来的。

“哟，这位姑娘一看就是不常出门的。”那老汉打量了一眼露华，就热心地解释起来了。

大盛并不是十分严格地限制女子的出行，所以女子一般也可以出门。京都最近闹得最热闹的就是这件事，露华向老汉打听这件事，所以老汉才能断定露华是不常出门的。

“现在闹事的那个小伙子，本来都和慧娘到了谈婚论嫁的地步，结果慧娘的弟弟忽然被那个该天杀的东西给活生生地用马给踢死了，真是作孽哦。”

老汉说着还抹了一把眼泪，在底层的百姓眼中，什么都大不过人命，尤其是小孩本就不容易存活，更何况是一个孤儿。

可是就这样艰辛地活下来的小孩子，居然被人活生生地糟蹋死了，这种事情，但凡有点良知的人都会看不过去的。

慧娘，也就是那位杀了安乐侯小儿子的女子。

"那就没人管吗？"露华皱眉问道。

一个小小的侯爷之子，就可以罔顾大盛的法令吗？想她堂堂嫡公主的派头，还没有这个侯爷之子大呢。

真是该死的，京兆府尹的人都是吃素的吗？

那老汉长长地叹了一口气，"姑娘，咱们都是平头老百姓啊，人家是安乐侯的儿子，碰上这种人谁会为了一个孤儿得罪安乐侯呢？"

这就是人性。

趋利避害，人的本性如此。

露华知道老汉说的是事实，可是心中还是忍不住升腾起一阵怒火，大盛的朝廷竟然昏聩至此吗？

其实她知道，父皇的心思不在朝政上，所以大盛的朝政有很多疏漏的地方，但是……

"这是大盛的京都，天子脚下岂会容得一个安乐侯如此放肆？"

"姑娘，唉……"老汉深深地看了一眼露华，也只是认为露华是个天真不懂政事的小姑娘罢了，也就没有理会。

露华看了一眼前面闹得不可开交的菜市口，然后看了一眼红袖，就一路向前挤了过去。

她倒要看看，这个安乐侯能放肆到什么地步，这个京兆府尹又能无能到什么地步！

红袖尽职尽责地护在露华公主身边，但还是避免不了拥挤，露华虽然一直皱着眉头，但是还是没有迟疑地一路向前走去。

刚刚看了最前面，就听到了一声撕心裂肺般的尖叫。

第88章　桃之夭夭·炫酷登场

“安乐侯,你不得好死啊!!!”

发出尖叫的正是被绑着跪在一处的浑身满是伤痕的慧娘。

露华抬眼望去,只见慧娘身上的衣服被抽得破破烂烂的,勉强能遮住身体,一头乱发盖住黑乎乎的脸,看不清样貌。

可是,露华看得分明,那女子的双眼中满是热泪,划过脸颊落下了一道道浑浊的泪痕。

女子身子挣扎着想要往前伸去,却被一旁的刽子手一脚给踢到了,即便跌倒在地上,女子的双眼仍然望着一个地方,满脸泪痕。

露华浑身一震,整个人像是被一道电流击中一般,心中早已掀起了惊涛骇浪。

这就是大盛的京都吗?

为什么她还会看到这般绝望又带着刻骨恨意的眼神?

露华心里有些难受,她以为她够努力了,可是……

双手猛地握紧,甚至发出了嘎嘣的声响。

露华,你做得还不够,还不够,远远不够!

看看这就是你自以为做得很好的局面,露华,这就是你不够努力才会造成的局面!

“安乐侯,我诅咒你不得好死,死后下十八层地狱永不安生!”慧娘趴在地上,杂乱的发丝遮挡住她的视线,可是她还是执拗地望向一个方向。

“楠哥……”

“楠哥,都是我害了你啊,值得吗……”

为了我这样一个孤女,一个早已失去清白声名狼藉的女子,值得吗?

尝遍了酷刑都没觉得痛的慧娘,在看到自己曾经的情郎倒在自己面前的时候,终于忍不住热泪滚滚,露出了自己脆弱的一面。

“作孽啊。”旁边有人忍不住捂住了双眼,低喃了一声。

为了看着杀了自己儿子的人被砍首,安乐侯亲自坐镇,所以就算老百姓十分不满却也不敢说些什么。

原来慧娘的情郎想要给慧娘送些吃的,也算是慧娘临死前最后一次说话。

一般来说被斩首的犯人,最后都会给顿临死前的饱餐,允许亲人送行的。

可是安乐侯恨极了慧娘,竟然不允许还让人将慧娘的情郎打了一顿。

那个男子也是个痴情人,非得给慧娘送行,结果就是争执中被官兵不小心给杀死了。

而这个官兵之所以会"不小心"杀了人，明眼人都看得出来是安乐侯的意思。

可是，人不是安乐侯杀的，再者自古以来都说民不与官斗。

露华抿紧唇瓣，看着离慧娘不远处那个躺在血泊中的男子，咬紧了银牙。

"还愣着干什么，都午时三刻了。"安乐侯不耐烦地催促监斩官也就是京兆府尹魏亮。

要不是为了出气，他堂堂一个侯爷怎么会来这个晦气的地方，还听着这个臭婆娘的谩骂？

竟然敢杀了他的小儿子，光死慧娘一个怎么能够，想必杀了她的情郎让这个臭婆娘很痛苦吧。

想想刚刚那个臭婆娘痛苦的表情，安乐侯就觉得十分解气。

"好的好的，下官这就下令。"魏亮冲着安乐侯一顿点头哈腰，然后转过头将竹筒中的签子扔到了地上，对着刽子手恶声恶气地说道，"还愣着干什么，等着什么呢，赶紧的别让侯爷等久了。"

说完就冲着安乐侯讨好地笑了笑，在安乐侯一旁点头哈腰地站着。

这个魏亮露华也知道，挺有手段的查案有一手，虽然偶尔会拍拍马屁，但是露华也认为水至清则无鱼。

实在没想到，这个魏亮竟然会这般趋炎附势！

眼看着刽子手往双手掌心唾了两口，抡起大刀就要砍过去。

露华急忙往前走了一步，厉喝道："住手！"

"嘭！"

刽子手挥下的刀是停下了，不过并不是因为露华的叫喊，而是因为——

就是刚刚露华喊出住手两个字的时候，一件东西飞快地击中了刽子手手中的大刀，然后不仅将刽子手手中的刀击飞了，同时还带着一股力道砸在了监斩官面前的桌子上。

那东西砸在桌子上发出一声清脆的响声，紧接着就是安乐侯暴跳的声音。

"谁，哪个混蛋居然敢暗算本侯爷。"安乐侯说完之后还拿袖子抹了一把脸。

众人这才看清，原来那件东西是个茶杯，砸碎在桌子上，茶杯中的茶水一下子就飞溅了出来，这让唯一一个坐在桌子前面的安乐侯，洗了一把脸。

不过，这脸洗得不甚高兴就是了。

同时，因为这一出，所有人都下意识地忽略了刚刚喊出"住手"两个字的露华，露华想了想，又退了回来。

狗腿子魏亮急着献殷勤，立刻狐假虎威地对着众人怒声骂道："哪个王八蛋缩在壳子里不敢出来？"

"哟，难不成你的王八蛋是缩在壳子里的？"

不知道从哪个方向传出来一声有些讽刺又有些轻慢的低沉声音。

不知为何，露华听到这个声音，莫名地觉得有些耳熟。

"本官敢作敢当，不会像你似的缩在王八壳子里不敢出来。"魏亮闻言立刻反驳道。

“扑哧——”忽然人群后面传来了一声清越的笑声，紧接着人群纷纷给那人让路。

“原来魏大人是王八啊。”这道声音明显和刚刚那道声音不同，这道声音明显温和不少，比之第一声少了霸道与狷狂。

“萧，这就是你孤陋寡闻了吧，这个魏亮是王八蛋的事你怎么才知道。”

“受教受教，的确是萧孤陋寡闻了。”

几句话的工夫，说话的两个人已经走到人群最前面了。

是两个少年，一个一身玄衣长身而立，观其形体便隐隐感觉到少年骨子里的狂傲。

另一个一身浅蓝色长袍，温润如玉，君子端方。

是凤尘和月萧，露华眉梢一挑。

怪不得刚刚她觉得声音耳熟，原来这个皮猴子又来了。

真是巧啊。

“你到底是谁，为何暗算本侯?”安乐侯见凤尘和月萧气势不凡，便缓了缓口气。

月萧不受其父待见，凤尘常年跟随凤鸣大将军生活在军营中，所以说这两人都不是京都中常出现的人，安乐侯不认识也正常。

“怎么，安乐侯这是怕了？怎么这么软了呢?”凤尘撞了撞月萧，笑得十分……欠揍。

月萧居然还状似认真的上上下下地打量了安乐侯一番，然后认真地点了点头，说道：“的确是的。”

“软蛋一个，小爷本来还以为是什么硬茬呢，结果居然是个软蛋啊，真没劲。”凤尘十分失望地说道。

第89章　桃之夭夭·霸道酷炫拽

露华以及围观的众人皆是十分无语地看着凤尘，这家伙是专门跑来挑衅的吗？

露华更是白了一眼，看他那个霸道酷炫拽的模样，真是丢尽了凤鸣大将军的脸。

安乐侯也是黑了一张脸，被凤尘激了一把也懒得想凤尘到底是什么身份了，直接一挥手，示意官兵将这两人绑了。

“哟哟哟，月萧你看见没，安乐侯杀了那个小子之后，还想杀了咱们呢？”凤尘耸了耸肩，对着月萧挤眉弄眼地说道。

那毫不在意的姿态，以及完全没看在眼里的口气，让周围人闷笑不已。

月萧看了看旁边推搡着人群朝着他们走来的官兵配合地问道：“安乐侯是谁？”

“就是那个啥本事都没有，还拽得很的李阔啊。”凤尘一脸“你真落后，这都不知道”的表情，更是让人忍俊不禁。

“抓起来，赶紧都给本侯抓起来。”

本来安乐侯还有些顾虑，但是一听这话，被凤尘和月萧联手激得早就忘了那些顾虑。

虽然他是没什么本事，可是好歹也是个侯爷，哪里被人这么奚落过？

更何况还是两个乳臭未干的毛头小子，在这大庭广众之下，更是让他丢尽了脸面，他能忍了才怪了。

“安乐侯为何要抓我们？”月萧一边温和地朝安乐侯问道，一边飞起一脚将一个官兵踢飞。

那被踢飞的官兵瞬间压倒了一堆后面的官兵。

凤尘笑着一拳撂倒了一个官兵，然后饶有兴致地回答月萧，道：“月萧啊，这就是你的不是了，刚刚我介绍安乐侯的时候，你怎么没表现出害怕的表情？安乐侯这是恼羞成怒了。”

害怕的表情……

露华嘴角抽了抽，她敢打包票，凤尘这句话绝对是跟她学的。

还真是……挺爽的。

月萧一边打人一边很温和地说道：“那我现在补上害怕的表情，还来得及吗？”

众人：……

露华：……

拜托，你要是温和地说话表现出自己温润君子的一面可以啊，但前提是你说这话的时候，挥出的拳头别那么狠啊？

看那挥出去的拳头多狠，啧啧，看被打中的官兵喷出来的血就知道了。

果然是，人不可貌相啊。

两人一直很轻松，一边聊天一边跟玩似的打人，这般姿态威慑住了剩下的官兵。

不大一会，被放倒的官兵躺在凤尘月萧两人周围不断哀号，剩下的官兵拿着刀的手不断地颤抖，不再有人敢上前。

凤尘转了转手腕，笑得十分温柔，“安乐侯，你这点人忒不经打啊，要不您亲自上阵？”

就这点人，这么个水平，还不够他活动活动筋骨的呢。

安乐侯连生气再惊吓，脸上一会白一会红一会黑的，好不精彩。

“你，你欺人太甚！”

这人一看就是练家子，他这一把年纪了和他打，不是自找罪受嘛？

“欺人太甚？安乐侯，你看看那里躺着的人，再说小爷我欺人太甚吧！”凤尘一改嬉皮笑脸的模样，面带寒霜地正色道。

那声音掷地有声。

也许是凤尘和月萧的出现以及强势的表现给了百姓勇气，也许是凤尘的话点燃了他们心中一直压抑的情绪。

总之，在凤尘的话说完之后，围观的百姓也开始大声激烈地谴责了起来。

“还有脸说人家少年欺人太甚呢，他儿子杀了人还不许别人报仇了？”

“就是就是，像安乐侯这种人啊，死了就该下地狱啊。”

“可是，慧娘千不该万不该自己杀人啊，杀人偿命啊，为了这么一个东西，搭上了自己，现在又赔上了……唉。”

“不这样她怎么报仇啊？官官相护，不把咱们老百姓当人看啊。”

凤尘侧耳听着周围老百姓的话，嘴角勾起了一抹笑容，忽然转过头对着露华的方向得意地一笑。

在那笑容中，露华分明看到了挑衅。

露华不由白了一眼凤尘，十分无语。

本来对凤尘改观的好印象又被这挑衅的一眼给打破了，本以为是什么好货色呢，结果居然这么……幼稚。

虽然是这么想着，但是露华还是笑了，只是这笑容连她自己都没有注意到，凤尘也没有注意到。

只有月萧恍惚一瞥，看到了。

月萧只觉得心里跟抹了蜜一般，甜滋滋的又有些酸酸的。

看了一眼身旁骄傲得和孔雀一般耀眼的凤尘，月萧的双眼中飞快地划过一抹暗淡。

好像从桃花林中第一次见面，露华的目光都只是凤尘身上。

也是，有凤尘这般什么都好，无论和什么人站在一起都闪闪发亮的人，露华又凭什么会注意到默默无名的他呢？

凤尘是他最好的兄弟，露华……如果他们两个能在一起，也是挺不错的。

虽然这么想着，但是月萧还是觉得胸口涩涩的。

“赶紧地把这两人给本侯抓起来，还有这个杀人犯赶紧地给本侯杀了！”安乐侯见百姓的情绪有些激动，立刻吩咐道。

相比对于凤尘和月萧武力值的害怕，官兵们还是更害怕自己丢了饭碗，毕竟刚刚看凤尘和月萧出手虽然重，但是并没有要人命。

所以，还是上吧。

魏亮这个时候也又冒出来，叫嚷着让刽子手赶紧砍了慧娘，早死早完事。

要不然他总觉得今天这要坏事。

凤尘怒了，是他的出场不够霸气，还是他的行动力不够震慑？怎么这个安乐侯还要杀了这个姑娘？

少年怒了，自然不会憋着心中的火。

立刻几个动作打飞了拦住他路的官兵，然后一个飞身闪到了安乐侯身前，一把拽着他的胸口，怒声道：“赶紧让他们停手，放了那个姑娘，不然小爷我揍得你娘都认不得你。”

露华：……

月萧：……

大哥，安乐侯都多大年纪了？他娘早就投胎多少年了，不用你揍他，他娘就已经认不出他来了。

这人啊，智商是硬伤啊，露华想。

“你，你，你……你赶紧放手，我是侯爷，你要是敢动我，皇上不会放过你的。”安乐侯虽然害怕，但还是认为凭他的身份，眼前的这个毛头小子绝对不敢动他。

做出这个姿态，也不过是吓唬吓唬他罢了。

不过，下一刻，凤尘就以实际行动告诉他，他是不是在吓唬他。

“皇上不会放过我？你脸真大啊。”凤尘先是笑着和安乐侯说了一句，然后转头就是一拳头砸了上去。

第90章 桃之夭夭·打死没商量

"去你大爷的，小爷我揍不死你，我就不信了皇上还能因为你这么个东西发落我。"凤尘一边对安乐侯拳打脚踢，一边骂道。

其实，凤尘更想说的是：小爷和皇上他闺女打起来，皇上都没说啥，还会因为你这么个老东西发难于我？自我感觉不错啊。

月萧停下了，打斗的官兵了停下了。

露华微微瞪大了双眼，围观的百姓也不说话了。

这凤尘还真是简单粗暴啊，露华从来没有想过还可以这么解决问题，虽然她也很想揍一顿这个安乐侯。

但是，她也只是心里想想，她可以背地里让人修理安乐侯，也可以当着这么多人的面训斥安乐侯，但绝对不能像凤尘这样直接大打出手。

这倒不是说露华不能打安乐侯，是露华要顾虑着她嫡公主的身份。

"欺人太甚，你还说对了，小爷我就是专门欺负人的。"凤尘狠狠地踢了一脚之后，才停止了施虐的脚，然后双手环胸十分嚣张地说道，"有本事，你欺负回来啊？"

趁着众人呆愣的时候，月萧已经来到了这个慧娘的身边，一脚将刽子手踢到一边去了，顺便帮慧娘解了身上的绳子。

慧娘一得了自由，连看都没看一眼月萧，飞快地爬到了那个早就没了气息的情郎身边，抱着他的尸体，痴痴地坐着。

月萧低叹了一声，走到她身边，时刻注意着避免周围的官兵上前伤害到她。

而露华则是对凤尘的嚣张叹为观止，同时还低声对身边的红袖说道："红袖你说我是不是太低调了呢。"

身为一个公主，有刁蛮不讲理的资本啊。

要不怎么说刁蛮公主呢，月浓倒是很符合刁蛮公主这个称呼，她就不行了。

长这么大，她还从来没有像凤尘这般嚣张过。

露华不禁疑惑了，明明是她的后台比较硬，怎么随便一个人都能比她还嚣张啊？

红袖捂嘴偷笑，并没有回话。

她知道，公主只是和她倾诉一句，并没有让她回话的意思。

伺候了公主这么多年，红袖很了解露华公主说话的习惯。

围观的百姓见安乐侯被打得满地乱滚抱头鼠窜，不由纷纷大声叫好。

可是，大家都乐了，安乐侯可是一点也笑不出来啊。

好不容易被下人搀扶着站了起来，安乐侯顶着一张鼻青脸肿的脸，大声吼道："你到底是谁，居然敢殴打侯爷，不想活了吗？"

安乐侯现在可以肯定，凤尘定是十分有来历的人，但是现在这个时候他已经不想去顾虑那么多了。

当着这么多人的面，被一个毛头小子打成这模样，无论这小子背后是谁，安乐侯府和他都不可能善了了。

更何况，这小子要护着杀死他儿子的那个女人，他怎么可能善罢甘休。

要是他认怂了，那以后他安乐侯府还怎么在大盛混下去啊。

凤尘下巴一抬，十分傲然地大声说道："凤尘。"

男子汉大丈夫行不改名坐不改姓，他凤尘敢做敢当，更何况他并不认为自己哪里做错了，所以没必要遮遮掩掩的。

好歹他凤尘也是响当当的一号人物啊。

"凤尘？"安乐侯一时之间还真没想起来，身边的下人立刻靠近安乐侯，耳语了几句。

安乐侯脸色变了几变，看了凤尘几眼，忽然沉默了。

凤尘见状就笑了。

他就说嘛，他可是个响当当的人物。

"凤尘？京都里有这么个人吗？"人群中忽然有人问道。

"这你就孤陋寡闻了吧，凤尘就是凤鸣大将军的次子，一直跟着大将军到处打仗，听说挺厉害的。"

"哦，是吗？原来是凤鸣大将军的儿子啊。"

"怪不得，原来是凤鸣大将军的公子……"

月萧听到这不由笑了，恐怕这并不是凤尘这个自大狂希望听到的吧？

他之所以那么得意扬扬地直接说"凤尘"，而不是说"凤鸣大将军之子——凤尘"就是觉得自己的名号够响亮了。

哪知道众人提起来都是先提凤鸣大将军，再说他，这家伙能高兴就怪了。

而凤尘的心思果然和月萧猜测的那样，十分恼怒。

喂喂喂，这些事明明都是小爷干的，干吗都提那个老头子啊？

指不定回去之后，老头子听说了这件事还得修理他呢。

真是的。

白瞎了自己做了这么多，居然把功劳都算到了老头子头上，真是不爽啊。

而这个时候，安乐侯也反应过来了，耳边听着周边百姓议论的话，看着凤尘越来越难看的脸色，忽然聪明了一把。

"凤尘？拿着你父亲的名号出来惹事了？也不怕回头凤将军收拾你？"

这话安乐侯说得十分顺溜，因为他就有一个坑爹的儿子。

他那个可怜的小儿子，整天就是拿着他的名号在外面惹是生非，他不止一次地为他那宝贝的小儿子收拾残局了。

想来，凤鸣应该是跟他一个心情吧，都是有个能惹事的儿子。

“我是我，我爹是我爹。”凤尘最不喜的就是这个了，安乐侯算是踢到铁板上了。

凤尘握紧了双拳，眼神凶狠地看着安乐侯，狞笑道：“收拾你，凭我凤尘就够了，不需要我父亲出手！”

该死的，居然敢小瞧他。

这家伙不会以为自己和他那已经死了的儿子是一个德行吧？

不得不说凤尘真相了，不过凤尘并不知道，而安乐侯也并不知道。

“就凭你？你还太嫩了点。”

知道了凤尘的身份，安乐侯反而安心了，镇定了。

凤尘他也听说过，经常惹事，让凤鸣将军烦不胜烦，就算现在和凤尘闹起来，他也在理啊。

那个臭婆娘杀了他儿子是犯了国法，将她斩首示众是光明正大，那个男人嘛，又不是他杀的，也不算事。

而凤尘呢，当众羞辱他，打伤了这么多官兵，也够他喝一壶的了。

不得不说凤尘的拉仇恨的技能简直满分，明明月萧是和他一起出场得罪安乐侯的，也是月萧和凤尘一起打伤官兵的，更甚至是月萧放了慧娘的。

可是安乐侯满心满眼的记恨上凤尘了，早就把月萧忘到九霄云外去了。

“凤尘，这事和你无关，你要是现在放手本侯可以既往不咎。可你若是执意要管着闲事，本侯爷叫你知道知道厉害。”

“哦，本宫倒想知道知道，安乐侯的这个厉害，是怎么个厉害法啊。”

第91章　桃之夭夭·误杀

露华淡笑着从人群中走了出来，不知道什么时候露华已经恢复到以前的那副绝世的容颜了。

女子一身月牙凤尾罗裙，衬得女子肌肤如雪，高贵美艳的妆容像是从画中走出来的仕女一样典雅大方。

即便女子此刻的容颜还略显稚嫩，但那通身的气派已然有了高高在上的味道。

复杂的穿云吐月的发髻上斜插着两支鎏金穿花戏珠步摇，随着女子的莲步轻移，朱玉发出叮当的脆响。

在这人来人往十分热闹的菜市口处，那脆响竟然是那么的明显、悦耳，仿佛佛寺中传来的袅袅梵音，一下一下敲击在人们的心头。

露华慢慢走到安乐侯面前，和凤尘并肩而战，女子含笑地看着早已呆愣的安乐侯，很有耐心地再次问道："安乐侯，本宫倒是很想尝尝你的厉害呢。"

安乐侯早在看到露华的一瞬间，已经吓得不知所措两股颤颤了，他是侯爷，宫宴什么的都参加过，也见过露华几次，当然认得出露华来。

更何况，整个大盛十五岁的小姑娘能有这番气度的，也就只有才名远播的露华公主了。

"露华……露华公主……"安乐侯喉头干涩地喊出了这个名字。

眼中闪烁的是疯狂的惧怕。

正因为他见过露华公主，所以才更清楚露华公主的手段，这可不是一个娇滴滴的公主殿下，这位露华公主手中可也是沾过鲜血的。

大盛朝廷的权贵官员都知道，顺灵帝性子和软又不喜政治，可是他的长女露华公主却恰恰相反，手腕强硬，以一介女子之身挑起了大盛的朝政。

本来顺灵帝疏于政事，但是大盛的综合国力并不弱于兰国，就是因为大盛出了一个露华公主。

露华公主的师傅宁国公就曾说过，露华乃是天纵奇才，有她在，大盛无忧。

顺灵帝也曾想过立露华公主为太子，奈何朝野上下一致反对，露华公主也没有表现出对当太子的兴趣，所以这件事就不了了之了。

可即便如此，露华公主在朝廷上下的威望也丝毫不减。

"本侯，本侯只是……只是……"安乐侯急得满头大汗，却也说不出什么来，只能在那里干巴巴地着急。

“怂样。”

这是凤尘十分不屑地发出的轻嗤声。

声音并不小，想必安乐侯也听见了，可是这个时候他已经没有心思和凤尘去计较什么了。

露华公主既然一直都在这里，那一定是看到了他的所作所为，怎么办，怎么办？

安乐侯急得如热锅上的蚂蚁，真恨不得自己现在就晕过去。

可是他也知道，就算他现在真的晕过去了，露华公主也有办法让他就在这里醒过来，继续接受大家的审判。

“怎么不说话了？”露华先是横了一眼凤尘，然后继续绕着安乐侯，一边走一边慢悠悠地说道，“安乐侯不说话可不行啊，本宫还有好多东西想要请教安乐侯呢。”

“殿下，殿下请问。”安乐侯嘴角有些哆嗦，弯下的腰也更低了。

生怕露华一个不顺心，就直接把自己砍了。

这件事露华并不是没有做过。

曾经露华就碰见过一个跋扈的权贵草菅人命，不把人命当回事，露华出手干涉了，那权贵也不把露华放在眼里，还是把人杀了。

露华顿时大怒，当时就在大街上直接把人给砍了，那个时候露华才十三岁。

震惊朝野！

虽然得到了百姓的称赞，但也同时收到了世家大族的联名上书讨伐，谴责露华太过残暴。

就算别人犯了错，露华惩罚可以，但应该通过法律不应该这样直接在大街上杀人。

后来虽然都被露华给镇压了，解决了，但是露华还是因此吃了些苦头。

但是对于安乐侯这种人，露华和恶魔已经画上等号了，当年露华十三岁就敢当街怒斩权贵，如今十五了……估计在露华公主看来杀了他也不是啥大事。

面对有着这样残暴经历的露华，安乐侯哪里能不害怕呢。

“本宫很想知道，那个男子触犯了哪条国法，竟然让安乐侯当街杀了他！”露华停下脚步，劈手直指那个可怜的早就死透了的男子。

露华很清楚，这件事不能从慧娘处着手，毕竟慧娘杀人是不争的事实，所以要想惩戒安乐侯，就只能从别处着手。

凤尘白了一眼露华，双手抱胸转头看向一边去了，那样子像是懒得再看露华一眼的模样。

堂堂公主，这么好的身份，做个事情还得拐着弯的来，真没劲。

“那个男子……和官兵起了争执，是误杀是误杀……嗯。”安乐侯还没说完，就忽然瞪大了双眼，不敢再说什么。

身子努力想要往后靠，眼睛一个劲地盯着横在自己脖子前面的匕首，吓得都快尿了。

娘啊，这个露华公主不会想就这么直接杀了他吧？

露华微笑着，将手中的匕首再靠近了安乐侯一点，然后十分温柔地问道：“安乐侯你说，要是本宫这个匕首一不小心，把你抹了脖子……这是不是也算是误杀，嗯？”

说到一不小心的时候，露华还忽然抖了抖手中的匕首，吓得安乐侯双腿直哆嗦。

“殿下，殿下……这，这可不是闹着玩的……”安乐侯试图将横在自己脖子处的匕首向外推一推。

奈何，虽然他是个大男人，但是力气也没有常年习武的露华公主的力气大，就只能哭丧着一张脸，看着横在自己脖子处的匕首，无可奈何。

“闹着玩？”露华一挑眉，笑了，“在安乐侯看来，人命是可以闹着玩的吗？”

人命大于天，可是在安乐侯这里，百姓的命居然可以用轻飘飘的一个“误杀”带过去，这才是最让露华愤怒的原因。

本来她虽然十五岁，但性子本就沉稳。

知道今天这件事，可以发作安乐侯，但是绝对不能和两年前似的，直接一怒斩了他。

可是，露华也绝对不能容忍这样的安乐侯。

“殿下，人不是我杀的啊，真的不是我杀的，殿下明鉴啊。”安乐侯都快哭了。

不过心里也在庆幸着，幸亏人不是他下命令杀的。

虽然那个官兵也是得了他的暗示才杀人的，但是暗示嘛，他不承认，就算是露华也不能把胡乱杀人这个罪名硬塞在他头上。

第92章 桃之夭夭·露华公主

露华哪里会不清楚安乐侯在想些什么,冷嗤一声说道:“安乐侯,莫不是以为我露华是个傻子不成?”

是她做过什么事情,让安乐侯认为她是个很好忽悠的人吗?

这么拙劣的借口,他居然也想得出来,真是……搞笑。

说完,露华看了一眼红袖。

红袖立刻会意,上前来接过露华手中的匕首继续横在安乐侯的脖颈前,并且笑嘻嘻地说道:“安乐侯您老可千万别吓唬我,也收敛一些您的气势,奴婢胆子小,经不住吓唬,您这骇人的气势一放,奴婢就不争气的手哆嗦了,这手一哆嗦啊……您知道的。”

凤尘看到这一幕才点了点头,还好,这个露华公主还没有软到家嘛。

他喜欢。

“安乐侯,您可看清楚了,您要是死了,可也不是本宫下令的,纯属我这个丫头自作主张啊。”露华笑着摊了摊手,只是那笑意并不达眼底。

有些事情,是应该做了。

今天,就拿这个安乐侯杀鸡儆猴吧。

很长时间不动手了,难不成这些老东西以为她改行信佛整日里吃斋念佛不杀生了吗?

真是……不知所谓。

蹦跶吧,她倒要看看是这些倚老卖老的老东西能蹦跶,还是她露华拍下的巴掌够狠,能一巴掌拍死他们。

“殿下啊,本侯……您不能这样对待本侯啊。”

安乐侯听乐露华的话,简直是面如死灰。

他是真的相信,眼前这个小宫女很可能得了露华的暗示,就是为了一刀干掉他。

毕竟,拿一个无足轻重的小宫女,换他这个侯爷的命,还是很划得来的。

只是,安乐侯并不清楚,在露华的心里,整个安乐侯府加起来也没有红袖一个人在她心里的分量重。

她之所以这么做,纯属就是想要吓唬安乐侯。

而且,露华可以肯定,安乐侯肯定会害怕、上当。

果然,不出露华所料。

“李阔!事到如今,你还不知悔改吗?”露华对安乐侯的哀求无动于衷反而大发雷霆。

盛怒的女子几步走到月萧身边,劈手直指双眼空洞抱着一具早已没了温度的身体的慧娘，厉声质问道：“在你看来，这些都不重要吗？都不值得你悔改吗？李阔，这是人命！你以为你是个什么东西，能够视我大盛的百姓的生命如草芥，嗯？”

最后一个“嗯”字，声音不高却很沉重，仿佛一把硕大无比的锤子猛地砸在了所有人的心头，让人一下子被露华忽然爆发出来的气势吓住，而心头和耳边也一直在嗡嗡作响，仿佛全天下就只剩下了露华的声音。

“百姓的生命在本宫眼里大过天，你李阔算是什么东西能够罔顾我大盛最珍贵的生命？”

“一条条生命，你就可以这么心安理得地杀了吗，误杀？李阔，你当全天下都是瞎子不成？”

“今天的事情，你要是不给本宫拿出一个能让在场所有人信服的解释来，本宫就让整个安乐侯府，从此不复存在！”

露华一句句呵斥，让安乐侯的脸色越来越白，整个人再也撑不住，被露华吓得扑通一声跪倒在地上。

“殿下……”

安乐侯实在没有想到，露华公主明明只有十五岁，可是此刻她身上的气势却比顺灵帝更加具有王者之气。

也许，他们都错了。

露华公主若为太子，大盛定可昌盛百年！

当年宁国公说这句话的时候，所有人都以为宁国公是想要抬高露华公主的身价，同时也将他这个太傅的身份再抬高一点。

可是，安乐侯现在隐隐有些明白了，当年宁国公说这句话的时候是没有夹杂着一点私心的。

露华深吸一口气，收敛了脸上的怒容，然后转过身来对着慧娘以及众位围观的百姓，深深地弯下了腰。

“是本宫失察，是皇室无能，是朝廷昏庸，对不起。”

卑微的姿态，清冷的话语。

却让在场所有的百姓瞬间红了眼眶，围观的百姓在这个时候都不由自主地跪了下去，齐声高呼。

“露华公主，千岁千岁千千岁！”

“露华公主，千岁千岁千千岁！”

“露华公主，千岁千岁千千岁！”

……

这句参拜的话，露华听过很多人说过，她这一生也被很多很多的人参拜过，可只有这次她感受最深。

只有这一次她深深地感受到了，压在她的肩膀上的，到底是什么。

那是百姓的希望，百姓的公平，百姓的温饱，百姓所需要的一切……这都是她露华的责任。

而叩拜的百姓，此刻也都是激动的，心情激荡的。

不是没有发生过这种事情，好的官员会帮他们讨回公道，但那个时候，想要讨回公道的百姓要对着帮助公平处置的官员感恩戴德。

淳朴的百姓们从来没有想过，有一天，他们高高在上的公主会给他们低头认错。

他们的心情是激动的，是感恩的。

而这个时候就连凤尘和月萧也不知道什么时候也跟着众人一起跪了下来。

凤尘这人少年时期极为骄傲，顺灵帝不是个严肃的帝王，再加上也十分看重凤鸣，凤尘也算是顺灵帝看着长大的。

知道凤尘的心思后，就给了凤尘“见君不跪”的特权。

这还是自从有了这个特权后，凤尘第一次给人下跪。

即便骄傲如凤尘，也不得不承认，这个时候的露华简直是光芒万丈的太阳，所有人在露华的身边都黯然失色。

在凤尘骄傲的心里，第一次对露华发出了钦慕的情绪。这一个小小的情绪就像是一颗种子一样，在少年骄傲的心中慢慢生根、发芽，直至长成参天大树，以至于几年后的那场变故，改变了凤尘让他一夜之间换了一个灵魂一样。

在凤尘心中仰慕的同时，早已一见钟情的月萧，此刻已经满心满眼都是露华，只是月萧自小就是君子懂得隐藏情绪。

将他心中美好、朦胧的一面小心翼翼地藏起来，然后笑着看着他心爱的人幸福。

“啊啊啊……”慧娘忽然恢复了正常，双手不断摩挲着情郎的面庞，号啕大哭泪如雨下。

寂静的菜市口，只有慧娘让人闻之心酸的哭声。

露华抬起头来，看着这个模样的慧娘，心中一片涩然。

她就算杀了安乐侯又如何，慧娘在这世上唯一的亲人也回不来了，她的情郎也活不过来了，甚至她曾经受到的那些伤害，也依旧以伤疤的形式提醒着露华，这是她的过错。

第93章　桃之夭夭·悲剧到此为止

身为公主，让百姓觉得不幸福，无论为什么，就都是皇室的错。

“你……你可需要什么补偿，本宫……”本宫能满足你……

话说到一半，看着慧娘绝望的满是灰色的双眼，露华就说不下去了。

她想，慧娘的愿望她所要的补偿，她露华并没有那个能力。

因为她害死一个人，并没有本事能够让人起死回生。

“公主殿下，该发生的已经发生了，悲剧已经不可挽回了。”慧娘摇头看着露华说道。

慧娘的声音十分沙哑，说话的时候就像是有一颗石子在磨着嗓子一样，让人听了觉得十分难受。

“我的悲剧也只能是悲剧了，可是……”说到这里，慧娘忽然将情郎的尸体放在一旁，跪在原地双眼亮晶晶地看着露华，恳求似的说到，“我只希望像我这样的悲剧，不要再发生了，不是每个女子都能像露华公主这般幸运投生在这么好的家庭中，天下的女子本就苦命的多，我只希望悲剧到我为止！”

声嘶力竭的一番话，像是耗尽了慧娘所有的力气，慧娘说完之后，便深深地朝着露华的方向磕了一个头。

露华面无表情地站着，整个人看起来坚不可摧还是那么的耀眼华贵。

我很幸运吗？

也许吧。

时间好像停止了一般，偌大的菜市口寂静无声，良久。

月萧忽然低声喊道：“不好。”

然后就上前几步碰了碰慧娘，却发现慧娘像是易碎的娃娃一样，在月萧的触碰下，栽倒在一旁。

慧娘的嘴角是蜿蜒的鲜红的血迹，嘴角还是弯着的。

像是知道露华一定会为她讨回公道一样，她可以含笑九泉了。

“殿下，她咬舌自尽了。”月萧探了探慧娘的呼吸之后，才脸色难看地对露华说道。

人就在他眼皮子底下，居然自杀了。

月萧有点脸红，同时心中暗暗想着，露华会不会因此对他有什么不好的看法啊？

千万不要啊，他这只是……只是一个小小的疏忽一样。

凤尘闻言跑到月萧身边来，看了一眼后然后撇了撇嘴，说道：“月萧你怎么回事啊，这不像你啊。”

月萧办事一向严谨，怎么会出现这种低级的错误呢？

好不对劲啊。

月萧恨不得一巴掌拍死凤尘，这是专门坑他的兄弟吧？

他正怕露华注意到这点呢，结果凤尘就跑到这里巴巴地说起来了，是专门和他作对的吗？

“喂，你想什么呢，我和你说话呢？”凤尘皱眉用胳膊撞了月萧一下，这人今天怎么这么不对劲啊，不像月萧啊。

难不成是被那个野丫头也吓住了？

不是吧，他凤尘的兄弟什么时候胆子这么小了？

月萧瞪了一眼凤尘，然后又悄悄瞥了一眼露华，见露华根本就没有注意到他这里，也不知道是庆幸多一点还是失望多一点。

有气无力地回了凤尘一句，“是我疏忽了。”

这事的确是怪他疏忽了，只注意会不会有人伤害到慧娘，完全忘了还可以有自杀这回事。

“你……”

“一个人要是真的想要自杀，谁也拦不住的，月公子不必自责。”

露华忽然插了一句话，说完之后就转头走向了安乐侯。

原来她还记得我，月萧在心中美滋滋地想道。

原来她还记得我，真好。

从小缺少父母关爱的月萧，是个十分敏感且容易满足的人，本来是自己偷偷喜欢露华，现在只是得到了露华一句回话，知道露华记得他的名字，他就十分满足。

这样的月萧，让人十分舒服，也让人心疼。

这个时候并没有人心疼月萧，而等到多年以后露华懂得心疼月萧的时候，却已经一切都来不及了。

看着露华一步步地走近自己，安乐侯仿佛看到一把勾魂索命的大刀一点点向他靠近。

这样平静的露华，更让他害怕。

“安乐侯对于现在这个局面，有什么说的吗？”露华挥了挥手，红袖便收起了手中的匕首，安静地退到了一旁。

安乐侯没了威胁，却也被露华骇得不敢后退一步，只是跪在那里哆哆嗦嗦地说道：“殿下，这个姑娘不是我杀的啊，这次真的不是我杀的。”

安乐侯以为露华是想要把慧娘的死也算在他的头上呢，早就吓破了胆。

“呵。”露华轻嗤一声，十分鄙夷地说道，“这次真的不是你杀的，那那个男子呢？慧娘那个可怜的弟弟呢？”

“殿下，我，我……殿下，饶命啊。”

事到如今，安乐侯根本就无从反驳，只能不断地朝露华磕头，希望露华能够从轻发落。

“我说你这老头真有意思，刚刚不还拽得不行吗？”凤尘笑嘻嘻地走过来，蹲在安乐侯身边特别鄙夷地问道。

真是怂啊。

你说你一个大男人，既然是你做的，你就痛快地承认了呗。承认了，你还怕什么承担后果啊。

男子汉大丈夫难道还不懂得自己做出的事情，就该自己负责的道理吗？

真是窝囊。

“你！”安乐侯握紧双拳，咬牙切齿地看着凤尘。

心中暗暗发誓，等到今天的事情解决了，他一定要去凤鸣的将军府里，好好告上一状。

露华公主他得罪不起，凤鸣的儿子他还收拾不了吗？

这么一个乳臭未干的小子也敢欺负到他的头上来，简直是岂有此理。

“不是吧，您老还想着修理我呢？”凤尘一眼就看出了安乐侯心中所想，不由大乐。

这个安乐侯也挺有意思的，明明自身难保了不想着怎么在盛怒的露华公主跟前脱身，反而还想着要收拾他。

真是……分不清轻重。

想要收拾他，最起码这家伙得先有命在吧？

看露华这个野丫头的情况，这个老家伙活下去的概率不大啊。

到了现在，他可不认为露华是什么心慈手软的人。

“饶了你简单，但是因为你们父子而丧命的那些百姓呢，嗯？”露华十分失望地摇了摇头。

到了现在，这个安乐侯还没有搞清楚状况。

他不应该向她求饶，他不欠她什么，安乐侯求情的对象应该是可怜的百姓。

“殿下，本侯……这……”

安乐侯的话虽然没有说完但是他想要表达的意思，露华已经十分清楚了。

正是因为清楚了安乐侯话中没有说完的意思，露华才更加生气。

“安乐侯的意思是你的命很值钱，几个百姓的命怎么能够和你安乐侯相比是不是？”露华声音轻快明丽，没有一丝怒气。

第94章 桃之夭夭·毒舌的凤尘

可是熟知露华公主的人都知道,露华公主现在这是怒了,要发火了。

安乐侯沉默了,他其实就是这个意思。

几个臭老百姓的命,怎么能和他和他儿子比呢,安乐侯并不认为他这样想有什么错。

实际上,这是大多数侯爵权贵的想法。

老百姓的命,不值钱。

露华笑了,十分肆意大方地一笑。

女子一笑,明媚绝城。

"在本宫看来,你一个小小侯爷的命,也不算什么呢。"露华忽然换了风格,十分妖娆地伸出葱白的手指,隔空冲着安乐侯点了点。

安乐侯的脸色,顿时涨红得跟茄子似的。

的确,虽然在大盛阶级等级不是那么分明,但是对于露华来说,他这个没有实权的侯爷,的确也算不上什么。

可是,就算这是事实,当众被下了脸,安乐侯还是觉得十分难堪。

也许是养尊处优惯了,也许是恼羞成怒了,居然抬起头十分不忿地反驳了一句。

"本侯就算不算什么有分量的权贵,可是也轮不到露华公主来管吧?露华公主是嫡公主,的确比本侯身份尊贵,但是……公主还是该有公主的样子。"

一言既出,四周寂静。

露华公主的才华足够惊艳,虽然大家都知道露华公主以女儿身干预朝政不甚妥当,但是露华公主干预朝政这几年来并没有出现过什么差错,反而比顺灵帝管理朝政的时候更加井井有条,所以人们也就下意识地忽略了这一点。

如今,乍然被安乐侯说出来,还有点不甚适应。

露华抿唇一笑,刚想说些什么就被一道粗暴的声音给打断了。

"公主怎么了?公主该是什么样子啊?你个老不死的,你倒是个侯爷了,那你有一点侯爷的样子吗?"

出乎众人意料的是,率先对安乐侯发难的并不是露华公主,而是自从出场一直表现得各种拽的凤尘。

看凤尘那暴怒的模样,不知道的还以为安乐侯骂的是他媳妇呢。

月萧看着这样的凤尘,眼中划过一抹复杂的流光。

凤尘，你……

“瞪什么瞪，说什么说，闭嘴吧你。活了这么一大把年纪了，还不如人小姑娘有本事呢，我要是你早就找棵歪脖子树吊死算了，哪里还会像你似的腆着个老脸还在这儿振振有词的，不知道还以为你说的是人话呢。”

也不知道为什么，凤尘听到刚刚安乐侯的那一席话心中就跟被人点了炸药似的，一腔怒火立刻对着安乐侯发泄了出来。

凤尘甚至觉得，如果他不说出这些话来，他就能憋死。

“什么东西。”骂了半天，凤尘终于停下了攻击，然后却还是不解气，恨恨地踢了安乐侯几脚，才算完事。

露华有些奇怪地看着这个样子像是为她出气的凤尘，心中划过一抹有些酸涩又有些不知道该怎么样形容的暖流。

原来被人维护的感觉，是这么的好。

哪怕是她之前并看不顺眼的凤尘。

“凤尘，你小子找死！”

安乐侯被凤尘的连番举动终于激怒了，也不再披着面具了，直接卸下面具站起来对着凤尘大发雷霆。

凤尘是什么人啊，怎么可能忍着任由别人谩骂呢？

可是，月萧却眼疾手快地一把拉住了凤尘，低声警告道：“凤尘，你注意点，他终归是安乐侯，你要是真的揍了他，也不占理，到时候你爹肯定会收拾你。”

“不过倚仗着你父亲的名声在外面横行霸道，居然敢这么侮辱本侯，你个……”安乐侯神情激动，指着凤尘骂得是唾沫横飞，一点都没注意到旁边脸色变得越来越难看的露华。

“要说凤尘是仗着凤鸣大将军的名声在外面行走，那安乐侯你呢？还不是靠着祖上的功勋仗势欺人？好歹凤尘自己也上个战场立过功劳，而安乐侯你呢？恐怕你就剩下安乐两个字了吧？”

露华看着脸色因动怒而通红的安乐侯，口气十分不善。

红袖闻言看了一眼露华公主，好奇怪啊。

刚刚安乐侯那么说殿下，公主也是笑语盈盈的也没见这么大火气，这么现在忽然动了肝火了？

同样注意到这一幕的，还有月萧。

也许，也挺好的。月萧神情晦涩地想到。

“就算只剩下了安乐两个字本侯也还是安乐侯，露华公主也无权处置本侯！”安乐侯强硬地说道。

只是这份强硬怎么看都有点外强中干的意味在里面。

安乐侯这是在赌。

之所以露华干涉朝政，那些世家大族和侯爷权贵并没有说什么，是露华并没有侵犯到他们的利益，两厢无事还能提高效率。

所以，露华和朝廷的文武百官也就一直维持着一个微妙的平衡。

可若是露华公主真的想要动他，那就不要怪他不客气了。

他相信，只要他给那些老权贵传信，有着同病相怜感觉的那些老权贵势必会出面阻止。

到时候，他倒要看看露华这个小丫头片子要怎么收场。

"无权处置？"露华像是听到什么笑话一样，然后在下一瞬身影就闪到了红袖跟前，众人只觉得眼前划过一道白光，紧接着就听到一声利器没入皮肉的声音，然后是重物砸在地面上的声音。

露华看着瞪大双眼、连惊呼都没来得及发出的安乐侯的尸体，笑得人畜无害，"整个大盛，没有本宫处置不了的人！"

露华出手太过突然，速度又太快，因此就站在安乐侯身边的凤尘根本就没来得及躲避，那鲜血溅到了凤尘的下巴上，脖颈处，以及胸前的衣襟上都是大朵大朵的血花。

直到这个时候，菜市口真正做到了鸦雀无声。

就连凤尘也没有缓过神来，有些呆呆地看了看安乐侯倒在地上的尸体，再看看自己身上的血迹，然后对着月萧十分兴奋地说道："月萧，这个野丫头真够味，我喜欢。"

之前以为露华性子有些软呢，后来就算看到露华逼迫安乐侯，也并不认为露华敢当众杀死安乐侯。

要知道他可是听说来着，两年前那件事虽然被顺灵帝和宁国公联手压制了满朝文武的弹劾，露华也以自己的才智面对了众位权贵的咄咄逼人，直把对方逼得哑口无言。

但是露华还是付出了代价。

据说，露华后来被关到了祖庙中反省了整整三个月，来平息满朝文武的愤怒。

第 95 章　桃之夭夭·他是在心疼我吗

关在祖庙，那可是得天天跪在祖宗牌面面前诵经念佛，然后天天吃素不能笑也不能见别人的呢。

凤尘常常被关，所以十分了解其中的苦痛。

只不过不同的是，就算他闯的祸再大，顶多也就被他老子关上十天半个月的。

关上三个月，凤尘想想都觉得自己会被关疯。

他记得那个时候他还问他爹来着，明明露华是大盛嫡公主，又没做错什么，顺灵帝怎么就那么狠心把自己的女儿关上三个月。

祖庙里一般都十分阴冷，在那里跪上三个月，就算露华从小习武，可那个时候她不过十三啊。

他还记得那个时候父亲脸上浮现的无奈，老爹说，那是因为顺灵帝并不能压制住大盛的权贵。

而露华现在虽然不可以，但是假以时日露华一定可以压制住这些权贵，将整个大盛都掌控在自己手中。

那些权贵害怕露华长大，所以才逼迫顺灵帝一定要惩罚露华。

结果如他们所料，顺灵帝惩罚了露华，而且三个月过去之后，露华公主也只是在上书房帮忙处理一些政事，不会再参与权贵的那些事。

大家也就放心了，所以也就投桃报李，任由露华参政而不加制止。

他只记得当时他心里想的是，这个公主当得可真憋屈真可怜。

可是现在看着为了几个百姓再一次和权贵站到对立面上的看似无坚不摧的露华，心中欢喜的同时，也有着一抹不易察觉的心疼。

不说别的国家，就说大盛，还有一位月浓公主，可是同样是公主，露华和月浓的待遇那简直是天差地别。

眼睛里盛着的情绪，往往是心中所想所思。

因此，在露华不经意瞥到凤尘眼中的心疼的时候，浑身一震，整个人像是被一股电流击中一般，心中酥酥麻麻的。

感觉……很不一样。

他是在心疼我吗？露华想到，居然还会有人心疼她？

她是大盛的嫡公主，还是手握实权的嫡公主，有什么让人心疼的？

对，她是尊贵无比的露华公主。

嘴角上扬，露出完美的微笑，露华转向众人，对着早已被吓傻的众人说道："本宫在此立誓，所有罔顾百姓人命的人，无论是宗室子弟还是世家大族，本宫立斩不赦！"

百姓的眼中慢慢燃起了一丝丝的火光，那抹火光，有个好听的名字，叫作希望。

露华上前几步，双臂高举上扬，眼中闪烁的是比星光还要耀眼的光芒，"本宫在此承诺你们，十年之内，本宫定还你们一个乾坤盛世！"

什么是乾坤盛世？是没有战争，没有贪官，没有草菅人命……

什么人最期盼乾坤盛世？不是皇帝也不是胸有大志的仁人志士，而是处于社会最底层的百姓！

"露华公主万岁！"

"露华公主万岁！"

"露华公主万岁！"

人们兴奋地欢呼着，无论露华公主这个承诺在十年后能不能实现，他们此刻的心情都是无比激动的。

没有什么比一个心怀百姓的统治者，更能让百姓安心的了。

看着在百姓的欢呼中，笑得高贵笑得真诚的露华，凤尘忽然觉得初见时的那个小仙女，又回来了。

原来一个女子，可以美到这个地步。

凤尘想，老爹说的话是对的，遇到好的女子一定要抓紧时间抱回家。

那么，露华公主应该符合老爹的标准吧？

月萧看着凤尘眼中闪烁的光芒，哪里还不明白凤尘在想些什么，心中一阵苦恼。

事情闹到这么大，自然闹到了顺灵帝那里。

当然了，凤鸣再一次沾了凤尘的光，很光荣地作为唯一一个身为武将但还被"邀请"一起解决今天这件事的人。

"凤尘，你给我等着。"凤鸣大将军眯着眼，压着声音对着凤尘恶狠狠地说道。

这个小儿子，生来就是讨账的。

整天的竟是给他找事。

前几天是和露华公主打了起来，今天居然一个疏忽就让凤尘这小子给溜出来了，居然还当着那么多人的面揍了一顿安乐侯。

凤鸣简直牙疼。

要是可以，他真想把这个儿子重新塞回他媳妇的肚子里，回炉重造一把，只可惜他的媳妇死了好多年了。

这个愿望恐怕也只能是愿望了。

"嗐。"凤尘满不在乎地轻嗤一声，今天能够目睹野丫头这么霸气美丽的一幕，就算回去被老头子修理，凤尘也觉得值了。

“怎么，又是想要上演两年前的那一幕吗？”露华绕着大殿走了一圈，肆意地打量着黑着脸的众位权贵们，脸上那叫一个风轻云淡。

“公主，您是公主不假，可是也不能随意杀人啊，更何况杀的还是安乐侯。”一个满脸褶子的老头子，站了出来，很是直接地表达出他对露华的不满。

其实，这也从侧面说明，这些宗室权贵并没有把顺灵帝放在眼里。

“安乐侯的儿子能随意杀人，本宫是大盛皇帝的女儿就不能杀人了吗？难不成文山伯爷是认为我堂堂大盛的嫡公主还比不上一个小小的侯爷之子？”

出乎众人意料的是，露华并没有如两年前一样，上来就说安乐侯怎么做得不对，而是直接承认她杀了人了，你能怎么办吧？

这让众位权贵尤其是文山伯有点傻眼，这什么个情况？露华公主一向最为恭敬有礼，还从来没有在人前这般说话过。

这就好比之前他们一直欺负一个只讲理的老实人，可是今天和这个老实人不和你们讲道理了，直接蛮横不讲理，不按套路出牌，这让文山伯有点蒙了。

不过，文山伯好歹是当年将露华送进祖庙反省三个月的主力，反应还是有的，这不，这一眨眼的工夫人家就反应过来了。

“殿下，您好歹是大盛的嫡公主，怎么可以学那些纨绔蛮横不讲理的那一套？”文山伯毫不客气地训斥道。

文山伯虽然爵位不高，但是他辈分够高，文山伯的夫人是顺灵帝的姑姑，有着这层关系在，就算是露华也得尊敬着来。

不过，露华也是很不耐烦这个倚老卖老总给自己找事的文山伯的。

或许没有遇见今天发生的事情，露华还会卖给文山伯一点面子，可是今天……她是准备大干一场的，怎么还会给自己老头面子呢。

“那文山伯的意思就是说，安乐侯和他那儿子都是蛮横不讲理的纨绔子弟了？”

第96章　桃之夭夭·凤尘撑腰

“你！巧言令色，哪里有一点做公主的样子。”文山伯被露华的话说得有些不高兴，当下便当着满殿的权贵不给露华留脸面。

在文山伯看来，他是长辈，露华和他说话就应该恭恭敬敬的，而且露华虽然有些小才干，但到底是一个公主，怎么能干政呢。

如果别人不说还没事，但要是被人拿到明面上来说这件事，露华就站不住脚了，就更应该顺着他的话说。

可是没想到，露华居然这么不识好歹，既然如此，那自己自然也没有必要给露华留着面子了。

露华脸色微微发沉，这个老东西真是欠收拾，今天不如就拿他开刀，反正也是他自己往刀尖上撞的，怪不得别人。

莲步轻移，唇角微掀。

露华的话还没说出口，只是在舌尖打了个圈就被一道醇厚还夹杂着一股怒火的声音给打断了。

“文山伯，无论露华公主怎么说话都不是你我能够指责的。文山伯似乎忘了，殿下是君，你我是臣。”凤尘挣脱凤鸣的将军的束缚，大步走到露华身边微微退后半步，毫不客气地针锋相对。

“既然文山伯大道理一堆一堆的，那一定明白到底何为君臣！”

少年的晶亮的眸光似乎燃烧着生命中最炙热的火焰，能够将这世间所有的龌龊都照亮。

文山伯被凤尘的话挤兑得老脸发烫，却还是自持着长辈的身份嘟嘟囔囔地说道：“虽然是君臣，但老夫到底是……”

“末将凤尘，参见露华公主！”

没等文山伯底气不足的话说完，凤尘就忽然单膝跪地，双手抱拳，高傲的头微微低下，朗声说道。

少年的声音虽然不够重，但那话音中似乎自有一番乾坤，如同一汪清泉注入了垂垂老矣的迟暮之人的心间，让人感到了希望。

那是青春的力量。

带着护之的决心，带着拥护的坚定，带着不加掩饰的倾慕以及……心疼。

这一巴掌，打的响亮。

就连凤鸣将军此刻心中也暗暗叫好，他之所以刚刚拦着凤尘不过是做出一个样子来罢了。

宗室和皇室，哪个他也得罪不起。

不过在他心里还是偏向皇室的，要不然刚刚也不会任由凤尘挣脱去了。

要不是他故意放水，这个臭小子哪里会那么容易从他手里挣脱？

而触动最大的则是被凤尘叩拜的露华了，露华绯色的唇瓣抿成一条线，双眼中的神色如同夕阳落山前染红一片天空的晚霞那般绚丽多姿。

"老臣宁封参见殿下，殿下千岁千岁千千岁。"

就在一片寂静中，宁国公忽然一撩官袍朝着露华行了跪拜大礼。

要知道，宁国公一族一直有着见君不跪的特权，更何况宁国公还是露华的老师，自然不用向露华行大礼。

可是如今文臣中最有威望的宁国公都朝露华公主行礼了，文臣中有大部分都跟着跪了下来。

"微臣参加殿下，殿下千岁千岁千千岁。"

"微臣参加殿下，殿下千岁千岁千千岁。"

……

一片山呼千岁的声音中，文山伯和一些权贵就是那么的显眼了。

"各位宗室叔伯们，是认为本宫当不得你们的礼吗？"露华微笑地问道。

其中有个年纪和顺灵帝不相上下的宗室站了出来，气冲冲地指责道："露华，我们都是你的叔叔伯父甚至是叔祖父，你居然想要我们向你下跪？"

这些年，这些权贵一直自认为把顺灵帝拿捏在手中了，又加上露华对他们一直礼遇有加，也至于他们已经认为他们本来就不应该给露华行礼。

就算给露华行礼了，露华也受不住。

"本宫不是要你们向本宫下跪，而是宗室向皇室行礼！"露华目光灼灼地看着刚刚说话的宗室王爷，笑得有些讽刺，"难不成应该是我这个嫡公主，对着你这个旁支出不知多少代的……叔父，行礼吗？"

说到"叔父"的时候，露华故意停顿了一下，然后眉眼弯弯地笑着说道："本宫向你们行礼，你们受得住吗？本宫是君，你们是臣，你们向本宫行礼，本宫可以理所当然得受着。可是……"

露华慢慢踱步到刚刚说话的那位宗室面前，一字一顿地说道："让本宫给你们行礼，各位宗室的叔伯就不怕，天打雷劈吗！"

"天地君亲师，除了天地之外，便是君最大，亲也要排在君之后，叔父们别告诉本宫你们连这个都不知道，还是……等着本宫让礼部尚书找几个教导嬷嬷来教教各位叔伯宫廷礼仪啊。"

最后一句话，露华的声音压低了，可是那压迫感却更重了。

尤其是刚刚露华那句“天打雷劈”真的吓到了众人，要知道这个时代大多人还是信奉神灵的，是相信因果报应的。

更何况，露华也不是两年前任他们欺负毫无还手之力的露华了，现在的露华无论是神态还是气势，整个宗室已经没有人能压得住露华了。

感受最深的便是刚刚说话的那位宗室，双腿一软，直接跪了下去，然后哆哆嗦嗦地说道：“臣参见殿下。”

然后剩下的权贵们也慢慢地跪了下去。

天地君亲师，这件事本来他们就不占理。

再争执下去，反而是将把柄送到露华的手中，还不如先服个软。

露华在众人的跪拜中，缓缓走到金殿之上，然后缓缓跪倒在龙椅的不远处，清声说道：“儿臣参见父皇。”

一直没有说话的顺灵帝，直到这个时候才笑眯眯地说了第一句话，“露华快起来。嗯，众卿也平身吧。”

“谢陛下。”

对于露华，顺灵帝是一百二十个满意，因此看到露华将这群老家伙整治一番也没说什么，乐得看戏。

“皇上，虽然说安乐侯当众杀人并不对，可是露华公主当众杀了安乐侯又和安乐侯之前的做法有何区别？如是人人都像殿下这般，那大盛的律法何在？朝廷的威信何在？皇室的尊严何在？”

那文山伯并没有起身，而是迫不及待地告起状来。

这次一定要把露华这个小丫头片子整得再也爬不起来喽！

一个不喜政事的顺灵帝比较好拿捏，而露华才智太让人惊艳了，长此以往下去，朝廷还有他们这些权贵什么事啊。

“安乐侯杀的是淳朴的百姓，而殿下杀的是败类人渣，这能相提并论吗？文山伯是不是上了年纪眼睛就不好使了？”凤尘好不客气地讽刺道。

第 97 章　桃之夭夭·扇得自己脸疼不

“凤尘，都说死者为大，无论怎样，你这样贬低安乐侯是不是有点不够厚道？”文山伯拈着自己的胡须，面色不悦地说道。

听着这个文山伯一而再再而三地为安乐侯出头，不知道的还以为文山伯和安乐侯的关系有多好呢。

其实，实际上这两人也是谁也看不上谁，不过有一点这两人十分相似，那就是都是靠祖上的功勋维持着现在的荣宠，实际上自己都没啥本事却又自视甚高。

一般人都不愿意得罪文山伯这样和顺灵帝有着实在亲戚又有些混不吝的人，可是凤尘是谁啊。

不就是比谁混吗，凤尘怕谁也不能怕这样的人啊。

“伯爷这话说得挺有意思的，不知道还以为伯爷和安乐侯关系很好呢。再说了，刚刚伯爷也不是说了安乐侯就是个纨绔么，难不成刚刚那句话是放屁？文山伯，您老这脸自己扇得疼不？”

说着，凤尘还欠欠地伸出右手轻轻拍了拍自己的侧脸。

清脆的巴掌声，虽然听着就知道人并没有用力气，但是……

这让文山伯瞬间红了老脸，气喘吁吁地指着凤尘也不知道该拿啥话来反驳。

关于凤尘，文山伯也有所了解。

和别人家的纨绔子弟不一样，凤尘人家是有真本事的。可是凤尘和正经上进的子弟又不一样，求上进的子弟哪里会和凤尘似的，整天到处惹是生非拽得不行啊。

正因为知道凤尘的难缠程度，所以文山伯才不知道怎么才能打嘴仗打赢凤尘。

不打嘴仗吧，被凤尘说到这分上，忒丢人。

打嘴仗吧，打得过打不过放一边，他这一大把年纪了和凤尘这个半大小子斤斤计较，那也是脸上无光，更不用说万一打输了那就更丢人了。

所以说，现在文山伯看着凤尘的眼光，居然快要喷火了。

气氛有些尴尬。

虽然说在场的有不少和文山伯交情不错的老权贵们，但是谁都不傻，都知道凤尘的战斗力彪悍，还有顺灵帝撑腰。

要知道，顺灵帝有多宠爱露华这个长女，看顺灵帝支持露华染指皇权就能看得出一二了。

可是前些日子里，凤尘和露华公主打了起来，顺灵帝居然对凤尘一点责罚都没有，这就不禁让人大为意外了。

也因着这个原因，有心眼的人是更不愿意得罪凤尘了。

因此，这个时候，文山伯也就只能自己在这尴尬地待着了。

还是凤鸣大将军看不过去了，斥责了一句，“凤尘，那是你的长辈，礼仪都学到哪里去了？”

凤鸣大将军虽然世代都是武将，但是也重视对子女读书和礼仪方面的教育。

别看凤尘现在这个混不吝的，但是到了正经的时候，该有的礼仪凤尘还是拿得出手的。

不过，这就得看凤尘的心情了。

要是他心情不好，管你是谁呢，也得让你下不来台，现在这个文山伯不就是个很好的例子吗。

“敬人者人恒敬之，辱人者人恒辱之。”凤尘脸上还是那副吊儿郎当的模样，可是说出口的话却是认真中带上了一抹嘲讽。

礼仪那也得对着懂礼仪的人来，对着人面兽心的东西，讲礼仪那不是对牛弹琴吗？

他爹真是越老越糊涂了。

“你什么意思？”文山伯简直被凤尘气到了内伤，一口老血不上不下的快被憋死了。

虽然顺灵帝并不算厉害，但是好歹在金殿上，皇室的颜面还是得顾忌的。

所以，即便他被气到内伤，也得憋着，忍着。

可是他忍着了，凤尘可不一定得理饶人啊。

“什么意思？字面上的意思，我说文山伯您老爷一大把年纪了不会连书都没有读几本吧？啧啧，没文化真可怕。”凤尘吊儿郎当地笑着，可这瞅着文山伯的眼光却是尖锐的。

“你！扑——”文山伯这些年一直过得顺风顺水，忽然被凤尘这个后辈当众下面子早已心绪不稳，现在更是直接被凤尘气得吐出一口老血。

“文山伯，你怎么样了？”

“文山伯，没事吧？”

见文山伯晃晃悠悠像是要摔倒，周围的权贵终于有忍不住的了，一把扶住文山伯，七嘴八舌地问道。

凤鸣大将军更是狠狠地瞪了一眼凤尘，然后也上前几步，询问起来，不管怎么样，这个文山伯都是被他儿子当众给气得吐血的，要是他这个做老子的再不上来关心一二，那就是真的得罪死文山伯了。

其实，凤鸣大将军真的是想多了，因为现在文山伯已经记恨上凤尘，甚至是凤鸣大将军了。

在文山伯看来，就算凤尘桀骜不驯，但是若是刚刚凤鸣将军这个做爹的出面制止，凤尘还能当着这么多人的面和自家老子对着干？

所以在听到凤鸣大将军关怀的问候之后，文山伯直接恨恨地瞪了凤鸣一眼，然后指责道："凤鸣将军，这就是你教出来的好儿子啊。"

他活了大半辈子了，还没这么受人挤兑过，哪怕是露华公主也得尊敬一二，没想到今天居然会被凤尘气到吐血。

而凤尘对此表示自己很无辜，他哪里知道这个文山伯看着长得壮，实际上一点也禁不住骂呢。

真是太不经事了。

自己儿子闯的祸，当爹的咬着牙也得小心地赔不是。

"文山伯大人大量，凤尘还是个毛头小子，我回去定当教训教训。"

"哼，真是有娘生没娘教的野小子。"文山伯见凤鸣姿态够低，脾气也上来了，认为可以随便发火了，所以有些话也就不经大脑地说出来了。

"嗷——"随着文山伯的一声哀号，整个人都随着一股力道飞了出去，然后狠狠地撞在了金殿的柱子上。

而本来围着文山伯的一群人也或多或少被殃及了，摔倒了一片，整个金殿顿时满是哀号之声。

一片狼藉之中，唯有紫衣少年长身而立，怒发冲冠。

"再说一遍，小爷我现在就杀了你信不信！"凤尘罕见地动怒了，本来有些稚嫩的面庞上染上了浓重的戾气。

少年鲜怒，眉目含煞。

一时之间，满殿寂静。

此刻露华看向凤尘的眼神中，满是毫不保留的欣赏与赞叹。

这样霸气狷狂仿佛天地间唯有他才是真英雄的气概，一下子折服了露华。

露华本就欣赏这种类型的男子，现在看到这样的凤尘，她甚至听到自己的心中悄悄地响起一道声音。

第98章　桃之夭夭·心悦君兮

“露华，就是他了，这就是你要的男人。”

心中仿佛有温热的暖流流过，又像是有着最激烈的波涛涌现，在她心中掀起惊涛骇浪的同时又能给予她心中一种她最需要同时又被她一种忽略的……安全感。

“凤尘，你找死。咳咳……”文山伯挣扎着爬了起来，然后抹了一把嘴角的血迹眼神阴狠地看着凤尘，满目阴沉。

显然，文山伯已经记仇了，还是死仇。

凤尘对文山伯阴沉的目光毫不在意，战场上那么吃人的地方他都走过来了，还会怕文山伯这个连死人都没见过的养尊处优的老头子吗。

对于凤尘这个举动，凤鸣大将军也是头一次支持自己的儿子动手打人。

凤鸣大将军成婚很晚，而原配妻子死得又早，凤尘兄弟妹三个还是妻子的妹妹给拉扯大的。

文山伯刚刚那句话，可谓是伤人至极。

就算凤鸣大将军平日里不愿意得罪人，但是这个时候，他要是还能忍就奇怪了。

一般男人都不能忍，更何况凤鸣还是一位久经沙场的将军，沙场上活过来的汉子都是血性的。

“文山伯，祸从口出您老还是长点记性吧。”凤鸣大将军看着文山伯的眼神也不那么好了，站在凤尘身后沉着一张脸挺让人害怕的。

凤鸣将军和凤尘的气势，那简直不在一个等级上。

凤尘再如何天纵奇才，也是个十五岁的孩子，就算经历过战场的残酷了，也没有凤鸣将军经历得多，自然而然凤鸣将军浑身沉淀下来的气势，那是凤尘所不能比的。

面对凤鸣和凤尘两父子毫不保留的气势压迫，文山伯一个整日里连血腥都没有接触过的人怎么承受得住，顿时身后的衣衫就被冷汗给浸湿了。

文山伯也不算蠢，知道这个时候自己干不过人家父子两个，立即就转身朝顺灵帝跪下，一把眼泪地哭诉道：“陛下，还请给老臣做主啊，在这金殿之上，他凤尘都敢对老臣动手，那下了金殿，老臣的老命还不得交代给凤尘啊。”

这次文山伯是真的害怕了，因为他从凤尘的眼中看到了杀气。

他不认为自己说的有多过分，因为在他看来是凤尘无礼在先，即便他所得有些不对的地方，但他的身份比凤尘高，又是凤尘的长辈。

大盛向来以礼仪之邦对外宣称，向来讲究尊师重道讲究礼法，文山伯实在没想到这个凤尘居然这么混，在金殿之上都敢和他动手，实在是出乎他的意料。

顺灵帝还没有发话，反而是在一旁的露华含笑说道："文山伯别怕，若是凤尘真的敢杀了你，事后本宫一定会为你主持公道。"

文山伯：……

大殿之上的所有人：……

只有凤尘嘴角含笑，心中一片赞赏，不愧是他看上的女人，越来越对他的口味了。

而文山伯则是气得嘴角抽搐。

什么叫事后给他主持公道啊，等到事后再给他主持所谓的公道还有个屁用，他都死翘翘了。

"殿下，您说的这叫什么话啊。"文山伯委屈极了，甩着宽大的袖子抹了一把眼泪开始走温情路线。

旁边的几个刚刚被凤尘殃及无辜的几个也开始纷纷跪倒在文山伯的身边，一个个开始哭诉起来。

"陛下，这个凤尘实在是太狂妄了，整个盛都没有比他再狂傲的人了。"一个额头红肿了一块的中年男子大声说道。

露华举起右手，在阳光下细细地看着，一边又漫不经心地插了一嘴，"整个盛都也没有比他再厉害的少年人了。"

这是事实。

可是虽然是事实，但是也还是有很多人不服气的。

本来凤尘就是天纵之姿，整个盛都其他权贵的子弟所有人都生活在凤尘的光芒之下。

当然了，这并不包括露华。

露华早就走在了所有同龄人的前面，包括凤尘。

凤尘现在虽然才华横溢，但是他还有着少年的意气风发，他会闯祸会发脾气。

但是露华不同，露华不知道从什么时候起就不会发脾气不会抱怨，没有了少年的稚嫩更多了一份稳重与成熟。

虽然露华刚刚说的那句话是事实，但是不是所有人都能认同的，就算认同也不代表着他们能够容忍凤尘这般放肆。

"殿下话怎么能这么说呢，凤尘的确有才但也抹杀不了他骄纵的事实，殿下这般言语，未免有些有失公允。"

"骄纵？"露华含笑着从高台上缓步走下，走到了刚刚说话的权贵面前停了下来，语气莫名。

"要说骄纵，凤尘哪里比得上平定侯的长子啊，当街纵马调戏民女什么事没干过啊？"

"还有文山伯的小孙子，比凤尘还大上两岁吧，前几天本宫可是听说无缘无故砸了一个铺子，还因为几个老人家向他乞讨就让文山伯的孙子把人给暴打了一顿吧？"

"还有……"露华走了一圈下来，几乎在场的权贵一多半都被露华点名说到了，"平定侯,你这个时候还说凤尘骄纵吗?凤尘是调戏过民女还是砸过老百姓的铺子啊?"

被露华点名的人纷纷直冒冷汗,他们本来以为露华公主一直待在宫里不问世事呢,哪里会知道露华公主对这些事情知道得一清二楚啊。

平定侯这个时候也被露华说得脸色通红,低着头哪里还敢说些什么啊。

更何况,好像除了他们这群老家伙之外,剩下的那群人如楚王等人就一直一言不发,这是……

露华公主,果然不简单呐。

到了现在,平定侯哪里还想不明白啊。

这朝廷大半已经掌握在露华公主的手里了,今天这是要借着安乐侯和文山伯的事情拿他们这些老东西开刀啊。

只有文山伯还看不清形势,跪在那里继续哭号道:"可是凤尘在金殿之上对老臣动手是不争的事实啊。"

文山伯梗着脖子,将这件事咬死了,非得拉着凤尘不松手。

这个时候,先是凤尘帮露华公主说话,后来又是露华公主替凤尘出气,这在文山伯眼里看来就是两人好上了的信号。

因此,文山伯认为,只要咬住了凤尘不撒手,露华公主就一定会让步。

只可惜……

若不是碍于情面,露华公主真想直接骂一句,你说话那么缺德,活该人家揍你啊。

只是这些话,文山伯好歹是露华的正经长辈,实在是不好说出口。

第 99 章　桃之夭夭·好大的脸

“咳咳，那文山伯认为此事应该如何解决啊。”一直默不作声的宁国公忽然站了出来，问道。

文山伯看了一眼宁国公，直觉此刻宁国公绝对不会帮着他说话，但是宁国公的这句话也没什么问题，文山伯想了想也就回答了。

“凤尘在金殿之上对老臣动手，说轻了是不尊敬长辈，说重了就是藐视皇族，其罪……”

“文山伯的意思是想说其罪当诛吗？”露华简直被气笑了，嘴角一扯，十分不客气地说道，“文山伯真是好大的脸，难不成文山伯你一个小小的伯爷就可以代表皇族了？嗯？”

最后一个嗯字，露华加重了力道，让文山伯觉得灵魂一颤，差点跪不住了。

“殿下……”文山伯苦着脸，哆哆嗦嗦地想要找个理由却不知道该怎么解释。

一直以来，因为他娶了顺灵帝的姑姑，所以就一直把自己认为是皇族，但实际上不仅他不是皇族，就连嫁给他的公主媳妇，在嫁给他以后，也算不得正宗的皇室了。

更何况他的公主媳妇已经死了好多年了，现在当政的不是公主媳妇的父皇也不是兄弟，而是隔了比较远的侄子。

所以，当露华质问他的时候，他是真的没有一个理由可以反驳。

“文山伯，你可还记得前几日凤尘和露华公主打起来的事情。”宁国公见文山伯支支吾吾地说不清楚，忽然问了一嘴。

文山伯虽然有些摸不着头脑，但是在他看来提起凤尘和露华打架这件事是对他有利的，哪怕他也奇怪宁国公怎么可能会帮助他，但是这个时候他已经管不了那么多了。

“老臣当然记得，陛下，这个凤尘不仅对老臣动手，也敢对殿下动手，假以时日，他恐怕连……”文山伯急切地说道，却被宁国公半路打断了。

“那文山伯可记得皇上对凤尘可曾有过处罚？”

“没有……正因为陛下仁慈没有惩罚凤尘，才会导致凤尘变本加厉……”

一旁的平定侯已经懒得去看文山伯那张愚蠢得不能再愚蠢的老脸了，不怕神一样的对手，就怕猪一样的队友啊。

这个文山伯可真是笨得无可救药了。

难不成他以为宁国公会帮着他说话？简直愚不可及。

果不其然，只见宁国公笑眯眯地继续说道：“凤尘打了露华公主，皇上都没有说什么，现在文山伯受了点伤，就嚷嚷着要杀了凤尘，难不成文山伯的意思是你比露华公主高贵多了？"

宁国公的这番话，再加上刚刚露华公主指责他居然妄图代表皇室的话，这两者加起来，真的能要了他的老命啊。

文山伯一下子就慌了，当下便一个劲地磕头，"陛下明鉴，老臣绝对没有这个意思啊。"

顺灵帝看着文山伯狼狈的模样，也不忍心多加苛责，挥了挥手，说道："文山伯身上有伤，还是赶紧下去回府上点药吧。"

身上没伤都不是他闺女的个，要是身上带着伤和他闺女对着干，那今天还不得把小命交代在这儿啊。

对于文山伯，顺灵帝并没有什么仇恨，因此只要文山伯肯消停，顺灵帝也不打算为难于他。

文山伯谢恩之后，立刻离开了。

大殿之上，又沉默了起来。

吏部尚书月和之忽然站了出来，询问道："陛下，那安乐侯一事……"

事情闹到这个地步，早就偏离了一开始讨论的主题。

"这件事……"顺灵帝沉吟着，不知道想要说些什么。

"陛下。"楚王也站了出来，拱手道，"安乐侯之子杀人在先，安乐侯当街杀人在后，在民间造成了恶劣的影响，殿下直接杀了安乐侯虽然不合乎礼法，但是为朝廷挽回了颜面，并且安抚了百姓，因此微臣认为殿下不仅无过，还功劳不小。"

"臣复议。"

"臣复议。"

"臣复议。"

楚王说完之后，大半臣子都纷纷站出来复议，表示对露华公主的支持。

剩下的，就算有所不满，但也不敢在这个时候站出来。

因此，整个大殿只有一个声音。

顺灵帝也很高兴，对于这个结果很是满意。

"父皇，儿臣认为这次的悲剧根源在于，百姓们遇到冤屈除了府衙便无处可以申诉。像这次京兆府尹和安乐侯官官相护才会造成此次的悲剧。"露华对着顺灵帝言辞恳切地说道。

顺灵帝顺着露华的话问道："那你有什么好的办法解决没有？"

虽然顺灵帝没有什么大的本事，也没有把心思放在朝政上，但他有一个很明显的优点，那就是善于接纳别人的意见。

就如现在一样，他一点都不觉得自己一个皇帝遇到事情询问自己的女儿意见，有什么丢人的。

露华目光灼灼地将自己心中早就构思好的想法一一说出，"为了避免像这次一样百姓遇到冤屈不能上报给朝廷知道，所以儿臣想着在城楼处建立一处青龙钟，若是百姓有了天大的冤屈无处可以申诉的时候,就可登上城楼敲响青龙钟。”

“当然了,青龙钟也不是随随便便可以敲响的,要想敲响青龙钟必须保证是有真实的天大冤屈,经过查证是真实的,朝廷自然要处理,若是谎报或者明明可以找府衙解决却偏偏要敲响青龙钟,那也必须有严厉的惩罚等着他。”

“具体的细节儿臣已经拟好了,若是父皇同意,一会儿臣便让人呈上奏折。”

很显然,这件事并不是露华的临时起意,应该是早就想好了,才能够侃侃而谈吧。

“青龙钟,你是想……”顺灵帝毕竟是一个皇帝,该有的反应还是有的。

露华这样,分明是想照着龙皇钟建立青龙钟。

龙皇钟在整个天下都有着不一样的位置,神秘强大不可捉摸。

就算是大盛的皇室,也并没有多么了解龙皇钟。

“没错,龙皇钟是为了大盛皇室存在,那么为什么不能为百姓设立一座青龙钟呢?”

也许是因为自信,也许是因为为了百姓,露华此刻的眼中迸发出的神采是那样的夺人心魄。

凤尘痴痴地看着这样耀眼的露华,心中暗暗下了一个决心。

他要娶露华,以最强的姿态迎娶这世间最美的女人。

他要娶她,一定要娶她,必须娶她,也只会娶她,但并不是现在。因为现在的他,并不够强大,还配不上如此优秀的她。

第 100 章　桃之夭夭·等我回来

“百姓怎么能够和皇室相比呢?”有人皱眉小声嘟囔道。

在他们这些世袭的权贵看来,百姓真的不算什么。

更何况,谁手底下没有那么几件不干净的事情啊,若是真的设立了青龙钟,那么以后他们就得时不时地担心自己做的一些事情会不会被人翻出来,而且有好多事情也不能沾手了。

设立青龙钟对于他们来说,简直是炸弹。

“民为社稷之根本,哪位大臣认为我大盛的根基是不重要的?”露华面带最优雅得体的笑容,问出的声音也是轻缓异常。

可是在有些人听来,简直重若万斤。

“咳咳,这件事朕觉得很不错。既然大多数爱卿都同意,那么这件事一会就交给露华和宁国公全权负责吧。”顺灵帝笑眯眯地拍了板。

宁国公一族传承百年,其底蕴比起好多宗室来也是不遑多让。

所以宁国公无论是在民间还是在朝廷上的影响力,都不是一句话能够概括的。

这件事让宁国公和露华一起负责,那就是在露华身后扯起了宁国公府的大旗,办起事来绝对能够事半功倍。

“儿臣遵旨。”

“老臣遵旨。”

今日之事发展太快,变化太多,让一众权贵措手不及,这个时候顺灵帝和大多数臣子已经同意,若是他们在说些什么,反而不妙了。

反正这件事也不是一朝一夕能够做成的,倒不如现在先退一步等到来日实施的时候再动一动手脚,也未尝不可。

“既然事情都已经解决,那么众爱卿都散了吧。”

顺灵帝一如既往的对聚在一起商讨国事没有兴趣,等到过后青龙钟这件事就让露华和众位大臣一起商量去吧。

到了现在,不仅露华斩杀安乐侯一事被人莫名其妙地忘了,就连凤尘当众殴打文山伯一事也被宁国公稀里糊涂地忽悠过去了。

不过露华对这个结果很满意。

至于凤尘……

“陛下,末将请求。”凤尘忽然跪在金殿之上,沉声说道。

这一下急着要走的众人也不着急了,纷纷等着看看凤尘想要向顺灵帝请求什么。

而凤鸣大将军则是转了转眼珠,心中暗骂道:你个死小子,要是再给老子找事,回去绝对抽死你。

凤鸣大将军这是怕了,凤尘这小子经常给他“惊喜”,以至于现在凤鸣大将军看见凤尘张嘴,就觉得不会是啥好事。

唉,可怜的凤鸣大将军啊。

“哦?有事请求,那你说说你想要求朕什么啊。”顺灵帝一向十分疼宠凤尘,即便是凤尘和他的掌上明珠打起来了,也不曾责罚什么。

不过,凤尘这个孩子也是个懂事的,虽然他这般偏宠,但是从来没有和他要求过什么。

这还是第一次凤尘求他呢,顺灵帝有些美滋滋地想到。

凤尘抬起头,一双星目晶亮地看着顺灵帝,语气十分的坚定,“凤尘请圣旨,想要陛下派遣末将去西边与沧澜国作战,不打退沧澜国凤尘愿终身不回京都!”

一直以来就算他有才华,有能力,也立下了战功,但是所有人都认为他这是靠着父亲凤鸣大将军得来的。

他不愿意听到这样的声音,尤其是不愿意她也这样认为!

现在他就要离开父亲,独自作战,他要为自己打出一片天地,让整个大盛的所有臣民看一看:他凤尘,够资格娶露华公主!

没错,凤尘之所以下了这个决心就是因为想要在他凯旋而归的那一天,在所有人面前求娶露华!

他爱露华,就在今天爱上了露华。

也许别人会觉得他爱得太草率,爱得太容易,但是对于他来说,只要他知道自己心中所想,那就够了。

“凤尘,你要知道,西边和沧澜国的战事已经胶着了三年了,就算是你父亲去了也没有必胜的把握,而你……行吗?”

不是顺灵帝不相信凤尘看低凤尘,实在是凤尘太年轻了,年轻到没有人会相信他会有这个本事。

毕竟,战场不是儿戏。

“行不行的只有试过才知道,陛下没让凤尘试过怎么就知道凤尘不行?就算不行,那也只是损失凤尘一人,若是行了……”

“若是你一年之内能够凯旋而归,朕答应你一个条件。”

顺灵帝闻琴音而知雅意,立刻笑眯眯地说出了凤尘想要听到的答复。

“一言为定。”凤尘大喜过望,整个人都像是被殿外的阳光镀上了一层金光似的,让人移不开眼睛。

凤尘是高兴了,但是这并不代表所有人都乐意看到这个结果。

“陛下,凤尘纵然是天纵之姿也着实太过年轻了,不说他要是不行他会不会因此送命,就是万一打破了现在胶着的状况，让大盛……”

“是啊，还请陛下三思。”

“陛下……”

“本宫在此立下军令状，若是一年之内凤尘不能结束这场战争，本宫以死谢罪，各位大人如何？”露华嘴角噙着一抹高深莫测的微笑，声音虽然平淡但也掩饰不了其中的那份热血。

凤尘闻言大喜，他在此刻仿佛看到了自己的世界中满是美丽的烟火，喜悦、惊喜、狂喜充斥在凤尘的心头。

他猜到了就算顺灵帝能答应自己的请求，那么势必也会有人为难与他，他也想过了他老爹肯定会出来为他作保。

但是他没有想到第一个出来为他作保的，竟然是露华！

这是不是代表着，在露华的心中，他凤尘是不一样的？是不是也和他一样……

露华的话也瞬间让刚刚叫嚣的几个人消了音。

露华公主都把话说到这个份上了，要是他们还不识好歹咄咄逼人，那结局就不好收拾喽。

“你们还有什么意见吗？”露华问。

“臣等无异议。”

一番争执过后，顺灵帝让众人都散了。

凤鸣大将军本来是想揪着凤尘回去好好修理修理他一顿，但是看了看凤尘又看了看露华公主，凤鸣大将军便浅笑着离开了。

他还记得凤尘出生的时候，顺灵帝曾经和他戏言过，让凤尘给他的掌上明珠做驸马如何。

现在看来……

“我会回来的，一年之内。”

“好，我等你回来。”

“等我回来，我就……”

“嗯。”

凤尘的那句“等我回来，我就……”还没说完，就被露华轻轻的一个“嗯”字给打断了，但是凤尘不仅没有生气，反而将嘴角咧得大大的。

第 101 章　桃之夭夭·金色羽箭

“凤尘，你想好了，真的要……”

将军府里，凤绝有些担忧地问道。

当驸马，尤其是露华公主的驸马，并不一定是什么好事。

露华公主控制着大半的朝堂，若是凤尘真的想要娶露华公主，那么凤尘乃至整个凤家都要收敛、低调起来。

尤其是凤尘。

可是凤尘明明有着才能，作为兄长凤绝是不愿意看到自己的弟弟因为一个女人而收敛自己的才华的。

“嗯，哥我想好了，就是她了。”

凤尘没有犹豫地一口回道，在他看来这个喜欢与不喜欢哪里用考虑那么多。

喜欢就是喜欢，不喜欢就是不喜欢。

哪里需要考虑那么多？

“好的，无论你想做什么，哥哥都支持你。”凤绝也没有多想什么，伸手拍了拍凤尘的肩膀说道，“姨母说有事要出去一趟，我明天就陪姨母出去一趟，后天你出征，哥哥就不能给你送行了。”

“没事，哥你陪姨母出去吧。”凤尘笑嘻嘻地说道。

凤绝嗯了一声，兄弟两个就各自回房收拾东西去了。

第三天凤尘出征的时候，露华并没有去相送。

她也有很多事情，要忙着筹备青龙钟的事，没那么多时间去做别的事情。

更何况，露华并不喜欢送人。

她不喜欢离别时那些伤感的情绪，她只接人不送人。

凤尘像是猜到露华会这样做似的，也并没有特意等露华。露华没有出现，他也没有失望。

接下来的三个月，露华力排众议终于将青龙钟的事情敲定了。

等到青龙钟的所有事情都敲定后，露华将所有事情都扔给了宁国公自己悄悄去了西边。

又过了一个多月露华才回来，不过回来后，露华就满天下地寻找鲁班后人的踪迹，又亲自上门拜访了整整七次，才得见。

随心影看着露华手中把玩着金色的羽箭，眼中闪烁着一些欣喜一些娇羞，连连低叹。

“唉，我看到我女儿笑一次不容易，好不容易看到我女儿笑了还是因为别的男人，唉。”

随心影装模作样的叹息，并没有唤醒露华早已飘飞的神思。

这下，随心影的脸有些黑了，而月浓则是在一旁夸张地大笑起来。

“母后，看到了吧，在皇姐心里您可比不上凤尘啊。”

小丫头无时无刻不忘挑拨离间。

随心影有些伤心了，掐了掐月浓的小脸蛋，轻斥道：“你个坏丫头，看到母后伤心，你就开心了吗？”

这儿女都是债啊。

“哪里，母后怎么会这么想月浓呢，月浓最乖了最心疼母后了。”月浓一把扑到随心影的怀里，小脑袋一拱一拱地撒起娇来。

对于月浓的撒娇卖萌，随心影一向没有抵抗力。

一会的工夫，母女两个就抱在一起“互诉衷肠”。

露华被恶心到了，搓了搓胳膊，撇了撇嘴说道：“哎哟，你们两个腻味不腻味，真是够了。”

隔三岔五，这母女两个就要上她这来上演一番母女情深的戏码，真是够了。

她们两个不嫌烦，她都嫌烦了。

“我和母后腻味，也没有皇姐你千里迢迢跑去西边看望凤尘，然后又亲自恭请鲁班后人为他打造黄金羽箭来得情深切切啊。”

月浓从随心影的怀中伸出一个小脑袋来，说完还对着露华吐了吐舌头。

最近她的父皇老伤心了，尤其是皇姐几次三番地恭请鲁班后人，父皇简直要伤心死了。

这几日都不怎么搭理皇姐了。

“死丫头，瞎说什么。”露华拿着黄金羽箭的一头轻轻在月浓的小脑袋上敲了一下，眉眼间皆是醉人的笑意。

以及，一点点从来没有过的柔情。

这让随心影看在眼中既欣慰又心酸。

她的女儿终于懂得情爱的滋味了，可是她又舍不得自己的宝贝女儿嫁给别人家。

无论露华嫁得多近，以后还在京都，那也不一样了。

“难道不是吗？”月浓捂着小脑袋，不服地反问道。

顺便还摇晃起随心影了，撅着嘴巴寻找同盟，“母后你说我说的对不对吗？”

“对对对，我们月浓说的什么都是对的。”随心影笑眯眯地抱着月浓，眼中都是温柔。

那一点点的伤感，在看到小女儿的娇态时，已经消散了。

“你们两个没事就走吧，本宫要处理政事了。”露华一本正经地说道。

对于政事，露华向来有章程，可是对于这方面的事情，她也没有大家想象中那么厚脸皮。

实在是再处下去，她怕随心影和月浓说出什么话来让她脸红不知道怎么应对。

“嗐，小气鬼。”月浓人小鬼大，自然清楚露华心中所想，因此毫不客气地对着露华吐了吐舌头。

像这种可以调侃露华的机会可并不多，她要抓紧机会报报仇啊。

随心影笑着拍了拍月浓，示意她适可而止。

“好，我和月浓这就走，不打扰你想你的小情郎啦。”随心影调侃了露华一句之后，也就真的拉着心不甘情不愿的月浓离开了。

她自己生的女儿她了解，再说下去怕是露华会恼了。

等到两人走后，露华才恨恨地将手中的金色羽箭扔到一旁的桌子上，嘟囔道：“哼，都怪你！”

她从小就心智成熟，这还是第一次被随心影和月浓一起调侃，若不是因为凤尘，她哪里会被人闹个大红脸。

伸出手在脸旁做蒲扇状扇了扇，又拿来镜子看着镜子中面若桃花的女子，皱了皱鼻子。

“露华啊露华，你能不能有点出息。”

这又没什么，你脸红个什么劲啊。

太没出息了。

在露华寄出金色羽箭的又两个月后，朝廷传来了八百里加急，说是凤尘击退沧澜国，大胜！

露华得到这个消息的时候，情绪失控一把扑进顺灵帝的怀中，兴奋地喊着，“父皇，你听到了吗，他胜了，他胜了！”

虽然露华对凤尘很有信心，但到底是打仗去了，还是一场胶着了几年的战争，露华自然会担心。

生怕凤尘会受伤，会受人排挤，会……

总而言之，自从凤尘走后，露华就一直活在担心之中，虽然她面上不显露。

但是顺灵帝和随心影还是能够察觉到露华的心思的，夫妻两个一边嘟囔着女大不中留，一边心疼露华。

因此这些日子，御膳房一直绞尽脑汁给露华做一些爽口又营养的膳食。

第 102 章　桃之夭夭·顺灵帝的心意

“父皇还没老得耳背呢。”顺灵帝抚摸着露华的头顶，眼中既欣慰又有落寞。

多少年了，他的女儿没有和他这般亲近了，凤尘对她的影响就这么大吗。

顺灵帝有些酸酸地想到。

俗话说得好，丈母娘看女婿，越看越欢喜，丈人看女婿那是咋看咋都不顺眼。

即便是一直得顺灵帝喜欢的凤尘，此刻在顺灵帝看来也配不上他的宝贝女儿。

做父亲的总是希望自己女儿能够找到一个坚强的怀抱，能够给她依靠，可是等到女儿找到那个人的时候，做父亲的心理总是很微妙。

总觉得自己的宝贝被抢走了。

那种感觉就好像看到自己辛辛苦苦种下的大白菜，终于长开了但是却被猪拱了一样。

即便凤尘这头猪十分得顺灵帝欢喜，但是看得再顺眼，在丈人心里眼里也是拱了好白菜的那头猪。

“露华就那么中意凤尘吗？”顺灵帝憋了半天，终于还是忍不住问道。

他怎么没看到自己的女儿因为他这般开心过？

这太让人伤心了。

凤尘那个死小子，真是……

自己以前怎么会那么喜欢凤尘呢，这简直匪夷所思。

露华抬起头来，窝在顺灵帝怀里欢快地问道：“父皇不是很喜欢凤尘吗？应该说父皇比我还中意凤尘吧。”

明明是父皇先看上凤尘的，怎么这个时候反而吃起醋来了呢？

别以为她不知道，凤尘是顺灵帝早就看中的驸马的人选。

只要等他们两个看对眼，一切就水到渠成了。

一开始，露华还真没想到这里，这还是后来她慢慢琢磨明白的。

要不然，顺灵帝怎么会那么喜欢凤尘？对于当初她和凤尘打起来那件事，顺灵帝还表现得那么高兴？

她还没找顺灵帝秋后算账呢，他居然先和她抱怨了，真是……老小孩。

“胡说，你父皇我对你母后可是一心一意，哪里会看上别人。”顺灵帝轻声咳嗽了一下，不着痕迹地转移话题。

女儿太聪明了也不是好事啊，还是月浓好玩一点。

露华气哼哼地揪了一把顺灵帝的胡子，十分不客气地拆穿道：“父皇，就看你被我母后拿捏得死死的那个模样，你敢看上别人？还有，别转移话题，我说的是什么，你心里清楚。”

哼，居然敢跟她打哈哈。父皇啊父皇，难道你不知道你的那个脑子比起我来还是差上不少的吗？

你自己的女儿有多聪明，难不成你还不了解？

顺灵帝尴尬地笑了笑，然后揉了揉被露华扯痛的下巴，表情却十分享受。

能够和长女这样相处，对于顺灵帝来说是十分难得的。

这样的场景好像从露华十岁以后就再也没有过了，他还是更喜欢那个软软的小小一团的露华，眨着黑葡萄似的大眼睛朝你看啊看，看得你心中软得一塌糊涂。

那是他的掌上明珠啊，是他一辈子的珍宝。

至于月浓……

罢了罢了，他有露华就够了。

“无论之前父皇之前是什么心思，都是为了你好啊，更何况现在你们两个不是看对眼了吗？”顺灵帝语气中满是讨好，生怕他的宝贝女儿和他生气了。

“哼，那万一我和凤尘相看两相厌呢？”

露华撇了撇嘴，问道。

这个是真的可能出现的，毕竟一开始她和凤尘真的是相看两相厌。

难不成就算他们两个互相看不上眼，父皇也要招凤尘为驸马？

“怎么可能，就算你们互相看不上，父皇怎么舍得逼迫你呢？”顺灵帝闻言直接皱眉斩钉截铁地说道。

露华是他的掌上明珠，在他眼中没有人能够配得上他的明珠。

所以对于驸马的人选，顺灵帝并没有严格的标准，只要露华喜欢就够了。

他怎么可能逼迫自己的宝贝嫁给一个她根本不喜欢的人呢？

“哼，我就知道父皇对我还是很好的。”露华笑眯眯地在顺灵帝胸口蹭了蹭，好像一只温顺的小猫咪一样。

顺灵帝对于月浓的撒娇还有点抵抗力，对于露华千年不遇的撒娇，顺灵帝那简直是缓不过神来了。

“好好好，你知道就好。”顺灵帝拍着露华的后背，笑得合不拢嘴。

女儿还是他的啊，还是他的。

“父皇，我想求你一件事。”露华趁机说道。

顺灵帝嘴角的笑容还是那么灿烂，一点也不在意露华会求什么。

“说吧，你要什么父皇都答应。”

好吧，虽然知道闺女是因为有所求才会对他这么温顺，但是顺灵帝还是很满足很高兴。

只要闺女和他亲近，无论求什么他都会答应的。

露华从顺灵帝怀中钻了出来，直起身子说道："我想求父皇的是，一会凤尘进来，若是凤尘求父皇了，还希望父皇能够答应。"

顺灵帝的笑容有些僵硬了。

自己的宝贝女儿千百年不求自己一回，好不容易和自己开口了居然是为了凤尘那个臭小子。

顺灵帝觉得自己很不开心。

女儿太偏心了，明明和凤尘认识没多久，可是在女儿的心里凤尘的位置已经重过他了，顺灵帝很不高兴。

虽然很不高兴，但是顺灵帝还是不愿意看到女儿失望的表情。

因此，只能勉强维持着笑容，有些僵硬地说道："这个不用你求，本来父皇就说过若是一年之内凤尘能够得胜而归，父皇就答应他一个要求。父皇说话还是算数的。"

答应归答应，到时候还是得看看是什么要求的。

露华扑哧一声笑出声来，指着顺灵帝的晚娘脸笑得前俯后仰。

顺灵帝有些扳不住了，佯装呵斥道："还笑，你明明知道父皇不高兴，你居然还能笑得这么灿烂？"

顺灵帝很不开心，而且简直快哭了。

他觉得自己在女儿心里是一丁点的位置都没有了，要不然女儿怎么还能在他难过的时候笑得这么欢快呢。

都怪凤尘，这一切都是因为凤尘那个臭小子，看他怎么收拾凤尘。

当然了，他身为一国之君当然不会亲自动手收拾凤尘了，他只需要稍微暗示暗示凤鸣，到时候凤鸣自然会让凤尘吃不了兜着走。

嗯嗯，就这么干。

最好让凤鸣将凤尘揍得爬不起来，这样他就不能来勾搭自己的宝贝闺女了。

唔，是不是一会凤尘来朝拜的时候，把露华支出去？

万一来的人看见了，在他面前眉来眼去的，那他多难受？

第 103 章　桃之夭夭・婚期，三年之后

看着神游天外的顺灵帝，露华忍不住扶额轻叹，说道："父皇，无论以后我会多爱凤尘，在露华心中最重要的永远是父皇。"

就连随心影和月浓，在露华心中的位置和顺灵帝比起来也差上不少。

顺灵帝在她生命中十分重要，是父是兄也是友。

他会交给她做人做君的道理，同时也会告诉她什么时候怎么样偷偷溜出宫去不容易被母后发现。

他会手把手地教她绘画诗词，但也会和她一起涂鸦一起看野史小说，和她一起研究大盛开国皇帝和皇后之间的感情。

露华不知道以后她会不会爱凤尘，或者会有多么爱凤尘，但是她可以肯定的是，无论什么时候，顺灵帝在她心中才是最重要的。

"真的？"顺灵帝听到这句话眼睛都亮了，仿佛在沙漠中长途跋涉的人看见了绿洲和水源那般。

不知为何，露华看着这样的顺灵帝微微有些心酸。

她其实一直都知道，母后并不爱父皇，但是父皇却还是这样无怨无悔地付出。

顺灵帝没有打动随心影，但是却打动了露华。

其实，在露华心中是为顺灵帝感到不平。

但是，长辈之间的事情，她也没有资格说什么。

一个愿打一个愿挨，任她聪明一世，也不知道这个死局该怎么解。

怪随心影太绝情吗？可是爱或不爱，哪里是人想怎样就怎样的。

更何况，那是她的母后，她又能说些什么呢。

怪顺灵帝太痴情吗？可是他从来没有强迫过随心影什么，又能怪她什么呢？

"我什么时候骗过父皇，父皇对自己的魅力太不自信了吧？"露华笑着调侃道。

罢了罢了，父母之间的事哪里有她插手的余地。

"听到露华这句话，父皇就高兴了。"顺灵帝笑得露出了一口白牙。

看着顺灵帝这副憨憨的模样，露华也笑了。

"好了，这个时候也该你学习乐曲的时候了，快去吧。"顺灵帝得到了想要的答案，然后就笑眯眯地开始轰露华。

再不走，一会凤尘就该来了。

他可不想看着自己的宝贝女儿在他眼皮子底下和别的男子眉来眼去的，那太考验人

的忍耐程度了。

他怕到时候他一个忍不住，当场发飙。

那就不好看了，还有损他的形象。

多不好啊。

所以说还是早点把露华支开吧，要不然到时候闹起来就不好收场了。

露华也知道顺灵帝想什么呢，不过在她看来并不是什么大事，一会不见也不代表今天就不能见了。

她老爹越来越幼稚了。

等到露华走后不一会，凤尘等人就来了。

"朕说过，要是你一年内能得胜归来，朕就答应你一个要求，说说看你想要什么？"

说完论功行赏和西边的情况之后，顺灵帝开始问凤尘了。

自己做出的承诺，还是早点兑现的好，免得他的宝贝闺女来催他，不知道的还以为他是个说话不算数的人呢。

凤尘单膝跪地，朗声说道："末将什么封赏都不要，只求陛下一件珍宝，还望陛下恩赐于末将。"

"好，那你说说看你想要的是什么。"

顺灵帝见凤尘并没有狮子大开口，十分高兴。

皇宫的珍宝就算不能车载斗量，那也是不少的，所以对于凤尘的"知进退"顺灵帝不仅是满意，还十分欣赏。

顺灵帝已经想好了，无论一会凤尘开口要的是皇宫里多稀有珍贵的，只要有，顺灵帝就不会拒绝。

现在看来，这个凤尘还是不错的嘛，勉强能够配得上他的宝贝露华，只不过……

"回陛下，末将心悦露华公主，如若有幸得之必定珍之爱之宠之，极尽所有荣宠一世。"

不知道什么时候，凤尘已经默默地改为双膝下跪了。

背挺得笔直，双眼晶亮，态度坚定。

"你……"

若说刚刚顺灵帝对凤尘有多满意，那么现在对凤尘就有多咬牙切齿。

顺灵帝一口气被卡在胸口处，脸颊涨得通红，自己刚刚还说让凤尘得偿所愿，结果现在他就想反悔，怎么办？

这小子还真敢要，什么珍宝，居然要的是他的宝贝女儿。

虽然顺灵帝已经认定凤尘是未来的女婿了，可是这个时候他还是很想一口回绝。

"朕答应的是给你珍宝，而非朕的女儿。"

居然敢给他下套，顺灵帝表示很不爽。

看来他十分应该去暗示暗示凤鸣，他这个小儿子忒欠抽了点。

凤尘也不惧，依旧是朗声说道："难道露华公主不是陛下的掌上明珠，不是陛下独一无二的珍宝？"

听了凤尘这话，金殿上的其他人都忍不住闭上双眼。

这个凤尘真虎啊。

果然是初生牛犊不怕虎吗，居然敢将陛下一君，这不是找死吗？

更何况，少年，这是你未来老丈人吧，你就不怕你老丈人秋后算账，事后为难你？

啧啧，头一次见到敢这么和老丈人说话的女婿，更不用说这个老丈人还是皇帝了。

顺灵帝忍不住咆哮道："凤尘，你小子敢给朕下套？"

怪不得凤尘一开始不说求娶露华反而是说只要一件珍宝，原来是在这里等着他呢。

真是……好想扑上去咬死他啊。

"陛下冤枉啊，末将哪里有说错吗？"凤尘很是无辜地看着顺灵帝，好像他真的没有和顺灵帝玩心眼一样。

一直沉默的凤鸣大将军这个时候忍不住后退了两步，他这个傻儿子居然敢坑顺灵帝，还是在事关露华的事情上坑顺灵帝。

以凤鸣大将军对顺灵帝的了解，顺灵帝绝对会反坑回来的。

要不然就不是他认识的顺灵帝了。

果不其然，顺灵帝沉默了片刻，便说道："朕一言九鼎，既然答应过你无论你提什么样的要求朕都满足你，自然就不会反悔的。"

怪不得露华之前也缠着他让他答应，一定要答应凤尘的要求。

想来露华这个死丫头也猜到了凤尘回来后，会求他什么，真是……女生外向啊。

"真的？"凤尘简直不敢相信，顺灵帝会这么好说话，幸福来得太突然了有没有！

"朕什么时候说话不算话过呢？"顺灵帝笑着说道，然后特别慈爱地对着凤尘继续说道，"凤尘啊，露华还小，你们也还年轻，这样吧，婚期就定在三年之后。"

第104章 桃之夭夭·露华，我回来了

凤尘：……

什么叫一盆冷水从头浇到尾，这就是了。

本来听到顺灵帝答应婚事的狂喜，瞬间被“三年后”这个词给扇了一巴掌，而且还是直接给扇懵了。

“陛下，这三年后……”凤尘满嘴苦涩地说道。

这三年的时间也未免太长了一些吧？

“怎么，凤尘等不了是吗，若是等不了，那……”顺灵帝闻言则是双眼一亮，立刻毫不犹豫地就要将剩下的那半句“既然等不了，那就解除婚约吧”脱口而出。

这个时候凤尘也缓过神来了，哪里会让顺灵帝真的把这句话说出口啊，立刻十分憋屈地说道：“末将遵旨。”

等不起也得等，不愿意等也得等，不然顺灵帝分分钟让你连等的资格都没有了。

唉，遇上这么一个老丈人，凤尘觉得自己很苦。

露华都十五了，很小吗？

居然要等三年。

就在凤尘在心中默默吐槽的时候，顺灵帝也在心中各种嫌弃凤尘。

居然连三年都不愿意等，要知道他本来要说推迟到五年后成亲的，这还是看在凤尘让他比较满意的份上，才改口说成了三年。

他都这么退步了，凤尘居然还不满意。

真是不知足。

“好了，下去吧。凤鸣，三天后你再进宫来咱们商讨一下婚事。”顺灵帝不耐烦地挥了挥手，让凤尘赶紧滚蛋。

现在他看到凤尘就想到在不久的将来，自己的女儿就是这个混蛋的了，心中就喘不过气来。

凤尘也乐得出去，在这庄严的大殿中，凤尘多多少少有些不自在，所以顺灵帝让他出去，正顺了他的意。

刚刚出了大殿，就看到露华身边的宫女红袖朝他走来。

“将军，这是我们公主交给将军的。”

凤尘欣喜地从红袖手中接过桃花纸笺，近乎贪婪地阅读着上面的文字。

“十里桃花，邀君一聚，可敢否？”

露华的字形十分规矩，可是那锋利的笔锋却仿佛能够让女子狷狂的气质透过纸面，展现在人的眼前。

凤尘小心翼翼地将桃花纸笺收入怀中，然后飞快地朝桃花林处飞奔而去。

女子身姿曼妙，粉红桃衫，青丝墨染，彩袖飘飘，如同桃花林中翩翩起舞的精灵。

纤细的女子时而抬腕低眉，时而轻舒玉手。长长的水袖翩飞。似笔走游龙，玉袖生风。

乐声轻轻扬扬，女子的舞姿时快时慢。

一个飞快的旋转，女子的容颜忽然映入男子痴痴的眼中。

粉面朱唇，眼睑处亮红色的胭脂让人沉醉，动作若幽兰之姿，神态间欲语还羞。

粉色的衣袍，宽广的袖口处有一株妖冶的桃花，长长的黑发在风中飞舞，毫无瑕疵的脸庞让人惊艳。

一袭桃衣临风飘扬，一头墨发倾泻而下。

桃衣娇艳，女子绝艳，说不尽的美丽清雅，说不尽的高贵脱俗。

令人沉醉的笛音轻轻响起，女子折身而舞。无数娇艳的花瓣轻轻翻飞于天地间，沁人心脾的花香惹人迷醉。

不知何时，女子轻轻来到男子身前，巧笑焉兮美目盼兮。

笛声琴音，早已渐渐停止。

似乎整个桃林，都只剩下他们两个。

“凤尘。”露华轻轻唤道。

凤尘眼中的迷茫渐渐被打破，看向露华的眼神越来越亮。

“露华，我回来了。”

“嗯，我知道。”

露华轻声回道，这个傻子，他现在就站在她的眼前，她那里会不知道他已经回来了。

真是个傻子。

“露华，陛下答应为你我赐婚，不过是三年后。”凤尘毫无压力地告状。

既然他说服不了顺灵帝，那他找一个能说服顺灵帝的就好了。

反正……只要能够早点成亲就好。

本来他对成亲一事并不是十分急迫，可是几个月前，露华出现在战场上，并且受了伤的时候，凤尘就知道这一辈子就是她了。

“什么？”露华脸上的柔情瞬间破碎，忍不住抱怨道，“明明五个月后就有好日子，为什么要等到三年后？”

露华对于顺灵帝的这个做法，十分不满。

本来她都悄悄看好日子了，没想到自己亲爱的父皇居然背着自己来了这么一手，简直不能忍。

“原来你都看好日子了，来和小爷说说为什么要自己偷偷看日子？”凤尘心里跟抹了蜜似的，但却还是口头上调戏露华。

原来露华连日子都看好了，这个认知让凤尘心中十分舒服，简直身心舒畅。

露华有点脸红，却还是大大方方地一扬下巴，十分大方地说道：“因为我想早点嫁给你啊。”

少女心事，虽然害羞却并不耻于说出口。

凤尘看着这样的露华，心中一动，低头就吻住了女子有些凉凉的唇瓣。

辗转抹捻，心随所愿。

露华先是吃了一惊，但并不排斥和凤尘的亲密，因此愣了一会便伸手环住了凤尘的脖子。

桃花树下，青年男女亲密接吻。

唯美，浪漫。

“父皇，为什么你要把我的亲事推到三年后啊，那时候我都十九了，是个老姑娘了。”露华一进上书房，就对顺灵帝宣泄自己的不满。

她也喜欢和凤尘相处的感觉，因此她现在迫切地想要嫁给凤尘。

顺灵帝本来看到露华来看他十分高兴，可是一听到这话就不乐意了。

“什么叫老姑娘啊，你难道不知道一句话吗，皇帝的女儿不愁嫁，要是三年后凤尘嫌弃你了，你正好踹了他。”

“踹了他，那我嫁给谁去？”露华撇了撇嘴，气冲冲地说道，“最初看上凤尘的是你不是我吧？怎么你现在又看不上他了？那好啊，你在京都里找出一个比凤尘还优秀的来。”

自己没认识凤尘之前吧，这个老头把凤尘看成未来女婿，自己和凤尘看对眼了吧，结果顺灵帝又反对了。

这人……真有意思。

顺灵帝被露华的话兑得有点尴尬，但他还是强硬地说道：“我这不是想多留你几年吗，怎么看上男人就不要父皇了？”

唉，女大不中留啊，留来留去留成仇啊。

这他还没说什么呢，这闺女就要和他急眼了，也不知打她看上凤尘哪里了。

顺灵帝在想这些的时候，早就忘了他早年前就看上了凤尘，认为凤尘是做他女婿的不二人选。

现在嘛……

唉，可怜天下父母心啊。

“我又不是嫁出去多远，还在京都里，你好歹也是别推迟那么久啊。”

第105章　桃之夭夭·恶心不恶心

“推迟久咋了，你正好在宫里多留段时间，然后还可以考验考验凤尘不是？”顺灵帝讨好似的说道。

唉，闺女一心想要嫁出去，一点都不体谅他这个做爹的心啊。

闺女还是不长大的好啊，长大了就不和他心近了。

露华十分骄傲地一抬下巴，说道：“我露华看上的男人不需要考验，我露华看上的人绝对不会出错。”

露华对于自己的眼光那是十分确信，更何况对于凤尘，露华一点怀疑和不确定也没有。

这让她十分诧异，但也在心中闪过了一抹窃喜。

“……”话说到这分上，顺灵帝是真的没招了。

对于露华，他向来不会说不。

“唉，就知道你会这样。”顺灵帝一边叹气，一边从桌子上拿出一个奏折来，摊开了之后指着其中的一处说道，“最好的日子是明年四月初，那个时候桃花盛开你出嫁也是极好的。”

虽然对着凤尘说的时候，顺灵帝一口咬得死死的，但是顺灵帝就算再不舍得女儿也不会将女儿留到十九岁再出嫁的。

就算是公主，十九岁出嫁也是会被人说三道四的。

顺灵帝那么疼爱露华，怎么会允许因为自己的不舍得而让露华饱受别人的非议呢？

所以，他虽然和凤尘说要三年后成亲，但是等凤尘走后，顺灵帝就找来钦天监算好了良辰吉日，顺灵帝选了几个都记了下来，就是为了给露华挑。

一片慈父之心，赤裸裸地捧在了露华的面前。

“唔，没有比这个更早的了吗？”露华一听是明年四月份，这还有一年呢，有点久啊。

“没有了。”顺灵帝恶狠狠地一巴掌将奏折拍住了，不让露华再看了。

一年还长？

真是……太气人了。

“凤尘给你灌什么迷魂汤了啊，一年的时间还长？露华你是嫡公主啊，哪个嫡公主出嫁不得准备个一年的？”顺灵帝气呼呼地说道。

这个是真的，可不是顺灵帝故意为难凤尘和露华。

豪门权贵家的嫡女出嫁还得准备个几个月呢，更何况露华是大盛的嫡公主，还是一个有实权对大盛有功劳有贡献的公主。

露华出嫁，顺灵帝准备的嫁妆必是不少。

准备起来肯定十分耗时，一年的时间真的不算长。

露华见顺灵帝真的有点恼火，要发怒了，立刻见好就收，“行吧，一年就一年。”

给顺灵帝顺了顺胸口后，露华见顺灵帝态度坚决，就懒得再在这里待下去了，转身就要离开。

“喂，你这就要走啊？”顺灵帝有些委屈地说道。

这是利用完了就丢到一边去么？真是好讨厌。

他越来越不受女儿重视了，这个感觉可真不好。

露华本来都走到门口了，可见露华离开之心有多坚定，简直是健步如飞，要不然也不会就这么一会就走到了门口。

趴在门框上，露华扭头朝顺灵帝笑了笑，“父皇要是真的没事做了，可以去看看母后嘛，正好和母后商量商量给我的嫁妆单子。”

父皇，你女儿我这可是给你提供和母后相处的机会啦，要学会抓住时机哦。

顺灵帝也不傻，顿时眼珠转了转，心思就不在露华身上了。

露华吐了吐舌头，也没有迟疑地转身离开了。

“岚妹，你最近早出晚归的都在干些什么，当心父亲发现了，修理你一顿啊。”凤绝看着踏着夜色进来的凤青岚，好脾气地提醒道。

他的弟弟妹妹们，一个比一个性子野，一个比一个能闯祸。

真是，太累心了。

凤青岚见被人发现了，便大摇大摆地走到了凉亭内，坐在了凤绝身边，讨好似的给凤绝倒了一杯茶，“哥，这么晚了还没睡呐，来喝茶喝茶。”

看着凤青岚可以说得上是谄媚的笑脸，再看看一丝热气都没有的茶，凤绝笑了。

“你也知道晚啊，说去哪里了。还有，大晚上的让我喝冷茶，你是怕我今天晚上能睡得着吗？”

凤绝似笑非笑地说道。

本来从襄州回来后，他有些心事，在这里坐着一想就是半天，等到缓过神来已经这么晚了。

刚想回房，居然看到本该休息的妹妹居然翻墙进来了。

真是……没有一点女孩子的样子。

谁家的大家闺秀半夜才回家啊？更别说还是翻墙进的自家。

“嘿嘿，原来这茶都冷了啊，可是妹妹我对哥哥你的一番心思是热的啊。”

凤青岚先是嘿嘿傻笑了两声，然后拿起茶杯飞快地将里面的茶水倒了出去，然后再放了回去，好像什么都没有发生一样。

看凤青岚说谄媚的话一点磕巴都不打，就应该知道凤青岚对于这个状态应该是十分熟悉的。

“你恶心不恶心?”凤绝皱着眉头搓了搓手臂,虽然对面坐着的是他嫡亲的妹妹,可是凤绝还是想一巴掌把她抽出去。

这实在是太恶心了。

“不恶心,看着哥哥你我一点都不恶心。”凤青岚先是嘴角一僵,然后瞬间恢复常态,接着就是飞快地摇了摇头,一脸笑眯眯地看着凤绝。

凤绝:……

什么叫看着我她一点都不恶心啊?刚刚他那句话明明是说凤青岚这句话说得有点恶心……

他的妹妹什么时候嘴变得这么毒了,虽然凤青岚一直对着他贫嘴,但是从来没有达到过嘴毒的地步啊。

“你最近跑去和谁玩了?”

凤绝对自己的妹妹还是有些了解的,整日里绝对不可能窝在家里,和凤尘一样整天出去闯祸。

不同的是,凤青岚闯祸从来没有人敢闹到他们家里来。

因为和凤青岚关系最好的是露华公主,只要凤青岚闯祸的时候捎带上露华公主,或者是打出露华公主的旗号,那绝对妥妥的没人敢说什么。

就算有胆子大的跑去和顺灵帝告状,可是奈何顺灵帝是个宠女儿宠到没道理的父亲。

对于露华小小年纪就要承担这么多东西,顺灵帝一直很愧疚。

所以当听到有人说露华和凤青岚一起出去闯祸的时候,顺灵帝都会兴冲冲地去问告状的露华都做了什么。

然后一脸骄傲地说,“不愧是我女儿”。

可以想象告状的人,会是怎么一个表情。

长此以往,就再也没有会去找顺灵帝告状了。

因此,顺灵帝宠爱长女宠到毫无道理可讲的流言,也传得天下皆知了。

第106章　桃之夭夭·我喜欢百里

“没谁啊，除了露华我还能去找谁啊。”凤青岚垂下眼睑，揪着自己的衣角漫不经心地说道。

今天大哥是怎么了，以前从来不会问她这些的啊。

难不成是大哥发现了什么？

凤绝瞥了一眼凤青岚，轻飘飘地说道：“露华公主这一整天都和尘弟腻在一起，你确定不要和我说实话？”

这孩子太笨了，撒谎也不知道撒个高明点的谎言，简直笨死了。

“好吧，告诉你啦。”凤青岚本来就不是个能憋得住话的人，被凤绝一再逼问也不想瞒着了，扭扭捏捏地说道，“今天我是和百里在一起。”

百里是露华的近身侍卫，也是盛都皇宫的禁军统领。凤青岚和露华是好姐妹，自然也就认得百里。

自家妹妹和百里认识，凤绝并不奇怪，他奇怪的是凤青岚扭扭捏捏的态度，还有……

“你和百里整天待在一起算怎么回事？”凤绝斥责道。

虽然凤青岚一直不爱待在府里，和平常的大家闺秀一样在府里学学琴绣绣花，凤绝和凤鸣大将军也就没强求过凤青岚。

可是允许凤青岚到处出去玩，这并不代表着允许凤青岚整日里与别的男子处在一起。

这个时代，女子的名声还是很重要的。

凤青岚这样做，很可能就把自己的名声都给搭进去了，凤绝能乐意才怪了。

凤青岚见凤绝认真了，也就不再隐瞒什么，直接坦白道：“我喜欢百里，百里喜欢我，我们两个郎才女貌又门当户对，没有什么不合适的。”

凤绝：……

眼前这个夸起自己来好不脸红的人，真的是他的亲妹妹？

他从来没见到哪个姑娘能这样夸自己，就差直接说本小姐长得貌美如花、宜家宜室了。

真是……一点大家闺秀的模样都没有。

“哥，你还有什么要说的没，没有的话我就回房睡觉了啊。”凤青岚见凤绝并不说话，就懒洋洋地说道。

她并不担心凤绝或者她老爹会反对这门亲事，对于儿女，她老爹向来管得不多，凤尘除外。当然了,这和凤尘本人也有着分不开的关系。

她和百里,是真的很般配,无论是他们两个人,还是他们两个家族。

无论是百里家族还是他们凤家都没有什么可挑剔的。

本来凤青岚是想着等着找个合适的时机,将他们两个的事情告诉她老爹。百里的父母早亡,所以两家能做主的家主也就只有她爹了。

今天赶上凤绝一个劲地逼问,凤青岚也不认为这件事有什么可隐瞒的,早晚都要和家里说,现在说也没什么大不了的。

可是凤绝的反应就有点……

“你今天在宫外陪了百里一天,那你们两个是去了暗卫的驻地吗?”凤绝忽然问道。

凤青岚皱了皱眉,有些不明白凤绝为什么要问这个,但是也并没有多想。

“哥,你想什么呢,暗卫的驻地是皇室的机密,百里怎么会带我去那里。”

“为什么不能带你去,你是他喜欢的人,如果你足够相信你就不会……”

“哥!”凤青岚不客气地打断有些迷眼的凤绝,语气有些不善,“以后这种话,我希望不要从我敬爱的哥哥嘴里听到。今天晚上我就当哥哥是犯迷糊了,嗯,就这样吧,我先回去休息了。”

云氏暗卫之首,历来由百里家族的人担任,可以这么说,云氏最信任最依赖的就是百里家族了。

百里家族世代守护着云氏。

而暗卫的驻地,那是机密中的核心,就连百里家族中没有进入暗卫的人都不能知道,更何况她?

凤青岚一向明理,知道什么该问什么不该问。

她不仅不认为百里不带她去暗卫的驻地是不信任她,反而觉得百里这是负责人忠心耿耿。

在皇室,什么都大不过规矩。

尤其是百里这种手中握着云氏暗中力量的人,就更注重保守秘密了,要是百里敢泄露云氏的秘密。

那么等到百里的,将会是灭族之祸。

所以,当听到凤绝的话时,凤青岚动了火,不过她并不愿意以恶意来揣测兄长说出这句话的目的。

她宁愿相信这只是兄长一时迷糊了罢了。

看着凤青岚离去的背影,凤绝眼中晦涩难辨。

回到书房的时候,凤绝皱了皱眉,说道:“出来吧。”

“参见主子。”路鹤单膝跪地。

“我不是让你留在襄州吗,你怎么回来了?”

听了凤绝的问话,路鹤显然有所准备,说道:“回主子,是钟小姐让奴才亲自送一封信回来，并且说这封信事关重大，一定要奴才小心再小心别被云王府的人发现。”

“拿上来。”凤绝一听这话，顿时急了。

钟宛筠是他的表妹，上次陪姨母去襄州的时候，凤绝才知道自己原来有个表妹。

也就是在那个时候，他知道了什么叫作一见倾心。

奈何，佳人身边已经有了一位丝毫不逊色于他的男子，甚至对方的出身比他还要好。

那个时候凤绝就在想，要是他的身份比云清寒高，能给钟宛筠的幸福更多更大，那么钟宛筠是不是会考虑自己。

不过，这也只是一闪而过的念头罢了。

而后，他将路鹤留在了襄州告诉钟宛筠，有什么事想要找他的时候就可以通过路鹤。

是以哥哥关心妹妹的立场和角度说的话。

所以钟宛筠也没有多想，反而是笑眯眯地感谢他。

过去几个月了，这还是钟宛筠第一次给自己来信。

可是为什么要避开云王府的人？云王府的人应该知道他们是表兄妹啊。

难不成，云清寒他欺负表妹了？

想到这里，凤绝就迫不及待地拆开信件，飞快地浏览其中的内容。

还没看完，凤绝的脸色就变得不怎么好看了，最后看完了，凤绝则是直接一巴掌拍在了桌子上。

手中的信纸也因为力道过大而变得有些皱巴了。

等到凤绝反应过来，又立刻小心翼翼地松开手掌，将信纸细心地展开铺平，然后手指近似贪婪地摩挲着上面的字迹。

良久，凤绝才不舍得将信纸保存起来，起身走到一处空旷的墙壁处在几个地方轻轻敲了敲。

弹出了一个暗格之后，凤绝就把抚平的信纸小心翼翼地放在了暗格之中。

月光透过窗户隐射进来，男子坚毅硬挺的面庞在朦胧的月光的照耀下，变得十分柔和。

第107章　桃之夭夭·算你狠

路鹤低垂着头，像是对凤绝的举动没有一丝感觉一样。

直到等凤绝重新坐回了座位上，路鹤才开口说道："主子……"

他是凤绝的侍卫，他不需要知道那封信里都写了什么，也不需要去猜测接下来凤绝想要做什么，他只要听主子的吩咐，做好自己该做的事情，就够了。

凤绝闭着眼，一手在桌面上轻轻地有节奏地敲击着，像是在思考着什么。

良久，凤绝才发话了。

"准备一下，我明天要去一趟襄州，但是这件事我不希望别人知道，哪怕是凤尘和父亲，明白了吗？"

终究还是放不下钟宛筠。

若是钟宛筠过得真的不是那么幸福，那他是不是可以……

虽然钟宛筠并没有和他诉苦，可是字里行间流露出来的愁苦，已经让凤绝的心隐隐有些揪疼了。

"是。"路鹤得了吩咐，便悄无声息地出去了。

看着一地的银辉，凤绝敲击桌子的频率越来越快了。

"唉——"

一声低叹，不知为何，却也听得出来叹息之人此刻的心烦意乱。

"你是说你和百里的事情被你大哥发现了？"露华一边看着手中的奏折，一边关心有些苦恼的好友。

唉，她的父皇可真是小气得很，不就是她着急嫁出去嘛，居然把所有的政务都扔给她了。

这下好了，他去讨好他媳妇去了。

可怜的她啊，也不知道哪辈子能出宫去见见凤尘。

皇宫里的规矩还是很大的，上一次她和凤尘能够在桃花林偶遇，是因为那天正好有宫宴，所以凤尘才能进到后宫来。

要不然，就算顺灵帝再喜欢凤尘，凤尘也不能随意进出后宫。

尤其是现在，她和凤尘的婚约已经昭告天下了。

若是这个时候凤尘不顾礼法地进出后宫，那御史台那些整天吃饱了没事干的御史们就有事干了。

一定会铆足了劲参奏凤尘。

所以，她就只能人不知鬼不觉地偷偷溜出去见一见凤尘了，结果呢，却被自己无良的父皇丢给了这么多政务。

就算以她的速度，处理完这些政事，也得等到月上中天了吧？

唉，真气人，但她又舍不得将这些个政务再丢给顺灵帝。

她就是太善良了啊。

凤青岚在一旁的桌子上无精打采地趴着，“嗯，我大哥知道了，不过知道不知道的对我来说无所谓。”

她之所以无精打采，是因为无良的露华公主殿下自己见不到情郎，所以死活要拉着一个垫背的。

这不，露华一大早就把百里支使出去了，而她……

人家公主殿下说了，要是在公主殿下处理完政事之前离开，未来的三个月，她就整天把百里派出去做事情。

凤青岚对此很憋屈，但是又无可奈何。

这种事情，她又能怎么样呢，只能忍着了。

唉。

交友不慎啊，重色轻友啊。

“既然无所谓，那你还唉声叹气个什么劲啊。”露华十分鄙夷地说道，那架势像是真的不明白凤青岚为何唉声叹气似的。

这个口气，这种话，可是把凤青岚气坏了。

凤青岚也不是什么特别好脾气的人，当即就拍了一把桌子，怒声指责道：“露华你明知故问！你自己见不到阿尘，就非得让我和百里夜见不到，你就是故意的你，哼！”

什么朋友啊，简直就是一个坑货！

凤青岚此刻的内心是崩溃的，呜呜，又不是她不让露华见阿尘的，为什么露华要拉着她一起不能见情郎啊。

有本事，露华怎么不去找顺灵帝啊。

对啊，露华不应该是拉着顺灵帝一起处理政事，然后让顺灵帝也见不到媳妇吗？

找她算是怎么回事？

露华眼皮都不抬一下地说道：“有句话说得好啊，朋友之间有难同当啊，再说了我又没让你为我两肋插刀，你这么激动干什么？”

真是的，太大惊小怪了。

和她朋友这么多年，还没学会什么叫处变不惊吗？

唉，孺子不可教啊。

“还两肋插刀？”凤青岚扯了扯嘴角，阴恻恻地说道，“你要是再这样下去，不让我见百里，那我很可能直接插你两刀。”

见鬼的两肋插刀。

就没见过这么坑的朋友。

露华的眼睛依旧盯在奏折上,笑嘻嘻地说道:“你还想插我两刀?好啊,坐等你插我两刀。”

凤青岚:……

有病!

这是凤青岚和露华这么多年好友得出的结论。

不仅有病,还忒表里不一。

露华就是表里不一的人!哼。

“呀,我忽然想起来了,百里好像是我的贴身侍卫,你说你要是插我两刀的同时,百里会不会一刀劈了你?”露华一点都没有觉得自己这是在调拨离间。

人家这是说的是事实嘛。

凤青岚:……

“露华,不带这么玩的,专门往人心窝子上捅,我要和你绝交!”

“绝交好啊,绝交了以后出去惹事别打着我的旗号了。”露华一点威胁都不受,凉凉地反击道。

哼,每次凤青岚自己偷偷出去玩不带她,然后闯祸了还报上她的名号。

搞得前几年,她一直被各户权贵参奏。

可是她明明根本就没出去玩,因为凤青岚,她白担了多少年的恶名。

现在说绝交,这好啊。

她就快出嫁了,要好好维护维护自己的闺誉。

“算你狠!”凤青岚气结,却又无可奈何,只好恨恨地坐下。

看着凤青岚气鼓鼓却又只能憋屈忍下的样子,露华笑了,然后还特别得意地说道:“我就喜欢你看不惯我,又干不掉我的样子。”

这滋味简直太爽了。

哈哈,欺负凤青岚可比欺负月浓带劲过瘾多了。

啧啧。

凤青岚简直被气了一个仰倒。

什么叫交友不慎,这就是了。

“露华,我是你大姑姐,跟我说话客气点,不然当心我给你穿小鞋。对了,先叫声姐来听听。”凤青岚也不是省油的灯,眼珠一转,就来了点子。

哼哼,不说她都差点忘了,露华和凤尘成亲后,就要管她叫姐了。

哈哈,想想就很爽。

虽然她和露华认识很多年了,她确实也比露华大两岁,但是两人一直互相称呼名字。

这样好像高出露华一截的感觉,想想就酸爽。

露华闻言终于将视线从奏折上转移到凤青岚身上了,唇角一勾,笑着说道:“不用你说,我也知道你比我老。”

“我……”

第108章　桃之夭夭·佛像与眼泪

日子悠悠一晃而过，转眼已经又到了一年桃花盛开的季节。

无论是皇宫还是凤家，早就准备好了。

凤绝再一次拦住想要偷偷溜出去的凤青岚，斥责道："都什么时候，还想着偷偷溜出去玩。"

凤青岚对着同样不满的凤鸣笑了笑，然后对着凤绝双手合十做祈求状："大哥最疼我了，我笨手笨脚的在府里待着也帮不上什么忙，大哥就让我出去溜达溜达呗。"

对于凤鸣，凤青岚并不是那么惧怕，感情也不是那么好。

因为凤鸣常年在外打仗，凤青岚是姨母带大的，平时管她最多的是凤绝，所以凤青岚和凤绝的感觉比和凤鸣的好。

"出去溜达？我看你是去找百里吧。"凤绝没好气地说道。

"嘿嘿。"凤青岚傻笑两声，说道，"大哥知道就好何必说破呢，大哥最疼我了，连出去一趟都还记得给我买衣服。"

凤青岚今天身上穿着的正是前一阵子凤绝从襄州回来后给凤青岚带回来的，的确很漂亮，只是……

"你真的想去吗？"凤绝再次问道。

凤青岚迫不及待地点了点头，"嗯，我现在就出去了，大哥再见。"

说完，就像是怕被凤绝拦住一样，不一会就瞧不见人影了。

"唉，作孽啊。凤绝，我希望你永远都不会后悔。"凤鸣大将军双眼中满是沧桑和老态。

也不知道是想到了什么。

凤绝握紧双拳，脸色中虽然有痛苦，但是更多的却是坚定。

傍晚的时候，百里接到凤绝的一封信，说是有些人知道了凤青岚和百里的关系，为了对付百里便抓走了凤青岚。

百里夜来不及想太多就急匆匆地按照纸上的地址赶去了。

信上说，凤绝已经在那里等着他了。

等到百里赶到那里的时候，天色已经很暗了，可是依稀还能看出这里曾经是个寺庙。

"岚儿在哪里，怎么样了？"百里夜见凤绝站在寺庙外，不由焦急地问道。

凤绝同样焦急地说道："百里，对方只让你进去，说若是我进去了，对方就会对岚妹不利。"

“好，我这就进去。”

“你，小心点。”

“嗯。”

此刻的百里夜完全没有思考，为什么凤青岚被挟持这么重要的一件事，只有凤绝和一些侍卫在这里。

凤尘呢？凤鸣呢？

这些问题似乎都被焦急的百里夜下意识地忽略了。

“嘎吱——”百里夜推开了寺庙的门，小心翼翼地走了进去，却没有发现一个人。

此刻，他的心里已经隐隐觉得有些不安了，可是担忧凤青岚的心还是占据了理智，一直向里面走去。

等到发现凤青岚被扔在佛像下面的时候，百里夜顾不得其他，立刻跑了过去。

“岚儿，你醒一醒，岚儿……”

凤青岚一直紧闭着双眼，像是陷入了昏迷。

而百里夜忽然觉得眉心一阵钻心的疼痛，紧接着就陷入了昏迷，栽倒在凤青岚的身边。

过了一会，凤绝带人走了进来。

亲自抱起凤青岚，然后打开一处暗室，将凤青岚小心翼翼地放在了里面的床榻上，然后再让人把百里夜抱进来也放在了床榻上。

凤绝轻轻挥了挥手，路鹤就从后面走了过来，在暗室中的佛像下面点燃了一根香。

香，被点燃了。

“主子，走吧。”路鹤劝道。

这种香闻多了可不是什么好事。

凤绝看着一脸恬静睡颜的妹妹，心中一阵绞痛，“岚妹，这也算是成全了你和百里吧，不要怪哥哥。”

每个人都有着为之可以付出一切的存在，他也有。

所以，为了这一切，他只能牺牲凤青岚的幸福了，其实，也不算幸福，好歹得到过了，不是么？

而且，以后他们两个并不是没有机会在一起了啊。

凤绝退了出去，然后看着暗室的门缓缓地关上。

此刻的凤绝并不知道，这个时候他不仅关上的是暗室的门，也是凤青岚一生幸福的门。

终此一生，凤青岚都没能够得到她想要的幸福。

尽管，以后她和百里的误会解除了，哪怕，他们两个之间还有一个女儿做牵绊，但终究都没能挽回她和百里之间的幸福。

后来，凤青岚嫁人了，却还是忘不掉百里，直到死，凤青岚都没能释怀，也不能原谅凤绝。

而百里，虽然没有原谅凤青岚，却依旧爱着她，带着对她的爱，孤独终老。

这一切，都不是现在凤绝所知道的，但是……

命运的齿轮已经转动，一切都是无可奈何。

百里再一次醒来的时候，是第二天的晚上，以百里的功力，都整整昏迷了一天，可见药效之大。

其实，在暗室中并不知道是白天还是黑夜，百里是凭感觉确定的。

像他们这种人，这点本事还是有的。

让百里感觉到不安的是，他是被热醒的。

百里努力地睁开眼，察觉到自己的衣服都被自己不知不觉间扯开了，就隐隐觉得有些不安。

当百里看到躺在他身边，双眼含媚，肌肤泛红的凤青岚的时候，大脑中像是有什么东西"哄"的一声炸开了。

百里握紧双拳，努力不去看这个姿态的凤青岚，他不是小孩子，他是暗卫。

那些黑暗的东西，他一点都不陌生。

现在他和凤青岚的状态，明显是……

再想一想昨天来的时候，凤绝的表现以及那么很明显却被他忽略的破绽，百里夜哪里还会不明白。

真是可笑，他百里夜居然会被这么拙劣的圈套给制住了。

"哈哈……"一声嘶哑的笑声，将凤青岚也惊醒了。

百里夜现在没工夫也不想去管凤青岚，这个时候他更担心的是皇宫。

凤绝设了这么一个局，为的就是调开他，那么皇宫，还有明天公主的大婚……百里夜简直不敢相信会发生什么。

可是百里夜发现没了内力的他，根本就走不出这间暗室，而是……身上越来越热……

当欲火将理智完全燃烧掉的时候，百里夜已经控制不住自己了，看着身下凤青岚的脸，百里夜恨声地贴着凤青岚的耳朵说了一句话。

"凤青岚，我真后悔认识了你。"

不是红绡帐暖时的情人之间的低喃，而是这么一句满是刻骨恨意的话。

此刻被点了哑穴的凤青岚，只能双眼空洞地看着一旁慈悲的佛像，流下了一滴泪。

第 109 章　桃之夭夭·我求求你

“哥,你看我穿这新郎服够不够格娶咱大盛风华绝代的露华公主?”凤尘美滋滋地拽了拽胸口的大红花,笑得分外灿烂。

凤绝十分无语地建议道:“虽然你今天成亲吧,但没必要整得和乡下人似的。”

凤尘一翻白眼,十分高傲地哼哼道:“再土的装扮,配上你弟弟我这么玉树临风的人,也不土。”

凤绝嘴角抽了抽,实在不知道该说些什么了。

说实话,凤尘穿红衣真的不咋好看,真的。

红衣那是妖孽之人才能穿出惊艳的感觉,凤尘穿上……妖孽没看到,只剩下了造孽了。

“哎呀,时辰快到了吧?哥你去催催大哥、姐还有爹,一个个的都怎么回事啊?我先去皇宫了啊。”

凤绝忽然叫住兴高采烈的凤尘,递给他一杯酒,说道:“哥哥祝你得偿所愿。”

凤尘一笑,“哥,你这祝福也太不实在了,我已经得偿所愿了啊,真是的。”

说完,将杯中酒一饮而尽。

凤绝眼眸中的愧疚再也不加掩饰,对不起,凤尘。

这也是凤尘陷入昏迷前看到的最后一幕,心下一阵不安却也只能陷入黑暗,从此不得解脱。

等凤尘再次醒来发现自己被关在了一间密室中,看着他的就只有路鹤一个人。

到了现在,凤尘哪里还不明白。只是沉默地坐在原地,没有喜怒地问道:“他到底想要干什么?”

手,狠狠地攥紧。

今日是他和露华的大婚,凤绝想要做什么其实已经显而易见,可是他还是不愿意承认。

他嫡亲的兄长,怎么会这么对他呢?

“主子要的是这天下!”

“你说什么?”

“顺灵帝昏聩无能,主子雄才伟略取而代之有何不可?”

凤尘难以置信地看着自己兄长最信任的侍卫,“昏聩无能?取而代之?皇上对我们凤家恩重如山,他怎么能做出这般禽兽之事?”

不对。若他想要取而代之,势必要有一个名正言顺的理由。

阿蓉……

凤尘想到这里哪里还坐的住,猛地站起来想要走出密室却被路鹤阻拦住。

“让开!”

“主子有命,今日不能让小少爷进宫。”

凤尘脸上阴沉得可怕,“今日是我的大婚之日,不进宫我去哪里找媳妇?”

“小少爷应当明白,露华公主太聪明了,这种敌人主子怎么会留下?”

凤尘猛地出手一拳砸向路鹤,咆哮道:“你们想要把我的阿蓉怎么样?”

路鹤一个闪身便躲开了,面无表情地说道:“小少爷你的武功被封,从我手底下是出不去的。”

凤尘对此充耳不闻,只是执拗地一次又一次挥出手中的拳头,一次又一次被打倒在地。

一个时辰过去了,凤尘狼狈不已地站在那里,眼中的怒火燃烧着。

“小少爷,你又何必执着,现在宫中恐怕已经结束了,您就算赶去了,也晚了。”

凤尘双拳一握,眼中是滔天的恨意。

路鹤见凤尘身形一动,低叹一声,主子说了只要不伤及小少爷的性命便可。

“嘭!”

路鹤难以置信地看着咬牙跪在自己面前的凤尘,惊呼道:“为了一个女人,你竟然给我一个奴才下跪?”

他又不是瞎子,自然看得出来凤尘眼中的恨意。

可是现在凤尘却为了一个女人,在他恨的人面前下跪?

凤尘咬着牙跪在那里,膝盖上传来的刺痛,身上何处伤口处的疼痛都不如心里担忧阿蓉来的疼。

“我,求求你。”

双手,轻轻地放在地上。额头,狠狠地撞击在地上。

冰凉的触感以及屈辱感铺天盖地地席卷而来,可是……他不是不在乎,只是与阿蓉比起来,尊严又算得了什么?

“我求求你,放我出去。”

“我求求你,让我去见她。”

“我,求求你。”

路鹤虽然震惊,但他只是一个执行命令的属下而已。

“小少爷,你又何必为难我?”

凤尘的手指在地面上划出一道道血痕,想这么大,这是他第一次尝到无能为力的滋味。

凤绝,你我骨肉至亲,你为何逼我至此?

"那他肯定有和你说过，不要伤我性命吧？"凤尘将一把弯刀横在自己脖颈处。

本是铁骨铮铮的男儿，此刻却卑微地跪在那里，用自己的生命来威胁别人。

还有比这个更可笑的吗？

血，不断地流出。

路鹤终是败下阵来。

小少爷，你怎么就不明白，亲眼看到这一切，这将是你日后挥之不去的噩梦啊。

凤尘一身红色的新郎衣服已经沾染上了血迹还有灰尘，脖颈处的鲜血更是红得刺目。

一路快马疾奔，路人没有一个人阻拦他。

只是，皇宫处处狼烟，一地尸体，这让凤尘害怕极了。

"阿蓉……"

一阵铺天盖地的恐惧瞬间将他笼罩，让他喘不过气来。

踉踉跄跄地跑到了春风殿前，看到的就是摇摇欲坠的绣楼以及化为灰烬的枯败桃花树枝。

"阿蓉……"凤尘疯了一般跑到木桥上，却在抬眼的一瞬间再也不敢上前挪动一地。

绣楼之上，一身凤凰嫁衣的女子似乎是在微笑，隔着烟雾缭绕，虽然看不清女子面貌，可是那恨意却仿佛隔着时空扑面而来。

"阿蓉……"凤尘张嘴刚想大喊着解释一两句，却在下一刻瞬间失声。

女子像折去了翅膀的蝴蝶，瞬间跌落在火海之中，再也寻不到一丝踪迹。

凤尘如失了魂魄的木偶一般呆愣地跪在木桥之前，双眼无神得可怕。

良久之后，木桥上传来一声悲恸的嘶吼——

"阿蓉——"

凤绝刚刚到了木桥就听到了这声嘶吼，远远地站在木桥的一端，并不敢靠近。

"尘弟……天，天色晚了，回家吧。"

本以为凤尘或是不理他或者恶言相向，可是凤绝没想到凤尘居然会……

"我求求你把我的阿蓉还给我好不好？"

"你把阿蓉藏到哪里去了？"

凤绝看着这样悲哀而又仿佛低到尘埃里的弟弟，忽然觉得一阵心惊。

他宁肯看到凤尘对他恶言相向也不愿意看到这样卑微的凤尘。

"她死了，已经死了。"

凤尘眼中的光彩一寸寸消失。

"除非阿蓉复活，否则你我再也不是兄弟。"

从此以后，凤绝再也没听到凤尘唤他一声"哥"。

第110章 绝望云端·未婚妻

“姨母,是这里吗?”凤绝陪着周氏站在一座虽然并没有荒废,但是明显有些冷清,一看就知道很久没有人住过的院落前,问周氏。

虽然不知道姨母怎么会忽然有一个女儿,但是周氏想要来襄州找女儿,凤绝总是不放心让周氏一个人来的。

凤回、凤尘都不在京城,凤青岚整日里不见人影,干脆凤绝就亲自陪周氏来了,反正他也没有什么事情要做。

“是啊,是这里没错啊,就是这个地址。”周氏又仔细看了一遍信纸上的地址,明明没错啊,怎么这里看上去好像好久没有住人了啊。

虽然她并没有亲自来过这里,但是一直以来和她通信的就是这个地址啊。

凤绝皱眉说道:“姨母,这里很明显没人住,你记得给你写的信中没有说表妹搬去了哪里吗?”

据周氏所说,他的这个表妹从一生下来就被周氏送了出去,如今十八年过去了,表妹的养父养母因战乱过世,过世前给周氏写了这封信。

周氏接到信后,这才赶来这里,来见一见自己从未谋面的女儿,如果可以周氏还想接女儿回盛京和她一起生活。

至于表妹的父亲,凤绝不是没有好奇,但是这毕竟是周氏的隐私,周氏又是他的长辈,他也就不好问什么。

“这,没说啊。”周氏打开手中的信纸又仔细地看了一遍,确认没有说自己女儿要搬走啊。

襄州是云王的封地,在和兰国的交界处,大的战争没有,但是时不时地小规模战争还是有的。

这么乱的地方,自己的女儿又在这里举目无亲、无依无靠,周氏简直不敢想象,自己的女儿如果离开这里,将怎么生活下去,又会遇到什么样的情况。

凤绝见周氏已经乱了方寸,脸色越来越苍白,也就顾不得其他了,将信纸从周氏手里拿了过来,快速地阅览了一遍,发现里面确实没有提及说这个表妹会搬家什么的。

这封信是表妹的养父母写的,说是深知自己命不久矣,所以就给周氏写了这封信,希望周氏能够将女儿带回去或者托付给另外一个好人家,总之不要让表妹自己留在这里。

这样看来,他的这个表妹应该就生活在这里啊。

虽然说这封信从襄州寄到盛京需要一个月的时候,他们从盛京赶到襄州需要一个半月的时间。

这仅仅过了两个半月,他这个表妹能去哪里呢?

“哎,你们是找钟姑娘的吗?”

有邻居老伯正好出来,见他们在这里站了半天了,又像是外地人,便问了一嘴。

“是啊,老伯,你知道钟姑娘去哪了吗?”凤绝问道。

而周氏也软着身子靠在凤绝的身上,早已一句话都说不出来了,只是双眼含泪地带着迫切的希望看着邻居老伯。

那是她唯一的女儿啊,虽然因为一些原因从小就被人送到了这里,可是……可是那并不是她的本意啊。

女儿是从她身上掉下来的肉,她怎么会不心疼呢?

只是……这一切都是逼不得已的。

邻居老伯十分热心地说道:“你们是钟姑娘家的亲戚吧,老头子在这先恭喜你们了,这钟姑娘是个有福气的人啊。在一个月前,钟姑娘已经和我们世子定亲啦,等三年后钟姑娘过了孝期就成亲。”

世子,自然是指云王府世子云清寒。

说到这里不得不说一嘴,在整个襄州云清寒的名声都是极好的。

尤其是这一次,云清寒愿意娶一个孤女,甚至愿意等这个孤女三年。

三年后,钟姑娘就二十一岁了。

这个年龄,放在这个时代那绝对是几乎没人能要的老姑娘了。

可是云清寒却感念钟姑娘愿意为父母戴孝三年,又是真的喜欢钟姑娘,也就愿意等上三年。

哪怕是一个普通的男人,愿意做到这个地步都是极其难得的,更何况云清寒还是云王府的世子。

云清寒这个世子的分量可不是一般的世子。

要知道,顺灵帝无子,而云王作为顺灵帝唯一的亲弟弟,那么云王将来做皇帝的机会就很大。

而云清寒又是云王唯一的儿子,这分量……简直就相当于皇太孙的分量。

所以说,云清寒的身份之高才能更加衬托出云清寒的深情。

“云王世子的未婚妻?”凤绝皱眉重复了一遍,然后看向了周氏,周氏似乎也是不敢置信。

随即凤绝便收回目光,转头看向老伯再问道:“那老伯的意思是,现在钟姑娘就住在云王府里?”

凤绝的目光要是再在周氏的身上停顿片刻,也许就能注意到周氏眼中划过的一抹异样的光芒。

“呵呵,是啊。虽然这里没有什么大的战乱,但到底也不是特别安全,更何况钟姑娘还是自己一个人住。世子担心钟姑娘的安全,因此云王妃就派人将钟姑娘接到了云王府里和夕颜郡主住在一起。”

老伯脸上满是尊敬的笑意，很显然，云王府在襄州的百姓心中的地位是很高的。

“谢谢老伯，打扰了。”

得到了想知道的信息，凤绝就先将周氏扶上了马车，然后辞别了老伯也上马朝着云王府的方向去了。

马车内周氏自己看着车厢双眼有些空洞，也不知道在想些什么。

其实，周氏是在想，她的女儿成功了。

那么她现在是应该高兴呢，还是难过呢？

高兴，高兴女儿完成了他的任务不会被他惩罚。难过，难过从此以后女儿几乎摆脱不了被他控制的局面。

高兴还是难过，这是个值得思考的问题。

“世子，钟姑娘。外面有人来找钟姑娘，还让小的将这块玉佩交给钟姑娘，说是钟姑娘看到这块玉佩就会明白。”

“筠儿？”云清寒轻声问向身边的女子。

声音轻缓，温情脉脉。

钟宛筠的笑容有一丝的僵硬，不过很快便恢复了正常，低头摆弄着茶花说道：“让他们进来吧。”

下人看了一眼云清寒，见云清寒只是柔情地注视着钟宛筠，便无声地退了下去。

“筠儿知道来人是谁？”云清寒站在一旁，含笑地看着女子蹲在一大片的茶花丛中轻声说道。

不是疑问，是肯定。

相处这几个月，云清寒自认还是了解钟宛筠的。

第 111 章　绝望云端·一笑倾国

钟宛筠是那种看起来十分平易近人，但实际上对于不熟悉的人却是冷漠至极。

要知道他当初刚刚认识钟宛筠的时候，还是遭受了不短时间的冷漠呢。

所以，云清寒一看钟宛筠的这个态度，就知道钟宛筠已经猜到了来人是谁。

要不然，凭钟宛筠的脾气，可没有心思去应付陌生人。

“我爹娘临死前告诉我，我并不是他们亲生的，我的亲生父母另有其人。我娘还说了，若是以后有人拿着能和我的玉佩合在一起的半块玉佩，那就是我的亲生父母。”

钟宛筠的声音没有什么起伏，想来是对自己所谓的亲生爹娘并没有多少期待或者好感。

其实，钟宛筠还有一句话没有说出来。

她的养父母临死前还说了，让她等在家里，等她的亲生父母来找她，到时候跟着她的亲生父母离开这里。

可是她现在并不想将这件事说出来。

因为，她现在已经不想离开这里了。

她爱上了云清寒，真的想和他成亲，想和他一生一世都在一起。

“唔，好吧。”

云清寒虽然有些惊讶钟宛筠的身世，但是良好的教养让他不会对此发表什么看法。

摩挲着手中刚刚下人递上来的半块玉佩，问道：“你要试试这块玉佩能不能和你的玉佩合在一起吗？”

钟宛筠正剪着花的杂乱的枝叶的手微微一顿，随即恢复正常，漫不经心地说道：“不着急。”

她真的很不想看到她的亲生母亲，当她看到她的亲生父亲的时候，就已经开始让她走入地狱了。

现在她所谓的亲娘来了，是不是会再推一把，让她从此跌落到十八层地狱中，永不超生呢？

当初生完她的时候，就已经决定了她的命运，那么现在还来干什么呢？

表现她的慈母之心？还是什么别的原因？

无论是为了什么，她都不想看见她的亲生母亲。

因为，那会意味着她和云清寒相处的美好时光，即将戛然而止。

“别想太多，你是谁和我没关系，我只要知道你是我云清寒未来的妻子就行了。”

似乎看透了钟宛筠内心的不安和担忧，云清寒便轻声说出了让钟宛筠心跳加速的话来。

钟宛筠脸上像是被最高明的画师染上了绚丽的胭脂，清秀的容颜上飘出一两朵绯红的朝霞，煞是漂亮。

将女子本来并不绝色的容颜衬得十分娇媚。

大片洁白的山茶花中，浅衣女子一笑倾城。

这幅画面展开在云清寒的眼中，就如同绝世的瑰宝一般，让人心醉。

这绝美的一面，也盛开在凤绝本来枯燥黑白的生命中。

凤绝近乎是贪婪地注目着山茶花丛中的女子，那火热的眼神似乎带着魔力的渲染，将女子柔和的曲线一点一点勾勒在自己的脑海中，记忆的最深处。

多年以后，凤绝失去了所有，却还是清楚地记得初见钟宛筠的这一幕，记得自己当时心跳加速的感觉。

似乎察觉到凤绝有些过于火热的眼神，钟宛筠不悦地皱起眉轻哼了一声，来表达自己的不满。

凤绝有些尴尬地低下了头，因此也就没有注意到周氏看向他时略微有些怪异的目光。

“世子，人到了。”

“好了，你下去吧。”

云清寒说完之后就对着周氏和凤绝点头示意，然后几步走到钟宛筠身边，将那半块玉佩放到了钟宛筠手中。

“筠儿，你好好和他们谈谈吧，我去吩咐厨房准备晚膳。”

云清寒十分清楚，无论关系多亲密的人也要注意留给对方私密的空间。因此当周氏来的时候，不用等钟宛筠暗示什么，云清寒就很主动地要离开。

这让钟宛筠心中高兴又酸涩。

高兴的是云清寒这般注意自己的感受，是个细心又让人感到舒服的人。

而心酸的也是云清寒的这个举动。

清寒，你知不知道你越是这样，我越是内疚。

如果有一天你要是知道你我之间一切都是假的，就连我们的初遇都是我精心设计的，那个时候你还会对我这么好吗？

虽然她也有苦衷，可是……

骗子就是骗子，更何况她还是利用的云清寒最真挚的感情。

钟宛筠想，她死后一定会下地狱的。

而且是十八层地狱，永不超生。

“凤绝，你也和云世子在这云王府里转转吧。”

有些话，不能当着云清寒的面说，也得避着凤绝。

云清寒闻言看向凤绝，嘴角轻轻弯起，风度翩翩地说道：“凤大公子？久仰久仰。”

“见过云世子，世子直呼我的名字就好了。”

“好的，凤绝随我来吧，走了这么一路也累了吧，我带你去茶亭歇一歇。”

“好。”

等到确定四周都没了人，周氏才有些激动地走到钟宛筠身边，一把攥住了钟宛筠的双手，兴奋地说道：“女儿，我的女儿……”

无论这一趟，周氏到底为何而来，此刻看到女儿激动的心情都是真实的。

十月怀胎，一朝分娩。

怎么可能没有一点感情呢？

即便隔了十八年没见，但是血浓于水再加上周氏对钟宛筠的愧疚，以至于现在周氏的泪水不由自主地流淌了出来。

本该是母女相认，让人潸然泪下的场面，只是只有周氏一人泪流满面，钟宛筠不仅没有流泪，还满脸讽刺。

这就让这个场面变得有些诡异了。

“娘？”

钟宛筠的这句娘也不知道是疑问，还是试探性地称呼周氏。

而周氏则是十分激动地应道：“哎，筠儿，是娘对不住你啊。”

钟宛筠将自己的手从周氏的十分用力的双手中抽了出来，然后退后几步，有些讽刺地说道：“我娘已经死了。”

养她长大，给予她亲情温暖的娘，已经去世了。

眼前的这个人……算什么娘呢？

周氏：……

听到钟宛筠对她这般抗拒，周氏心里有些不舒服，面上也有些僵硬地解释道：“筠儿，那个钟夫人只是你的养母，我才是你的亲娘啊。”

周氏没有想到，自己和女儿的第一次相见谈话居然是这个样子的。

这让她有点伤心。

虽然是她抛弃钟宛筠的，但是她好歹给了钟宛筠生命，就算钟宛筠对自己没有感情，那也不应该和她这样说话啊。

“都说生恩不如养恩大，想必你也听说过这句话吧。”

第112章 绝望云端·礼义廉耻

钟宛筠的这句话是明确地表明了她自己的态度，在她心里娘只有一个那就是她的养母，没有周氏什么事。

这让周氏如何能够接受呢？

从小她在家里就是被宠爱的幺女，虽然没有出嫁但是兄长嫂子依旧很照顾她。

等到她长姐过世，她去将军府帮忙照顾凤青岚和凤尘，因为她是将军府唯一的女长辈，因此将军府里也没有人敢跟她说一个不字。

就算是表面上的欺骗却依旧让她深爱的随君昊，每次和她在一起的时候也是哄着她顺着她的。

尽管，随君昊哄她是为了骗她，让她继续为他做一些事情。

但是，她心甘情愿。

总之一句话，周氏活到这个年纪，还从来没有一个人在明面上这般不给她面子过。

即便对方是她一直愧疚的女儿，周氏也十分不高兴。

“不管怎么样，都是我生了你给了你生命，你就这个态度和我说话吗？”

周氏见走温情路线没有效果，干脆恢复了自己平日里有些高高在上的面孔，态度也变得有些强硬了。

钟宛筠笑了，指着周氏的鼻子说道：“给了我生命？你是为了我才生下我吗？不，你是为了给你那情郎一个绝好的棋子，你才生了我。”

“想必，你当初决定生下我也有点想要借我套住他的意思吧？只不过后来他一点改变都没有，你也就任由他将我扔到这里来，为的就是今天把我安插到云王府。”

“这样的母亲，有什么值得我尊敬的吗？那不如你告诉我，我到底应该对你什么态度才不算失礼呢？”

这个他，自然就是指的钟宛筠的父亲，也就是随君昊。

现在的钟宛筠有些失控，毕竟这些话憋在她心里十几年了。

她很早就想问一问周氏了，既然不想要她为什么要生下她？

难道她生下来的价值就是被亲生母亲抛弃，被亲生父亲当作棋子来利用吗？

今天周氏又是这个口气，自然触动了钟宛筠压抑已久的怒火。

钟宛筠一连串的话，让周氏脸上的颜色变得十分难看。

“无论我为什么生下你这都不重要，重要的是你的命是我给的，你就不能这样和我说话，这是最起码的礼义廉耻你懂吗？”周氏气势汹汹地教训道。

一个刚刚见面的女儿，居然敢和她这个口气说话，简直要上天啊。

“哼，礼义廉耻？你没有成亲却生下了我，好像最不懂礼义廉耻的是你吧？”

周氏不拿她当回事，她又何尝看周氏顺眼了。

周氏简直要被钟宛筠气死了，听听这都是什么话啊？

“你！”周氏高高扬起巴掌，似乎想要一巴掌抽过去，可是不知道为何却在抽到一半的时候停了下来。

“可怜天下父母心啊，你可以不懂我这个做娘的心思，对我不恭敬。但是我这个做娘的，哪里能不挂心你。唉。”

周氏说着还摇了摇头，掏出手帕擦了擦眼角，一副很受伤很难过的表情。

钟宛筠简直要被气乐了，“还可怜天下父母心？你不会还认为自己配当一个母亲吧？”

真是……无语。

周氏脸色漆黑，恨声道：“总而言之我是你亲娘，你的命是我给……”

“那你拿去好了。”

“你说什么？”周氏不敢置信地问道。

钟宛筠耸了耸肩，说道：“既然你老是强调这个，你就把我的命拿去好了，也免得我被你们利用去伤害别人，也好早点结束我这痛苦的人生。”

其实，钟宛筠已经能够想象到她和云清寒的结局了。

她的父亲并不是让她嫁给云清寒幸福的，而是为了在云王身边安插一颗至关重要的棋子。

所以，她和云清寒的结局只有两种，要么云清寒恨她，要么两人形同陌路老死不相往来。

可是无论是哪一种，都不是钟宛筠想要看到的。

如果现在周氏能够真的拿走她的生命，也挺好的，至少以后她不会被她父亲利用做出伤害云清寒的事情来。

只可惜，周氏不会的，因为她怕杀了她之后，会惹怒随君昊。

多么可悲，却又是事实，是她真实的人生。

“你……”周氏气得不行，却又对这样强硬的钟宛筠无计可施，只好僵硬地转移话题。

“凤绝和你想要私下里相处或者想要……你应该懂我的意思，不要拒绝。而且最好私下里和凤绝暗暗透露你在云王府过得不好的消息，明白了吗？”

周氏清了清嗓子，一本正经地对着钟宛筠说道。

要不是因为随君昊要她带着凤绝来，正好她又看到了凤绝看钟宛筠的眼神，她都不明白随君昊这么做的意思。

其实，对于随君昊暗中布下的棋局，周氏还是隐隐猜得到的。

不过……这也正是她希望看到的。

随心影……我等着看你死无葬身之地的那一天。

其实，随君昊以为她不知道，可是一个女人的心思是十分敏感的，尤其是在猜测男人心思的方面，那天赋那本事简直无师自通。

她恨，随心影一个不知道从哪里冒出来的没有出身的村姑，居然靠上了宁国公这棵大树，然后居然从宁国公府出嫁，嫁给了顺灵帝。

顺灵帝为她废除后宫，十几年独宠她一人，哪怕她没能生下一个皇子，顺灵帝也顶着巨大的压力坚持不纳妃子。

这些顶多让周氏嫉妒，真正让周氏恨的原因自然在随君昊身上。

自从察觉到随君昊的心思后，周氏不仅不拦着，反而推波助澜。

既然她得不到随君昊的心，那就毁了得到随君昊的心的女人就好了。

钟宛筠听完周氏的话，大惊失色，"他不是说让我嫁给云清寒吗？为什么还要让我……"

为什么还要让他勾搭凤绝？

她是他们的女儿啊，不是一个工具也不是一个妓女，他们怎么就能够这样一点都不愧疚地对待她呢？

"叫什么？生怕别人听不到吗？"周氏不悦地训斥了钟宛筠两句，然后又小心翼翼地看了看四周，确定没有人这才放下心来。

钟宛筠唇瓣抿得紧紧的，挣扎似的说道："云清寒又不是傻子，云王府也不是摆设，怎么可能任由我……到时候别竹篮打水一场空。"

怎么能够这样呢。

若是这样……居然连一点她和云清寒之间的美好回忆都不给留下吗？

第113章 绝望云端·是不是爱上了他

“钟宛筠,你是不是爱上云清寒了?”周氏忽然眯着眼问道。

虽然是疑问,但是周氏的语气中多少还是有些肯定。

以钟宛筠的性子,虽然抗拒他的命令,但往往都会沉默地接下任务,从来不说些什么,钟宛筠是以沉默来表达她的怒火与不甘。

可是如今她听起来像是抱怨任务太难,怕到时候云清寒和凤绝一个也拉拢不住。

但是,周氏还是从这里面听出了什么。

钟宛筠听到了周氏的问话,沉默了。

脸上是风轻云淡面无表情,实际上心里头十分不安与忐忑。

如果她的父亲知道了她爱上了云清寒,会不会对云清寒下手?她太了解她父亲的手段了。

那是一种让即便经历过炼狱般痛苦的人,依旧胆寒不已的感觉与惧怕。

即便钟宛筠在她父亲手中曾经经历过几次生不如死的折磨,却依旧害怕,怕到她完全不敢反抗。

现在想想依旧害怕,正是因为经历过,才更加害怕。

看着钟宛筠这个样子,周氏哪里还有不明白的。

她走到一旁的山茶花丛旁,毫不怜惜地扯下一朵淡粉色的山茶花,三两步走到钟宛筠身边,轻轻将手中的山茶花别在了钟宛筠的发髻上。

然后贴在钟宛筠的耳边,轻轻地却又带着让毛骨悚然的感觉说道:“钟宛筠,不要爱上云清寒,那样他会不高兴的。”

这个他,自然是指的随君昊。

这句话里,含着淡淡的威胁,而钟宛筠忽然感觉一股幽冷的感觉从脚底蹿到心窝里,让她心脏猛地被一只无形的大手狠狠地攥住了一般,狠狠地揉搓,让她痛不欲生。

“我……知道。”

我知道,我一直都知道,像我这样生来就被人当作棋子的人是没有可能幸福的。

无论是爱上她的,还是她爱的,都不会有好的结局。

如果她够决断,就应该现在马上离开云清寒,可是……她不敢,她真的不敢。

随君昊的手段,已经刻到她的灵魂中了,让她惧怕,让她恐惧,让她不敢反抗。

而她更害怕的是,如果她反抗了离开了云清寒,不仅让她从此生不如死,而随君昊也不会放过云清寒会再弄一些阴谋诡计来陷害他。

所以，她不敢，真的不敢。

周氏看着脸色骤然变白的钟宛筠，十分满意。

瞧，刚刚还那么强硬地顶撞她，现在不是被她快要吓哭了吗？

真是的，都说了不要惹她，怎么就不听呢。

“真乖，我想我的宝贝女儿是不会让我失望的。这一次你不需要凤绝对你情根深种，只需要稍稍施展点手段，让凤绝对你念念不忘就好了。”

钟宛筠如同木偶般点了点头，然后闭着眼蹲了下来，抱着自己的膝盖无声地哭泣。

远远看去，就好像一个女子蹲在山茶花丛中轻轻嗅着美丽的花朵一样。

画面很美，可是谁又能知道美丽的皮囊下早已经是森森白骨满是狰狞呢？

清寒，对不起。

她极力地想要挣脱的命运，却总是如影相随。

等到钟宛筠和周氏出现在凉亭中的时候，钟宛筠已经恢复正常了，俨然一副母慈子孝的模样。

“伯母，筠儿，我娘已经备好晚膳了，咱们这就去吧。”云清寒看着钟宛筠略微有些红肿的双眼，眼中满是心疼。

当然了，云清寒并没有多想什么。

一对母女多年重逢，哭一哭这是很正常的事情。

“唉，云世子，我这女儿真是麻烦您照顾了，这居然还劳烦了云王妃，真是太过意不去了。”周氏一边说着，一边用手帕拭了拭眼角，一副十分伤感的模样。

云清寒连忙摆了摆手，笑道：“如今我和筠儿已经定亲，照顾她是我的责任，伯母不用这么客气。”

凉亭外，清风送来阵阵茶花的清香，让人心情舒畅。

可是，钟宛筠的心情还是那么的低落，有些迷离的双眼看向淡笑的云清寒，满眼都是痴迷。

这样的云清寒啊，她怎么舍得。

凤绝看着钟宛筠这般痴迷地看着云清寒，忽然觉得很不舒服。

似乎察觉到自己身上的灼灼目光，钟宛筠长长的睫毛轻轻低垂，敛尽了一池秋波却又似乎卷起了一些哀伤，甚至是一丝绝望。

凤绝双眼一眯，暗暗想到：她为何这么哀伤，是不快乐吗？还是说云清寒对她并不好？

看着这样的钟宛筠，凤绝很想上前几步将柔弱哀伤的女子揽进怀中，好好怜爱疼惜，不让她再流露出这般让人心疼的表情。

“筠儿。”云清寒靠近钟宛筠，手轻轻放在钟宛筠的肩头，柔声询问。

那声“筠儿”，那只手，让凤绝刚刚提起的脚步又放了回去。

佳人已经有了未婚夫，哪里会需要他的怀抱呢？

“没事，只是有些累了，清寒，咱们去吃饭吧，吃完我想早点去休息。”钟宛筠楚楚可怜地看着云清寒，一脸疲惫。

云清寒只当今天的事情对钟宛筠冲击都点大，心累了身体自然也就累了。

若不是有外人在场，云清寒很想给钟宛筠一个拥抱，告诉她不用担心，万事有他。

可是，现在也就只能言语上安慰一些了。

“好，筠儿你要是不舒服就让下人去叫大夫。”

“嗯。”

一旁的周氏看了看站在一起仿佛天生一对的两人，再看了看一旁站着的身体有些僵硬的凤绝，满意地笑了。

还是她的女儿最厉害，随便一个举动就能牵动这两个如此优秀的男子的心。

凤绝，嫉妒吧，疯狂地嫉妒吧。

只要你足够嫉妒，等到来日我再给你添上一把火，那那场火绝对能够烧了整个皇宫，烧死随心影那个贱人！

就是露华那个小贱人有点麻烦。

看样子，凤尘爱上了露华，而凤青岚也喜欢百里，若是真的将凤绝逼得想要谋反的时候，凤绝势必要顾虑这两个弟弟和妹妹的心思。

得想个办法，看来。

此刻周氏的心里已经满是各种盘算，只要一想到在不久的将来，能够弄死随心影那个贱人，周氏的心里就是一阵诡异的快感。

“来来来，亲家母走了这么远的路来了襄州，怕是一路上都累坏了吧，快吃口饭，然后好好休息休息。”云王妃满脸笑容地对周氏说道。

一边说还一边招呼让周氏上座，同时也示意云清寒招呼一下凤绝。

第 114 章　绝望云端·谁拯救了谁

“我坐在姨母这边就好。”凤绝客气地说道。

今天的晚宴，只有云王夫妇，周氏和凤绝，还有云清寒和钟宛筠。

虽然云王膝下还有四个女儿，但是都是未出阁的姑娘，有凤绝这个外男在，云王妃便没有让她们出来。

因此，凤绝就坐在周氏的下首，也挺符合规矩的。

“多谢云王妃了，帮我照顾了女儿，现在又劳烦云王妃操劳，真是过意不去啊。”周氏低了低身子，十分不好意思地说道。

云王妃娇笑一声，成熟的脸庞上完全没有岁月的痕迹，看起来就像是刚刚成婚的少妇一样，笑起来也十分赏心悦目，相比之下周氏就老了很多。

可是实际上，云王妃比周氏还大上两岁。

这就让周氏心里有些不舒服了，无论多大年纪的女人都是很在乎自己的脸蛋。

“亲家母可别这么说，我这个笨儿子整日里闷得很，我还以为他这辈子都找不到媳妇了呢，我还得感谢您生了个好姑娘，便宜了这个笨儿子呢。是筠儿拯救了我们清寒，还说什么麻烦不麻烦的。”

云王妃出身不高，再加上云王二十年如一日的娇宠，因此云王妃的心思依旧单纯爽直，没有那么多弯弯绕绕。

而听了这话的钟宛筠脸色有些发白，心脏好让被人扯着一样，一下一下疼得不行。

王妃说，是她拯救了清寒。

可是，王妃你知不知道我才是清寒的劫难，甚至是你们整个云氏的劫难。

云王府一家都对她很好，正因为所有人都对她好，钟宛筠的心才更疼。

就连最刁蛮的云悉，和她说起话来也是轻声细语的，生怕吓到了她。

“王妃哪里的话，云世子这么优秀的人能看上我们筠儿，是我们筠儿十世修来的福分啊。”周氏笑不拢嘴，却还是十分谦虚地说道。

这两个娘，便你一言我一语地互相夸赞对方的孩子来了。

气氛很是热络。

云清寒看了看在下首一言不发、看起来有些冷清的凤绝，便开口提醒他那个说起话来忘乎所以的娘来，“娘，我父王呢？”

他们也来了半天了，怎么他父王还没来？

他不是让人通知父王了吗？是有事耽误了吗？

“你父王？我让人通知了啊，也许是有事耽误了吧，咱们先吃，不用等他。”云王妃笑眯眯地说道。

看着云王妃这般随意就可以忽略云王不来的事情，周氏面上虽然笑着，实际上心中十分嫉妒。

这一看，云王妃就很是得云王宠爱，要不然云王妃哪里会这么说话。

一般来说，这种宴会应该是等着云王来了才能开动。可是云王妃可以随意地说出这样的话来，可以看得出来这定是平日里云王宠爱的缘故。

为什么连个愚蠢的云王妃都可以和随心影那个贱人一样，得到这世上权贵男人的一生独宠？

这不公平！

比起随心影和云王妃来，她分明更优秀，为什么就没有一个男人来这般宠爱她呢？更不用说她追逐了半辈子的随君昊连一个正眼都不愿意看她。

虽然心中恨得要死，嫉妒得发狂，可是周氏面上还是带着微笑说道：“云王妃和云王的感情一定很好，儿女双全，云王妃真是好福气。”

闻言，云清寒有些奇怪地看了一眼周氏，不过他并没有说什么，而云王妃则是一点异常的感觉都没有，笑得十分灿烂。

“实在对不住，本王来晚了。”云王推门进来，抱歉一笑，姿态落落大方，可见谦谦君子的姿态。

见云王来了，一桌子的人都站了起来，就连云王妃也不例外。

“都和你说了今天要为亲家母接风洗尘，你偏偏还这么晚才来，你是不是故意的？”云王妃娇声指责道。

虽然有着指责的味道，但是在别人看来，这其实是云王妃在和云王撒娇而已。

云王大步朝着云王妃走去，刚想说什么，却在走过钟宛筠身边的时候，钟宛筠身子一软，云王下意识地扶住了钟宛筠。

“啊，谢谢云王。”还没等云王的手托住钟宛筠，钟宛筠就自己站起来了，并且脸色变得十分苍白。

云王有些奇怪，然后对着一旁的云清寒说道：“钟姑娘脸色这么不好，你怎么不找大夫给钟姑娘看看啊？”

这个笨儿子，怎么这么粗心？

真不知道这么粗心的儿子，是怎么追到媳妇的。

云清寒动作只是晚了云王一步，此刻也顾不得有外人在场了，一把揽住钟宛筠的肩膀，给她支撑的力量。

“筠儿，你这是怎么了？不舒服的话，我这就打发人去叫大夫来给你看看。”

虽然云清寒也自小习武，但那只是为了强身健体，他本人对武功并不感兴趣，所以自然比不上从战场上拼杀出来的云王动作迅速了。

“我……”不知为何，靠在云清寒怀中的钟宛筠，忽然小心翼翼地偷偷地看了一眼云王，然后才继续说道，“我没事，我只是太累了，清寒我想先回去休息，可以吗？”

“你不吃点东西吗？”云清寒关怀地问道。

钟宛筠虚弱地摇了摇头，说道：“清寒，我真的很累了。”

云清寒看了看云王和云王妃，云王会意说道：“快扶着钟姑娘回房休息吧，要是钟姑娘还不舒服，记得找个大夫给看看。”

不知道为何，云王总觉得刚刚钟宛筠那一跌，有些不同寻常有些诡异。

虽然刚刚云清寒没有注意到钟宛筠的眼神，但是凤绝注意到了。

凤绝隐晦地看了一眼钟宛筠，然后又悄悄打量了云王一眼。

这是怎么回事？

为什么钟宛筠说话之前，要先看一眼云王，这里面是有什么问题吗？

不管别人怎么想的，云清寒此刻一心只有钟宛筠，扶着钟宛筠回到房里后，轻轻将自己的额头贴在了钟宛筠的额头上。

“筠儿，心里有什么事的话，不要憋着要告诉我，好吗？”

云清寒只当钟宛筠这个样子，是因为周氏的到来，让她心情起伏很大，不能自持。

但是云清寒并没有逼迫钟宛筠将心里的事告诉他，每个人心中都一个角落，那里只属于自己。

“好。”钟宛筠笑了笑，然后就闭上眼直到听到云清寒离去的脚步声，钟宛筠才流下了眼泪。

第 115 章　绝望云端·貂蝉诗

等到吃完晚膳后，周氏借故叫走了云清寒，说着有些事情想要和云清寒谈一谈。

云清寒不疑有他，立刻就一边带着周氏在云王府的花园中转了转。

而凤绝则是拒绝了云王的好意，说是自己随便转转就好了，不需要别人作陪。

转着转着，凤绝就在大片的山茶花后看到了一座院落。

一座清雅别致的院落，很是寂静，只有满园的花香鸟鸣，以及暖暖的夕阳光辉。

心中好像在叫喧着什么，让凤绝不由自主地走了进去。

院子里有一间屋子开着窗户，时不时地传来几声低低的、带着一抹抹哀怨的琴音。

凤绝慢慢走近窗户，瞥眼看了进去，就呆住了。

只见女子半靠在美人榻上，一头青丝散落在背后，显得女子十分慵懒。

女子身穿一件古纹双蝶云形千水裙，外面罩着一件白玉兰散花纱衣，一身素色的衣衫，更添楚楚可怜。

唯一的色彩，大概就是女子懒散地挽着一头青丝的蝴蝶流苏簪曲形蝴蝶簪了。

明亮的色泽与素白的衣衫，哀伤的琴音与懒散的姿态，形成了鲜明的对比，交织在一起，意外地让人移不开眼睛。

“唉。”女子轻轻地叹了一口气，手指拨弄琴弦，又是一声明明低沉却在凤绝心头响起了哀伤的感觉的琴音。

凤绝不由自主往前探了探身子，似乎想要询问女子为何哀伤。

手伸出，却又停了下来。

凤绝，她已经是云清寒的未婚妻了，她三年后就是云清寒的妻子了，云清寒会对她很好，让她幸福的。

你绝对不能再抱着那些龌龊的念头了。

云世子是什么样的人，虽然凤绝并不了解，但是云王是个什么样的人，天下皆知。

你还在担心什么，又在瞎想些什么。

收回了手，却在垂下目光的一瞬间，瞥到了一张纸上的字迹。

靠窗的位置放着一张紫檀木的书桌，书桌上只有几张宣纸，旁边放着几只毛笔以及一方砚台。

歌月徘徊孤楼前，舞影零游群雄间。

如花朱颜非吾愿，香消玉殒惹谁怜。

凤绝双眼一眯，这首诗……写的是关于貂蝉的诗句吧？

钟宛筠为何要写一首这样的诗?

关于貂蝉的故事,凤绝也曾在野史上见过。

貂蝉是几千年前一个有名的美女,为了报答自己义父王允的养育之恩而甘愿献身吕布完成连环计的故事,一代美女却因为权谋的碾压,而不得不献身父子俩,不可谓不悲。

但一个小小的女子,能够得到父子两个枭雄的爱慕,并被她玩弄在股掌之中,又不得不说貂蝉的人生是复杂的。

只是,对于这样的结果,现在谁也不知道貂蝉到底有没有爱过这父子两个中的任何一个,又或者,这一切都不是她自愿的。

而历史的长流,似乎并不愿意去考虑一个小小女子的意愿。

钟宛筠,她到底经历了什么?她不是说她不舒服吗,那为何不休息反而写下了这首诗,又弹起了这般哀伤的琴音?

凤绝几乎是下意识地想起了,不久之前,钟宛筠跌倒在云王的怀中,在云清寒询问的时候,钟宛筠又是先小心翼翼地看了一眼云王,才回答了云清寒。

这一幕,再加上这首诗,让人很容易联想到,也许云清寒就是那个吕布,而云王……

不不不,不可能,云王是什么人啊,这是绝对不可能的。

父亲对云王赞誉有加,父亲都那般推崇云王,那云王定当是一个如清风明月般的人物,怎么可能是他刚刚想得那般龌龊的人呢。

"谁?"钟宛筠皱眉问道。

凤绝一愣,缓过神来,有些尴尬地说道:"表妹,是我,凤绝。"

凤绝这才注意到,原来是刚刚他想事情太过投入了,以至于手指不断刮蹭着窗框,都没有注意到。

正是凤绝刮蹭窗框的声音,才引起了钟宛筠的注意。

钟宛筠闻言连忙站起来,先是低头擦了擦眼角,然后才转过身来看着凤绝,说道:"原来是表哥啊,表哥来这儿有什么事情吗?"

似乎是有些不好意思让凤绝见到了自己自怨自艾的一幕,所以钟宛筠的面颊有些发红,再加上红红的眼角,看起来真是楚楚可怜极了。

凤绝看着这样的钟宛筠,似乎觉得自己的心都疼了。

"只是随便转转,不知不觉间就来到了这里,表妹……是有什么伤心事吗?"

"没有。"

钟宛筠连忙摆了摆手,然后在触及凤绝有些炽热的眼神后,立刻低垂下了头。

女子低头娇羞间,风情无限。

那一颤一颤的睫毛,似乎在他的心中轻轻掀起了一道道涟漪,让他心绪难平。

"我是你表哥,有什么委屈你可以和我说,我总不会让你受了委屈的。"

凤绝从来没有和如钟宛筠这般柔情、一举一动间尽是楚楚可怜之态的女子相处过,所以说起话来也就十分干干巴巴的。

实在是没有经验啊。

他虽然有个妹妹，可是他的那个妹妹……根本就和柔情一点边都不沾。而他身边又没有出现过什么女子，还有一个就是月柔了。

因着凤回的原因，凤绝和月柔接触过几回，月柔也的确是个温柔的女子，可是……那是他堂兄的女人，他总不好太过了解吧？

所以，结果就是现在他是没有一点和女子相处的经验。

当然了，他都过了弱冠之年了，姨母也给他过一两个通房的丫头，但也仅仅是为了解决……

钟宛筠是他第一个心动的女子，自然想要留下好的印象，可又不知道该说些什么。

“表哥，我真的没事。”钟宛筠有些解释不清，着急了脸也就更红了。

“如果没事，你怎么会写下这首貂蝉诗？”

凤绝看着钟宛筠一再强调自己没事，可是看看她这个样子哪里像是没事的，不由得就急了，一把将书桌上的宣纸扯了起来，晃得啪啪直响。

虽然说凤绝相信云王的为人，但是……看着钟宛筠这个样子，他更觉得钟宛筠在说谎。

她一定是受了委屈，而且她在云王府中过得并不是外人眼中的那么好，要不然钟宛筠怎么会写下这么一首诗，又弹着这么哀怨的琴音呢？

这一切的一切，加上钟宛筠红着脸一再强调自己没事的样子，让凤绝更加确定，这里面一定有事！

第116章　绝望云端·疯了

“我，我……”钟宛筠看着凤绝手中的宣纸，脸色一会白一会红的，很是难看，“这是我闲来无事写着玩的，表哥干吗这么认真。”

“我干什么这么认真？”凤绝将手中的宣纸狠狠地甩了出去，怒声道，“你说我为什么这么认真？若不是……”

“你是我表妹，我担心你还需要什么必须的理由吗？”

那一句，若不是担心你，差点脱口而出。

其实，现在凤绝也没有反应过来，自己为何这般烦躁。

就好像是自己心中有一股无名的火，而钟宛筠的一句句话，就如同一盆盆火油一样，让他的心火越来越大，大到最后他已经控制不住了。

其实，凤绝也不知道自己为何会这样。

就算是一见钟情，可是自己并不是一个为感情所左右的人啊，可是见了钟宛筠之后，他就觉得自己的所作所为乃至于自己的心已经不受自己控制了。

说起来有些匪夷所思，但是在现在的凤绝看来，却是很真实的。

“这是我的事情，与表哥无关，也与……与她无关，表哥不必多虑。”中钟宛筠说完就伸手将窗户关上了，然后轻轻浅浅的声音透过纸窗从屋内传了出来。

“表哥，天色已晚，表哥该去休息了。”

凤绝有些怔怔地看着眼前的这扇窗户慢慢在自己的眼前关闭，有些无措地将自己刚刚攥着宣纸的手放在眼前看了看，宣纸呢？

脸色忽然变了，凤绝慌忙四处看了看，当他看到不远处的花枝上的一张被攥得皱巴巴的宣纸，飞快地走了过去。

然后一把将宣纸拿了下来，动作有点猛也有些大，衣袖勾住了花枝，在锦衣的袖子上划上了一道很明显的痕迹。

“还好。”

还好，宣纸并没有破。

凤绝几乎贪婪地将宣纸上的褶皱一下一下地抚平，动作之轻柔，像是抚摸着心爱的人一样。

刚想转过身来和钟宛筠说什么，却看到了紧紧闭着的窗户，所有的话一下子都消失了，心中所有的激情也都仿佛一下子被蒸发了一样。

男子有些怔然地看着眼前的窗户，仿佛被人吸走了魂魄一般。

我真是疯了。凤绝这么想到。

若非疯了怎么可能第一次见面就对钟宛筠如此喜欢呢？如果不是疯了，怎么会像个傻子似的偷偷捡回这张宣纸呢？如果不是疯了，怎么在猜到钟宛筠可能受了委屈后，这般激动呢？

钟宛筠就像是一颗朱砂痣，深深地烙在了他的心头。

凤绝表情似是嘲弄又似是无措，迎着温暖的夕阳的光辉，大步向前。

而此刻屋内的钟宛筠则是"嘭"的一声，砸碎了刚刚弹过的琴。

"凤绝，凤绝！"钟宛筠念着这个名字，痛苦地瘫倒在地上，将自己蜷缩成一团，然后泪流满面。

凤绝，天底下的女子这么多，你为何偏偏喜欢我。

如果不是因为你喜欢我，也许我还能够自欺欺人地以为我能够和清寒天长地久。

就算是她一辈子都欺骗利用清寒，可是只要不捅破这层纸，就算是一辈子的隐瞒和良心的折磨，对她来说也是幸福的。

因为，有云清寒。

对于钟宛筠来说，有他的地方，便是暖阳。

清寒，我要怎么告诉你，我在毫不犹疑爱你的同时，恐惧也同样是无边无际的。

我怕我的爱，终有一天成为你的毒药。

可以这样说，没有凤绝的出现，钟宛筠还会对她和云清寒的未来抱有一丝幻想，可是等到凤绝的出现，彻底打破了钟宛筠自欺欺人的美梦。

"云世子是什么时候认识筠儿的，能不能和我多讲一讲有关筠儿的事情。"

两人走到一处凉亭便停了下来，坐下之后，周氏便殷切地看着云清寒，希望能够从云清寒的嘴里得到一点关于她女儿的故事。

缺席女儿的人生这么多年，对于周氏来说总归是一个遗憾。

无论她对钟宛筠到底是什么感情，此刻她也是真的想知道关于她女儿的曾经。

其实，周氏是一个很矛盾的人，之前在和钟宛筠对话的时候她可以那般不讲情面，那么强硬。可现在，她也可以是一个关心女儿的娘。

只要不涉及随君昊，周氏还是挺在乎钟宛筠这个女儿的。但是一旦涉及随君昊，以及报复杀死随心影的事情，周氏就会变得一切都无关紧要。

人，就是这么的奇怪。

云清寒自然不知道之前周氏和钟宛筠谈话的内容和态度，因此听了周氏的话，只是以为周氏是一个关心女儿的娘罢了。

他真心把周氏当成未来岳母一样的尊敬，无论钟宛筠对周氏是什么态度，在云清寒看来，亲母女没有什么过不去的，别扭也只是一时的。

因此，对于周氏的问题，云清寒是有问必答。

“我和筠儿相识是在一年前，我记得当时是正在打仗，悉儿偷偷跟着运送粮草的车出去了，想要去战场，母妃知道后立刻让我去追。我就是在追悉儿的路上，认识了被人欺负的筠儿。”

“被人欺负？”周氏眼光一闪，抓住了重点问道，那着急的神态很好地诠释了一个母亲的担忧。

云清寒想了想，决定还是不能和周氏说真相，一来是怕周氏承受不住，二来是这是筠儿自己的事情，应该由筠儿自己和周氏说的好。

“伯母别急，只是有几个无赖想要抢筠儿的钱袋罢了，筠儿并没有受委屈。”

“哦，是吗，那就好。”

周氏闻言低垂下头，傻小子，你以为我真的不知道吗？

关于钟宛筠的所有事，周氏都一清二楚，哪里用得着云清寒告诉她。

她之所以问云清寒，不过是为了多拖住云清寒一会，好让钟宛筠能够多勾搭勾搭凤绝。

其实，所有的事情，周氏并不是真的了解，就比如钟宛筠和云清寒的初遇，那……

随君昊的狠毒，超乎周氏的想象。

或者说，随君昊对她们母女的不在乎，超乎了周氏的想象。

周氏一直以为随君昊只是利用利用钟宛筠，到底是自己的亲生女儿，随君昊不会下太狠的手。

结果……

在随君昊看来，周氏只是她的一颗棋子，而钟宛筠则是一颗比周氏更加有用的棋子。

对于棋子，自然不需要有什么感情了。

第117章 绝望云端·奇怪

“后来，我把悉儿抓回来之后，就把筠儿送回了家里，然后……”

云清寒说了大半天，这才发现原来他和钟宛筠之间已经发生过这么多事情了啊。

不想还不知道，这一说起来才发现。

不知为何云清寒忽然想起后来知道他们在一起后，云悉扬着小下巴来问他要好处的场景。

还记得当时那个小丫头十分得意地说道：“哼哼，要不是我你能认识你心爱的姑娘？结果你呢，还把我送到父王的案板上，害我被揍，你说吧，打算怎么补偿我。”

唉，那一次悉儿那个小丫头一次性敲诈了他好多东西，不过……他心甘情愿。

真的，若是那天没有出去找云悉，那他也就不会遇上钟宛筠，或者会很晚才遇上钟宛筠。

也许，那天错过了他们就错过了相爱的机会。

所以，即便被云悉那个小丫头借机敲诈了，云清寒还是很高兴。

“云世子真是个好人啊，筠儿托付给你，我放心啊。”周氏看了看时辰，觉得差不多了，便也就不拉着云清寒说什么了。

做得太明显了，就很容易被拆穿了。

还不如这样，适可而止。

不得不说，周氏是个很聪明的女人，只可惜为人太过偏激了，心胸也太窄了，要不然周氏绝对不会落到这个田地。

如她所说，比起外在条件，当年的周氏的确比随心影漂亮，也比她聪明，再加上良好的家世，这才造就了周氏目下无人的性子。

“哪里的话，既然选择和筠儿在一起，照顾筠儿一生就是我一辈子的责任。”云清寒有些腼腆地说道。

和周氏这个“岳母”谈论这种事情，云清寒多少有点放不开。

“唉，天色不早了，我就不打扰世子了。”周氏站了起来，朝云清寒笑着说道。

看来钟宛筠这几年所发生的事情，都是按照随君昊给的剧本演的，还不错。

这样看来，是不是离随心影那个贱人死的日期又近了一步？

想到这里，周氏不由在心里乐开了花。

云清寒也随着站了起来，说道：“我让下人带伯母去客房休息，长途跋涉了这么久，想必伯母已经很累了，是我的疏忽居然还拉着伯母在这里聊了这么半天。”

“没事没事，那我就先走了啊。”

看着周氏跟着下人离去了，云清寒才快步走到房间内，给自己狠狠地灌了一壶茶叶水。

说了这么半天，说得他都口干舌燥了，可他一见周氏那么想知道筠儿之前的事情，体谅她这个做母亲的一片心，云清寒也就继续说了下去。

倒霉的是，凉亭里的茶壶里的茶水，早就空了，差点渴死他了。

以后，一定要下人时不时看看凡是有茶壶的地方，茶壶里的茶水都要满着呢。

本来云清寒是想等周氏回房后，他就先去看看筠儿，可是这个时候，他不得不先回来喝点茶润润嗓子。

虽然说筠儿的房间里也有茶水吧，但是这大口大口灌茶水的动作多不雅啊，被筠儿看到，不好不好。

调整了一下呼吸，云清寒看了看身上没有什么不妥的地方便朝着钟宛筠的院子走去了。

路过山茶花丛的时候，正好遇见了散步的云王和云王妃。

“你这是干什么去，急匆匆的。”云王见云清寒行色匆匆，不由皱眉斥责道。

对于女儿，云王向来是和颜悦色，尤其是对云悉，简直到了有求必应的地步。

可是对于云清寒这个独子，云王的态度可以算得上是十分严厉了。

毕竟云清寒是他们这一代唯一一个男嗣，以后云氏的皇位很有可能会由云清寒来继承。

所以，对于云清寒的要求难免严格了些。

只不过云清寒似乎随了云王的性子，对政事皇权没有丝毫的兴趣。

其实，云氏这一代，除了露华以外，所有人都对皇权不感兴趣。

顺灵帝是，云王也是。

几年前，顺灵帝曾经还提出过要将皇位交给云王继承，当时就把云王吓得跪下了。

在云王看来，皇位等同于麻烦和不自由。

他可不想自找麻烦，后来有露华这么一个如此厉害的侄女，云王很是高兴，以为没他啥事了。

结果呢，那些迂腐的大臣都不同意册立露华为太子，所以顺灵帝又把想法打到云王身上来了。

云王很是果断地将云清寒推了出去，也许是因为在云清寒小的时候，云王并没有给他灌输帝王权术之类的东西，反正云清寒也表示对皇位不感兴趣。

最明显的表现就是云清寒毫不犹豫地和钟宛筠定下了婚约。

要是他对皇权有一丁点的想法，就不会和钟宛筠定下婚约。

而云王虽然十分迫切地希望云清寒能去顶岗，免得顺灵帝老打他的主意，但是他又不是棒打鸳鸯的那根大棒槌，所以也就只能这样了。

云王从此也就看云清寒分外不顺眼了，而且打定了主意等到云清寒有了后代，云王一定会早早地培养小孙子接替皇权的意识。

也许正是因为云王府的人都没有沾染过帝王权术，所以才会那么不设防备，让人……

这也就间接导致了日后的悲剧，也不知道如果云清寒能够预知未来，还会不会爱上钟宛筠？

此刻的云清寒自然是不知道以后的事，而现在对于云王的刁难，云清寒早已习惯了，大度的他表示不会和他小气的爹计较。

“我想去看看筠儿。”

钟宛筠身子不舒服，还有她的身世，云王也知道。不过……

“你怎么现在才去，现在这么晚了，虽然这是在自己的府里，可是你这个时候去钟姑娘的房里，也好说不好听。”

云王抓住机会，毫不客气地训斥道。

在云王看来，云清寒一个大男人自然不会有什么，可是钟宛筠到底是个姑娘家，即便两人已经有了婚约，这么晚了见面也不好听。

传出去，对钟宛筠的名声不好。

他就说了云清寒笨得很，有事不早去，非得等这么晚了。

这不是笨，就是傻，总之是不聪明。

云清寒自动将云王的嘲讽转换成了关心，然后才说道：“筠儿的娘拉着我问了我好多关于筠儿的事情，这才刚得了空闲。”

“那个周氏一直和你谈到现在？清寒，你有没有觉得今天钟姑娘也好，还是这个周氏也罢，都有点不对劲啊？”

第118章 绝望云端·我一直在

“奇怪?”云清寒用手摩挲着下巴,想了想问道,“父王觉得哪里奇怪呢?”

这也不是说云清寒不相信钟宛筠,只不过他的这个身份决定他们必须时刻保持警惕。

只不过云清寒潜意识里还是很相信钟宛筠的,要不然他也不会没有发现什么奇怪的地方。

云王想了想说道:“其实,也没有什么确定奇怪的地方,我只是觉得钟姑娘今天忽然跌倒,以及周氏找你谈话这两件事撞在一起,让我觉得有些奇怪罢了。而且,在周氏和你谈话的时候,那个凤绝去了钟姑娘的院子里,有人还隔着窗户说了半天话。”

其实,云王并没有派人监视凤绝或者钟宛筠。

只是有下人从旁边经过,看到了凤绝和钟宛筠隔着窗户说话,虽然没有听到两人在说些什么,但是那个下人还是赶紧跑来告诉云王了。

要知道这个朝代,表亲成亲是很是常见的。

更有甚者,为了保持家族血脉的纯净程度,只和表亲成亲。

而最初让云王感觉奇怪的是,晚膳时在他经过钟宛筠身边,钟宛筠忽然跌倒,他条件反射地揽住了她,在外人眼中看来是他揽住了她。

可是只有云王知道,他的胳膊并没有触碰到钟宛筠,钟宛筠就自己站起来了。

这很奇怪。

只不过,钟宛筠到底是自己未来的儿媳妇,这些话,云王也不好意思和云清寒细说。

再者,云王也并没有多想什么,只是觉得这个钟宛筠并没有表面上看起来那么简单,也许她会武功也许她还隐瞒着云清寒其他什么东西。

总之,云王并没有把钟宛筠的异样放在心上。

他已经调查了,虽然钟宛筠的亲生父母不知道是谁,但是她的养父母的确是襄州土生土长的人,而且为人十分忠厚老实。

就算钟宛筠的亲生父母有什么值得人深究的来历,但是钟宛筠从小跟随着养父母长大,性子也都随了养父母。

所以,云王相信钟宛筠就算隐瞒着什么,但是心肠绝对是不坏的。

“凤绝是筠儿的表哥,凤绝想要去见一见筠儿也在情理之中。父王刚刚说的这些,我并不觉得奇怪。”

云清寒并没有立即回答云王的话,而是仔细思考了一会才回答的。

云王也仅仅是有一点异样奇怪的感觉而已,并没有确切的说法,因此听了云清寒的话后,只是挥了挥手,说道:“算了,大概是我多想了,记得别在钟姑娘的房里待太久。”

说完,云王就揽着云王妃,两人一起继续散步。

什么钟宛筠,什么周氏,都没有他陪着自家王妃散步来得重要。

就算有问题,也有云清寒这个高个子在前面顶着呢,自己这是瞎操心啥啊。

云清寒看着自家父王母妃靠得那么近,一起在夕阳下散步的背影,就觉得十分幸福。

以后,等他和筠儿老了,也能和父王母妃一样幸福吧?

“筠儿,你怎么了?”云清寒推门进来,就发现钟宛筠坐在地上,脸上是已经干涸的泪痕,不由大惊失色。

“筠儿,筠儿……”云清寒一边叫着钟宛筠的名字,一边一把将钟宛筠从地上抱了起来,然后将她放到了床榻上。

“筠儿,是发生什么事了吗?你告诉我啊。”

看到钟宛筠这个样子,云清寒急得要命,却又有些无从下手。

钟宛筠感受到熟悉的让她依赖的味道,也不睁开眼反而再次流出了眼泪。然后一头扎进云清寒的怀中,一遍一遍地唤着云清寒的名字。

“清寒,清寒……”

“我在,我在,我一直在。”

云清寒眼中闪过一抹心疼,如同哄小孩子睡觉似的,一遍一遍地拍着钟宛筠的后背,安抚着她的情绪。

“呜呜……”

女子低声的呜咽声,勾起了云清寒心中最柔软角落中的疼惜,轻轻亲吻她的头顶,满脸疼惜。

“筠儿不怕,不怕,有我在呢。”

虽然不知道钟宛筠这个时候是因为想起了什么,才会情绪失控,但是他知道,他现在不需要什么开导什么劝解,他要做的能做的,就是给她一个坚实的胸膛,让她能都在他的怀中尽情地哭泣。

“清寒,我又想起那一天了……”钟宛筠哽咽地说道。

云清寒闻言身子一僵,转而恢复正常,心中的怜惜更盛了。

他知道钟宛筠口中的那一天是哪一天。

能够让钟宛筠这般痛苦的,也就只有他们初遇的那一天了。

云清寒以为是钟宛筠想起了当日的经历,所以伤心难过。而钟宛筠则想起的更多,也更伤心……

“不,我不要!”钟宛筠大声地反对道,她可以接受被利用的命运,但是她还是一个女子一个姑娘,怎么可以……

眼前的人真的是自己的亲生爹爹吗？

钟宛筠怀疑了，但更多的是痛恨，她以一种痛恨的眼神看着眼前的中年男子，再也忍不住喊出心中的话。

“你真的是我的爹爹吗？”

没有一个父亲会这么折磨自己的亲生女儿的，也没有一个父亲愿意用自己女儿的身体做诱饵，去下一盘也不知道能不能成功的棋局。

就算她只是一颗棋子，下棋的人也只有在必胜的情况下，牺牲她这颗棋子吧？

现在算什么啊？

中年男子也就是随君昊嘲讽地看着大吵大闹的钟宛筠，有些疑惑地问道：“是我给了你什么暗示吗？不然你怎么会认为我是在和你商量？钟宛筠，这是我的命令，你以为你能拒绝吗？”

“凭什么，我凭什么不能拒绝？”

虽然想起随君昊惩罚人的手段，钟宛筠就感到一阵胆寒，但是一想到随君昊给她布置的所谓的任务，钟宛筠就坚定了反抗的决心。

“啊——”钟宛筠还没反应过来，只觉得眼前一花，自己就被随君昊掐着脖子顶在了墙上。

喉咙间传来的窒息感以及脖颈处仿佛骨头都要被捏碎的感觉，让钟宛筠感觉自己好像随时都能去见阎王一样。

“凭什么？就凭你的命是我给的，而我现在还能让你生不如死。”随君昊贴着钟宛筠的耳朵一字一顿地轻轻说道。

随君昊的声音再轻，听到钟宛筠的耳朵里，也像是勾魂厉鬼发出的阴恻恻的声音一样，让她感到毛骨悚然，仿佛灵魂都跟着在颤抖。

第 119 章　绝望云端·什么是爱

“难道我不是你的女儿吗？为什么要这么对待我？”钟宛筠失态地大吼，即便此刻自己的喉咙在随君昊手中捏着的时候，仿佛他随时一把都能够掐碎。

但是她还是忍不住为自己问了一句。

自从知道了自己有这么一个亲生父亲，她还来不及欣喜，就被她所谓的亲生父亲拽入了地狱中，从此不得解脱。

她的人生变得如此灰暗，难道她来问一句为什么的资格都没有了吗？

就算从此堕入地狱，永生不见天日，她也想要知道，到底是为什么。

随君昊嗤笑一声，满脸嫌弃地说道：“难不成你以为我给了你生命，你就是我女儿了吗？做我的女儿，你还不够资格。”

只有随心影，才有资格生下他的女儿。

若是随心影能为他生下一个女儿，那么他必定视如珍宝，将这世间所有美好的一切都捧到女儿的面前，只盼望自己的女儿能够一笑。

而钟宛筠，不过是周氏那个贱人瞒着他偷偷生下的小贱种罢了。

不过也好，正好给他提供了一个很好的棋子。

也许利用钟宛筠，就能够完成他谋划了多年的棋局。

也算这个小棋子，没有白来这世间一趟。

看着随君昊满脸的不屑，仿佛她是什么肮脏的东西一样。

钟宛筠呵呵一笑，继而冰冷且讥诮地问道：“你认为我不是什么东西，那你又好到哪里去了？我要是贱人，你就是大贱人。我要是棋子，你也不是个人。”

钟宛筠想要把她所知道的所有恶毒的话都用在随君昊身上，这样的人根本不配做人，更不用说做父亲了。

本来钟宛筠以为，自己的这番话一定会换来随君昊的一顿毒打，谁知道，随君昊不仅没有打她，反而松开了桎梏她的手，像丢垃圾一样一把把她扔到了一旁。

“呵呵，骂吧，骂人是弱者的体现。我好歹是你父亲，让你窝囊地骂上两句又能怎样。”随君昊十分“大方”地说道。

其实，随君昊很享受别人骂他，因为在他看来别人骂他，是因为处处不如他，只能屈从于他。

除了辱骂，再也没有宣泄的方式。

这是弱者的表现。

而被弱者辱骂，这说明他是一个强者，一个不可战胜的强者。

“你……咳咳咳……”钟宛筠简直要疯掉了，遇到随君昊她好像就是无从挣脱的命运。

女子趴在地上，捂着脖子，哑声问道：“既然你不承认我是你女儿，你又为何当初给了我生命？既然不承认我是你女儿，那你就当我不存在就好了啊，为何现在又这般折磨于我？”

这才是钟宛筠最想不明白的地方。

既然这么不愿意承认她，那就当她不存在就好可，为什么……这般折磨她？

这到底是她是他的仇人，还是他的女儿啊？

“给了你生命？你放心，要是我一开始知道你的存在就会一把掐死你，后来你生下来了，反正是送上门来的免费棋子，我为什么不利用？”

随君昊十分理直气壮地说道，送上门的棋子不利用那就是傻子。

他不仅不是傻子，反而十分聪明，自然就不会干这样的傻事。

当钟宛筠听到随君昊的那句“要是我一开始知道你的存在就会一把掐死你”的时候，钟宛筠仿佛感受到了一股仿佛来自十八层地狱的幽冷从脚底蹿了上来，直到密密麻麻地缠绕上了她的心，让她脸色蓦然变得煞白。

眼泪，在眼眶里打转，钟宛筠强撑没有落下泪来，可是声音还是有些哽咽，“不知道你这样的人可懂得什么是爱？”

对待为他生儿育女的周氏，随君昊一丁点的感情都没有。

对待与他血脉相连的女儿，随君昊满心都是算计与利用。

这样冷心冷肠的随君昊，可曾懂得什么是爱？

随君昊闻言一愣，爱？

好久没有听到有人和他提起这个词了，他当然懂得爱，爱了这么多年，就是因为爱，他才会支撑这么多年，一步步布下这棋局。

耗尽心血，步步为营，只是因为一个“爱”字，现在居然有人问他懂不懂得什么叫爱。

呵呵。

“爱，我自然懂得。”

随君昊觉得自己要疯了，居然和一个棋子说起这样的话来。

“呵呵。”钟宛筠冷笑两声，看向随君昊的眼光中居然满是怜悯，“不，你不懂得什么是爱，而且……随君昊被你爱上的人将会多么的悲哀啊。”

被这样一个不懂爱又霸道的随君昊爱上了，那绝对不是一件幸运的事情。

钟宛筠的这句话一下子触动了随君昊心中最痛的一处，顿时整个人的脸色都变了，身上的戾气仿佛从地狱中一下子涌出来似的。

“你该死！”随君昊阴沉着一张脸，眼中凶狠的光芒大盛，猛地拿起一旁墙壁上挂着的鞭子，毫不犹豫地用尽力气抽打了上去。

“贱人，贱人！”

“啊——”

钟宛筠的这句话,勾起了随君昊心中最黑暗的一面,这句话当年随心影也曾说过。

在他看着随心影和兰修焕整日里成双入对的时候,他心痛如绞连夜研制出半月碎,用在了兰修焕身上。

那个时候,随心影就是用那种有痛恨有怜悯的目光看着他,和他说道:“随君昊,你不懂什么是爱,被你爱上是我的悲哀。”

时光错乱,刚刚钟宛筠的那句话就像是随君昊看到了十几年的随心影和他说话一样。

一样的让他痛彻心扉,不,是更严痛。

随君昊近乎疯狂地抽着钟宛筠,嘴里不断地咒骂着。

钟宛筠疼得满地乱滚,却还是咬紧牙关不愿意在随君昊面前流出一丝一毫的懦弱。

“主子,再打下去,计划就实行不了了……”

见随君昊有些失去控制,抽打的力道一点也没有减弱,眼看着钟宛筠就要被随君昊打死了,随君昊的暗卫不得不出现劝说。

钟宛筠要是死了,那么他们的计划可就泡汤了。

步了这么多局,关键就在于钟宛筠身上,若是钟宛筠死了,那么之前他们所做的一切都将随之烟消云散。

这并不是随君昊愿意看见的,所以在听到暗卫的话后,随君昊便停止了抽打,然后恨恨地将手中的鞭子扔到了一旁。

“你是不是忘了你肚子里的蛊虫发作起来是什么滋味了？要是你不按照我说的去做,我就再让你尝尝生不如死的滋味。”

第120章 绝望云端·当年初遇

“咳咳……生不如死？你……直接杀了我好了，我是……我是不会答应你的。”钟宛筠在地上蜷缩着，眼神却亮得很。

这样的人生，这般绝望，一点希望都看不到，还不如直接死了算了呢。

死了，也就解脱了。

怎么也比现在生不如死地活着好啊。

“死了？”随君昊嘲讽一笑，看着钟宛筠的眼神是那么的不屑与了然。

“虽然不愿意承认，但你确定是我的女儿。无论是周氏还是我，都挺贪生怕死的，我可不认为你有着宁死不屈的高贵品质。要是想死，敢死，你怎么可能撑到今天。”

他对钟宛筠的折磨也不是刚刚开始，要是钟宛筠真的是那种宁愿死也不愿意苟延残喘活着的人的话，他就不会以钟宛筠为中心制订那一系列的计划了。

他的种是什么模样，他还是知道个大概的。

“魔鬼！你就是个魔鬼！”钟宛筠崩溃地大声吼道。

“对，我是魔鬼，你说对了。”随君昊好性子地蹲下了身子，好整以暇地瞧着钟宛筠狼狈的模样说道，“既然知道我是魔鬼，那就最好不要忤逆我的意思，你知道我的手段的。”

随君昊一生所有的心软都用在了随心影一个人身上，别人只能得到他的冷漠与心狠手辣。

哪怕，是他的亲生女儿也一样。

只要能得到随心影，并毁了顺灵帝所拥有的一切，牺牲什么都是值得的。

“啊——”

钟宛筠崩溃的尖叫，让随君昊十分高兴，招了招人手，就让几个地痞流氓将钟宛筠带了出去，带到了预先算计好的地方。

本来随君昊并不知道云清寒会因为追云悉而路过这里，不过不用他动些手脚，云清寒就能赶到这里来，这让随君昊还是十分满意的。

万事俱备，只欠东风了。

“主子，接到那边传来的消息，说是云清寒已经从云王府出来了。”

“嗯，知道了。”随君昊闻言点了点头，然后挥了挥手，示意另一个暗卫去告诉那几个流氓，好戏可以上演了。

天是蓝的，风是暖的，可是在钟宛筠的眼中却只有灰蒙蒙的一片，风虽然暖可是在钟宛筠裸露的肌肤上，只觉得一片冰冷。

她想，这大概是她生命中最冷的夏天了吧。

缓缓地闭上眼，无奈地接受了她的命运。

即便不愿意承认，但是钟宛筠还是不得不承认，随君昊是对的，她并没有自杀的勇气。

多么悲哀，即便这般苟延残喘地活着，她也没有自杀的勇气和决心。

她怕死，真的怕。

身上、腿上、胸前传来的触碰的感觉，几欲让她作呕，她要恶心死了。

有人似乎想要亲吻她的嘴唇，她开始挣扎着偏着头，拒绝着亲吻。

"这小娘们真有意思，身上没事，嘴却不行。今个哥哥我还就是不信了。"

一声粗哑的声音过后，钟宛筠就感觉到有两只大手强硬地捧着她的脸，让她不能动弹。

粗热的呼吸洒在她的脸上，钟宛筠忽然来了力气，大力挣扎。

"不要，救命啊……"

"啪！"

回应她的是毫不留情的一个耳光，打得她耳边嗡嗡作响。

眼泪不受控制地流了出来，为什么，为什么她要承受这些。

"救命啊——"

不，她不要这样的命运。

大力挣扎之下，居然没能让那个恶心的男人亲到她的嘴唇，不过身上的触碰也让她恶心坏了。

"哒哒"的马蹄声传来，钟宛筠知道来者就是随君昊说的一定要勾搭到的人了。

他来了，也就意味着她不用再接受这些人的侮辱了。

"救命啊——"

知道自己有救了，钟宛筠终于睁开眼朝着传来马蹄声的方向看了过去，更加用力地挣扎了起来。

温暖的阳光，和煦的清风，绿草茵茵的草地上一个即将支离破碎的女子正无助地挣扎着，眼角的泪水慢慢没入草地中。

云清寒带着几侍卫赶到的时候，看到就是这样让人怒火升腾的一幕。

"一个不留！"云清寒冷声下了命令。

这样的人渣，没有活在这个世间的必要。

他们活着就是污染这美丽的天地。

云清寒身后的侍卫得了命令，纷纷下马提着刀剑，如同砍瓜切菜般随意就让这几个流氓瞬间没了呼吸。

恐怕这几个流氓到死也不明白，明明说好的美差，怎么到了最后变成了索命的差事。

几个侍卫特别懂事，将流氓拽到一旁杀了之后就地掩埋，然后背对着钟宛筠站着。

显然，这在美人面前献殷勤的机会，要留给他们的世子殿下。

瞧瞧，多忠心多体贴的侍卫啊。

真是大盛好侍卫啊。

云清寒翻身下马，将自己的外袍解了下来，然后将头歪向了一边，轻轻将外袍盖在了钟宛筠的身上。

“姑娘，你还有家人吗？我送你回家吧。”云清寒并没有傻里吧唧地问人家姑娘发生了什么事。

相反，云清寒认为如果这个时候问人家姑娘发生了什么，无异于在伤口上撒盐。

对于云清寒的体贴，钟宛筠有些意外但更多的是感动，同时也有一丝丝的内疚。

如果没有出意外的话，随君昊让她勾搭就是眼前这个如风如月般清雅的男子了。

随君昊算计人，绝对不会让那个人好过的。

这点，钟宛筠十分确定。

这位公子这般体贴于她，可是她却要算计他……

算了，钟宛筠啊钟宛筠，你想那么多干吗，人不为己天诛地灭。

也许，这位公子并不如表面上看起来那么好呢。

随君昊不就是一个活生生的例子吗？

看起来人五人六的好像一个翩翩君子，可实际上呢，他就一个披着人皮的恶魔。

“多谢公子救命之恩，我家就在附近，可是……”钟宛筠装出一副抽噎的样子说话。

云清寒果然够君子，哪怕现在他急着去把他的妹妹逮回来，免得云悉真的出现在战场那种危险的地方，可是听到钟宛筠一个弱女子，还是留下来帮忙一二。

“我并不想让家里知道这件事，免得家里的爹娘担心，可是我的衣服……”

钟宛筠的欲言又止，云清寒一下子就听明白了。

“云湖，去给这位姑娘找一套衣裙来，要快。”

“剩下的几个赶紧去追小姐，哪怕拖也要给我拖住，等到我赶过去。”

第 121 章　绝望云端·我不喜欢你

等到钟宛筠换好衣服后，云清寒还在钟宛筠的暗示下，亲自送钟宛筠回去了，然后才赶去云悉那里。

那一幕初遇，对于云清寒来说是一个偶然，虽然那个时候的钟宛筠很可怜，但是对于他来说当时的她是美丽的。

而这场初遇，对于钟宛筠来说是痛苦的，同时也是孽缘的开始。

后来钟宛筠逐渐爱上了云清寒，随着随君昊一个比一个过分的要求，钟宛筠不想再利用云清寒了，终于有了自杀的勇气。

可是她还是怕，她怕她死后，随君昊对云清寒下手。

随君昊的手段，她十分清楚，正因为清楚所以才不敢轻易尝试，生怕一个不小心就给云清寒带来生不如死的厄难。

所以，她更加束手束脚了。

而到了现在，钟宛筠已经挣脱不了了，只能按照随君昊写好的剧本一直演下去，她只希望能看在她这个棋子这么听话的份上，将来随君昊能够留云清寒一命。

只可惜，若是钟宛筠知道日后她将给云氏带来怎样的灾难后，是愿意在遇到云清寒之前就自杀死了，还是依旧愿意遇见云清寒，然后带给他一场万劫不复的灾难。

这只是一个假设，而这个问题的答案，谁也不知道，就连钟宛筠她也一样不知道。

"清寒，你后悔喜欢上我吗？"钟宛筠缩在云清寒并不宽阔却能够给她安全感的胸膛中，轻声问道。

见钟宛筠的情绪终于平复了下来，云清寒松了一口气。

"后悔喜欢上你？没有啊，我又不喜欢你。"

钟宛筠身子瞬间僵硬了，整个人也变得冰冷了起来，磕磕巴巴地问道："你不喜欢我？也是……像我这样的人，有谁会喜欢呢，你不喜欢我是应该的，应该的。"

云清寒完全没有想到钟宛筠居然会有这么大的反映，赶忙搂紧了钟宛筠，轻声说道："傻瓜，我是爱你啊，爱和喜欢是不一样的。"

真是一个傻瓜。

相处了这么久，难道她还感受不到他的心意吗？

钟宛筠抬起头看着云清寒，有些呆呆地问道："你刚刚说什么？清寒，能不能再说一遍?”

她是在做梦吗?要不然这样连她最美的梦中都没有出现过的词,怎么会在现实中出现?

云清寒笑了,不过那笑容中满是疼惜。

那件事到底在筠儿的心中留下了阴影,唉,他居然没有注意到,真是……

伸手将钟宛筠抱起来放在自己的腿上,面对面地看着钟宛筠,一字一顿地说道:“云清寒爱钟宛筠,你听懂了吗?”

云清寒爱钟宛筠。

云清寒爱钟宛筠。

云清寒爱钟宛筠。

这句话一直在钟宛筠的耳边回响,钟宛筠抿紧了唇瓣,激动得热泪盈眶,一句话也说不出来,只是在那不住地点头。

我明白的,清寒。

我懂你的心思,清寒。

我也爱你,钟宛筠也爱云清寒,你知道吗?

可是,这句话明明已经烂熟于心底,可是钟宛筠却始终没有勇气说出口,哪怕是现在这么好的氛围和机会。

她知道,像她这样的人,是没有资格说出爱这个字的。

没有得到想要的答案,云清寒微微有些失望,随即又觉得是自己做得不够,便暗暗下定决心,以后一定要对筠儿更好,他一定能等到筠儿心甘情愿地说出那句话的。

只是云清寒不知道的是,终此一生,他都没有听到他想要听到的那句话。

“怎么哭了呢,筠儿别哭了,傻丫头。”

云清寒还没来得及想些什么,就被钟宛筠的眼泪吓到了,今天筠儿的眼睛一直是红红的,他怕对筠儿的眼睛不好,以后会受伤。

“我这不是感动的嘛,谁让你对我这么好。”钟宛筠像是撒娇似的说道。

其实,这句话是真的,钟宛筠是真的感动了。

本来云清寒这般优秀的男子,想要什么样的女子没有啊,偏偏看上了她这个一心利用他的姑娘。

又对她这么好,关心她的喜怒,这对于一直缺乏关爱的钟宛筠来说,的确值得感动。

云清寒有些无奈地笑了,怎么他对她好,也成了她哭的理由了?

男子一边温柔地为女子擦拭眼泪,一边调侃道:“我对你好你也值得哭一哭,那我要是对你不好了,你不是更得哭了。”

钟宛筠闻言瞬间抬起头,恶狠狠地盯着云清寒,直把云清寒盯得头皮发麻。

“好吧,我只是开个玩笑。”云清寒举起双手做投降状。

钟宛筠气势汹汹地说道:“开玩笑也不行,你必须一直对我好!”

说完,还抓住云清寒的胳膊,将袖子撸了上去,露出男子结实的手臂来。

“你想干什么？调戏良家妇男？”

“扑哧。”

钟宛筠笑了，她知道其实以云清寒的性子来说，并不是一个爱开玩笑的人，现在之所以说笑，不过是为了逗她开心罢了。

能得到云清寒如此相待，钟宛筠你上辈子是攒了多大的福分啊。

“哼哼，本姑娘要你尝尝随便开玩笑惹怒我的后果！”

说完就在云清寒宠溺的目光下直接张开嘴咬住了云清寒的胳膊，狠狠地一个用力，直到嘴里传来了血腥味才松开了。

云清寒，你一定要一直对我好，不然我真的会疯，会崩溃的，你对我的爱就是我活下去的唯一的支撑。

“哇，你还真的咬啊？”

云清寒夸张地怪叫道，然后还伸着自己的胳膊，将自己胳膊上的牙印放在钟宛筠的眼皮子底下去了。

一副求安慰求抚摸的肢体语言。

钟宛筠得意地晃了晃脑袋，抬起下巴说道：“怎么样，还敢得罪本姑娘不？”

“不，小的一向不敢啊。”

云清寒见钟宛筠笑了，便也配合着说道。

“不敢就好。”

看着钟宛筠纯粹的笑容，云清寒忽然说道：“筠儿，以后别哭了，看到你哭我真的是手足无措。”

“这又不是我想的，眼泪到那儿了，不哭出来不舒服啊。”

“你看看你现在的眼睛红得跟个兔子似的，以后咱们女儿要是像你一样爱哭，那肯定会被人笑话的。”

云清寒好不避讳地谈起了他对他和钟宛筠以后事情的憧憬。

“这有什么好笑话的，谁没有个情绪崩溃的时候啊。”钟宛筠十分不服地哼了哼。

今天哭了这么多次，纯属意外。

第 122 章 绝望云端·不一样的云王

“那你是愿意给我生个女儿了?”云清寒十分欣喜且得意扬扬地问道。

钟宛筠闻言这才反应过来,刚刚云清寒的话里到底说了些什么,脸色不由绯红。

不过钟宛筠虽然有些脸红,却还是落落大方地说道:“我将会是你明媒正娶的妻子,自然愿意给你生个孩子。”

到了后来,哪怕她并没有嫁给他,却依旧给他生了一个孩子。

所以说,钟宛筠愿意给云清寒生个孩子的真正原因是因为爱他,而不是因为什么成了他的妻子,自然愿意给他生个孩子。

也许,多少年以后,云清寒都不能确定钟宛筠是不是真的爱他,因为他从没有听到过那句“我爱你”。

“筠儿。”

一声满是情意的低声呼唤,钟宛筠刚刚抬起头来,却被眼前忽然放大的英俊的脸庞给吓呆了。

直到有一双大手,环住了她的腰身,扣住了她的后脑。

感觉到唇瓣间传来带着温暖的触感,钟宛筠才缓过神来,不过她并没有挣扎。

她爱云清寒,云清寒也爱她,她愿意把自己交给云清寒,因此没有什么好害羞好抗拒的。

与其僵硬,不如享受。

明明钟宛筠已经准备好了,却没有想到云清寒居然会……

“筠儿,对不起,是我有些失态了,唐突了你。”云清寒不知为何忽然恢复了清明,红着脸将钟宛筠散开的衣衫拢好。

他差点毁了筠儿的清白,真是畜生。

在云清寒接受的教育里,不允许他在没有成亲之前就破坏了姑娘的清白。

父王说,这是对心爱的女子的一种怜惜,也是一种尊重。

如果一个女子在一个男人心中还没有欲望重要,换句话说就是一个男人不能为了一个女人忍住欲望的话,那么这个男人一定不是真的爱这个女人。

云清寒十分认同云王的这番话。

女子的清白何其重要,怎么能够被他随意破坏呢?

“清寒。”钟宛筠一把攥住云清寒胸前微微敞开的衣衫，十分不好意思却分外坚定地说道，“我……我是愿意的。”

清寒，我是愿意的，愿意把我自己交给你，愿意给你生一个属于我们的孩子。

三年后的婚礼，我怕我们等不到那个时候，你明白吧？

可惜，云清寒并不能够预知未来，也不是钟宛筠肚子里的蛔虫。

“正因为你愿意，我才更要珍惜你。”云清寒轻轻在钟宛筠的额头印下一吻，然后便起身站在床边整理自己的衣服。

“清寒……”

钟宛筠也不知道该怎么形容自己此刻的心情。

有着云清寒这般珍惜她的甜蜜与欣喜，也有着一丝淡淡的遗憾。

无论钟宛筠心里是怎么想的，云清寒都无从得知。

“好了，今天太晚了我要回去了，你好好睡觉别再瞎想了。”

“嗯。”

见云清寒去意坚决，钟宛筠也知道云清寒这是为了自己，便也不再说什么。

等到云清寒回到自己的屋子的时候，却意外地发现云王正坐在自己的屋里呢，不由大感意外。

什么时候，他的父王能晚上来他的房间了啊？

“父王你怎么在这儿？”云清寒问道。

“臭小子，这是本王的地盘，本王想在哪儿就在哪儿。”

云清寒闻言十分无语，到底是谁传出去的说他的父王云王是个谦谦君子？

哪里谦谦了？哪里君子了？

明明就是傲娇、自大、自以为是、自……

总而言之，这么多可以用来形容他父王的词汇，可是哪一个都和谦谦君子一点边都不沾。

传言误人啊。

“好吧，您随意，我要睡了。”

说着，云清寒就开始解自己的外袍，一副就要睡觉的架势。

云王气得立刻拿起手边的一个茶杯朝着云清寒的脑袋砸了过来，云清寒像是料到云王会有此动作似的，早就转过身来面对着云王，然后很轻松地接住了云王扔过来的茶杯。

“您到底是来干什么的？”云清寒一边把茶杯放在了一旁的桌子上，一边十分无奈地问道。

每次都是，他亲爱的父王每次来找他，都要磨磨叽叽半天才转入正题。

也是够了。

可是今天他有些累了，不想陪着云王绕圈圈了，既然云王自己不说，他直接发问就好了。

“你个臭小子，这么晚了才回来，本王这不是怕你做出什么混账事来嘛？”云王很是不满意自家儿子有些不耐烦的语气，因此自己说话的时候用了更加不耐烦的语气。

不就是比谁语气横吗，谁怕谁啊。

云清寒冷笑一声，毫不客气地拆穿道：“那你等在这里有什么用？要是我真的想做出什么混账事，你就在这里坐到海枯石烂也是没招啊。”

“你！要是你还不回来，本王已经打算去找你了。”

云王被自家儿子气了个仰倒，同时不由暗暗奇怪，平日里云清寒这张嘴没有这么犀利啊，今天这是怎么了？

云清寒自然猜不到云王此刻心中的想法，因此也不能告诉云王，之所以云王之前没有感觉到他嘴上功夫厉害，那是因为之前云清寒都是让着云王，懒得和云王计较。

今天，云清寒累了，云王还是这里磨磨叽叽地不肯说正题，自然就不耐烦了。

“找我？”云清寒扯了扯胸前的衣襟，干脆坐在了云王对面，一脸微笑地问道，“那按照你说的，等你去找我的时候，我正在和�儿在屋里……这种情况下，你还能推门进去？”

什么时候他的父王这么不要脸了，难不成这种情况下还能进去？

我看你怎么自圆其说。

云王脸色涨红，指着云清寒的手指有些哆嗦，半天才挤出来一句话来，“我怎么有你这么一个不要脸的儿子。”

云清寒一脸黑线，到底谁不要脸啊？

倒打一耙，这是他亲爱的父王学会的新技能吗？

“你到底有事没？”

云清寒的耐心消耗殆尽，已经十分不耐烦了，要是云王再不说正事，他就立刻把云王轰出去。

反正他这个父王一向没有做父亲的样子，那么他偶尔一次没有做儿子的样子，应该也是可以理解的吧？

云王见云清寒真的不耐烦了，便开口说道：“皇兄来信说，怕是等凤尘凯旋而归的时候，凤尘就会求娶露华了。”

“确定吗？”

“肯定的了，皇兄一向宝贝露华，要不是十分确定了，皇兄是不会给我来信说的。”

第 123 章　绝望云端·狐疑与猜测

“那皇伯父会同意吗?”

对于顺灵帝对于露华的宠爱,云清寒可是见识过。自己小时候曾经把露华抱起来飞过,然后爱女成痴的顺灵帝就让他爹把他抛起来玩……

那怎一个惨不忍睹了得。

所以云清寒很是好奇,顺灵帝能顺顺当当地让凤尘把露华娶走?

这几乎不可能啊。

凤尘的娶妻之路上,最难的不是露华本人,而是顺灵帝这个全天下最厉害的老丈人。

那难度系数太大了,估计是人都不敢打露华公主的主意。

要不然也不会露华今年都十五了,却还没有一家权贵敢和顺灵帝求亲。

求亲之前,你势必要死一回啊,顺灵帝的折磨不是一般人能够承受得了的。

正因为顺灵帝爱女成痴的威名远播,才会导致露华明明正值芳华年纪,却没有一个人敢来求亲。

云王对此则是持有不同的意见,摸着自己光滑的下巴,很是遗憾自己没有一把漂亮的胡子啊。

“不,凤尘若是求亲,皇兄是不会为难他的。”

“怎么可能?”云清寒嗤笑一声,只当云王是快睡得脑子糊涂了。

顺灵帝会不蹂躏上门求娶的凤尘? 这简直就是不可能的事嘛。

云王瞥了两眼云清寒,十分正经地说道:“那是你皇兄还是我皇兄? 是你了解他还是我更了解他?”

如果云王妃在这里,肯定又会说云王此刻就像是炸了毛的兔子一样,十分……傲娇,很想让人上去摸一摸,顺顺毛。

“……”云清寒简直心累,和他亲爱的父王交流起来太费劲了。

“好了,我知道了,你可以走了。”

云清寒真的有点困了,直接站起来把外袍解开了,不客气地下了逐客令。

难不成是和他母妃吵架了? 要不然怎么会在他这耗了这么半天?

自家儿子都把轰人的架势做得这么足了,云王果断拂袖离开了。

哼,果然还是女儿好啊,儿子就是债啊。

凤绝看着钟宛筠说道:“有什么事情,可以给我写信,到时候……”

“我知道了，表哥。”

钟宛筠温柔地笑着，挽着云清寒笑得巧笑焉兮，这一幕在凤绝眼中看起来格外刺眼。

“筠儿，好好和云世子相处，你真的不和娘走吗？”周氏拉着钟宛筠的手，神情恳切地说道。

看起来，分明是一副慈母之态，不舍得女儿独自在这里的担忧被周氏表现得淋漓尽致。

“……我从小生活在这里，已经习惯了并不想离开。”

若说演戏，母女两个都是高手中的精英，在外人看来完全是母女情深的一幕。

“唉，罢了……”周氏闻言松开了拉着钟宛筠的手，然后掏出帕子拭了拭眼角。

凤绝见了搀扶着周氏说道：“姨母，既然表妹不愿意离开就让表妹继续留在这里吧，云世子一定会对表妹好的，云世子你说是吧？”

说着还看向了云清寒，脸色十分平静可是那眼神却十分犀利，仿佛云清寒做了什么十恶不赦的事情一样。

云清寒心中泛起淡淡的狐疑，却也没有说什么，只是顺着凤绝的话说道：“筠儿会是我的妻子，我自然会好好照顾她。”

这是他的妻子，他自然会好好照顾，这个凤绝就算是筠儿的表哥，可是一个刚刚认识几天的表哥，能有什么感情？

这个凤绝是不是对筠儿关心太过了？

钟宛筠十分敏感，似乎察觉到了云清寒隐隐的不悦以及狐疑，当下挽着云清寒的手臂紧了紧，眨着一双大眼睛可怜兮兮地看着云清寒。

这一下，云清寒心中所有的烦躁不悦与猜忌都在钟宛筠这一双雾蒙蒙的大眼睛中烟消云散。

筠儿，我没有生气。

清寒，你真好。

钟宛筠抱着云清寒的胳膊，笑得一脸满足，如同一个孩子一般将头枕在云清寒的肩膀上，天真而又满足。

这一幕，深深刺痛了凤绝的心。

“再不走，等到下一个驿站就太晚了，该上路了。”

处理完政事赶来的云王，看着周氏和凤绝还在这里和钟宛筠依依惜别，不由劝了一句。

听到云王的声音，钟宛筠像是被什么抽中了一般，瞬间将头从云清寒的肩膀上抬了起来，然后有些不安地勾着手指，像是看见了什么可怕的事情似的。

钟宛筠的变化，自然引起了云清寒的注意。

“筠儿，怎么了？”

最近这两天，可以说是从周氏和凤绝来了之后，筠儿就一直有些不对劲。看来筠儿是真的不喜欢周氏，不打算认她这个娘了，要不然也不会这般抵触了。

钟宛筠低着头，揪着自己的衣角说道：“没什么，我没事的。”

同样察觉到钟宛筠异常的还有一直关注着钟宛筠的凤绝，不同的是凤绝抬头时，不经意地看了一眼云王之后，心中默默想道。

“又是在云王出现后，筠儿才变得不安甚至恐慌起来了……”

这种情况，在他们住在云王府的这几天里，已经不是第一次发生了。

看到这一幕，凤绝不由地想起来那张宣纸上的诗，那首描写貂蝉的诗句。

貂蝉是谁，一个被人利用的棋子，周旋于父子两人之间的可怜女子。

想到这里，凤绝的心中就一阵扯痛。

还好，他已经将路鹤留在了这里，路鹤会调查清楚这些事情的，如果真的是貂蝉的故事，那么……

他一定不会容忍下去，筠儿……

“唉，我女儿就得继续麻烦云王照顾了，真是不好意思啊。”周氏说道。

这句话，让凤绝脸色骤然变得很难看。

麻烦云王照顾筠儿？怎么照顾？

一下子，本来只是一句客套的话，就在凤绝心中掀起了惊涛骇浪，所有不好的猜测就如同潮水一样，猛地向他袭来，瞬间将他淹没。

“姨母，走了。”凤绝不想在这里继续逗留下去了，不然他一定会被自己心中的想法逼得发疯的。

只有等到路鹤调查清楚了，他才能恢复平静吧。

周氏表面上有些诧异凤绝的不对劲，不过……内心却是一片了然。

“真是对不住啊，这……”周氏十分不好意思地对脸色依旧平静的云王说道。

可是没等她把话说完，就被凤绝送上了马车，然后凤绝一言不发就骑上马离开了。

“这怎么回事？”云清寒问道。

“谁知道呢？”钟宛筠心中却是松了一口气，凤绝终于走了。

第124章 绝望云端·钟宛筠失踪

日子悠悠转转，过得很快，但是对于一直等着路鹤传回消息的凤绝，心情就不那么美妙了。

还好，家里凤尘忙着讨好露华，岚妹一直整日里去找百里，而父亲凤鸣大将军一直忙着给凤尘收拾烂摊子，以及准备凤尘的婚事。

所以也就没有人注意到他的异样。

“除了这封信，你自己就没有调查到什么吗?”凤绝手指不断敲击着桌面，显示着此刻他的心烦意乱。

虽然钟宛筠的信中没有一丝一毫的诉苦，可是整封信给他的感觉就是，钟宛筠在说谎，她过得并不幸福，只是不知道该怎么和他这个没见过几次的表哥说罢了。

要是真的过得很好，钟宛筠怎么可能给他写信呢？凤绝有些苦涩地想到。

“禀主子，属下还查到钟姑娘虽然生活在云王府，但是云王几乎每天都会去后院的山茶花丛中坐上一两个时辰，因为钟姑娘的院子就在山茶花丛旁，所以钟姑娘也经常遇到云王，两人也常常有说有笑的。”

“还有就是属下查到，本来钟姑娘答应嫁给云世子，并没有说什么三年后，可是有一天就忽然改口说要为她养父母戴孝，这才将婚期推迟到三年后。”

“……筠儿要将婚期推迟到三年后，云王对这件事是什么个反应?”

路鹤所调查到的事情，越来越朝着他心中猜测的方向发展了，凤绝也不知道自己心中是什么个心情。

是愤怒，还是高兴？抑或者，两者都有？

路鹤想了想，说道：“云王……有一次云王曾经和他的副将古茂盛表示过对钟姑娘的赞赏，尤其是对钟姑娘为了给养父母戴孝，愿意推迟三年婚期这件事，更是不止一次在人前夸赞过钟姑娘。”

“嘭!”凤绝一拳狠狠地砸在桌面上，咬牙切齿地说道，“该死的，简直是畜生!”

虽然路鹤所说的事情，并没有直接说明是云王逼迫钟宛筠推迟婚期，并且对钟宛筠有着什么龌龊恶心的心思。

但是，凤绝根据他自己在云王府发现的事情，不难猜测出事情的“真相”。

应该是钟宛筠和云清寒相恋后，云清寒在钟宛筠的养父母去世后，将钟宛筠接到云王府，并表明他要娶钟宛筠。

也就是这个时候云王对年轻貌美且温柔善解人意的钟宛筠动了心思，看云王妃就知道云王喜欢什么类型的，所以说云王喜欢上钟宛筠并不奇怪，不，应该说是云王又一次喜欢上“年轻版的云王妃”了。

所以云王才会天天去山茶花丛为的就是偶遇钟宛筠，后来肯定又发生了什么，或者是云王挑明了什么，又或者逼迫了钟宛筠。

最后的结果就是在云王的逼迫下，钟宛筠以为父母守孝为由，将婚期推迟了三年。

而云清寒或者是察觉到了云王对钟宛筠的心思，却反抗不过自己的父王，也就只能如此了。

如果是这样的话，那么云清寒肯定会将心中所有的憋闷都发泄在钟宛筠的身上，钟宛筠的日子想想也知道肯定是度日如年。

要是云清寒对这件事并不知情的话，那么面对温柔体贴的云清寒，却又要被迫对云王曲意逢迎，那么钟宛筠的内心定是十分煎熬，也是不好过。

总之，现在钟宛筠肯定是生活在水生火热之中了。

不行，他要去救钟宛筠，一定要！

“世子，不好了，钟姑娘不见了。”

一座山脚下，坐在凉棚里喝茶的云清寒闻言“唰”的一声站了起来，隐忍着自己的怒气努力不发火。

“怎么回事？筠儿怎么会不见了呢？”

今天是清明节，钟宛筠要来给她的养父母烧纸，云清寒不放心索性就陪钟宛筠来了。

到了山脚的时候，钟宛筠说她想自己和养父母说说话，所以云清寒就留在了山脚下，而吩咐了两个侍卫跟着钟宛筠上去。

因为钟宛筠说自己要和养父母说说话，所以那几个侍卫也就离得不近，等了好半天也没见钟宛筠出来，几个侍卫担心之下就去里面找了找，这才发现钟宛筠居然不见了。

这下，几个侍卫被吓得魂飞魄散。

整个云王府谁不知道云清寒宝贝这个钟姑娘啊。本来因为云王喜欢山茶花而在后院精心侍弄的山茶花，在云清寒得知钟宛筠也喜欢山茶花后，就不顾云王的反对，在山茶花丛旁建了一个院子，专门给钟宛筠居住。

因着这件事，云王可是连着好久没给云清寒好脸色，可是云清寒压根就没当回事。

就因着这一件事，云王府的所有下人就能知道云清寒有多么宝贝这个钟姑娘。

因此，现在在他们的看护下，居然弄丢了钟姑娘，这，这不是离死不远了吗？

硬着头皮接受着云清寒虽然收敛了不少，但依旧骇人的气势，侍卫们哆哆嗦嗦地把事情说了一遍。

云清寒眯着眼睛看了看四周。

这座山，是这十里八村的墓地所在，所以这座山基本上没什么人来，毕竟都是坟墓，谁会闲着没事来这儿啊。

要是真的有人能够悄无声息地掳走筠儿，那周围应该会留下一些痕迹啊。

“你们分成两路，一路绕着这座山看看哪里有人走过的痕迹，另外一路跟着我上山去看看。”

既然筠儿是在她养父母的坟墓前不见的，那么她养父母的坟墓前留下的痕迹应该是最多的。

等到云清寒来到钟宛筠养父母的坟墓前，却发现这里并没有除了侍卫和钟宛筠外其他人来过的痕迹。

不对，要是这里留下一些痕迹才说得过去。

现在这里一点痕迹都没有留下，反而说明肯定有问题。

云清寒托着下巴绕着坟墓走了一圈，忽然视线被墓碑一旁的划痕所吸引。

赶忙蹲下身上仔细看了看那道划痕，云清寒发现那道划痕的大小和墓碑底部的长宽正好一样。

“来人，去王府里找一个擅长机关术的人来这儿。”云清寒沉声吩咐道。

他虽然能看出来这个墓碑有异常，搞不好这里应该有一个暗道，那是因为他脑子够用，观察仔细。

而他虽然能够发现这里有暗道，却不知道怎么找出来。

术业有专攻，他学的东西并不像露华那么多，机关术他只是略微了解，并不精通破解之法，所以这个时候只能等人来了。

第 125 章　绝望云端·风绝来了

等到来人将暗道解开，云清寒顺着暗道走到出头，却发现出口是在襄州一条大路口旁的树林中。

“到底是谁会在钟家父母的坟墓处挖一个暗道呢？他们抓走筠儿，是不是为了针对云王府？”

云清寒赶回云王府，将情况告诉云王之后，眉目阴沉地问道。

要不是因为针对云王府，云清寒实在想不出为什么会有人掳走钟宛筠。

“先别想这些了，当务之急是找到钟姑娘。”

“嗯，那我先走了。”

看着云清寒急匆匆离去的背影，云王难得地皱起了眉头。

“父王，你也觉得不对劲吗？”一旁的云悉蹲在椅子上，一边啃着瓜一边笑嘻嘻地问道。

哎，她的父王终于不装傻充愣了？

真是难得啊。

云王向来最喜欢云悉这个女儿，因此就算看到云悉蹲在椅子上毫无形象可言地啃着瓜，也觉得这样的女儿真是霸气极了。

真不愧是他的女儿。

“怎么你们都觉着不对劲？我觉得小筠那个姑娘挺好的，没什么问题啊。”云王妃有些迷蒙地眨了眨眼，对着自己的丈夫女儿不耻下问道。

云悉一边啃着瓜，一边表达自己对母亲大人的嫌弃，“我的亲娘哎，要是你都能看出不对劲来，那得是多明显的事情啊。”

闻言恼怒的不是被嫌弃智商的云王妃，反而是云王，“说什么呢你，这是你娘，怎么说话呢？”

鄙视自己的王妃，就算是亲闺女也不行。

云王妃也跟个松鼠似的点头说道：“就是就是，都说子不嫌母丑，狗不嫌家贫，悉儿你这样做是不对的。”

“我有嫌你丑吗？亲爱的娘。”云悉抬起头来，腮帮子吃得鼓鼓的，眨着一双大眼睛卖萌道。

她好像一直都没有嫌弃她娘丑吧？再说了，她娘也不丑啊，要嫌弃她也是嫌弃她那个一心想要留把胡子的老爹啊。

云王妃闻言很是认同地点了点头，然后转头对云王说道："是哦，悉儿并没有嫌弃我丑，你就别再说悉儿了。"

云王：……

即便是他很爱自己的王妃，但现在的内心也是崩溃的。

王妃啊，悉儿她的确没嫌弃你长得丑，她是嫌弃你的智商啊。

虽然很想把这话说出口，但考虑到自己王妃很薄的脸皮，就又把这句话咽了回去。

万一把王妃逗哭了，就不好了。

"我说你们两个都一把年纪了，能不能别学年轻人一样眉目传情？"云悉嫌弃似地瞥了两人一眼，然后将瓜皮丢在桌子上，透出手帕擦了擦嘴角和手指就从凳子上跳了下来。

云王眼角有些抽搐，这个女儿让他养得越来越像土匪了，这以后……真的能嫁出去吗？

看来以后云悉的婚事，少不得要他以权压人了。

"好了，说正事吧。父王，您儿子您就真的不管了？"云悉很是严肃地问道。

她都能看出来的问题，她想她这个披着小白兔皮实际上有着一颗狐狸心的老爹，一定早就看出来了。

其实，钟宛筠并没有什么问题，只不过很多事情看似巧合，但是将所有事情连缀在一起，就能觉出这其中的不对劲来了。

云王叹了一口气，说道："你哥哥也不小了，总不能什么事情都我提点着吧？这件事其实他不是没有察觉，只是他不愿意去察觉罢了。反正这个钟姑娘也掀不起什么大的风浪，就让他们小打小闹地玩吧。"

在云王看来，虽然这个钟宛筠身上有些疑点，估计是和她那个神秘的爹有关，但是云王也看得出来，钟宛筠对他儿子是真心的。

既然如此，那么其他的东西就没必要那么斤斤计较了。

这一切，就让他们两个自己去博弈，自己去解决吧。

做父母的，对于子女没必要约束太多。

有些事，过犹不及。

"您的心可真大。"云悉翻了个白眼，对云王夸赞道。

其实，她从一开始就不是很喜欢钟宛筠，但是家里人都没有异议，她也就没说什么。

"自己体味的那才叫人生，你懂什么。"云王十分得意地对云悉抬起下巴说道。

又来了。云悉忍不住扶额低叹。

明明她的父王是一位翩翩如玉、儒雅睿智的大叔，怎么就偏偏爱装成这副……欠抽的模样呢？

什么癖好啊。

其实，连云王都不知道，这一切他放手让云清寒自己体味人生的后果，将是多么的惨烈。

“主子，钟姑娘在上坟的时候，被人掳走了，云王府的人一直在查，但是已经一天多了，还没查到。”

路鹤的话让凤绝大吃一惊，“怎么回事，我们的人查到筠儿的下落了吗？”

凤绝快马加鞭用了不到一个月的时间赶到了襄州，到的时候是深夜，凤绝见大家都很累了，就让大家都去休息了，他自己也休息了半天。

谁知道，刚刚醒来就接到了这么一个让人不愉快的消息。

刚刚得到消息，应该是在平山的一处山崖下面，我们的人发现了踪迹，已经向那里赶去了。

凤绝一边起身穿上外袍一边说道：“备马。”

平山的山崖下面，他简直不敢相信在筠儿身上会发生什么事情。

黑色的夜幕是最天然的保护，凤绝一行人悄无声息地便出了城，没有惊动云王府的人和守城门的人。

夜虽然黑，但依旧有星光和月亮照亮，所以认起路来，并不费劲。

不到半个时辰，凤绝就赶到了平山的那处山崖下。

“人在哪里？”凤绝随手将马鞭扔向了后面，自然有人接住了并且将凤绝的马拴起来了。

“禀主子，钟姑娘就在前面，并不让我们靠近，所以……”

凤绝的手下，都知道凤绝对这个忽然冒出来的表妹动了心思，因为生怕凤绝因为他们没有将钟姑娘挪到别处，而是任由她躺在这有些凉意的夜里而动怒，就赶忙解释了一句。

“行了，我知道了。”凤绝接过下人递过来的袍子，慢慢靠近了钟宛筠。

其实，凤绝并没有认出钟宛筠来。

他只能隐约地看到那里像是有一团人影蜷缩在那里，不需要确定也知道这个时候能出现在这里的，也就只有钟宛筠一个人了。

皎洁的月光洒下一地的银辉，女子瑟缩成一团，身上的衣服破破烂烂遮不住那一身的伤痕。

第126章　绝望云端·不好的癖好

凌乱的发丝如同杂草一般，遮住了女子如花的娇颜。

似乎是听到了凤绝的脚步声，女子惊恐地瑟缩了起来。

这一幕，深深地刺痛了凤绝的双眼，双拳紧紧握起，发出嘎嘣的脆响。

而这一声声清脆的"嘎嘣"声，就像是一根导火索，瞬间点燃了女子恐惧的神经。

"啊啊啊，不要，不要……"女子惊恐地大叫着，双手护着胸口，不断放声尖叫来掩饰自己的恐惧。

可是即便是如此高亢的尖叫声，也掩饰不住女子的恐惧，那尖叫声中的颤抖，仿佛是一把把重锤砸在了凤绝本就疼痛的心上。

一下，一下，又一下。

凤绝松开了双拳，免得再刺激到钟宛筠，然后脚步轻轻地上前，将手中的袍子盖在了女子破碎的身上。

想要遮住那一身的伤痕。

"不，不要碰我……"钟宛筠尖叫着，不断退后，抗拒着别人的触碰。

凤绝双眼像是充血一般，红得吓人，然后一把将钟宛筠抱了起来，不论钟宛筠怎么挣扎都没有放开她。

"主子，这……这么晚了，要是钟姑娘一直尖叫……"路鹤有些为难地提醒道。

这么晚了，主子骑着马抱着一个姑娘回去，这没什么问题。

可是要是钟姑娘一直尖叫，那么很可能惊动云王府的人，而且……别人会误会他英明伟大的主子是个强奸犯的。

这要是真的误会了，那就不好看了。

凤绝闻言脚步一顿，看着神情痛苦的钟宛筠，犹豫了一下就劈手将钟宛筠打昏了。

等到到了他们临时的落脚点，凤绝就叫人去找大夫。

"怎么样啊？"凤绝着急地对老大夫吼道。

这个老大夫不会是个骗子吧？都看了这么半天了，怎么还什么还是一句话都不说，是不是个骗子啊？

此刻凤绝很担忧钟宛筠的情况，因此十分着急，看着慢吞吞的老大夫也就有些不顺眼了。

"吼什么，再吼就你自己来看。把人家姑娘伤得这么重，现在着急了早干什么去了？"

凤绝着急所以态度不好，而老大夫则是因为他一个老人家被人大半夜的十分粗暴地拽了过来，自然心情十分不好了。

更何况，老大夫看了看这姑娘身上的伤，大多数是因为虐待才会伤得这么重的。

看起来，凤绝和这个姑娘是一对。

所以说，老大夫已经下意识地将这一切归咎于凤绝身上了，因此对凤绝自然也就没有什么好脸色了。

凤绝虽然觉得老大夫说的话有些奇怪，但现在他更关心的是钟宛筠的身体，所以也就没时间和老大夫计较。

“大夫，那她到底有没有事啊？”

看着凤绝脸上的焦急的神色也不像是作假，老大夫的神色才缓和了一些。

“都是些皮外伤，看着吓人并没有什么大事，好好养养就行了。不过，年轻人，有些癖好要不得啊。”老大夫一边开药方一边语重心长地说道。

凤绝一听钟宛筠没事，一颗心就放回了肚子里，不过转而脸色就有些奇怪了，“大夫，什么癖好啊？”

现在凤绝才反应过来了，好像刚刚这个老大夫说的话就有些奇怪。

什么这样的癖好不好？他有什么癖好啊？

老大夫本来以为凤绝真心悔过，没想到居然还不承认，顿时就怒了，将药方往桌子上一甩，气冲冲地说道：“你不承认有用吗？现在那姑娘身上还一身的伤，是骗得了人的吗？”

说完，老大夫就背起药箱，气冲冲地走了，连诊金都没有要。

凤绝皱眉，将手中的药方递给一旁的侍卫，吩咐道：“去抓药，要快。再去找个侍女来，给钟姑娘清洗清洗身体。”

老大夫的话是说钟宛筠身上的伤是他打出来的吗？轻轻摇了摇头，就走了出去，他还有一些事情要处理。

等到钟宛筠喝完药之后，侍女也给钟宛筠清洗完身体了。

“主子……”侍女看着凤绝欲言又止。

凤绝皱眉，他这个人对女子一向没有什么耐性，“有话就说，吞吞吐吐的像什么样子。”

“是这样的，奴婢在给钟姑娘梳洗的时候发现……发现，发现钟姑娘之前应该是受了……受了性虐待。”

侍女红着脸一口气说完之后，就脸色爆红得低着头，不再言语。

这样的话，姑娘家说起来十分不好意思，若不是害怕凤绝的手段，侍女也没有那个勇气说出来。

凤绝脸色阴沉得几乎可以滴水，双眸中似乎有火光在燃烧跳跃，就在侍女以为凤绝会爆发的时候，凤绝却忽然收敛了满身的骇人的气势，大步离去了。

侍女浑身瘫软的坐在地上，拍着胸口不断地喘着粗气。

太可怕了，吓死她了。

凤绝走到床边，温柔地注视着钟宛筠，轻声问道："筠儿，有什么事情你可以和我说的。"

他知道，钟宛筠已经醒过来了，因为她的身体一直在轻轻地颤抖。

若非在清醒状态，钟宛筠怎么会一直在颤抖？

钟宛筠忽然坐了起来，投入凤绝的怀抱，号啕大哭，"他知道了，他知道了……"

除了哭泣，钟宛筠似乎只会说"他知道了"这一句话了。

钟宛筠的泪水就像是最锋利的刀刃，一下下插在他的心口，让他胸口发疼。

这个他，自然指的就是云清寒了，原来钟宛筠真的爱上云清寒了。

等到钟宛筠的情绪逐渐平静，凤绝才轻声问道："你身上的伤，都是云清寒弄的？"

"不，不是清寒……"钟宛筠见凤绝误会，疯狂地摇着头，却不肯说出到底是谁弄得她一身的伤痕。

只是，到了这个地步，就算钟宛筠不说，凤绝又怎么可能猜不到呢？

努力压抑心中的怒火，生怕吓到钟宛筠，尽量放柔了声音，"以后你有什么打算，和我回京都吧。"

"不，我要回去，我要留在清寒身边。"

钟宛筠的神色依旧不安，但说出口的话态度却分外坚定。

她和清寒在一起的时间不多了，她怎么舍得浪费？

凤绝自然不愿意钟宛筠继续留在云王府，但是他苦口婆心地和钟宛筠说了半天，依旧没能改变钟宛筠的想法。

到了最后，只好无奈作罢，先让钟宛筠休息休息然后回到他自己的房间，满目沉思。

第 127 章　大结局

“主子。”路鹤不知道什么时候进来了，看着满目阴沉的凤绝唤了一声。

“什么事？”凤绝有些不耐烦地说道。

现在他满脑子都是钟宛筠，根本不愿意去想其他的事情，因此也不愿意搭理路鹤。

路鹤说道：“主子是在忧愁钟姑娘的事情吗？”

“你有办法？”

“既然主子舍不得放不下钟姑娘，那就抢过来好了。”

“不行的，先不说筠儿愿不愿意，就是云王也不是我能够随便得罪的。”凤绝摇了摇头，他是喜欢钟宛筠但他还没有自不量力到那个地步。

云王是顺灵帝唯一的弟弟，而顺灵帝又无子，十有八九皇位会交给云清寒。

一想到云王那么人面兽心的东西，居然还有可能当皇帝，凤绝就觉得一阵恶心。

怪不得云王会看上筠儿，原来是那种癖好，大概是舍不得那么对待云王妃，所以才会这么对筠儿吧。

该死的，要是他的权势比云王大就好了。

这样他就可以光明正大地为筠儿讨回公道了。

“顺灵帝无子且不喜政事，而云王又……这大盛的天下应该是有能力者居之，既然云氏没有那个本事，自然应该退位让贤，凭着主子的雄才大略，大盛定能够更上一层楼！”

路鹤的话像是当头棒喝，让凤绝瞬间清醒。

虽然凤绝也知道路鹤的话有些大逆不道，但是这话……凤绝不否认在听到路鹤的话的一瞬间，凤绝的内心是惊喜的。

如果……那他就可以保护他想要保护的人了。

这一夜，凤绝都没有睡，谁也不知道凤绝和路鹤在这个晚上都谈了什么。

第二天，凤绝按照钟宛筠的要求将钟宛筠送回了云王府，将早已想好的说辞和云王府众人说了一遍就赶回了京都。

到了将军府后，凤绝在书房里被凤鸣大将军打了一顿。

第二天，依旧是被打。

第三天，凤绝还是风雨不动地去了书房。

……

一个月过去了，凤绝不再去书房了，反而变得十分忙碌了起来，四处走动。

凤尘以为凤绝这是为了自己的婚事十分操劳，不由大为感动，将顺灵帝赐给自己的一把匕首，送给了凤绝。

日子眨眼就过去了，等到钟宛筠再看到凤绝的时候，凤绝已经是这个大盛的主宰了。

依照钟宛筠喜好建立的留情殿，可是却没有迎来主人的欢笑声。

“凤绝，你给我滚，滚啊。”钟宛筠尖叫着将手边的一个花瓶冲着凤绝砸了过去。

花瓶碎了一地，凤绝仿佛觉得那就是自己的心。

碎了一地，任人践踏。

“筠儿，你就那么爱云清寒那个废物吗？他保护不了你，可是我能，你就不能睁开眼看看我吗？啊？”

凤绝做了这么多，不过是为了保护钟宛筠一个人。

可是似乎钟宛筠并不领情，不仅没有因此爱上他，反而恨了他。

这让他无法理解，也不能接受。

这样的结果，不是他想要的。

“你才是废物，你是这个天底下最无情的畜生了，凤绝你连你亲妹妹弟弟都能利用伤害，你怎么让我相信你能爱我？在我看来，你这个人根本就不懂得什么是爱。”

钟宛筠声嘶力竭地喊道，她的清寒怎么是废物呢？他根本就不知道凤绝所看到的她的遭遇，又哪里来的保护呢？

不过是她的一场欺骗，骗了凤绝，也毁了他……

“哈哈哈，报应啊，这都是报应……”

钟宛筠无力地瘫坐在地上，泪流满面。

她以为随君昊答应了她，只要她配合这一切所有的计划，他会留清寒一命，就会真的做到，真是可笑啊。

她居然会以为这是真的，她居然相信随君昊说的话。

她简直是天底下最傻最愚蠢的人了。

“清寒……”

凤绝虽然没明白钟宛筠口中的报应是什么意思，可是他看得分明，钟宛筠心中只有云清寒一个人。

也许在钟宛筠眼中，他凤绝连个过路人都不是。

呵呵，可是他却还是放不下，真是犯贱啊。

“筠儿，不管你爱不爱我，都只能做我的妃子，我的女人！”

这是第一次凤绝对钟宛筠用这么狠厉的语气说话，牺牲了这么多，在这至尊之位上称孤道寡，他总要得到什么才能安心。

既然得不到钟宛筠的心，那就把她的人绑在身边好了。

“你做梦！我钟宛筠此生冠的姓只有云！”钟宛筠咬牙切齿地说道。

她已经没有了一切，也许死亡对于她来说才是最好的结局。

既然她现在已经连死都不怕了，那么凤绝又怎么留得住她呢？

“筠儿，你怀孕了。”

凤绝闭着眼说出了这句话之后，又神色冰冷地在那里站了良久，才又抛出一句话之后就转身离开了。

“是陪云清寒一起去死，还是活着做我的女人，你自己选择。”

三天之后，凤绝登基，立月柔为后，公孙柳翠为贤妃，还有一个惠妃。

月柔和公孙柳翠大家都知道是谁，只是那个惠妃太过神秘，又十分低调，竟没有一个人知道她的来历和姓名。

绝望云端，你之蜜糖，我之砒霜。

大盛皇帝云知寒，在位三年后退位，举国相让。

整个大陆动荡了几百年，自出过分裂后，终于再次统一。

兰国太子玉棠登基为帝，改国名为玉凤，建国号为云景，称宣成帝。自此整个大陆，除了北方部落和南海后，整个陆地都归入兰国，天下自此一统。

云景五年六月，长乐长公主玉子晴因得知驸马岳笑在外养了外室，并被外室找上门来，声称要长乐长公主成全她和岳笑这对真爱，而气急攻心，早产生下一女婴。

据说，长乐长公主生下女儿的那一刻，天空忽然划过一道流星，因此这个女婴也被整个玉凤国视为祥瑞之人。

小女婴明明只有八个月，出生的时候哭声却十分嘹亮，据长乐长公主的贴身嬷嬷说，在小女婴第一次睁开眼看这个世间的时候，她好像在女婴的眼中看到一抹流光闪过。

皇帝震怒想要发作岳笑，却被长乐长公主拦下，长乐长公主也不休了驸马，而是搬回了长公主府，并没有打压驸马，独自抚养女儿，起名玉言欢，皇上封公主，赐封号玉凤！

历史的长河一直在流动，老的戏本已经说完，新的故事又要开始……